Trauma

DU MÊME AUTEUR

Panique, traduit de l'anglais (États-Unis) par Fabrice Pointeau.

Jeff Abbott

Trauma

Traduit de l'anglais (États-Unis)
par Fabrice POINTEAU

le
cherche
midi

Titre original : *Fear*
Éditeur orignal : Penguin Group, New York, États-Unis

23, rue du Cherche-Midi, 75006 Paris
Vous pouvez consulter notre catalogue général et l'annonce
de nos prochaines parutions sur notre site Internet :
www.cherche-midi.com

À la mémoire de mon frère Danny

Ne peux-tu donc soigner un esprit malade,
Arracher de la mémoire un chagrin enraciné,
Effacer les soucis gravés dans le cerveau,
Et, par la vertu de quelque bienfaisant antidote d'oubli,
Nettoyer le sein encombré de cette matière pernicieuse
Qui pèse sur le cœur.

William SHAKESPEARE, *Macbeth*

Dis-moi, si tu le peux, ce qu'est le courage.

PLATON

1

J'AI TUÉ MON MEILLEUR AMI.

Miles regarda fixement les mots, le noir des lignes pures sur le blanc du papier. C'était la première fois qu'il écrivait la vérité. Il approcha de nouveau le stylo du bloc.

Je ne voulais pas le tuer, je n'avais aucune intention de le tuer. Mais je l'ai fait.

« Mettre ton âme à nu ne résout rien, lança Andy qui, assis sur le bord de la table de la cuisine, le regardait écrire. Elle te détestera. Tout simplement.

– Non, elle ne me détestera pas », rétorqua Miles.

Andy alluma une cigarette, exhala un nuage bleu au-dessus de la confession tandis que Miles écrivait.

« Ça fait des semaines que tu mens à Allison...

– Mentir est un peu fort.

– Pas aussi fort que tuer. Lui dire ce que tu as fait ne t'aidera pas à te sentir mieux. »

Il regarda la fumée danser depuis le bout de sa cigarette.

« Ferme-la. »

Miles acheva de rédiger sa confession. Andy marcha jusqu'au réfrigérateur, en tira sa bière du matin.

« Les prêtres prétendent que la confession soulage l'âme, mais c'est franchement une mauvaise idée. Même pour ton âme. Nous avions conclu un marché, Miles.

– Tu n'es pas en cause. »

Miles apposa sa signature – Miles Kendrick – au bas de la page. Allison n'avait jamais vu son vrai nom.

« Si tu lui dis ce qui s'est passé, ça m'affectera beaucoup, répliqua Andy en tapant sur la table. Fais-moi lire ce que tu as écrit. »

Miles fit glisser la lettre de l'autre côté de la table puis alla se verser une tasse de café noir. Boire un café était d'ordinaire la première chose qu'il faisait, mais ce matin-là, il avait voulu écrire la confession tant qu'il en avait le courage.

Miles se rendit dans la salle de bains, s'aspergea le visage d'eau froide et s'observa dans le miroir.

Avant, j'étais quelqu'un, pensa-t-il. *J'étais moi. Un type normal, l'Américain ordinaire avec une maison, un boulot, une vie, et maintenant, je ne sais plus qui je suis. L'ancien moi est mort. Le nouveau moi voudrait ne jamais être né.*

« Mensonges ! » s'exclama Andy.

Miles s'essuya le visage et regagna la cuisine.

« C'est la vérité.

– Ta version de la vérité, contesta Andy en tapant sur la confession. Pas ce qui s'est réellement passé.

– C'est tout ce dont je me souviens.

– Tu n'as pas sauvé ces flics.

– Tu sais bien que si.

– Et je pense chaque jour au prix que j'ai payé, Miles. »

Miles contourna Andy, attrapa la feuille de papier, la plia et la glissa dans une enveloppe.

« Je dois être honnête avec elle.

– Tu romps notre pacte.

– Le seul pacte que nous avons est dans ta tête. Faut que j'y aille. Ne sois plus ici quand je reviendrai.

– Je ne veux pas te menacer, Miles, dit Andy, mais si tu lui donnes cette lettre, je te tue. »

Miles s'arrêta près de la porte de l'appartement. Il enfila sa veste, glissa la confession dans sa poche.

« Je suis sérieux, poursuivit Andy d'une voix sourde qui donna la chair de poule à Miles, comme si un glaçon glissait le long de ses côtes. Je te collerai une arme dans la bouche. J'appuierai sur la détente. On sera quittes. »

Andy arpentait la cuisine de long en large, bras croisés, le regard noir.

« Vas-y, essaye. »

Miles sortit et s'adossa contre la porte après l'avoir refermée. Puis il dévala l'escalier, sentit les arômes réconfortants de cannelle qui émanaient de la boulangerie du rez-de-chaussée. Il s'arrêta juste devant la porte d'entrée de l'immeuble, tendit légèrement le cou pour scruter les rues étroites de chaque côté et observer chaque voiture, chaque piéton.

Personne ne l'attendait pour le tuer. Pas de voiture garée remplie d'assassins bien décidés à lui brûler la cervelle avant qu'il ait fait cinq pas. Il prit le chemin du cabinet d'Allison. Il avait arrêté de conduire car il avait peur que les Barrada, s'ils le retrouvaient, ne viennent brancher une bombe au système d'allumage de sa voiture. Ils avaient fait sauter les deux dernières personnes qui avaient témoigné contre eux, éparpillant des morceaux de moteur, de verre et de chair à travers une allée de Hialeah et dans le parking d'un immeuble de bureaux près de Miami. Le centre de Santa Fe, où il vivait et travaillait désormais, était un territoire qu'il pouvait couvrir à pied. Cette ville était tellement plus petite et plus calme que la trépidante Miami. Il traversa la Plaza au cœur de la vieille ville, vit les Indiens qui étalaient leurs bijoux turquoise et argentés sur des tapis de feutre noir. Il remonta Palace Avenue, passa devant une belle jeune femme qui poussait un landau dans lequel se trouvaient deux sœurs jumelles recouvertes d'une couverture rose, croisa des touristes qui flânaient en admirant l'architecture, des joggers qui ahanaient dans l'air vif et gris d'un matin de montagne. *Courir*, pensa Miles, il ferait bien de courir. Un bon exercice sain pour se débarrasser de toute la pourriture en lui.

Il regarda deux fois par-dessus son épaule pour voir si Andy le suivait. Pas d'Andy, mais il savait qu'il ne lui faudrait pas longtemps pour le rattraper s'il décidait d'insister.

Tandis qu'il marchait, il percevait le froissement léger de la confession dans sa poche. Il fit alors glisser un doigt dessus et la lissa.

Ce bout de papier allait tout changer dans sa vie, une fois de plus.

Il passa devant la grandiose église épiscopale de la Sainte-Foi et l'élégant hôtel Posada. La plupart des maisons dans cette portion de Palace Avenue avaient été transformées en bureaux. Allison Vance consultait dans une vieille bâtisse qui se distinguait des bâtiments en pisé plus communs, et dont le jardin était parsemé d'épicéas et de peupliers de Virginie. D'une fenêtre ouverte en hauteur s'échappait le rugissement d'une scie. Le propriétaire restaurait les deux étages supérieurs pendant qu'Allison restaurait la tête de ses clients.

Miles s'approcha de la maison et regarda par-dessus son épaule. Andy se tenait sur le trottoir pavé de briques, les bras autour du torse pour se protéger du froid, sa chemise à motif tropical et son pantalon de toile totalement inadaptés à la froideur matinale d'un printemps à Santa Fe.

Va-t'en, prononça Miles en silence à l'intention d'Andy.

« Si tu lui donnes cette confession, répondit celui-ci, ça ne changera rien. Ça ne me blessera pas, c'est *toi* que ça blessera. Tu m'entends, Miles ? »

Miles lui fit signe de partir.

« On ne va pas en rester là », menaça Andy avant de jeter sa cigarette dans la rue et de rebrousser chemin en direction de la Plaza.

Miles reprit son souffle et entra dans la maison. Les mots ALLISON VANCE, DOCTEUR EN MÉDECINE, PSYCHIATRIE étaient inscrits sur la porte de droite. Il l'ouvrit, pénétra dans la pièce, appuya la tête contre la porte tout en la refermant.

« Bonjour, Michael, dit Allison comme il lui tournait le dos. Je suis heureuse que vous ayez pu venir ce matin. »

Elle avait l'air préoccupée.

« Je suis en avance », répondit-il. Certains jours il ne pouvait faire face à son rendez-vous, effrayé qu'il était à l'idée de devoir passer au crible le sable noir de sa mémoire, terrifié par ce qu'il risquait de déterrer. « Y a-t-il un problème, demanda-t-il ?

– Aucun, répondit Allison, et elle se détendit. Voulez-vous une tasse de thé vert ?

– Avec plaisir, merci », répondit-il bien qu'il détestât le thé vert.

Il ôta sa veste qui contenait toujours la confession, la suspendit à une patère, puis s'assit dans le gros fauteuil de cuir râpé qui faisait face à celui d'Allison. Elle remplit une tasse de thé fumant, la lui tendit.

« Merci.

– Vous avez l'air fatigué, Michael. »

C'était son nouveau prénom, il lui avait été fourni par le service de protection des témoins.

« Je ne suis pas du matin, répondit-il en buvant une gorgée de thé.

– Vous deviez souvent travailler le soir quand vous étiez détective. »

Objectif numéro un, le faire parler. Le fait qu'il était auparavant détective privé était l'une des trois informations qu'elle possédait sur son ancienne vie.

« C'est la nuit que tout se passe, dit-il. C'est la nuit que les femmes adultères passent à l'action.

– La personne que vous avez tuée était-elle une femme adultère ? »

Objectif numéro deux, basé sur l'information numéro deux. La danse restait la même : elle essaierait de le faire parler de l'instant terrible qui avait sonné le glas de son ancienne vie, elle tenterait de glaner des détails dont il ne se souvenait pas, et il se défilerait, se dissimulerait derrière des plaisanteries et des mots insignifiants.

« Non, je n'avais jamais de pistolet sur moi. »

En franchissant ses lèvres, les mots semblaient aussi poisseux que de la mélasse. Lève-toi et donne-lui la confession, se dit-il.

« Qu'est-ce qui ne va pas, Miles ? demanda Andy qui se tenait derrière Allison. Tu n'as plus le cran ? Vas-y, dis à la jolie dame ce que tu m'as fait. »

Miles se figea. Son sang se glaça. Andy n'avait encore jamais mis les pieds dans le cabinet d'Allison. Il jeta un coup d'œil à sa veste qui contenait la confession, puis se tourna vers Andy. Celui-ci se fendit d'un grand sourire.

« Michael ? Est-ce qu'il y a quelque chose qui ne va pas ? »

Allison se pencha, fronça les sourcils. Miles esquiva la question en buvant une longue gorgée de thé, en profita pour se ressaisir. Il leva de nouveau les yeux. Andy mima un pistolet avec ses doigts, fit mine de tirer sur Miles.

« Michael, chaque fois que je fais allusion à cet incident, vous vous bloquez.

– Je sais, répondit-il en reposant sa tasse de thé. J'en ai assez de... ne plus me souvenir de ce qui s'est passé. » Les mots avaient du mal à franchir sa gorge. « J'ai besoin de votre aide.

– Bien sûr, Michael. C'est un progrès majeur. Vouloir vous soigner... c'est l'élément crucial qui fait défaut depuis que nous travaillons ensemble.

– Je ne veux pas que vous me détestiez, poursuivit-il.

– Je ne le pourrais pas. Jamais. » Elle esquissa un sourire. « Je pense vous comprendre mieux que vous ne le croyez.

– Attendez de savoir ce que j'ai fait, dit-il. Je ne me rappelle même pas tous les détails – je n'y arrive pas.

– Votre désir de parler de votre traumatisme compte plus que tout, Michael.

– Je sais que je n'ai pas été très coopératif avec vous, mais je veux vous assurer que... je reste votre patient. Vous êtes la seule personne à pouvoir m'aider.

– Je prendrais ça comme un compliment, merci, mais... »

Il leva la main.

« Ne me sortez pas ce baratin de psy comme quoi tous les thérapeutes sont compétents et blablabla. Et je ne veux pas que vous m'envoyiez à l'hôpital. Je ne peux pas, je ne veux pas y aller. Pour moi, une telle solution est hors de question. »

Une expression de surprise, ou de déception, il n'aurait su dire, traversa le visage d'Allison puis s'évanouit lorsqu'elle acquiesça.

« Pas d'hôpital. Et je suis heureuse de constater votre changement d'attitude à l'égard de votre thérapie. Par où voudriez-vous commencer ? »

Prépare-la à la confession, décida-t-il.

« Je n'arrête pas de voir l'homme que j'ai abattu. Je ne peux pas vivre ainsi, je ne peux pas l'avoir tout le temps sur le dos, alors soit je règle le problème, soit je deviens dingue pour de bon. »

Elle lui lança un regard d'acier.

« Est-il ici en ce moment ?

– Oui. C'est comme une fièvre dont je n'arrive pas à me débarrasser. Il m'a dit ce matin qu'il voulait me tuer.

– Comment s'appelle-t-il ?

– Andy.

– Je t'en veux vraiment de placer cette salope complaisante entre nous, Miles, intervint Andy qui se tenait bras croisés derrière la psychiatre.

– Parlons de la fusillade, proposa Allison.

– Je vous l'ai dit, je ne me rappelle pas tous les détails.

– Nous allons y aller progressivement. Commençons par l'endroit où elle a eu lieu. »

Le premier mot sembla se coincer telle une pierre dans sa gorge, puis il toussa et répondit :

« À Miami.

– La ville où vous viviez ?

– J'y ai grandi. Andy aussi.

– Où à Miami ?

– Dans un entrepôt. Il n'y avait personne sauf moi et... » Il s'interrompit ; il n'arrivait pas à la regarder. Lui tendre la confession semblait désormais impossible. Il reprit son souffle, sentant la panique grimper lentement telle une brûlure le long de ses os. « Moi, deux policiers et Andy...

– Le couteau qui se trouve dans le tiroir de la cuisine, menaça Andy. Vachement bien aiguisé. Je te le collerai dans la main, je t'aiderai à faire couler un bon bain bien chaud, et alors tu pourras te tailler les veines. Comme ça, on sera quittes.

– Je veux retrouver la santé, reprit Miles après une pause, je veux retrouver ma vie... »

Il se leva et se mit à arpenter la pièce en se tenant le visage à deux mains.

« Laissez-moi vous aider. Revenez à votre histoire.

– Mais je ne me souviens pas, rien à faire, comment pouvez-vous m'aider si je ne me souviens pas ?

– Par petits pas. Vous avez abattu cet Andy.

– Oui, oui.

– Pourquoi ? »

Des images lui traversèrent pêle-mêle l'esprit telles des photos jetées par terre au hasard.

« Nous rions. Puis... Andy se met à flipper. Il dégaine un pistolet, vise la tête de l'un des flics.

– Et vous l'avez abattu. »

Il se laissa retomber dans le fauteuil.

« Oui. Mais je ne m'en souviens pas.

– La jolie dame ne mérite-t-elle pas la vérité, murmura Andy, avant que tu ne lui donnes une lettre pleine de mensonges ?

– N'essayez pas de vous souvenir, reprit Allison. Parlons juste de ce que vous visualisez quand vous pensez au coup de feu. C'est différent du souvenir en lui-même. »

Il but une gorgée de thé vert en regrettant que la tasse ne fût pas remplie de bourbon.

« Je me souviens d'un éclat de rire. Mais le rire s'arrête et je lève mon pistolet. Je vois Andy se mettre à parler mais je n'entends pas ce qu'il dit. J'appuie sur la détente. Il fait feu à son tour.

– Il vous a tiré dessus ?

– Oui. À l'épaule. Je le vois tomber. Je... »

Sa cicatrice à l'épaule commença à lui faire mal, à palpiter comme un cœur qui bat. Il avait les mains moites, l'air étouffant lui comprimait la poitrine. Soudain, l'odeur de peinture, les bruits lointains du marteau deux étages au-dessus s'évanouirent et le cabinet disparut. Puis la fraîcheur du Nouveau-Mexique qui filtrait par les fenêtres fut remplacée par la chape humide de Miami. Le coup de feu retentit dans ses oreilles, résonnant dans l'immense entrepôt, recouvrant le hurlement d'Andy. Il entendit sa propre voix marquée par la surprise et l'horreur ainsi que le *tchoc* de la balle pénétrant dans sa chair. Il ressentit une douleur foudroyante.

« Michael ?

– Oh, bon sang, je vous en prie. »

Miles se passa la main sur le front. Il se sentait fiévreux, malade. Il appuya les mains sur le cuir doux du fauteuil pour maîtriser son tremblement. Il était ici. Pas là-bas. Il ne pouvait pas y retourner. Jamais.

« Michael. Michael. »

Michael n'était pas son nom, il ne voulait pas y répondre. Puis il se souvint. Si, il était Michael, maintenant et à jamais. S'il voulait vivre.

« Oui, répondit-il.

– Vous venez d'avoir un flash-back. Mais vous êtes en sécurité. Personne ne vous fera de mal.

– Je suis en sécurité », répéta-t-il en clignant des yeux.

Allison s'éclaircit la voix.

« Parlez-moi d'Andy. »

Il aurait voulu saisir la confession, la lui donner, mais il ne voulait pas que ses mains tremblent lorsqu'il lui tendrait l'enveloppe.

« Je veux... Michael, vous m'écoutez ? »

Il posa les yeux sur elle.

« Oui, Allison. Mais je ne veux plus me souvenir. Je suis désolé. Je ne peux pas. »

Mets un terme à tout ça, pensa-t-il. *Déchire la confession, va-t'en. Ne reviens jamais. Qu'Andy reste ton compagnon perpétuel jusqu'à ta mort.*

« Vous avez fait un bond en avant aujourd'hui. Vous avez dit que vous vouliez retrouver la santé, retrouver votre vie. Il faut lutter, Michael.

– C'est trop dur. » Il reprit son souffle. « Parlons de mes parents. Est-ce que je vous ai dit que mon père était un joueur invétéré ?

– Je ne pense pas que nous puissions éluder le problème auquel vous êtes confronté avec Andy. Je voudrais introduire un nouvel élément dans notre thérapie. »

Miles entendit la porte du cabinet d'Allison s'ouvrir derrière lui.

Il se leva d'un bond en se retournant, parcourut les cinq pas qui le séparaient de la porte, attrapa à la gorge l'homme qui venait d'entrer et le plaqua violemment contre le mur. L'homme faisait la même taille que lui et il referma une main puissante sur celle de Miles pour tenter de le faire lâcher prise.

« Michael ! Arrêtez ! hurla Allison. Lâchez-le ! »

Miles obéit. L'homme avait les cheveux blonds, les yeux bleus, une carrure imposante sous un costume taillé sur mesure. Il jeta un regard froid à Miles.

« Je n'aime pas que les gens arrivent par-derrière, expliqua Miles.

– Ça se voit, dit l'homme.

– Michael. Je vous présente le docteur James Sorenson. Je le connais depuis de nombreuses années. Il a fait un travail incroyable avec des patients souffrant de stress post-traumatique sévère.

– Alors il devrait savoir qu'il ne faut pas s'approcher des gens en douce, répliqua Miles. Désolé.

– Je vous prie de m'excuser... si je vous ai effrayé », dit Sorenson.

Pour un homme de sa stature, il avait la voix douce, râpeuse, comme si les mots franchissaient rarement ses lèvres. Il lissa les revers de son veston.

Miles ignora le ton légèrement supérieur de Sorenson lorsqu'il prononça le mot *effrayé*. Il regagna son fauteuil et fit face à Allison.

« Je ne veux pas d'un autre médecin », déclara-t-il.

Une colère brûlante monta dans sa poitrine. Une personne aussi attentionnée qu'Allison ne se comportait pas ainsi. Elle n'était pas censée lui imposer un autre médecin. Ça n'était pas bien. Ça ne lui ressemblait pas.

« Je sais. Mais le docteur Sorenson dirige un nouveau programme qui, je pense, pourrait vous être utile. Il pourrait vous rendre votre ancienne vie. »

La confession. Elle pouvait régler le problème, le débarrasser de cet autre toubib. *Alors lève-toi, donne-la-lui, et cesse d'être pétrifié à l'idée de ce qu'elle pensera de toi.*

« Il ne s'agit pas de ce qu'elle pense de toi, dit Andy qui se tenait maintenant derrière Sorenson. Il s'agit de savoir ce qui s'est exactement passé quand je suis mort. C'est de ça dont tu ne veux pas te souvenir. Comment tu m'as tué.

– Mon ancienne vie... » Miles secoua la tête en regardant Allison, puis Sorenson. « Je ne veux pas discuter de mon cas avec qui que ce soit d'autre.

– Inutile de vous en faire pour ce qui est de la confidentialité, Michael, dit Sorenson. Vos secrets sont en sécurité avec moi. Je veux seulement vous aider. »

Miles savait qu'il pouvait se lever et partir. Il ne voulait plus donner la confession à Allison, pas tant que Sorenson serait là et pourrait lire ce qu'il avait écrit. Non. Pas maintenant.

« Je veux vous aider, reprit Sorenson qui semblait avoir remarqué l'indécision sur le visage de Miles. Vos souvenirs, quels qu'ils soient, doivent être terribles.

– Moins terribles que la mort. »

Il ne pouvait pas dire, *Andy est mort et je l'aimais comme un frère. Mon meilleur ami depuis l'âge de trois ans. Il est mort et c'est moi qui l'ai tué. Que Dieu me vienne en aide, que Dieu me pardonne. Je n'avais pas l'intention de le tuer. Je ne le voulais pas. J'essayais de le sauver.*

Sorenson se pencha en avant et Miles vit les muscles de ses épaules se nouer. Il avait une expression neutre et froide.

« Il existe une théorie sur les souvenirs traumatiques. Ce sont nos souvenirs les plus terribles qui s'ancrent le plus profondément. Car ils ne sont pas comme les souvenirs ordinaires. Après un traumatisme, nous faisons toujours ressurgir les résultats de nos pires expériences, celles qui ont le plus affecté nos vies. Nous les examinons, les disséquons. Comment aurais-je pu agir différemment, quel choix aurais-je pu faire pour éviter la tragédie ? Quitter l'école deux minutes plus tôt et ma voiture n'aurait pas percuté un camion et causé la mort de mon enfant. Être plus attentif et mon ami ne se serait pas fait abattre sur un champ de bataille. »

Miles attendit la suite.

« Le souvenir traumatique est séparé des souvenirs "normaux", pour ainsi dire, et ne parvient pas à se mêler à eux. Il n'est jamais analysé de la même manière qu'un souvenir non menaçant – classé et mis dans un tiroir, pour emprunter une métaphore de bureau. Ce terrible souvenir s'ancre donc de plus en plus profondément, de même que le traumatisme qui y est associé – les cauchemars, la peur paralysante, la crainte paranoïaque que le destin ne frappe un nouveau coup mortel. Même lorsque vous ne vous souvenez pas des détails spécifiques, le souvenir est là, il est le moteur du traumatisme. C'est un cercle vicieux. »

Miles enfonça les mains entre les accoudoirs et le coussin de son fauteuil au cas où les tremblements reviendraient.

« Si vous pouviez oublier le pire moment de votre vie, le feriez-vous ? demanda Sorenson.

– Personne ne peut oublier.

– Mais si vous le pouviez, le feriez-vous ? Oublieriez-vous tout le traumatisme associé à la mort de cet Andy ?

– Oui, répondit Miles. Oui, je le ferais.

– Ça ne se produira pas, dit Andy qui était désormais assis sur l'accoudoir du fauteuil et se penchait pour inspecter Sorenson de près. On est absolument inséparables.

– Bon, je ne peux pas nettoyer votre cerveau, mais je pourrais atténuer le traumatisme associé au souvenir, poursuivit Sorenson en souriant. Considérez ça comme une injection de Botox mental, si j'ose dire, qui permettra de lisser les rides de votre mémoire qui vous font souffrir. »

Se représenter la mort d'Andy sans culpabilité, ni douleur, ni peur, ni horreur. Sans culpabilité. Miles regarda Allison.

« Est-ce que c'est vrai ?

– Je veux que vous participiez à un programme spécial pour les victimes de traumatisme. Allison pense que ça pourra vous aider. »

Allison scrutait ses mains posées sur ses cuisses.

« Pensez-vous que ce programme soit ce dont j'ai besoin ? » demanda Miles.

Allison acquiesça sans un mot. Elle jeta un coup d'œil en direction de Sorenson et Miles s'aperçut que ce qui l'avait rendue nerveuse à son arrivée était la présence de ce médecin caché dans son cabinet. Ce médecin qui l'attendait, lui.

Quelque chose... clochait.

« Me laisserez-vous vous aider, Michael ? Allison recommande deux autres de ses patients pour le programme. Nous nous réunissons ici ce soir à huit heures pour en discuter. J'espère que vous vous joindrez à nous. Votre cas me fascine.

– Merci pour la proposition. Je vais y réfléchir sérieusement. »

Miles se leva. Fin de la séance, même s'il leur restait encore vingt minutes.

« Vous avez fait de vrais progrès aujourd'hui, dit Allison. Je suis heureuse que vous ayez écouté le docteur Sorenson. Merci pour votre... compréhension.

– Je prendrai une décision et vous tiendrai au courant.

– La décision est prise, connard, lança Andy en direction de Sorenson. Il ne s'approche pas de toi. »

Sorenson serra la main de Miles d'une poigne d'acier.

« J'espère que nous parviendrons, ensemble, à vous soulager de votre souffrance.

– À ce propos, dit Allison, tenez, Michael. »

Elle lui plaça dans la main un flacon rempli de pilules blanches.

« Qu'est-ce que c'est ?

– Un sédatif très doux qui vous apaisera en cas de nouveau flash-back.

– Pas la peine. »

Il n'aimait pas les pilules et détestait prendre les antidépresseurs qu'elle lui avait prescrits. Chaque pilule qu'il avalait lui rappelait sa faiblesse.

« La posologie est à l'intérieur, reprit Allison. Appelez-moi si vous avez des questions. J'espère vraiment que nous vous verrons ici ce soir à huit heures. »

Miles glissa les pilules dans sa veste. Il entendit sa confession se froisser contre le flacon. Il sortit et referma la porte derrière lui. Il avait les mains moites, des gouttes de sueur lui coulaient le long des côtes. Andy attendait tranquillement près de la porte d'entrée.

« Je savais que tu n'irais pas jusqu'au bout. Déchire la confession et rentrons.

– Je vais au boulot, je vais t'oublier », répondit Miles.

Il sortit d'un pas hésitant. L'air vivifiant lui fouetta le visage.

« Quand Sorenson a jugé ton cas intéressant, dit Andy, ça m'a filé la chair de poule. Je suis bien plus qu'un cas.

– Tu as raison, répondit Miles. Il ne me plaît pas non plus. »

Il parlait à voix basse en se couvrant la bouche avec les mains comme s'il cherchait à se réchauffer en soufflant dedans.

« Bien, alors tu n'as pas besoin de ce programme à la con. » Andy passa un bras autour des épaules de Miles. « Ce que j'ai préféré dans la confession, c'est le moment où tu dis que tu essayais de me sauver. C'est somptueux. Vu que tu ne m'as pas sauvé, tu ne pourras pas te sauver non plus, ce n'est que justice, Miles. »

Miles s'arrêta, ferma les yeux, voûta les épaules pour se protéger du froid et compta jusqu'à cent en écoutant le bourdonnement lointain des voitures qui roulaient sur le Paseo de Peralta. Lorsqu'il rouvrit les yeux, Andy avait disparu.

Oublierais-tu le pire moment de ta vie ?

Je ne peux pas continuer comme ça, pensa-t-il. Je ne peux pas. Il s'inscrirait à ce foutu programme, laisserait Sorenson lui disséquer le cerveau si ça pouvait faire disparaître Andy. Si Allison estimait que Sorenson avait les moyens de le guérir, très bien.

Il toucha la confession dans sa poche, s'aperçut qu'il n'arrêtait pas de la triturer tel un homme manipulant un chapelet. Ce soir à huit heures. Ce soir il la donnerait à Allison en signe de bonne foi, puis il écouterait, sans préjugés, ce que Sorenson avait à proposer pour le soigner.

« Mais je te tuerai peut-être avant ce soir, dit Andy qui était revenu et se tenait penché tout près de lui. Je te ferai te jeter sous les pneus d'une voiture. Je te collerai un flingue dans la bouche. Je te ferai grimper au sommet d'un immeuble et avancer jusqu'au bord et... »

Miles se mit à courir.

2

Dennis Groote était en retard pour rendre visite à sa fille car il avait dû tuer le dernier des Duarte.

C'était un comptable qui était parvenu à échapper au radar de la police après la chute du gang Duarte. Il l'avait traqué jusqu'à un rendez-vous lundi soir dans un hôtel de luxe près de la plage de San Diego. Groote avait passé la nuit planqué dans la chambre attenante à celle de sa cible. Il s'y était glissé à neuf heures du soir au moyen d'un passe illégal. Si des clients étaient arrivés tard et avaient demandé la chambre, il se serait contenté de les renvoyer à la réception en prétendant qu'une erreur avait été commise et il serait parti. Il aurait repoussé l'exécution à un autre jour. La patience était synonyme de succès, elle était synonyme de vie.

Le comptable était arrivé peu après neuf heures et demie, accompagné d'une femme. Groote les avait entendus parler d'un ton gêné, puis le comptable avait éclaté d'un rire exubérant, tentant de jouer les machos. Groote avait ensuite entendu les sons caractéristiques de baisers, de vêtements glissant sur la peau, de mouvements sur le matelas.

Il avait joué au solitaire sur son PDA pendant qu'ils faisaient l'amour, bâillant à une reprise, attendant que le comptable ait fini. Il aurait pu se contenter de crocheter la serrure de la porte menant à la chambre voisine, entrer, les abattre tous les deux et ne pas manquer une seconde de sa visite à Amanda. Mais il ne voyait pas pourquoi il abattrait une femme qui avait simplement commis l'erreur de passer la nuit avec le mauvais partenaire. Il détestait l'idée qu'une personne innocente pût souffrir pour rien. Il avait donc attendu avec l'espoir que la femme ne passerait pas la nuit là.

Mais elle était restée. Groote les avait écoutés continuer leur affaire jusqu'à minuit, puis ils s'étaient endormis. Il leur avait accordé une heure supplémentaire en espérant que la femme se réveillerait, mais n'avait entendu que le silence et le ronflement léger des amants. Puis il avait à son tour piqué du nez et s'était réveillé aux premières lueurs du mardi matin.

Il avait écouté à la porte. Des ronflements réguliers et étouffés. Puis des pas légers, la douche qui s'était mise à couler.

C'était le moment. Groote pouvait accomplir sa sale besogne et s'en aller pendant que la femme prenait sa douche. Il avait crocheté la serrure de la porte qui séparait les deux chambres, l'avait ouverte doucement. Le comptable avait dans les quarante ans, c'était un homme grand au torse large. Il n'avait pas une tête de petit employé mais ressemblait plutôt à un ouvrier avec son visage rude et sa mâchoire forte

« Salut », avait dit Groote.

Le comptable avait ouvert des yeux confus et lourds de sommeil avant de bafouiller :

« Heu, salut.

– Autant que vous le sachiez, vous avez contribué à détruire ma famille. »

Et il l'avait abattu avec son arme munie d'un silencieux de deux balles entre les yeux.

Puis un cri avait retenti derrière lui qui avait recouvert le chuintement de l'eau. Bon sang, elle avait ouvert le robinet, mais n'était pas encore sous la douche. Il avait attrapé la femme, l'avait violemment poussée contre le mur en lui plaquant une main sur la bouche. Elle était plus âgée que le comptable et devait approcher de la cinquantaine. Groote l'avait reconnue : l'une des réceptionnistes de l'hôtel. Il l'avait remarquée le soir précédent lorsqu'il avait observé toutes les personnes qui se trouvaient dans le hall alors qu'il le traversait. Elle avait levé le nez de son ordinateur, lui avait fait un sourire chaleureux, et il l'avait saluée en retour d'un hochement de tête.

Groote lui enfonçait désormais son arme dans la gorge.

« Répondez-moi et je vous laisserai la vie sauve. »

La réceptionniste avait fermé les yeux et il l'avait sentie frissonner.

« Vous comprenez ? »

Elle avait acquiescé.

« Qu'est-ce que vous faites ici ? avait demandé Groote en écartant légèrement la main de sa bouche.

– Ici ? avait-elle bafouillé, terrifiée. Oh, mon Dieu, oh, mon Dieu...

– Oui. Ici. Avec lui. »

Le mauvais endroit, au mauvais moment, avait-il pensé. Mais il détestait cette expression. Les derniers mots de Cathy lui étaient revenus à l'esprit : *Je prends ta voiture, il n'y a plus de place dans le coffre pour tout mon bazar.*

« Il m'a invitée. S'il vous plaît, ne me tuez pas. Je vous en prie. »

La réceptionniste avait essayé de s'écarter du canon de l'arme qu'il lui enfonçait dans la gorge, mais Groote la maintenait fermement par les cheveux.

« Est-ce qu'il descend souvent dans cet hôtel ? » Elle avait fait signe que oui. « Le connaissiez-vous avant ce soir ?

– Oui. »

Un choix déterminé d'avance donc, pas une rencontre d'un soir.

« Saviez-vous quel genre d'homme c'était ? »

Elle avait tremblé de peur.

« Juste... juste un comptable. Pour une société de bateaux...

– Il avait un autre métier avant ça. À cause de lui, ma femme est morte et ma fille est handicapée. Il a fourni l'argent qui a servi à acheter les armes qui ont détruit ma famille.

– Une société... de bateaux..., avait-elle répété en frissonnant.

– Vous devriez faire preuve de plus de discernement dans le choix de vos amis, mademoiselle, avait-il dit doucement.

– Oui, d'accord, je le ferai, je le promets...
– Je suis vraiment désolé pour le dérangement. »
Et il l'avait abattue d'une balle entre ses yeux stupéfaits.

Il prit l'autoroute 5 en direction d'Orange. Il n'avait quasiment pas fermé l'œil de la nuit, avait généreusement laissé une chance de partir à la réceptionniste, avait pris le temps de consulter l'ordinateur portable et les dossiers du comptable pour voir si d'autres personnes reliées à ce qui restait du gang Duarte devaient être éliminées, puis il avait maquillé la scène en cambriolage. Après s'être coltiné les bouchons du matin, il se trouvait finalement en retard pour la matinée qu'il devait passer avec Amanda. Mais au moins, il savait qu'il n'avait pas été injuste.

Pas comme dans le cas d'Amanda ou de Cathy à qui on n'avait pas laissé la moindre chance.

À dix heures – avec presque une heure de retard –, il arriva en trombe dans le centre d'Orange, passa à toute allure devant le centre commercial restauré d'Orange Circle avec ses boutiques charmantes, puis devant l'université Chapman avec ses nouveaux bâtiments étincelants. Orange était une jolie ville ; il songeait à y emménager pour être plus près d'Amanda. Tueur à gages de banlieue – l'idée le fit presque rire. Il longea quelques pâtés de maisons supplémentaires jusqu'à un groupe de bâtiments de briques qui n'était pas sans rappeler l'ambiance paisible d'une université moderne. Sauf qu'il y avait des barreaux aux fenêtres. Il donna son identité au garde posté à l'entrée de l'hôpital Pleasant Point, roula jusqu'au bâtiment principal, gara sa Mercedes et traversa le parking à la hâte. Il savait qu'il avait besoin de prendre une douche et de se raser, mais il n'avait pas voulu perdre un moment de plus. Des enfants jouaient dehors dans la lumière du soleil matinal, quelques autres regardaient fixement le ciel, ou le sol, ou leurs mains. Il ne vit pas Amanda.

Il entra rapidement dans le bâtiment, s'annonça à l'accueil. L'infirmière du jour était Mariana, sa préférée.

« Je suis en retard, dit Groote. La circulation était abominable.

– Amanda est dans sa chambre, indiqua Mariana.

– Merci. »

Groote signa le registre et longea le couloir à la hâte jusqu'à la chambre d'Amanda. Il entendit les notes plaintives avant même d'avoir atteint sa chambre et entra doucement pour qu'elle ne soit pas effrayée en le voyant. Elle était toujours nerveuse, bien que des mois se fussent écoulés depuis la tragédie.

Amanda était couchée en chien de fusil, les genoux ramenés près de la poitrine, sa joue droite appuyée sur l'oreiller. La voix de Patsy Cline, la chanteuse préférée de sa mère, s'échappait doucement des haut-parleurs. *Walking After Midnight.* Une chanson bien trop triste pour un matin ensoleillé, bien trop triste pour une jeune fille de seize ans. Elle aurait dû écouter des groupes de jeunes chanteurs en claquant des doigts, en dansant devant le miroir de la salle de bains, ou en se servant de sa brosse à cheveux comme d'un micro. Elle aurait dû être à la maison, avec lui.

« Amanda ? » Il s'approcha du lecteur CD, baissa le volume. « Amanda, c'est papa. »

Elle ouvrit ses yeux marron, le regarda comme s'il était transparent.

« Hé, Amanda Banana. » Il approcha une chaise du lit. « Comment vas-tu ? » demanda-t-il d'une voix douce et réconfortante.

Amanda ne répondit rien. La moue de sa bouche, la façon dont son regard l'avait transpercé comme s'il était fait de brume, disaient qu'une mauvaise journée s'annonçait pour elle. Et pour lui.

« Tu veux te lever et sortir ? »

Elle secoua à peine la tête. L'une des cicatrices sur son visage – la petite étoile au coin de sa bouche – palpita et il crut qu'elle allait lui dire bonjour. Mais elle s'immobilisa.

« Désolé d'être en retard, ma puce, j'avais du travail à finir ce matin. »

Les yeux d'Amanda se fixèrent alors sur son visage.

« Maman est venue me voir, annonça-t-elle lentement, prudemment.

– Ah. Vraiment ?

– Oui.

– Et qu'a dit maman ?

– Elle veut que je me fasse du mal.

– Oh, non, ma chérie, elle ne le veut pas. Elle ne le veut pas. »

Groote essaya de saisir l'une de ses mains, mais elle les tenait serrées contre sa poitrine.

« Elle a dit, murmura Amanda, que je devais m'arracher le visage.

– Non, chérie », dit Groote. *Les médicaments, leur thérapie de merde ne fonctionnent pas, elle ne se souvient même pas que Cathy est morte.* « Elle n'est pas venue.

– Si, rétorqua Amanda d'une voix plus dure. Elle vient presque chaque jour.

– Chérie. Tout ça, c'est dans ta tête.

– Elle était ici ! »

Inutile d'essayer de discuter. Il voulait qu'elle soit calme et qu'elle parle, pas qu'elle se mette à hurler et abrège sa visite. Il y avait tellement d'horreurs dans le monde, elle était son rayon de soleil. Il toucha la cicatrice au coin de sa bouche, puis celle qui lui divisait un sourcil en deux, enfin le morceau de chair entortillé derrière son oreille. Autant de souvenirs des balles qui avaient traversé le pare-brise, de la chute qu'avait faite la voiture dans un canyon rocheux. Il embrassa chaque cicatrice et lui murmura à l'oreille :

« Maman ne voudrait jamais que tu te fasses du mal. »

Il perçut alors une odeur âpre, métallique. Familière. L'odeur du sang. Il s'écarta d'elle, observa son visage, fit courir ses doigts le long du lit.

« Amanda ! »

Son regard sembla se tourner vers elle-même.

Il tira les draps pour la découvrir. Elle portait un jogging. Il lui palpa les membres et le torse à la recherche d'une blessure. Rien. Il écarta sa tête de l'oreiller. Sa peau était douce et intacte. Il fit courir ses doigts derrière le crâne d'Amanda et sentit quelque chose de poisseux.

Elle se mit à hurler, à se débattre, à l'implorer de lui arracher le visage.

« Je ne comprends pas, dit Groote, pourquoi elle se mutile.

– Les raisons sont multiples, répondit le docteur Warner, un homme costaud au visage rougeaud sous des cheveux couleur carotte qui commençaient à grisonner. Elle se croit responsable de l'accident.

– Elle ne devrait pas. Elle n'y était absolument pour rien.

– Elle se croit tout de même responsable.

– Eh bien, moi, je vous estime responsable de son état, répliqua Groote avec un calme glacial. Ma fille s'ouvre le cuir chevelu, nom de Dieu. Les gens de votre équipe l'ont laissée mettre la main sur une épingle à nourrice. »

La seule explication qu'elle avait été capable de hurler tandis qu'il demandait de l'aide avait été : *Il faut commencer par l'arrière pour m'arracher le visage, papa, c'est plus facile.*

« Ça ne se reproduira pas.

– Je veux que vous l'aidiez, dit Groote en serrant les dents.

– Nous avons essayé la thérapie par l'art, les médicaments, la thérapie de groupe. Tous les traitements standard censés atténuer les effets des souvenirs traumatiques non intégrés. Mais l'état d'Amanda ne s'améliore pas, dit Warner en portant les mains à sa mâchoire. Les dégâts psychologiques qu'elle a subis en restant si longtemps coincée avec sa mère morte sont peut-être irréparables.

– Quand quelque chose est cassé, on peut le réparer, répliqua Groote.

– Amanda n'est pas une assiette qu'on peut recoller », objecta Warner.

Patience, se rappela-t-il. *Inspire profondément.*

« Quand je dis réparer, je veux dire... améliorer suffisamment son état pour qu'elle puisse retrouver sa vie. Avoir de nouveau envie de vivre. »

Groote pensa : *Je vais chercher à savoir si vous avez une famille, docteur, et si vous n'aidez pas ma fille, vous ne pourrez rien faire pour sauver la vôtre. Vous apprendrez ce qu'est la vraie souffrance.*

« Amanda avait des problèmes avant l'accident. Son père biologique abusait d'elle.

– Oui. »

Groote n'avait pas envie qu'on lui rappelle les sinistres détails, il avait l'impression que Warner lui disait : *Désolé, mon pote, votre fille était déjà dans un sale état avant que vous nous l'ameniez.* Mais Groote s'était occupé de cette chiffe molle pourrie qu'était son bon à rien de père, un service qu'il avait secrètement rendu à sa nouvelle femme et à sa fille. Il n'avait jamais éprouvé de haine en tuant, sauf la fois où il avait collé dix balles dans le corps de cette ordure. Il n'avait jamais imaginé qu'il pourrait tant aimer Cathy et Amanda. L'idée même de l'amour avait été comme une rumeur, irréelle, jusqu'au jour où il les avait trouvées.

Et maintenant Cathy n'était plus là, et Amanda avait besoin de lui. Elle n'avait que lui pour la protéger.

« De toute évidence, la perte de sa mère a sur elle un effet dévastateur. Mais les conditions dans lesquelles elle l'a perdue font beaucoup plus de dégâts que si elle était morte d'un cancer dans un lit d'hôpital, ou même instantanément dans un accident. D'une certaine manière, Amanda a fait l'expérience de sa propre mort à travers celle de sa mère. C'est comme si sa santé mentale avait subi une fracture complexe qui aurait directement provoqué un état de désordre de stress post-traumatique.

– Vous ne l'aidez pas, dit Groote d'une voix basse. Elle essaye de s'arracher le visage. Si elle se fait encore du mal, je vous en tiendrai personnellement responsable et le mot *conséquences* prendra pour vous un tout nouveau sens. »

Warner sourit. C'était un malin, pensa Groote, mais qui savait peu de chose.

« Me menacer n'aide en rien votre fille, M. Groote.

– Je suis désolé. Mais j'ai besoin que vous la soigniez. Que vous la remettiez sur pied. S'il vous plaît. Je vous en prie. »

Son téléphone portable sonna alors. Seuls l'hôpital et ses clients avaient son numéro. Il l'ouvrit, il n'utilisait pas sa boîte vocale, trop risqué.

« Je vous rappelle, lança-t-il sans même dire bonjour.

– D'accord, répondit une voix douce. Quantrill à l'appareil. J'ai un boulot parfait pour vous. Il pourrait même être utile à votre fille. »

Groote fit tout le trajet jusqu'à Santa Monica au-dessus des limitations de vitesse. La maison d'Oliver Quantrill, un mélange d'acier et de verre, se trouvait dans un quartier aisé. Assis dans sa spacieuse véranda fatiguée, Quantrill pianotait sur un ordinateur portable tout en buvant de l'eau minérale. La quarantaine à peine dépassée, il était grand, avait la maigreur d'un type qui fréquente une salle de gym tout en suivant un régime protéiné. Il ferma son ordinateur lorsque Groote approcha.

« Comment avez-vous su pour ma fille ? »

Groote sentit la rage monter en lui – *Non, sois honnête, ce n'est pas de la rage, c'est de la peur* – mais parvint à se contrôler.

« Calmez-vous, Dennis. Je me suis renseigné sur vous quand je vous ai embauché. Ç'aurait été idiot de ne pas le faire étant donné vos antécédents. Je ne souhaite aucun mal à Amanda.

– Parlez. Quel est ce boulot qui pourrait lui être utile ?

– Savez-vous exactement ce que je fais, Dennis ?

– Vous vendez des informations. Je ne connais pas les détails.

– Voici un détail. J'ai acquis des recherches médicales destinées à aider les personnes souffrant de désordre de stress post-traumatique. Des gens comme Amanda. »

Groote sentit ses jambes se dérober sous lui. Il s'assit.

« Des recherches ?

– Des recherches abandonnées. Elles n'ont pas abouti la première fois. J'ai demandé à mon équipe de travailler dessus. Maintenant ça marche.

– Comment ça ?

– Il s'agit d'un médicament qui permet de contrôler le PTSD[1]. Peut-être même de le soigner. » Quantrill but une gorgée de son jus d'orange. « Aimeriez-vous retrouver votre fille, Dennis ? Que seriez-vous prêt à donner pour ça ? »

Groote ouvrit la bouche puis la referma.

« Tout ce que vous avez, n'est-ce pas ?

– Bien sûr, répondit Groote. Je voudrais ce médicament pour ma fille.

– Vous, de même que bien d'autres personnes. Les experts estiment que jusqu'à dix pour cent des populations américaine et européenne souffrent d'une forme de PTSD. Ce qui fait plusieurs millions de patients potentiels. Et puis nous avons tous ces soldats qui reviennent de la guerre au Moyen-Orient, dont jusqu'à quarante pour cent ont des souvenirs traumatiques. Ça représente un coût énorme. Sans compter les populations civiles des zones de guerre. Ajoutez toutes les autres horreurs de la vie qui peuvent nous hanter : ouragans, agressions, viols, accidents de voiture, catastrophes, attaques terroristes... eh bien, vous pouvez constater que la lutte contre les traumatismes est un marché d'avenir. »

Quantrill but une nouvelle gorgée de jus d'orange, remplit un verre qu'il tendit à Groote.

« Je n'ai jamais entendu parler de recherches dans ce domaine, et je suis pourtant de près tout ce qui pourrait aider ma fille.

– Les recherches et les tests ont été effectués, disons, sous le manteau. Je peux donc vendre les résultats à un laboratoire pharmaceutique qui pourra prétendre qu'ils sont le fruit de ses propres recherches. Je touche un pourcentage. Plus vite nous aboutirons, plus vite le médicament sera disponible pour Amanda et tous ceux qui en ont besoin. »

Groote sentit sa bouche s'assécher.

---

1. Désordre de stress post-traumatique. *(N.d.T.)*

« Pourquoi les recherches doivent-elles être secrètes ?

– Ce n'est pas votre problème. Votre problème, c'est une femme à Santa Fe. Son nom est Allison Vance. Elle travaille avec les patients qui ont testé le médicament dans un hôpital psychiatrique que je possède là-bas. Mon directeur de recherches craint qu'elle ne me dénonce à la FDA[2]. Si elle fait ça, il n'y aura plus de médicament miracle pour qui que ce soit. Y compris pour Amanda.

– J'éprouve déjà une haine intense à l'égard du docteur Vance, dit Groote. Je suis certain que c'est vraiment une femme abominable. »

Quantrill fit un grand sourire.

« Je savais que vous étiez l'homme de la situation. Prenez le prochain avion pour le Nouveau-Mexique. Rapportez-moi les travaux de recherches. Je sais qu'ils seront en sécurité entre vos mains. Et si le docteur Vance devient un problème, arrangez-vous pour qu'elle ait un très grave accident. »

---

2. Food and Drug Administration, organisme chargé de vérifier l'innocuité des aliments et médicaments et de délivrer les autorisations de mise sur le marché. *(N.d.T.)*

3

Ressaisis-toi, se dit Miles. Andy avait cessé de le suivre tandis qu'il courait sur le Paseo de Peralta puis dans Canyon Road. *Il te résiste car il a peur que tu ne le fasses disparaître pour de bon.*

Il s'arrêta de courir, enfonça une main dans sa poche et referma les doigts autour du flacon qu'Allison lui avait donné. Non, il ne prendrait pas de pilule pour le moment, il voulait avoir les idées claires au travail. Aussi claires que possible. Et si Andy réapparaissait... il en avalerait une. Mais Andy n'avait pas l'air de trop apprécier la galerie de peinture et Miles s'y sentait plus en sécurité.

Courir l'avait calmé, mais il ne pouvait s'ôter Sorenson de la tête. Le toubib avait semblé sur le point d'en coller une à Miles. Il n'avait pas les manières rassurantes d'un psychiatre cherchant à calmer un patient effrayé. Miles se repassa mentalement l'étrange séance. Lui imposer un autre médecin était une erreur, une véritable erreur, pas le genre de choses qu'Allison faisait. Un psychiatre n'était pas censé faire de choses imprévues. La vie lui jouait suffisamment de mauvais tours comme ça.

Pour le moment, la galerie l'attirait comme un refuge.

Miles n'avait connu que deux entretiens d'embauche de toute sa vie. Il avait toujours travaillé pour son père aux Services d'Enquête Kendrick, à Miami, dans le petit bureau coincé entre une boutique de prêteur sur gages et un magasin de vêtements d'occasion. Quand Andy avait mené Miles auprès des Barrada, deux jours après l'enterrement de son père, son premier entretien d'embauche avait été résolument à sens unique : *Ton père nous devait trois cent mille dollars de paris sur des lévriers et des canassons, Miles, et il a mis l'agence en gage. On pourrait donc s'emparer de ton affaire sur-le-champ. Mais grâce à ton pote Andy, on va te proposer un marché. Il nous faut un espion personnel, Miles. On a besoin que tu voles des informations pour nous. Que tu obtiennes des pièces à conviction contre les autres gangs, que tu localises leurs dealers, leurs fournisseurs, les endroits où ils planquent et blanchissent l'argent. Avec ça, on les fera tomber et on mettra la main sur leurs affaires. Tu peux nous aider à imposer notre influence, accroître notre compétitivité.* M. Barrada aimait lire les derniers livres à succès qui traitaient de business et adapter leurs principes à la vie de la mafia. *Tu fais ça pour nous chaque fois qu'on te le demande au cours des deux prochaines années, et ta dette est effacée.* Mort de trouille, Miles n'avait eu d'autre choix qu'accepter.

L'entretien avec Joy Garrison avait été tout aussi difficile. Il avait traversé la galerie pendant que l'inspecteur chargé de la protection des témoins contemplait les tableaux et leurs étiquettes sur lesquelles figuraient des prix exorbitants. Puis il avait suivi Joy jusqu'à son bureau privé à l'étage. C'était une femme plutôt petite, mais attirante, qui devait avoir dans les cinquante ans. Avec son pantalon bouffant et ses bijoux argentés et turquoise, il l'avait tout d'abord prise pour la hippy typique de Santa Fe. Mais dès qu'il s'était assis face à elle il avait reconnu dans ses yeux une dureté qui valait bien celle de M. Barrada.

Elle l'avait observé pendant une minute interminable au cours de laquelle il avait fait son possible pour rester immobile sur sa chaise.

« Vous voulez vraiment ce travail, avait-elle fini par dire.

– Oui, madame.

– Mais vous ne connaissez que dalle à l'art, pas vrai, mon chou ?

– Pas grand-chose, madame. Mais je... »

Et il s'était interrompu car Andy se tenait dans le coin, bras croisés.

« Qu'est-ce qui ne va pas ? Dites-moi ?

– Je voulais étudier l'art. Apprendre la photographie. Je n'ai pas eu cette chance-là.

– Vos parents désapprouvaient ?

– Oui, madame. Ils disaient qu'ils ne voulaient pas gâcher leur argent.

– Les miens disaient la même chose. Et ils avaient raison, j'étais incapable de tracer une ligne droite. Mais être artiste ou vendre des œuvres d'art exigent des compétences différentes. » Elle éclata de rire. « C'est grâce à cette galerie que maman et papa peuvent vivre dans un joli village pour retraités.

– Je suis travailleur, madame. Je peux déplacer les œuvres pour vous, bon nombre de ces tableaux et de ces sculptures doivent peser lourd.

– J'ai besoin de cervelle plus que de muscle. L'inspecteur Pitts affirme que vous vous y connaissez en informatique. Je vends à des collectionneurs à travers tout le pays, mais mon site Internet est merdique... Il m'en faut un beaucoup plus efficace. J'ai aussi besoin d'un moyen de tenir à jour l'inventaire.

– Oui, madame. Je peux vous créer une base de données, construire ou maintenir votre site Internet, gérer et réparer vos ordinateurs, renforcer la sécurité de vos systèmes... Tout ce que vous voulez. » Comme il ne voulait pas voir Andy, il avait les yeux rivés sur ses cuisses. « Dites-moi comment vendre des œuvres d'art, et je le ferai. Je ferai tout ce dont vous avez besoin.

– Mon chou, regardez-moi quand vous me parlez. »

Il leva les yeux.

« Pour la vente, on va attendre que vous soyez capable de regarder les gens dans les yeux. »

Il ravala sa salive.

« C'est sans doute une bonne idée.

– Vous n'êtes pas le premier témoin fédéral que j'embauche. Le FBI m'a envoyé une arnaqueuse il y a deux ans. Elle s'en est tirée à merveille pendant deux mois, puis elle a volé cinq mille dollars à mon ex-mari. » Joy haussa les épaules. « Mieux valait que ce soit lui que moi.

– Je ne volerai pas.

– Vous comprenez bien que je suis la seule personne ici à savoir que vous êtes témoin. L'inspecteur Pitts ne m'a pas dit votre vrai nom, ni d'où vous venez. Juste votre nouvelle identité, votre casier judiciaire et vos expériences passées telles qu'elles ont été communiquées au service de protection des témoins.

– Je n'ai pas de casier, madame.

– C'est pour ça que vous avez le travail, mon chou. »

Il s'était autorisé à respirer.

« Merci, madame. Vous ne le regretterez pas.

– J'imagine que vous venez de traverser une rude épreuve pour être obligé d'abandonner votre vie, avait-elle dit en se penchant en avant. Je veux que vous sachiez, Michael, que vous pouvez me faire confiance. Personne d'autre à la galerie ne saura que vous êtes sous protection du FBI. Je ne vous trahirai jamais.

– Merci. J'espère que je mériterai votre confiance, madame Garrison.

– Appelez-moi Joy. Vous commencez demain. »

Elle s'était levée, il avait fait de même, puis ils s'étaient serré la main, et ça faisait maintenant deux mois qu'il adorait son boulot.

Une clochette retentit lorsqu'il entra dans la Galerie Joy Garrison. Quatorze artistes à la réputation montante y étaient représentés. La plupart des tableaux et des sculptures valaient au minimum deux mille dollars, et Miles aurait voulu être capable de gagner sa vie en créant quelque chose de beau, de paisible, sur une toile. Il salua Joy et son fils Cinco d'un signe de tête tandis qu'il pénétrait dans le bureau du fond où il travaillait avec le reste du personnel. Joy, qui était assise au bureau d'un représentant et écrivait sur un post-it, fronça un sourcil. Cinco était en ligne avec un collectionneur de New York et lui faisait les louanges d'un nouveau tableau.

« Vous n'êtes pas censé travailler aujourd'hui, mon chou, s'étonna Joy.

– Non, madame. Je voulais juste rattraper du travail en retard pendant quelques heures. Vous n'aurez pas besoin de me payer. »

Il parlait d'une voix ferme, ses mains ne tremblaient pas.

« Vous allez bien, mon chou ?

– J'ai juste besoin de m'occuper.

– Eh bien, puisque vous voulez tellement vous rendre utile, est-ce que vous pourriez appeler pour savoir quand ce nouvel ordinateur va arriver ? Regardez comment je suis obligée de remplacer les e-mails aujourd'hui, dit-elle en levant le bloc de post-it. Et j'ai besoin qu'on prenne quelques photos de la nouvelle sculpture de Krause pour les poster sur Internet. Après, j'aurai besoin de mettre à jour le site en y intégrant une nouvelle liste de prix.

– Pas de problème.

– Tu me fais passer pour un fainéant, Michael, dit Cinco en raccrochant le téléphone. Tu n'as jamais besoin de jours de repos ?

– Je m'ennuie facilement. »

Deux amies de Joy venaient d'arriver à la porte, apportant des cafés au lait et des ragots. Joy éclata de rire, les appela et elles se rendirent au bureau de Joy situé à l'étage, à l'arrière de la galerie. Miles leur apporta une petite toile que Joy voulait leur montrer.

Lorsqu'il redescendit, deux touristes regardaient les œuvres à l'avant de la boutique. Cinco répondait à leurs questions sur une sculpture représentant un bélier bondissant. Miles remplit à nouveau sa tasse de café et décida d'appeler Pitts pour qu'il effectue une vérification sur Sorenson, afin qu'il puisse suivre le traitement s'il le voulait. Mais lorsqu'il pénétra dans le bureau à l'arrière, il trouva Blaine l'Emmerdeur qui, assis sur sa chaise, tapotait du bout du doigt sur son bureau. Depuis la porte, Miles fit une moue désespérée en direction de Cinco, qui y répondit par un sourire qui disait, *Désolé, tu l'as dans l'os, j'ai des clients, c'est ton problème.*

« Salut.

– Bonjour, pas salut, Michael. Est-ce que vous faites tourner les tableaux aujourd'hui ?

– Demain, monsieur.

– Est-ce qu'*Emilia debout au soleil* va être mis à l'écart ? »

Emilia, sa dernière œuvre, était un portrait aux tons magnifiques représentant une jeune Hispanique debout au milieu de hautes herbes. Ça faisait quatre mois qu'il était accroché, mais n'avait toujours pas été vendu.

« Non, monsieur, je ne pense pas.

– Parce que si *Emilia* n'a pas une place de choix, eh bien, je vais voir une autre galerie. » C'était sa menace préférée. « On me fait des propositions. Constamment.

– Nous serions très tristes si vous nous quittiez, monsieur Blaine. Je vous promets que nous ferons tout notre possible pour trouver un bon acheteur.

– Je veux juste qu'*Emilia* se vende. Elle a besoin d'une bonne maison, dit-il d'une voix teintée d'agacement.

– Nous ne la laisserons pas orpheline.

– Bien. Je dois aller à Marfa aujourd'hui. » Marfa était située dans le désert de l'ouest du Texas. La ville, célèbre pour avoir servi de décor à la scène de la fusillade du film *Géant,* était en passe de devenir un petit Santa Fe, une colonie florissante d'artistes où le coût de la vie était modeste. « Je songe à m'y installer, je vais y passer deux jours avec un ami pour me faire une idée de l'endroit. Je veux juste m'assurer qu'*Emilia* ne va pas se retrouver dans l'arrière-boutique. Est-ce que vous pourriez m'appeler si vous la vendez ? »

Il griffonna un numéro de téléphone sur un bout de papier qu'il tendit à Michael.

« Oui, monsieur. »

Blaine l'Emmerdeur s'en alla. Miles ferma la porte du bureau et composa le numéro de *pager* de DeShawn Pitts. Il entra son code identifiant et raccrocha. Moins d'une minute plus tard, le téléphone sonna.

« Galerie Joy Garrison, dit Miles. Michael Raymond à l'appareil.

– C'est Pitts. Qu'est-ce qui se passe ? »

Pitts avait une voix jeune mais profonde. Il semblait quelque peu distrait et Miles l'entendit feuilleter des papiers.

« Pas au téléphone. Déjeunons ensemble. Est-ce que tu peux venir ? »

DeShawn vivait à Albuquerque. Il était chargé des témoins que le gouvernement fédéral plaçait sous protection dans le nord du Nouveau-Mexique. Sa mission consistait à aider Miles à protéger sa nouvelle identité et à se construire une nouvelle vie, ainsi qu'à assurer sa sécurité.

« Donne-moi un indice, mon vieux.

– Mon psy veut qu'un autre médecin s'occupe de moi, et je ne suis pas sûr du type.

– Je suis certain que le docteur Vance ne recommanderait pas un charlatan. Comment s'appelle-t-il ?

– James Sorenson.

– Pourquoi as-tu besoin d'un autre médecin ?

– Il dirige un projet pour les patients souffrant de PTSD.

– As-tu dit au docteur Vance que tu étais témoin ? »

Il avait été autorisé à informer son psychiatre de son statut de témoin sous protection. Cet élément semblait crucial pour que la thérapie réussisse étant donné le stress énorme que constituait le fait de s'installer dans une nouvelle ville. Mais il n'en avait jamais parlé à Allison. Elle savait seulement qu'il avait été impliqué dans une fusillade et disculpé par les autorités. On lui avait spécifiquement recommandé de ne pas dévoiler à Allison son vrai nom ni l'endroit d'où il venait, à moins que ça ne s'avère essentiel pour sa thérapie. Mais tous ces détails figuraient dans la confession qu'il n'avait pas osé lui donner ce même jour.

« Non. Je ne lui ai pas dit que j'étais témoin.

– La thérapie de groupe n'est pas une mauvaise idée pour toi, mon vieux, vu que tu es devenu méfiant. Mais nous pouvons en discuter en déjeunant. Retrouve-moi chez Luisa's. Midi et demi. »

DeShawn raccrocha.

Joy entra précipitamment dans la pièce, attrapa un dossier sur le bureau de Cinco, un riche arôme d'espresso s'élevant de la tasse qu'elle avait à la main. Elle regagna à la hâte le rez-de-chaussée, héla ses visiteuses, et l'odeur du café fit danser le monde devant les yeux de Miles. Café cubain. Riche et entêtant. Une des amies de Joy éclata d'un rire strident. L'arôme du café et l'éclat de rire semblèrent lui transpercer le cerveau. La galerie se transforma en un entrepôt vide, des puits de lumière perçant les ténèbres, et il se vit buvant du café en compagnie de trois autres hommes, tentant de dissimuler le tremblement de ses mains. Les deux agents infiltrés du FBI, Andy et lui-même, discutaient autour d'une table. Andy était sur le point d'entendre la meilleure nouvelle de sa vie. Quant à Miles, il disait alors quelque chose, juste quelques mots, puis il essayait de rire.

Quels mots ? Il ne s'en souvenait pas.

Andy le regardait fixement, debout entre les deux agents infiltrés qui, assis à la table, remplissaient à nouveau leurs tasses. Puis tout allait de travers. Andy dégainait son arme, Miles dégainait la sienne à son tour tout en hurlant, horrifié : « Andy, non ! »

Il entendit les coups de feu, le triple écho. Il ouvrit les yeux, se retrouva à nouveau dans la galerie, le sol couvert de sang de l'entrepôt avait disparu. Il se laissa glisser jusqu'au sol, s'appuya contre le photocopieur, et son doigt se contracta comme s'il appuyait sur une détente fantôme.

Tout était affreusement silencieux, sombre, le monde semblait l'avoir englouti.

« Ça ne sert à rien, dit Andy en s'agenouillant près de lui. C'est ta vie, maintenant. Toi. Moi. Inséparables. Arrête d'essayer de changer le cours des choses. »

Miles secoua la tête.

« Ça te tuera », poursuivit Andy dans un murmure.

Puis il entendit un rire. Le rire chaleureux et suave de Joy. La galerie et son calme merveilleux l'entouraient. Il se força à se rasseoir sur sa chaise, inspira profondément à plusieurs reprises pour éloigner la douleur et la peur.

Il ne pouvait continuer ainsi.

« Alors arrête. Flingue-toi. Je t'aiderai », dit Andy.

Miles attrapa le flacon de pilules dans sa poche. Les pilules d'Allison. Un sédatif très doux qui vous soulagera en cas de nouveau flash-back, avait-elle dit.

Il tira le flacon de sa poche. Une simple bouteille en plastique, sans étiquette. Il l'ouvrit. Le flacon était rempli de gélules blanches.

Au milieu des gélules se trouvait un bout de papier plié.

Il le sortit du flacon, l'étala sur le bureau.

Cher Michael, j'ai besoin de votre aide. J'ai besoin de vos services en tant que détective privé. J'ai de gros problèmes. Venez à mon bureau à 19 heures et je vous expliquerai. N'en parlez à personne. Je compte sur vous, à tout à l'heure, Allison.

4

Miles faisait la queue au drive-in Luisa's, une Mercedes devant lui, un sans-abri qui sentait le vin bon marché à ses côtés, et un pick-up derrière lui, rempli de gamins qui séchaient l'école et faisaient ronfler le moteur.

À son arrivée à Santa Fe, Miles avait conçu toute une série de techniques et de camouflages pour que les gens ne s'aperçoivent pas qu'il était un type-à-problèmes. Ne pas répondre à Andy en public, ne pas sursauter au moindre bruit soudain, fermer les yeux et rester immobile lorsqu'un flash-back envahissait son esprit. Il ne voulait pas sortir du moule, se faire remarquer, se retrouver au coin de la rue à haranguer des fantômes comme un cinglé. Parce qui si vous vous comportiez comme un cinglé, vous finissiez à l'asile.

Mais aujourd'hui, ses techniques pour se fondre parmi les gens normaux étaient passées à la trappe.

Luisa's était une bicoque toute simple avec un toit en tôle, située dans une courbe du très fréquenté Paseo de Peralta. Il n'y avait pas de comptoir pour le service ; les clients devaient passer par le drive-in ou s'abstenir. Un homme qui se déplaçait partout à pied se faisait donc remarquer lorsqu'il faisait la queue au milieu des voitures. En chemin, il avait repéré un sans-abri émacié nommé Joe qu'il connaissait, un homme approchant de la soixantaine, ravagé par l'alcool. Il s'était dit que Joe devait rarement se faire inviter et lui avait donc proposé en passant : « Je te paye un déjeuner chez Luisa's si tu veux. » Et Joe l'avait suivi sans un mot.

Le témoin sous protection et le clochard ivrogne se tenaient donc entre deux véhicules. Ils avaient passé leur commande dans le micro et attendaient patiemment d'atteindre la fenêtre où on les servirait.

Derrière eux, un macho faisait vrombir le moteur de son pick-up. Miles entendit le rire creux et cruel de gamins stupides.

« Hé, les losers ! » lança une fille.

Miles jeta un coup d'œil par-dessus son épaule. La fille était assise près du conducteur, un gamin au cou épais et au crâne rasé. Miles comprit que c'était elle le cerveau, et lui, les muscles. Elle était jolie comme une reine de beauté, mais un vilain sourire narquois lui fendait le visage. Trois autres gamins étaient entassés dans la cabine.

« Hé, les losers ! » hurla de nouveau Reine de Beauté. Elle devait son côté effronté à ses charmes et au fait qu'elle savait comment s'en servir. « Pourquoi vous vous achetez pas une bagnole ? »

Le pick-up s'approcha en cahotant des jambes de Miles. Il ne bougea pas.

« Ils te ficheraient la paix si j'étais pas ici, murmura Joe d'un ton accablé.

– Non, répondit Miles. Quand on est con, on est con. »

La fille, mise en confiance par la présence de son grizzly personnel, éclata de rire. Suffisamment fort pour être sûre que Miles l'entendrait.

« C'est un drive-in. C'est pas fait pour les piétons. C'est quoi votre problème ? »

Miles pensait avoir l'air normal. Pas cinglé. Mais les regards obliques qu'on lui lançait souvent l'incitaient à se demander si quelque chose en lui, une expression dans ses yeux, n'annonçait pas qu'il était à côté de ses pompes à ceux qui cherchaient une victime ou une cible. Joe battit lentement en retraite et alla se poster à l'autre bout du parking, les yeux rivés au sol. Le pick-up s'approcha jusqu'à quasiment toucher la cuisse de Miles, qui ne bougea pas d'un pouce.

La Mercedes devant lui s'éloigna de la fenêtre et s'engagea au quart de tour dans la circulation du Paseo de Peralta.

Miles n'avança pas pour récupérer sa commande. Le klaxon du pick-up retentit.

« Hé ! Dégage ! »

Miles demeura immobile.

« C'est quoi, ton foutu problème ? demanda Andy qui se tenait près de lui.

– Débile ! Dégage ! »

Nouveau coup de klaxon. Le pare-chocs vint se coller à nouveau à sa jambe, le forçant à faire un pas en avant. Rires.

Lentement, Miles s'approcha de la fenêtre. Luisa, la propriétaire, plaça dans un sac les repas de Miles et Joe – tacos au bœuf et au poulet enveloppés dans du papier aluminium fin, bols de haricots et de riz.

« Hé, salut, dit-elle. Comment ça va ? C'est quoi, tous ces coups de klaxon ?

– Juste des gamins, répondit Miles.

– Connard ! » cria Reine de Beauté en enfonçant le klaxon.

Miles les regarda. Le type à la carrure de joueur de football lui fit un grand sourire.

« Dégage, traînard ! » lança-t-il.

Miles tendit à Luisa la somme exacte. Il remarqua qu'elle rangeait sur une étagère les serviettes, le sel, les sachets de *salsa* faite maison et le sucre.

« Juste une seconde, Luisa, je reviens », dit-il en attrapant plusieurs sachets de sucre et une paille.

Il contourna le pick-up en agitant les sachets de sucre en direction de Joueur de Foot et de Reine de Beauté. Il ouvrit le bouchon du réservoir et s'apprêtait à y vider le premier sachet de sucre lorsque les neurones du conducteur s'activèrent à l'unisson. Le gamin ouvrit brusquement sa portière et regarda Miles avec une mine stupéfaite.

« Je vais te démolir la tronche !

– Pas un pas de plus, dit Miles, ou tu rentres à pinces. »

Joueur de Foot s'immobilisa.

« Fais pas ça, mec.

– Alors barre-toi, dit Miles. Pourquoi tu te comportes comme un con ?

– C'est quoi le problème ? demanda Reine de Beauté en poussant le garçon dans le dos. Casse-lui la gueule.

– Du sucre dans le réservoir. Ça fout la bagnole en l'air », répondit Joueur de Foot d'une voix basse et crispée.

Miles estimait qu'il n'avait pas assez de sucre pour causer de vrais dégâts, mais Joueur de Foot ne le savait pas.

« Leçon de bonnes manières de la journée : soyez gentils avec les gens qui n'ont pas de voiture. Si je balance le sucre, vous en ferez aussi partie.

– Démolis-le, Tyler ! hurla Reine de Beauté.

– Oui, Tyler, essaie de me démolir. Peut-être que tu gagneras, ou peut-être que c'est moi qui t'apprendrai à respecter tes aînés. Mais un pas de plus, et tu n'as plus de bagnole. »

Tyler, indécis, se figea, tiraillé qu'il était entre les beuglements de Reine de Beauté qui l'incitait à la violence et la certitude que Miles allait foutre son réservoir en l'air avant qu'il ait une chance de l'atteindre.

« Tyler. Casse-lui la gueule ! hurla Reine de Beauté.

– Tyler, sers-toi de ta cervelle. Sucre, sucre », lança-t-il d'une voix sifflante.

Il vit la berline de DeShawn arriver à toute vitesse et se garer dans le parking. Après cinq secondes, la cervelle l'emporta. Tyler remonta dans le pick-up, mit les voiles. Miles vit la fille brailler en pointant le garçon du doigt. Il regagna la fenêtre de Luisa, reposa les sachets et la paille toujours emballée sur le comptoir.

« Je te dois de l'argent pour leur déjeuner, dit-il en lui tendant un billet de vingt supplémentaire. Je te prie d'accepter mes excuses, et ceci en guise de paiement. Et trois Coca aussi, Luisa. »

Elle attrapa sa nourriture et les Coca sans un mot.

Il apporta un sac de tacos à Joe qui se tenait, honteux, tête baissée.

« Tiens, dit Miles.

– Merci, répondit Joe. Désolé de t'avoir laissé tomber. Ces gamins ! Je ne peux pas supporter ça, leur méchanceté.

– Pas de souci. Ils sont partis. Viens me voir à la galerie s'ils te cherchent des noises.

– Je n'ai qu'à mettre les pieds dans Canyon Road pour que les bourges appellent les flics.

– Pas si tu viens me voir, OK ?

– Merci. »

Joe prit le sac de nourriture et le Coca, hocha poliment la tête et s'éloigna dans la rue.

Miles grimpa dans la berline et tendit le sac de tacos à DeShawn. Pitts était un type à la carrure imposante, un ancien joueur de football au crâne rasé. La berline lui allait comme un costume trop serré. Miles regrettait de ne pas avoir lu le mot d'Allison avant d'appeler DeShawn, il ne lui aurait pas demandé de déjeuner avec lui.

Elle a besoin que tu l'aides. Toi, pas un autre, alors boucle-la. Pas un mot à DeShawn. Tu peux redevenir l'homme que tu étais avant. Aide-la, seul.

« Merci, mon vieux. Mais à quoi ça rime, filer à bouffer aux clodos et te battre avec des gamins ? dit DeShawn. Tu sais, fiston, l'idée, c'est de ne pas attirer l'attention sur toi.

– Moi aussi, ça me fait plaisir de te voir. »

DeShawn lui tendit un taco au poulet, en prit un au bœuf. Ils commencèrent à manger. DeShawn dévora le premier taco, s'essuya la bouche.

« Commençons par le début, Miles. J'ai fait une vérification rapide. Il n'y a pas de psychiatre ni de médecin ni même de psychologue référencé au Nouveau-Mexique sous le nom de James Sorenson. »

Miles but une gorgée de soda.

« Je ne comprends pas.

– Tu as peut-être mal compris son nom.

– Je... sans doute. Je dors mal, j'ai dû entendre de travers, répondit-il, ne sachant que dire d'autre. J'ai essayé de rappeler Allison ce matin pour en savoir plus sur le programme, mais elle ne répond pas au téléphone. »

Ça, c'était vrai : il avait essayé de la joindre, à plusieurs reprises, après avoir découvert son mot, mais à chaque fois il était tombé sur sa boîte vocale et s'était contenté de lui demander de le rappeler. Si Sorenson n'était pas médecin, pourquoi l'avait-elle présenté comme tel ?

Pourquoi lui avait-elle menti ? Pourquoi avait-elle laissé Sorenson lui mentir ?

Parce que Sorenson l'avait forcée.

J'ai de gros problèmes.

DeShawn mastiqua ses haricots, but une gorgée de Coca.

« La thérapie ne doit pas se passer comme prévu si elle fait appel à un autre psy en renfort. »

Miles n'avait plus qu'une seule hâte, parler à Allison. Il fourra les restes de son déjeuner dans le sac.

« Pourquoi es-tu si pressé ? demanda DeShawn.

– Je ne suis pas pressé... Et inutile de t'en faire pour ma thérapie, je serai prêt pour témoigner, DeShawn.

– Mon vieux, ta première apparition au tribunal n'était pas une réussite, mais tu t'en sortiras comme un chef au procès du big boss Barrada. J'ai confiance en toi.

– Ne me dis pas ça si tu ne le penses pas », répliqua soudain Miles. Il avait craqué deux fois à la barre quand on l'avait questionné sur la fusillade et sur le marché qu'il avait passé pour venir témoigner. L'accusé – un second couteau du gang Barrada que les fédéraux avaient choisi de juger en premier dans l'espoir de conclure un marché avec lui, ce que le type avait refusé – avait vu sa peine réduite car Miles n'avait pas semblé, aux yeux du jury, être un témoin fiable. « J'ai besoin que les gens aient foi en moi. »

J'ai besoin de votre aide... Je suis en danger.

« Miles, mon vieux. Confiance totale de mon côté. Tu ne vois plus d'apparitions, tu n'entends plus de voix, pas vrai ?

– Non, mentit Miles. Seulement en rêve, et tout le monde devrait faire des rêves dingues de temps à autre, non ? Je vais t'obtenir le nom correct du toubib.

– D'accord. Mais je veux connaître les détails de ce programme, Miles, avant que tu acceptes quoi que ce soit.

– Bien sûr, dit Miles. Je ne travaille pas cet après-midi. Ça t'ennuierait de me déposer chez moi ? »

Miles se précipita dans son immeuble en saluant rapidement DeShawn d'un geste de la main. Il gravit les marches quatre à quatre et récupéra chez lui un outil dont il se disait qu'il en aurait peut-être besoin. Puis il dévala l'escalier en se disant : *Si tu fais ça, tu ne pourras plus revenir en arrière.* Et il prit le chemin du bureau d'Allison.

5

« Je ne vais pas à l'émission d'Oprah. » Celeste Brent reposa le petit rasoir à sa place, sur le tapis de souris. Elle n'avait pas besoin de sentir la lame sur sa peau pour le moment. « Je ne supporterai pas... de passer à nouveau à la télé. »

La voix de Victor Gamby retentit dans le haut-parleur :

« Je comprends tes hésitations. Mais pense aux gens que nous pourrions aider en partageant notre expérience avec des millions de téléspectateurs.

– Tu parles comme une publicité.

– Je te vends une idée, Celeste. Passer à nouveau à la télévision pourrait te faire oublier tes peurs.

– Je ne sors pas de chez moi. Et je ne veux pas que ma maison se transforme en zoo médiatique.

– Fais-moi plaisir. Ouvre ta porte, tiens-toi dans l'entrebâillement. Tu n'as pas besoin de sortir. Essaie simplement.

– Non.

– Je pourrais leur demander d'établir une liaison satellite avec ta maison pendant que je serai sur le plateau. Comme ça, on apparaîtra ensemble. Celeste, on pourrait inciter les mères américaines à parler du désordre de stress post-traumatique, en faire un vrai problème de santé publique, encourager les gens à le considérer de la même manière que la dépression ou le cancer. S'il te plaît.

– Victor, toi, tu y vas. Tu es un vrai héros.

– Oh, je t'en prie.

– Je suis juste quelqu'un qui a passé un très mauvais quart d'heure. »

Elle se pencha vers l'écran d'ordinateur extra-large, lut les mots qu'une jeune fille à l'autre bout du pays avait postés ce matin même sur le forum de discussion de Victor : *La plupart du temps je suis si triste plus triste que n'importe qui devrait l'être et je veux juste me recroqueviller sur moi-même et pleurer pour toujours. Et la morsure de la lame sur ma peau est la seule chose que j'arrive à ressentir, est-ce que quelqu'un me comprend ?*

« Celeste ? Réfléchis. Des millions de téléspectateurs t'ont regardée dans *Naufragés*. Ils te connaissent, ils t'ont soutenue, poursuivit Victor. C'est Oprah, nom de Dieu. Tu ne peux pas dire non.

– Non. » Celeste relut le mot de la jeune fille sur l'écran et pensa : *je comprends, ma puce, je comprends vraiment.* Elle cliqua sur le message suivant. Jared T., hanté par des rêves dévastateurs de la bataille de Falloujah. Elle aurait voulu le serrer dans ses bras. Elle pivota sur sa chaise pour s'écarter de l'écran. « Est-ce que je t'ai dit que j'ai reçu une proposition d'un autre reality show ?

– Celeste, c'est magnifique.

– Accroche-toi, et imagine les possibilités : *Thérapie de groupe.*

– Tu te fous de moi ?

– Je n'aurais jamais imaginé ça toute seule. Ils me veulent, ainsi que Denise Daniels, la gamine qui tenait le rôle principal de *Kimmy super cool* – elle a fait une dépression nerveuse l'année dernière – et cette autre star du basket qui est soi-disant bipolaire, de même que deux ou trois autres célébrités qui souffrent de problèmes mentaux. Tout le monde vit ensemble avec le docteur Frank, le type qui anime les débats et, oui, encore plus fort, une fois par semaine, un joueur se fait foutre dehors.

– *Naufragés* pour les cinglés, dit Victor.

– Oh, personne ne le dit, répondit Celeste. Ils le pensent juste très fort.

– Mais c'est ce contre quoi on lutte chaque jour. Cette idée que les personnes souffrant de traumatismes ne sont pas malades, qu'elles ont juste besoin de se secouer et de passer outre. Ils ne feraient pas une émission de ce genre avec des cancéreux, pas vrai ?

– Non.

– Alors, arrête d'agir comme une personne souffrant de PTSD et comporte-toi comme une personne *célèbre* souffrant de PTSD. Fais en sorte que ta célébrité serve à quelque chose. Aide-moi, Celeste. »

Le capteur qui alertait Celeste dès que quelqu'un approchait de chez elle tinta, et une fenêtre vidéo s'ouvrit sur son écran d'ordinateur. Celeste vit Allison Vance qui empruntait à la hâte l'allée de pierres. Bizarre. Elles n'avaient pas rendez-vous.

« Victor. Je dois y aller. Je ne peux pas passer à la télé avec toi, mais je sais que tu t'en sortiras à merveille.

– Celeste...

– Je te rappelle bientôt, Victor, prends soin de toi », dit Celeste avant de raccrocher.

Encore la télé. Quitter la maison ? Laisser des inconnus l'observer ? Ou chercher à lui faire du mal ? Non, jamais. La sonnette retentit. Elle tira brusquement sur l'élastique enroulé autour de son poignet et le fit claquer contre sa peau tendre. Une fois, deux fois. La douleur fut brève et vive, mais elle lui calma les nerfs.

Elle marcha jusqu'à l'entrée, tourna les verrous, approcha son visage de la porte en bois et prononça, « C'est ouvert », avant de faire cinq pas en arrière au cas où Allison déciderait de l'attraper pour lui faire prendre l'air de force. Il y avait peu de risques, mais Celeste ne tentait pas le diable. Allison entra en serrant un porte-documents contre sa hanche.

« Bonjour. Est-ce que j'ai oublié un rendez-vous ? demanda Celeste.

– Pas du tout, Celeste, mais j'ai un service à vous demander, si ça ne vous dérange pas. Comment allez-vous aujourd'hui ?

– Je me sens extraordinairement stupide. Je viens de refuser une occasion de rencontrer Oprah, dit-elle sur un ton de défi.

– Je suis sûre que ça aurait été formidable. Mais vous vous seriez aussi retrouvée sous le feu des projecteurs.

– Vous ne croyez pas que je raconte des bobards ?

– Vous êtes célèbre.

– Je l'étais, corrigea Celeste en haussant les épaules.

– Nous pourrions augmenter votre dose d'antidépresseurs. Ça vous aiderait peut-être à sortir de chez vous.

– Mis à part le fait que je ne veux pas sortir, je me sens bien. Je ne veux plus de pilules. »

Celeste tripota l'élastique, le fit claquer contre sa peau. Allison désigna le poignet de Celeste.

« Et où en êtes-vous avec l'élastique ?

– C'est comme avaler de la saccharine quand on a envie de sucre.

– Mais vous ne vous êtes pas fait mal aujourd'hui.

– Non. Pas aujourd'hui.

– Parfait. Et hier ?

– Une fois. Juste une fois, dit Celeste en passant le doigt sur la fine cicatrice qu'elle avait au bras.

– Avez-vous mangé aujourd'hui ?

– Oui. Un bol de céréales au petit déjeuner, une salade à midi.

– Magnifique. »

Comme si avaler deux repas frugaux et ne pas se taillader la peau signifiait qu'on était en bonne santé mentale. Celeste entortilla l'élastique autour de son poignet. Une étincelle de douleur, rien de plus, juste assez pour lui rappeler qu'elle était en vie alors que Brian était mort et enterré, enfermé dans un cercueil, incapable de voir le soleil, de respirer l'air.

« J'aimerais emprunter votre ordinateur, dit Allison. Je sais que vous avez un système très puissant et j'ai besoin d'une machine capable de traiter des données rapidement. Ça ne prendra que quelques minutes. »

Non, non, bon Dieu non, faillit dire Celeste. Elle détestait l'idée que quelqu'un touche à son ordinateur – son unique et précieux lien avec le reste du monde. Mais c'était Allison, la personne qui lui offrait une lueur d'espoir deux fois par semaine. Elle ravala donc sa salive et répondit :

« Pas de problème.

– Mon ordinateur a été infecté par un virus ce matin. Il est foutu.

– Apportez-le-moi et je verrai si je peux le réparer, proposa Celeste.

– C'est gentil de votre part. Je dois compiler des résultats de recherche pour un rapport. J'ai apporté sur un CD les logiciels et les données dont j'ai besoin.

– Mon ordinateur est dans le bureau. Est-ce que vous voulez un café ? Ou une boisson fraîche ?

– Non, merci. Je ne veux vraiment pas vous déranger.

– Vous ne me dérangez pas. C'est au bout du couloir à droite. L'ordinateur est déjà allumé. »

Allison la remercia et longea le couloir. Quelques instants plus tard, Celeste entendit le cliquetis du clavier, le ronronnement du lecteur CD.

Elle eut soudain envie de se taillader la peau, d'éprouver la douce morsure du rasoir. Une envie tout d'abord douce, comme un feu qui couve, puis aussi dévorante qu'un brasier. *Bien sûr que tu en as envie,* pensa-t-elle, *tout simplement parce qu'Allison est ici mais que tu n'as pas toute son attention. Si tu veux de l'attention, rappelle les producteurs de télévision et dis-leur que tu feras ce nouveau reality-show. Là, tu en auras, de l'attention.* Elle tira sur l'élastique, qui se cassa en deux. Elle plongea la main dans son sac à main pour en prendre un autre, effleura le flacon de pilules qu'Allison lui avait donné la semaine précédente, le petit rasoir qu'elle dissimulait au fond de son sac. Ses doigts se refermèrent sur l'étui du rasoir.

Juste une toute petite coupure. Rien qu'un peu.

Elle ferma les yeux et le monde se replia autour d'elle. Elle était à nouveau prise au piège dans la maison aussi chaude que le soleil, la maison de leurs rêves, celle qu'ils s'étaient offerte avec l'argent de *Naufragés*. Elle était ligotée, en larmes, et implorait son fan, le Détraqué, de ne pas faire de mal à Brian, de le laisser tranquille, de lui faire mal à elle, pour l'amour de Dieu, pas à lui. Et son fan lui envoya un baiser du bout des doigts et se pencha au-dessus de Brian, un couteau étincelant à la main.

Celeste s'effondra sur une chaise. La déchirure du souvenir était pire que celle du rasoir, et les flashes revenaient si vite qu'elle n'avait pas le temps de se taillader. Mais elle se ressaisit, reprit son souffle. Seule demeura la brûlure du chagrin derrière ses yeux.

« Celeste ? prononça Allison en lui posant la main sur l'épaule.

– Ne me touchez pas », répondit-elle d'une voix qui ne semblait pas la sienne, une voix plus basse, abattue.

Allison ôta sa main.

« Est-ce que ça va ?

– Oui. »

Elle se releva et fit tomber son sac à main dont le contenu se répandit dans un grand bruit sur le carrelage.

« Celeste. Vous étiez en train d'avoir un flash-back.

– Oui. Mais c'est passé.

– Vous êtes en sécurité.

– Oui, merci, je sais. »

Elle se sentit rougir de honte et aurait voulu qu'Allison s'en aille.

« Qu'est-ce qui l'a déclenché ?

– Je crois... le bruit de vos doigts sur le clavier. Je n'entends personne d'autre que moi taper sur un clavier, et quand c'est moi, je n'y fais pas attention. Après être entré chez moi et m'avoir ligotée, le Détraqué s'est servi de notre ordinateur. Et il a détruit mon site Internet, expliqua-t-elle d'une voix râpeuse.

C'était la première étape pour ne pas avoir à me partager avec le reste du monde, continua-t-elle en frissonnant.

– Je suis vraiment désolée.

– Je vais bien. »

L'envie de se lacérer commençait à s'estomper, le feu devenait fumée.

« Je vais rester avec vous pour que vous ne vous fassiez pas de mal.

– Pas la peine. Je pleurerai peut-être. Mais je ne me couperai pas. »

Allison acquiesça.

« Vous faites de réels progrès.

– J'espère. »

Elle espérait. Des pas de bébés. Elle ne se voyait toujours pas ouvrant la porte et plongeant dans le vaste monde. C'était trop.

« J'en ai fini avec l'ordinateur. Encore merci.

– Pas de problème.

– Je ne veux pas me mêler de ce qui ne me regarde pas, mais j'ai vu sur votre écran que vous étiez connectée à l'un des forums de soutien aux personnes souffrant de traumatismes.

– Oui. Celui de Victor Gamby. Je crois vous avoir parlé de lui. C'est un de mes amis à Los Angeles – il cherche infatigablement à éveiller les consciences sur la question du PTSD. Il voulait que je fasse une apparition à ses côtés dans l'émission d'Oprah.

– J'espère que vous aurez la force d'accepter sa proposition.

– Mon Dieu, vous plaisantez ? Hors de question. Jamais de la vie.

– Un jour, Celeste, vous sortirez de cette maison. Vous en aurez envie. »

Celeste n'arrivait plus à parler. Allison s'éclaircit la voix, plissa les yeux comme si elle cherchait le mot juste.

« Ces groupes de discussion... c'est bien que vous alliez vers les autres.

– Je ne parle pas de moi. Je lis juste ce que les autres écrivent.

– Mais ça vous fait du bien de savoir que vous n'êtes pas seule.

– J'ai fait de ma solitude un art. »

À la grande surprise de Celeste, Allison s'agenouilla parmi les objets qui étaient tombés du sac à main, saisit un élastique, se releva d'un air gêné et lui glissa l'élastique autour du poignet.

« Le jour viendra où vous ne voudrez plus être seule. »

Celeste haussa les épaules.

« Qui voudrait d'une cinglée comme moi ?

– Oh, Celeste, fit Allison en secouant la tête. J'ai un deuxième service à vous demander.

– Bien sûr.

– Si quelqu'un appelle de l'hôpital – surtout le docteur Hurley – ne lui dites pas que vous m'avez vue aujourd'hui.

– Qui est le docteur Hurley ? »

Allison tira la langue et roula des yeux.

« Mon boss.

– Vous devriez avoir honte de faire l'école buissonnière, dit Celeste.

– On a tous besoin d'un jour de repos pour le bien de notre santé mentale.

– Ou d'une semaine, ou d'un mois, ou d'un an.

– Je vous appellerai demain pour savoir comment ça va, dit Allison.

– Merci. »

Allison s'en alla et Celeste referma la lourde porte derrière elle. Elle écarta le rideau pour jeter un coup d'œil dehors, regarda les murets de pisé qui entouraient sa pelouse tandis qu'Allison montait dans sa BMW et s'éloignait. Celeste resta à la fenêtre, la main posée contre la vitre renforcée. Vingt secondes plus tard, une autre voiture fila dans la rue, puis tout redevint calme et Celeste écouta le vent agiter les branches des peupliers.

Elle retourna à son ordinateur – Allison avait pensé à le laisser tel qu'elle l'avait trouvé. Le message du jeune soldat de retour de Bagdad était affiché au centre de l'écran. Elle cliqua sur « Répondre » et écrivit : *Les choses s'arrangent, mon petit, assure-toi de trouver un médecin qui comprend vraiment le PTSD et qui t'écoutera. Ne les laisse pas te dire que c'est juste dans ta tête ou qu'il s'agit de dépression, ne les laisse pas te gaver de pilules pour te soulager. Ne perds pas la foi. Si tu étais ici, je te serrerais dans mes bras si tu m'y autorisais.*

Puis, à la jeune fille qui se lacérait, Celeste écrivit : *Je voulais me couper aujourd'hui, mais ne l'ai pas fait. Ces derniers temps, je parviens mieux à résister à l'envie. Peut-être est-ce le changement de saison, peut-être suis-je moins « folle » aujourd'hui, mais nous ne sommes pas folles nous sommes brisées et nous sommes aussi la colle qui permettra de recoller les morceaux. Douce jeune fille, je sais que nous autres, membres de cette liste, nous nous soucions les uns des autres et si j'étais près de toi je te serrerais dans mes bras et te dirais : Tu vas t'en sortir, tu vas y arriver.* Elle signa les deux réponses « cébé », le pseudonyme qu'elle avait créé à partir de ses initiales pour s'en servir sur ce forum, de peur que son vrai nom n'attire les vautours des médias.

Elle cliqua sur « Envoyer ». Elle ne voulait pas que d'autres traversent l'enfer qu'elle traversait. Elle n'avait que vingt-huit ans, mais ces gamins dévastés étaient plus jeunes qu'elle, et ça lui brisait ce qui lui restait de cœur. Le refus opposé à Victor, le flash-back, les messages pleins de tristesse. Elle avait besoin d'un remontant. Elle chercha les antidépresseurs qu'Allison lui avait prescrits, s'agenouilla au milieu du fouillis tombé de son sac. Le rasoir. Les élastiques. Son portefeuille.

Le flacon qu'elle gardait dans son sac avait disparu. Des pilules bleues et d'autres blanches. Les bleues en cas de coup de cafard, comme maintenant, lorsqu'elle avait besoin du réconfort d'un antidépresseur, et les blanches juste avant les séances avec Allison, pour se calmer, pour avoir moins de mal à parler de Brian et du Détraqué. Mais le flacon était bien là, par terre, n'est-ce pas, quand Allison avait ramassé un élastique pour remplacer celui qui s'était brisé ?

Elle s'agenouilla, regarda sous la chaise et la table basse, puis finit par se lever et arpenter la pièce. Elle se rendit à la salle de bains et trouva un flacon plein de ses chères pilules bleues. Mais pas de blanches. Qu'est-ce qu'elle en avait fichu ? Elle aurait dû demander un renouvellement à Allison, mais ce n'était pas grave, elle devait la revoir deux jours plus tard.

Elle goba une « vilaine bleue », comme elle les appelait, et alla s'asseoir devant sa fenêtre. Elle observa les fluctuations de la lumière du soleil depuis l'intérieur de sa cage. Ses pilules la turlupinaient toujours. Elles étaient dans son sac à main cet après-midi, elle en était sûre.

Peut-être qu'Allison les avait prises quand elle avait fouillé parmi les objets tombés de son sac. Mais pourquoi ? Sans rien lui dire ? Et lui demander de garder un secret, comme si elles étaient deux adolescentes, était carrément bizarre. Pas professionnel, à vrai dire. Garder un secret était une responsabilité, et elle n'en voulait absolument aucune.

Elle se leva et se dirigea vers le téléphone.

6

Miles ralentit le pas en atteignant Palace Avenue. Il parcourut le parking du regard. La BMW gris métallisé d'Allison y était garée.

Il vit alors Sorenson pénétrer dans le bâtiment par la porte de devant. Il portait un attaché-case volumineux. Miles pensa immédiatement aux attachés-cases utilisés par les avocats du gouvernement pour apporter d'énormes dossiers à la salle d'audience.

Miles se réfugia près d'un peuplier, compta jusqu'à trente, puis gravit les marches avant de pénétrer à son tour dans le bâtiment.

Le cabinet d'Allison était fermé. Il se risqua à coller brièvement l'oreille à la porte. Il entendit un infime bruit de pas. Le couloir empestait la peinture et le solvant et il entendit des voix à l'étage, des ouvriers discutant des rénovations, une femme demandant d'une voix douce quand les travaux seraient achevés car elle comptait quitter Denver pour s'installer ici et, bon Dieu, il lui fallait un bureau avant que les loyers n'augmentent. Les peintres se mirent à rire et concédèrent qu'elle avait raison de vouloir faire vite.

Continuez de les occuper, mademoiselle, s'il vous plaît, pensa Miles. Frapper à la porte ou attendre ? Faire face à Sorenson – mais pour lui dire quoi ? Qu'il n'avait pas de licence pour pratiquer ? Il songea au procédé étrange qu'avait choisi Allison pour faire sa demande : un mot dissimulé dans son flacon de médicaments. Elle ne pouvait sans doute pas lui demander de l'aide devant Sorenson. Celui-ci était donc son prétendu gros problème. Elle ne pouvait même pas demander de l'aide par téléphone, ce qui pouvait signifier que Sorenson était sans cesse dans les parages. Ou qu'il surveillait ses appels...

Tout cela semblait ridicule. C'était de la parano. Mais elle avait affirmé que Sorenson était médecin, alors que c'était faux. Qui était-il ?

Il s'écarta de la porte et pénétra dans le bureau qui faisait face au cabinet d'Allison. La porte était ouverte, la peinture beige sur les murs était fraîche. Les ouvriers à l'étage devaient aussi rénover ces pièces-ci. Ils risquaient de revenir d'une seconde à l'autre et il ne voulait pas avoir à expliquer sa présence. Il poussa doucement la porte, la laissant juste assez entrouverte pour pouvoir observer la porte d'Allison.

Deux minutes plus tard, Sorenson sortit du cabinet d'Allison, referma la porte à clé et quitta le bâtiment par la porte de devant. Il n'avait plus son attaché-case à la main.

Miles regarda Sorenson quitter son champ de vision et, dix secondes plus tard, la porte derrière laquelle il se cachait vint le frapper en plein visage.

« Doux Jésus, monsieur, désolé, dit le peintre en regardant derrière la porte.

– C'est ma faute, parvint à dire Miles. Désolé.

– Ces bureaux sont déjà loués, expliqua l'homme. Ceux à l'étage sont disponibles.

– OK, merci, désolé. »

Miles s'enfuit dans le couloir et pénétra dans les toilettes. Il se lava le visage, compta jusqu'à trente. Au bout d'une minute, il entendit le pas lourd du peintre qui remontait l'escalier.

Il gagna en vitesse la porte du cabinet d'Allison et tira de sa poche le jeu de crochets qu'il avait rapporté de chez lui. L'objet ressemblait à un couteau suisse, et il déplia une lame qu'il enfonça doucement dans la serrure. Il n'avait pas forcé de serrure depuis qu'il avait cessé d'espionner au profit des Barrada, depuis qu'il avait rencontré les fédéraux pour aider à les faire tomber. Les crochets pour forcer les serrures faisaient partie du monde qu'il avait laissé derrière lui, mais en arrivant à Santa Fe, il en avait acheté un jeu tout simple sur Internet. Puis il avait rassemblé et caché dans une consigne de la gare routière divers équipements ainsi que de l'argent au cas où le FBI ne parviendrait plus à assurer sa sécurité, au cas où il aurait besoin de disparaître par ses propres moyens. Car jusqu'à ce qu'il perde la boule, il s'était toujours débrouillé tout seul.

Il se mordit la lèvre en actionnant le mécanisme et se demanda si crocheter la serrure d'une personne qui l'avait appelé à l'aide constituait une violation de la déclaration de principes que le Service de protection des témoins lui avait fait signer. Il n'était pas censé commettre de délit. Si elle ne constituait pas un contrat, la déclaration énumérait noir sur blanc ses responsabilités en tant que citoyen fraîchement repenti, en échange de quoi le gouvernement s'engageait à le protéger. Si le FBI découvrait qu'il avait forcé une serrure, il risquait de se faire exclure du programme de protection. Alors, il serait un homme mort.

Il franchissait une ligne qui n'était pas tracée à l'encre, ni dans le sable, une ligne qui reposait sur de la confiance. Mais Allison ne répondait pas au téléphone et Sorenson – qui n'était pas médecin et avait menti en prétendant l'être – allait et venait à sa guise dans son cabinet. Il avait peur pour elle.

Le verrou se débloqua.

Il pénétra dans le cabinet, referma la porte derrière lui et la verrouilla. Il parcourut la pièce du regard.

Elle n'était pas là.

Bon, très bien. Elle n'est pas ici. Sorenson entre avec un gros attaché-case et repart sans, ce qui signifie qu'il l'a laissé ici. Et ce qu'il contient nous dit qui il est.

Il fouilla dans le placard ; il ne comportait qu'un sweat-shirt à capuche, un imperméable, un parapluie, un carton de déménagement fermé marqué DIVERS et une boîte de fournitures de bureau. Il regarda sous le bureau. Rien. Il n'y avait pas beaucoup d'endroits où cacher un gros attaché-case. Il fouilla le bureau méthodiquement en se disant qu'il ferait mieux de partir, qu'il n'était pas détective privé, qu'il n'était plus l'espion des Barrada.

« Je ne crois pas qu'elle apprécierait de te trouver ici », dit Andy.

Miles ne fit pas attention à lui. Aucune trace de l'attaché-case. Ce qui ne le rendait que plus intéressant ; il devenait un objet sur lequel Sorenson ne voulait pas qu'on mette la main. Mais il était à court de cachettes.

Le téléphone sonna. Il ne décrocha pas. Cinq sonneries, puis l'annonce du répondeur d'Allison qui demandait simplement à la personne qui appelait de laisser un message. Une douce voix féminine se fit entendre : « Salut, Allison, Celeste Brent à l'appareil, heu, les médicaments que vous m'avez donnés la semaine dernière semblent s'être volatilisés... je ne retrouve plus les pilules blanches. Il me faudrait un renouvellement. » Une pause, mais il entendait toujours le souffle de la femme à l'autre bout de la ligne. « Et le fait de devoir garder vos secrets me met plutôt mal à l'aise. Ce n'est rien de personnel, je crois simplement que nous franchissons une ligne que nous ne devrions pas franchir. Donc, s'il vous plaît, ne me placez plus dans cette situation. Si vous trouvez que j'exagère, je suis désolée, appelez-moi et on discutera. » La femme raccrocha.

Celeste Brent. Ce nom lui semblait vaguement familier, mais il n'arrivait pas à le situer. Il se promit d'en avoir le cœur net et de découvrir de qui il s'agissait.

Il entendit alors une voix dans le couloir, une clé que l'on insérait dans la serrure.

Il se glissa dans le placard, ferma la porte en sorte de pouvoir apercevoir une partie de la pièce, puis il entendit la porte du cabinet s'ouvrir et se refermer.

Miles était mort de honte à l'idée de se faire surprendre par Allison, mais c'est Sorenson qu'il vit passer à la hâte devant les fauteuils où la psychiatre et lui s'installaient toujours. Il le perdit de vue mais entendit une chaise craquer, des doigts pianoter sur un clavier pendant plusieurs minutes. Il resta immobile, prenant soin de respirer silencieusement par le nez, sentant la panique lui grimper le long de la colonne vertébrale. Bon Dieu ! Et si Sorenson restait là jusqu'au moment où Miles était censé rencontrer Allison ? À cette idée il sentit ses jambes flageoler, sa bouche s'assécher.

Le bruit des doigts sur le clavier s'arrêta. Il entendit Sorenson dire, apparemment au téléphone : « Le mécanisme est en place. Dodd n'est pas au courant. » Un rire, une pause. « Ce soir. Oui. Chez elle. Pas de problème. » Puis silence.

Miles tendit l'oreille. Qu'est-ce que ça voulait dire ? Qui était Dodd ? Le silence était horrible. Il s'imagina Sorenson marchant droit sur le placard.

Puis il entraperçut le blazer de Sorenson comme celui-ci passait devant l'interstice étroit et l'entendit ouvrir une desserte à classeur, puis la refermer brusquement après quelques secondes de silence. Il entendit le cliquetis du verrou de la desserte.

Puis des pas traversant la pièce, la porte du cabinet s'ouvrant, se refermant, à nouveau le bruit du verrou.

Miles demeura parfaitement immobile. Figé. Il compta jusqu'à trois cents. Puis recommença. Il sortit lentement du placard, les mains tremblantes. Il inspecta la desserte. Il pouvait crocheter le verrou – mais, non, il ne pouvait pas fouiller dans les dossiers des patients. Ce serait une trop grande trahison. Il sortit de la pièce et s'en alla en enfonçant le jeu de crochets dans sa poche.

Il scruta des deux côtés de la rue. Aucun signe de Sorenson. Tout cela n'avait aucun sens, Sorenson qui farfouillait sur l'ordinateur d'Allison, qui consultait ses dossiers, qui planquait un attaché-case dans son bureau. Il redescendit Palace Avenue à la hâte en direction de la Plaza. Il tira son téléphone portable de sa poche et essaya à nouveau le numéro d'Allison.

« Allison ? dit-il lorsqu'elle décrocha.

– Oui. Michael ?

– S'il vous plaît, dites-moi ce qui se passe. Qu'est-ce qui vous arrive ? »

Elle ne répondit pas sur-le-champ et il entendit un grondement de moteur ; elle devait être en voiture.

« Pouvez-vous venir à sept heures ?

– Oui.

– Je vous expliquerai alors, avant l'arrivée de Sorenson. »

Il tenta un coup de semonce.

« Sorenson est-il vraiment médecin ? »

Un rire gêné.

« Très bien joué. Non, il ne l'est pas.

– Pourquoi m'avez-vous menti ?

– Parce que je ne voulais pas qu'il sache... que vous pouviez m'aider.

– Qui est-il ? Est-ce qu'il vous menace ?

– Je vous dirai tout ce soir. Je ne peux pas parler pour le moment.

– Il prépare quelque chose pour ce soir chez vous. »

Une pause.

« Qu'en savez-vous ? » demanda-t-elle avec une pointe de stupéfaction dans la voix.

Il décida d'attendre. De la voir face à face.

« Je le sais. Je suis... J'étais détective, je sais découvrir des choses.

– C'est à ça que vous avez passé votre journée... à enquêter ? demanda-t-elle, visiblement surprise.

– Oui. C'était ma spécialité.

– Je n'en doute pas le moins du monde. Je sais que je peux vous faire confiance. Venez à sept heures et je vous expliquerai tout.

– D'accord. Allison... Qui est Dodd ? »

Mais elle avait raccroché.

Il essaya de la rappeler. Pas de réponse.

Comme il marchait, le vent se mit à souffler en rafale et il sentit dans l'air le parfum brut de l'orage. Il gravit en courant les marches menant à son appartement. Il faisait trop chaud.

Il entrouvrit une fenêtre de quelques centimètres, laissa entrer l'air frais. Le FBI avait proposé de lui louer une maison, mais une maison signifiait trop d'espace et de calme, trop de place pour qu'Andy se promène librement.

Épuisé par la chaude alerte dans le cabinet d'Allison, il se laissa tomber sur son lit.

Il relut le mot, agita le flacon et fit tomber une pilule dans sa main ; une minuscule gélule blanche. Il avait décidé de ne pas en prendre après le flash-back dans le bureau de Joy car il ne voulait pas être sous l'emprise du médicament lorsqu'il rencontrerait DeShawn. La gélule était aussi légère qu'une plume. Il la tritura. L'enveloppe s'enfonça sous son ongle. Il appuya plus fort. L'entaille s'approfondit.

Il sépara les deux moitiés de la gélule... vide.

Elle lui avait donné un flacon de fausses gélules. De plus en plus bizarre.

Il s'étendit, contempla le plafond. La responsabilité – il devait l'aider, prendre la décision d'agir et non pas se contenter d'être – lui pesait comme un fardeau. Il avait à peine fermé l'œil la nuit précédente, agité qu'il était à l'idée d'écrire la confession, ses yeux le faisaient souffrir. Et s'il ne parvenait pas à l'aider, s'il n'était pas à la hauteur de la tâche ? Il toucha la confession dans sa poche et ferma les yeux pour essayer de réfléchir.

7

« EST-CE QUE ÇA MARCHE ? » demanda Groote. Il retint son souffle et pensa : *Ça y est, Amanda, voici le miracle qui va te sauver et te fera aller à nouveau bien.* Il avait pris l'avion depuis le comté d'Orange jusqu'à Albuquerque, puis avait foncé vers le nord pendant une heure pour gagner Santa Fe. Son épuisement après la longue nuit d'attente pour descendre le comptable s'était évaporé. « Est-ce que ça marche vraiment ? »

Et dans la salle de conférences de l'hôpital, le docteur Leland Hurley sourit à Groote, à ses espoirs, à ses questions. Puis il se remit à parler du moyen d'atténuer les terribles répercussions émotionnelles des souvenirs les plus effrayants, assenant tout un glossaire de produits chimiques : épinéphrine, propanolol, superbêtabloquants, récepteurs adrénergiques. Hurley parlait de rendre une vie normale aux patients, et Groote n'avait qu'une seule question en tête : *Est-ce que ça marche, est-ce que ça marche, est-ce que ça marche ?*

« Montons au dernier étage », proposa le docteur Hurley en désignant l'ascenseur.

Le dernier étage signifiait Frost. Le médicament.

La plupart des patients avaient dîné tôt et étaient dans leurs chambres, des espaces minuscules mais confortables. Au bout du couloir principal du dernier étage se trouvait une grande salle où ils pouvaient se réunir et discuter.

« Vous allez assister à un spectacle qu'il ne vous sera pas donné de voir tous les jours », annonça Hurley comme ils franchissaient une porte sur laquelle étaient inscrits les mots :

TRAITEMENT PAR RÉALITÉ VIRTUELLE

SILENCE, S'IL VOUS PLAÎT

C'était une pièce obscure, divisée en deux par un écran de verre, et dont les murs étaient occupés par tout un tas d'ordinateurs. De l'autre côté de la séparation, un jeune homme était suspendu au plafond par quatre câbles élastiques. Un casque étrange lui recouvrait les yeux et les oreilles. Il portait une combinaison blanche moulante couverte de fils électriques et de gadgets minuscules dont Groote supposa qu'ils enregistraient les battements de son cœur, sa respiration et d'autres fonctions vitales. Le patient était presque immobile et s'agitait seulement de temps à autre en réaction aux scènes diffusées dans ses lunettes. Sur un écran, une sorte de film d'animation montrait trois hommes approchant dans une allée sombre et humide. L'un d'eux tenait une chaîne, un autre un rasoir.

« Qu'est-ce que c'est ? demanda Groote.

– Nous recréons leur traumatisme, expliqua Hurley avec un sourire acéré comme un couteau. Nous effectuons des recherches approfondies et les interrogeons longuement pour obtenir les détails de leur traumatisme, puis nous construisons un scénario sur ordinateur qui correspond à ces détails. Nous pouvons voir la scène à l'écran pendant que le patient la voit dans ses lunettes, comme s'il était plongé dedans. Vous voyez, c'est un peu comme un jeu vidéo, sauf que nos films sont faits sur mesure pour aider les patients à affronter leurs pires peurs. Ça aide ceux qui ne sont pas encore disposés à parler avec cohérence de ce qu'ils ont vécu à assimiler les souvenirs pour qu'ils puissent enfin en discuter. Et puis le médicament, Frost, permet d'affaiblir ces mauvais souvenirs. Ce sujet a failli perdre la vie après une violente agression par un gang à Washington. Nous avons donc recréé son agression.

« Réalité virtuelle, dit Groote. Mais ce n'est pas indispensable pour que le médicament fasse effet, n'est-ce pas ?

– Ça nous sert de camouflage pour nos recherches. Chaque patient ici croit tester l'efficacité du traitement par réalité virtuelle… ils ignorent qu'on leur administre un médicament.

– Ils ne savent pas qu'ils servent de cobayes, dit Groote en fronçant les sourcils.

– Non. Nous ne pouvons pas leur dire. Il est important que ces recherches demeurent secrètes car nous vendrons les résultats à un laboratoire pharmaceutique qui prétendra les avoir effectuées lui-même. »

Au bout de ses câbles, le jeune homme s'agita, se mit à haleter et à implorer de l'aide tandis qu'à l'écran, les voyous virtuels l'attaquaient à coups de chaîne et de couteau. Un technicien assis du même côté de la séparation de verre que Groote et Hurley parla doucement au patient dans un micro pour le rassurer.

« J'ai cru comprendre que votre belle-fille souffrait d'un traumatisme intéressant. »

Intéressant ? Joli mot. Ce type était un vrai dingo de rats de laboratoire.

« Ma fille. Je l'ai adoptée. Sa mère et elle roulaient au bord d'un canyon lorsque des coups de feu ont été tirés depuis une autre bagnole. La voiture est sortie de la route et elles se sont retrouvées coincées. Ma femme est morte au bout de quelques heures, mais ma fille est restée piégée à côté du cadavre de sa mère pendant trente-six heures avant qu'on les trouve. » Il sentit sa gorge se nouer. Il était surpris de partager ainsi la tragédie de sa famille avec un quasi-inconnu, mais il savait qu'il avait trouvé ce qu'il cherchait, un véritable espoir pour Amanda, la promesse d'un avenir sans couloirs d'hôpitaux, sans sédatifs, sans soins permanents. « Les médecins ne sont pas parvenus à l'aider. Elle cherche à se faire mal.

– Son cerveau est confronté à un rappel constant du souvenir traumatique. Le souvenir – ainsi que le traumatisme qui y est associé – renforce les cauchemars, la peur, la paranoïa, expliqua Hurley. Dans le cas de votre fille, tout devient une réaction à la puissance du souvenir. Je suppose qu'elle a peur de rouler en voiture, ou que le fait de penser à sa mère la plonge dans un état dissociatif qui la mène à revivre le traumatisme, ou qu'elle se fait mal parce qu'elle pense qu'elle aurait dû mourir avec votre femme.

– Oui », confirma Groote.

Hurley désigna l'homme suspendu aux câbles.

« L'essentiel de notre recherche visant à atténuer le souvenir traumatique – nous ne pouvons naturellement pas complètement l'effacer – a tourné autour de l'utilisation de bêtabloquants qui ont pour objectif d'empêcher la formation du souvenir. Lorsque nous vivons une expérience effrayante, notre cerveau active des hormones de stress, des neurotransmetteurs et des bêtarécepteurs périphériques... ce que j'appelle un "concentré de peur", précisa Hurley en souriant. Ces produits chimiques renforcent le souvenir de l'événement traumatisant. En théorie, nous pouvons empêcher aussitôt la formation du souvenir traumatique en administrant des antagonistes bêta-adrénergiques, tels que le bêtabloquant appelé propanolol, afin que le souvenir du traumatisme n'ait jamais la puissance du concentré de peur, pour dire les choses simplement. »

Groote acquiesça.

« J'ai étudié la chimie à l'université, les explications techniques ne me font pas peur. »

Hurley sourit comme s'il ne le croyait pas.

« Bien entendu. Un souvenir traumatique se consolide dans diverses régions de notre cerveau, il ne se localise pas seulement dans un groupe de cellules que nous pourrions éradiquer. Mais les moments où le patient se rappelle le souvenir, comme ce garçon est en train de le faire, sont aussi ceux où le souvenir est le plus fragile d'un point de vue chimique. C'est alors que nous pouvons l'affaiblir, rendre son impact moins handicapant. Vous arrachez le souvenir du cerveau, comme on arrache une rose de la terre. Si vous ne le traitez pas, le souvenir s'enracine à nouveau, plus fortement, plus profondément. Mais si vous l'affaiblissez après l'avoir arraché, vous pouvez en ôter les épines, si j'ose dire. Le problème avec les expériences précédentes était qu'il fallait administrer des bêtabloquants très tôt après le traumatisme. Nous ne pouvions rien pour les patients souffrant de traumatismes à long terme. Jusqu'à Frost. C'est un cocktail – enfin, le terme "combinaison" semble plus approprié – de drogues mêlant plusieurs approches : un super-bêtabloquant synthétique destiné à affaiblir le concentré de peur associé à de puissantes nouvelles enzymes cérébrales qui empêchent les souvenirs effrayants de se doter de nouvelles épines. »

Sur les écrans, l'un des agresseurs virtuels assena à l'homme un violent coup de pied à la poitrine, puis lui colla son couteau sous la gorge. Le patient resta immobile au bout de ses câbles et inclina légèrement la tête comme si la scène l'intéressait à peine.

« Vous affirmez que ce médicament pourrait permettre à ce type d'oublier cette agression ?

– Pas complètement. Mais il élimine le traumatisme et empêche le souvenir effrayant de se renforcer. Frost peut rendre le souvenir de ce passage à tabac inoffensif, de sorte qu'il ne produira aucun désordre de stress post-traumatique, dit Hurley en tapotant un stylo contre sa lèvre inférieure et en souriant fièrement. Cet homme a été agressé il y a deux ans. Il y a quatre mois, le fait de voir la reconstitution numérique le plongeait pratiquement dans un état dissociatif. Mais maintenant, après notre traitement, son pouls est un peu élevé, il est nerveux, mais il n'a plus peur.

– Vous avez découvert un remède. »

Hurley se fendit d'un large sourire.

« Ça fonctionne. Tant que nous l'administrons en combinaison avec une thérapie qui fait remonter le souvenir traumatique, comme notre salle de réalité virtuelle ou une thérapie psychiatrique ordinaire. Venez avec moi. »

Groote le suivit hors de la pièce et ils empruntèrent le couloir jusqu'au bureau encombré de Hurley. Le médecin s'assit devant son ordinateur et se mit à pianoter sur le clavier.

« Les quarante-six patients à qui nous avons administré Frost souffraient de PTSD sévère, avec des flash-back extrêmes, des angoisses prononcées, et souvent un comportement inadapté. Chacun d'entre eux a montré une atténuation régulière de son traumatisme grâce à l'utilisation de notre médicament par comparaison au groupe de contrôle de quarante-six patients ayant reçu un placebo. C'est un petit échantillon, mais il suffira à intéresser les groupes pharmaceutiques.

– Et cette Allison Vance est au courant de ce programme.

– Elle ne sait rien de Frost, elle est juste au courant des expériences sur la réalité virtuelle. Mais je crois qu'elle commence à se douter que nous administrons un médicament aux patients. Je l'ai surprise en train de prélever un échantillon de sang au labo. Elle a prétendu qu'elle soupçonnait le patient d'être séropositif et qu'il fallait le tester.

– C'est plausible.

– D'après moi, elle pense que les échantillons de sang dissimulent quelque chose, dit Hurley. Si elle mettait la main sur Frost, ou si elle savait que nous mettons nos recherches aux enchères auprès des fabricants de médicaments, elle pourrait créer des problèmes.

– Les laboratoires pharmaceutiques ne peuvent pas développer ce produit eux-mêmes ?

– Pensez au nombre de publicités pour les médicaments que vous voyez. Leurs budgets marketing sont bien plus élevés que leurs budgets recherche et développement. Nous allons faire fortune, et eux aussi. »

Hurley se tourna de nouveau vers l'ordinateur.

« Où Quantrill a-t-il obtenu le dossier Frost ? demanda Groote en croisant les bras.

– Je n'en sais rien.

– Il l'a volé ? C'est un voleur, même si vous l'affublez du joli titre de consultant. »

Hurley ne répondit rien. Groote se pencha en avant.

« Voici ma théorie. Il ne veut pas que les laboratoires pharmaceutiques apprennent où il s'est procuré Frost, pas vrai ?

– Je ne saurais vous le dire, monsieur Groote.

– Pourquoi avoir impliqué Allison Vance ?

– Elle est ici depuis peu, elle n'est pas intégrée à la communauté des psychiatres de la ville. Elle reste dans son coin. Il me fallait un médecin pour pratiquer des examens. Elle était bon marché et efficace. Les patients l'aimaient bien.

– Elle pourrait subtiliser un échantillon du médicament et le faire analyser.

– C'est moi qui administre toutes les doses. Il n'en manque aucune.

– Qu'en savez-vous ?

– Je les compte.

– Est-ce que ce sont des comprimés ? Pourrait-elle les remplacer par des faux ? »

Le rouge monta au visage de Hurley.

« Vous lui accordez beaucoup trop de crédit. Elle n'aurait pas recours au vol. Elle appellerait simplement les autorités si elle soupçonnait quelque chose.

– Il suffit d'acheter son silence si elle commence à faire des vagues.

– Allison n'est pas quelqu'un de motivé par l'argent. C'est une altruiste. Toujours à nous tanner avec le fait que c'est le patient qui vient en premier.

– Pourquoi ne pas tout simplement l'amener ici et l'interroger ? »

Hurley lâcha un rire nerveux.

« Je ne suis pas M. Muscle. C'est pour ça que vous êtes ici.

– Mais elle n'a pas parlé aux autorités de votre organisation.

– Allison ne formulerait jamais une accusation soudaine ou déplacée. Passez cinq minutes avec elle et vous verrez que c'est une femme prudente, comme le sont la plupart des psychiatres. Si vous voulez la voir, nous avons des vidéos de ses entretiens avec des patients... »

Il déverrouilla un tiroir, l'ouvrit, se figea.

« Qu'est-ce qui se passe ? demanda Groote.

– Les DVD sur lesquels je sauvegarde toutes nos recherches ont disparu. »

Frost. Disparu. Groote sentit sa poitrine se serrer.

« Mais ce ne sont que des sauvegardes. Vous avez les originaux sur le disque dur...

– Là n'est pas la question. Si Allison cherche à rendre publiques nos pratiques, elle a les preuves sur ces DVD.

– Peut-être les avez-vous simplement mal rangés.

– Non. J'effectue une sauvegarde quotidienne ici, et je l'enferme dans ce tiroir. Je suis le seul à en posséder la clé, dit Hurley d'une voix paniquée.

– Allison est-elle ici en ce moment ? »

Hurley déplaça sa souris et cliqua sur son écran d'ordinateur. Une fenêtre vidéo apparut montrant les trois points d'entrée et de sortie de l'hôpital ainsi qu'un tableau récapitulant l'utilisation des badges électroniques du personnel.

« Non.

– Où puis-je la trouver ?

– Probablement à son cabinet. Dans Palace Avenue, près de la Plaza.

– Depuis combien de temps est-elle partie ? »

Hurley pianota sur le clavier. Deux des fenêtres vidéo restèrent ouvertes. L'une d'entre elles montrait Allison Vance quittant le bâtiment, à dix heures du matin d'après l'horloge. L'autre vidéo montrait un jeune homme dans une tenue de patient qui se dirigeait vers une porte tout en regardant par-dessus son épaule. L'horloge indiquait dix minutes plus tôt.

« Qui est ce type ? demanda Groote.

– Un patient. Nathan Ruiz. Qu'est-ce qu'il fabrique avec un badge ? Il apparaît à l'écran parce que le badge qu'il utilise a le même code que celui d'Allison... les gardiens n'ont pas dû le voir partir. »

Groote tira son arme de sous sa veste.

« Je ne sais pas comment il a pu quitter cet étage, dit Hurley.

– C'est lui le voleur.

– Pas ce type, il est complètement barré, et les patients ne sont pas au courant pour Frost, répondit Hurley. Je vais me charger de lui. Trouvez Allison et voyez si elle a ces fichiers.

– Ce n'est pas la fin du monde, pas vrai ? Vous avez toujours le dossier original.

– Ne soyez pas idiot. » Hurley était dans tous ses états. Il reprit le couloir en sens inverse, talonné par Groote. « La personne qui a volé les recherches peut les donner à la FDA et réduire nos efforts à néant. Plus de médicament à vendre... continua-t-il en secouant la tête, plus de médicament pour votre fille. »

Groote passa en trombe devant lui.

8

Le tonnerre gronda et Miles ouvrit les yeux, en sueur, la bouche pâteuse, brusquement tiré d'un rêve dans lequel Andy dégainait un pistolet tandis que Miles essayait de dire, *Non, non, non.* Puis Andy s'effondrait sur le béton tacheté de graisse, Miles s'effondrait en face de lui, sa joue heurtant le sol poussiéreux. Il cligna des yeux.

La nuit s'était insinuée dans la pièce.

Il lut le faible éclat du réveil. Six heures cinquante-huit. Il allait être en retard à son rendez-vous avec Allison. Il attrapa son manteau, sortit et se mit à courir dans le crachin froid.

Il longea deux pâtés de maisons, puis traversa la Plaza avant de remonter Palace Avenue. La pluie n'était maintenant plus qu'une brume et il vit les lumières allumées du cabinet d'Allison. Elle l'attendait toujours.

Miles pénétra sur le parking en courant et repéra la BMW d'Allison garée à l'arrière. Puis, comme il tournait la tête en direction du bâtiment, une déflagration ébranla le monde, il se retrouva projeté en arrière à travers la brume et ses épaules heurtèrent le sol. Des taches lumineuses se mirent à danser devant ses yeux.

Il se protégea le visage du bras tandis qu'un souffle chaud s'accrochait à son pantalon, à son ventre. Il roula sur lui-même, tapa sur ses vêtements pour en ôter les débris brûlants, puis se releva en chancelant. La façade du bâtiment s'effondrait mais il n'entendait qu'un sifflement effroyable dans ses oreilles. Des flammes jaillissaient du cabinet d'Allison tels des poings incandescents levés vers le ciel.

Il se remit à courir et se heurta au mur d'air brûlant qui entourait le bâtiment. Il recula en lâchant un gémissement bas et guttural. Le bureau d'Allison – à l'avant, sur la droite – brûlait comme le cœur de l'enfer. Miles resta là, abasourdi.

Il entendit deux camions de pompiers approcher dans un hurlement de sirènes. La douleur commença à lui gagner les bras, les mains. Il toucha le sang sur sa peau et dans ses cheveux, sentit qu'il séchait déjà.

Il recula d'un pas hésitant, sortit son téléphone portable, composa le numéro du *pager* d'Allison, saisit frénétiquement son propre numéro pour qu'elle le rappelle. *Elle n'est pas là, peut-être est-elle allée dîner parce que j'étais en retard.* Il essaya de l'appeler sur son portable, tomba sur sa messagerie.

Un autre camion s'arrêta en rugissant. Les pompiers se mirent en place avec la rapidité et l'aisance d'experts et l'eau jaillit de leurs lances tandis qu'un parfum de destruction flottait dans l'air nettoyé par la pluie.

Miles esquiva les pompiers, traversa la rue et s'assit au bord du trottoir parmi la foule qui avait déferlé de l'hôtel Posada pour se masser le long de la rue. Il entendit un pompier demander à un gamin dans un uniforme de voiturier ce qui s'était passé.

« Explosion de gaz, mec, un énorme boum », répondit le gamin.

Pas une explosion de gaz, pensa Miles avec horreur tandis qu'il commençait à se remettre du choc. *Non. Sorenson. Il portait un attaché-case en entrant dans son cabinet. Un attaché-case que je n'ai pas trouvé.* Le mécanisme est en place, avait-il dit. *Une bombe, nom de Dieu, il a placé une foutue bombe dans son cabinet et je ne l'ai pas trouvée quand j'en avais la possibilité, c'est ma faute ma faute ma faute...*

« Monsieur ? » Miles releva la tête. Un secouriste se tenait au-dessus de lui. « Vous allez bien ? Vous êtes blessé.

– Non. Ça va. J'allais... – il faillit dire *entrer* mais se rattrapa – passer devant le bâtiment quand ça a sauté.

– Vous êtes coupé. Venez avec moi. »

Miles suivit l'homme en traînant les pieds. Le bâtiment de bureaux frémit à nouveau tandis que le feu s'élevait à travers ce qui restait du toit, projetant des flammes vers le ciel. Un fracas assourdissant retentit lorsque les entrailles brisées du bâtiment s'affaissèrent. Il pensa aux rénovations qui avaient eu lieu à l'intérieur, aux solvants, à la peinture, aux planches, autant d'éléments qui alimentaient le brasier.

Une foule – venue des rues résidentielles voisines, de l'église, des hôtels – s'était formée, et il traversa la masse de badauds, cherchant à apercevoir le visage d'Allison, à entendre sa voix.

J'ai besoin de votre aide. J'ai de gros problèmes. Venez à 19 heures.

Il lui avait fait faux bond.

Sorenson. C'était Sorenson qui avait fait ça. Qu'avait-il dit d'autre ? *Ce soir. Oui. Chez elle. Pas de problème.*

Chez elle.

Il faussa compagnie au secouriste, rebroussa chemin à travers la foule et s'éloigna, incapable de regarder l'incendie.

Personne ne chercha à le retenir.

Miles prit la direction de la maison d'Allison, avançant au pas de course, ignorant la douleur dans ses mains éraflées, le bourdonnement dans ses oreilles, le filet de sang qui serpentait le long de son cou.

« Tu aurais dû mourir avec elle, dit Andy qui courait à ses côtés.

– La ferme », répondit Miles en décochant un coup de poing en direction d'Andy, qui l'esquiva en riant.

Miles continua de courir.

La maison était située au bout de la longue courbe de Cerro Gordo Road, à l'extrémité est de la ville, au sommet d'une colline recouverte d'épaisses broussailles et de petits pins. La rue coupait à travers les flancs de la pente et était bordée de maisons de pisé et de taillis. Bientôt, la route cessa d'être pavée. L'orage – qui était désormais plus un grondement qu'une averse – se déplaçait vers l'est. Les nuages bas et gris assombrissaient les montagnes, les recouvrant tels des linceuls.

Il n'aurait pas dû savoir où elle habitait : elle aurait à juste titre considéré ça comme une intrusion. Il ne l'avait pas suivie non plus et n'avait pas trouvé son nom dans l'annuaire car elle était sur liste rouge. Mais un jour, alors qu'ils quittaient le bâtiment après leur séance, une facture coincée dans le côté de son sac à main était tombée. Il l'avait ramassée, la lui avait rendue, mais il avait aperçu son adresse, le genre d'information que, dans son ancienne vie, il s'était entraîné à mémoriser d'un simple coup d'œil. Il n'était passé devant chez elle qu'une fois, alors qu'il la savait à son cabinet. Juste histoire de repérer le chemin. Car il se disait que si Andy devenait trop encombrant, trop insistant, s'il lui glissait un pistolet dans la main et le lui collait sur la tempe ou dans la bouche, il aurait besoin d'elle et non de ses numéros de *pager* ou de téléphone avant qu'Andy appuie sur la détente.

Il devait savoir où demander de l'aide.

Aux abords de Cerro Gordo, des allées privées quittaient la route principale pour s'enfoncer en serpentant dans les collines. Il s'engagea sur l'allée qui menait au groupe de cinq maisons qui comprenait celle d'Allison, ignora le panneau DÉFENSE D'ENTRER et franchit le portail de pisé qui était ouvert. Sa maison était la deuxième. L'allée de gravier bordée de broussailles était déserte. Il passa à la hâte devant les fenêtres noires de la première maison.

Les lumières de la maison d'Allison étaient éteintes. Pas de voiture dans l'allée. Il courut jusqu'à la porte de devant, essaya doucement la poignée. Verrouillée.

La maison était silencieuse.

« Elle est morte, lança Andy depuis le mur de pisé qui bordait l'allée. Morte, morte, morte. »

Miles contourna la maison en empruntant un sentier pierreux. Il s'agenouilla devant la porte de derrière pour étudier la serrure. Pas de verrou tiré. Si une alarme se mettait à hurler, il se fondrait à nouveau dans la nuit.

Miles tourna la poignée. La porte s'ouvrit. Il se glissa à l'intérieur, referma la porte derrière lui, se retrouva dans la chambre d'Allison. À la faible lueur qui émanait de la salle de bains, il en distingua les détails : mobilier en osier peint en un rose doux, tapis turquoise aux motifs géométriques complexes, étagère recouverte de livres de poche usés, grand lit traîneau. Un bureau surmonté d'un miroir qu'une fêlure traversait de part en part. Il y vit son reflet dédoublé.

Il pénétra dans la cuisine. Des plats étaient entassés dans l'évier. Un verre oublié était posé sur le comptoir carrelé, un reste de soda formait une flaque au fond. Près du verre, une feuille de papier aluminium irrégulièrement déchirée pendouillait de son emballage ouvert. On aurait dit qu'elle venait de sortir faire une course ou était allée répondre au téléphone.

Il traversa la cuisine et entra dans le salon. Le canon d'un pistolet vint se coller doucement contre l'arrière de sa tête.

« Pas un geste », siffla une voix.

9

« Son cabinet est parti en fumée ! » hurla Groote dans son téléphone.

Il se tenait au bout de Palace Avenue et regardait le bâtiment en flammes.

« Parti en fumée ? répéta Hurley comme s'il ne comprenait pas l'expression.

– Détruit, en train de cramer comme une satanée torche ! expliqua Groote. Il y a du monde, j'ai entendu des gens dire qu'une explosion s'était produite. » Il était venu en voiture depuis l'hôpital, s'était arrêté quand la circulation avait commencé à ralentir et avait abandonné sa voiture lorsqu'il avait vu le bâtiment se consumer. « Qu'est-ce que c'est que ce bordel ?

– Je n'en sais rien. Je ne comprends pas, répondit Hurley d'un ton stupéfait. Le cabinet d'Allison est en feu ?

– Quelqu'un est en train de bien nous baiser », dit Groote. *Et de jouer au con avec un médicament qui pourrait aider ma fille. Que Dieu lui vienne en aide le jour où je lui mettrai la main dessus.* « Ce n'est pas une coïncidence. Un patient d'Allison prend le large et on fout le feu à son cabinet. Est-ce que vous avez trouvé le type ?

– Non. Son nom est Ruiz. Il est violent, dangereux. »

Bon sang, pensa Groote. Ça faisait à peine une heure qu'il était en ville et toute l'opération qu'il était censé protéger était en train de s'effondrer.

« Je suppose qu'on ne peut pas appeler les flics.

– Hum, nous préférerions éviter. » Hurley s'éclaircit la voix. « Si Allison est morte, avec un peu de chance, les fichiers ont sauté avec elle. Ce qui signifie que notre affaire ne peut plus être ébruitée.

– Ça ne me plaît pas, dit Groote. Supposez qu'Allison n'était pas dans son cabinet. Où habite-t-elle ? »

10

« Les mains au-dessus de la tête, paumes vers le haut, ordonna la voix. Tout de suite, connard.

– J'ai compris, dit Miles. Pas de problème. Du calme. »

Il contracta les bras et les jambes en pensant : *S'il approche le bras, je peux tirer le pistolet par-dessus ma tête avant qu'il ait le temps de réagir.* Mais si Allison était captive, il risquait de la mettre en danger. Et il ne pouvait s'échapper et l'abandonner derrière lui.

« Allison ! hurla-t-il.

– À genoux, prisonnier », commanda la voix.

Prisonnier ? Miles s'agenouilla. *On peut survivre à une balle dans la tête,* pensa-t-il, *mais pas là où il tient son arme, juste contre ma tempe.* Il savait combien se faire tirer dessus faisait mal, il connaissait la douleur aveuglante.

Des doigts saisirent son portefeuille.

« Michael Raymond, prononça la voix.

– Oui.

– Vous allez me donner une réponse complète à chaque question. »

L'homme s'efforçait d'avoir l'air autoritaire, mais le ton de sa voix trahissait son inexpérience. *Il a tout aussi peur que moi.* Mais la peur n'était pas une bonne chose. La peur signifiait que le type dont le doigt était posé sur la détente du pistolet braqué sur la tête de Miles ne contrôlait pas ses nerfs. Miles se contraignit à parler d'une voix calme.

« Je cherche Allison Vance. Posez ce pistolet.

– Vous êtes avec l'autre type ?

– Quel autre type ?

– Celui qui est entré en premier ?

– Je ne sais pas de quoi vous parlez... »

Des mains l'aidèrent à se relever, le guidèrent vers la salle de bains. Sorenson était étendu dans la baignoire, une vilaine ecchymose saignait sur le côté de sa tête, il avait les pieds et les mains liées au moyen d'un drap. Miles vit qu'il respirait faiblement. Il était juste inconscient.

« C'est l'homme qui a fait sauter le cabinet d'Allison, déclara Miles.

– Quoi ?

– Son cabinet est en flammes...

– Vous mentez.

– Non, c'est la vérité. Je suis un de ses patients. J'avais rendez-vous avec elle ce soir. Je peux le prouver. Posez ce pistolet, s'il vous plaît.

– Vous savez même pas mentir. Ses patients sont tous à Sangriaville.

– Où ça ? »

La voix l'ignora.

« Vous prétendez que son cabinet brûle.

– Regardez mon visage. Mes mains. J'étais sur le parking. Il y a eu une explosion...

– Non ! » s'exclama soudain l'homme, visiblement bouleversé. « Non, non, non...

– Elle avait des ennuis. Elle m'a demandé de l'aider. Ce type était dans son cabinet plus tôt dans la journée, je pense que c'est lui qui a placé une bombe. Qu'est-ce qu'il fait ici ?

– Il est entré par-derrière... répondit l'homme d'une voix tremblante. Je l'ai frappé.

– Il avait les mains vides ? »

S'il a fait sauter son cabinet, pourquoi pas aussi sa maison ? se demanda Miles.

« Oui.

– Laissez-moi le réveiller.

– Écartez-vous de lui. » Le type tira Miles hors de la salle de bains, le poussa violemment sur le carrelage du salon. « Laissez-le tranquille ! Je ne veux pas que vous soyez plus nombreux que moi. Qu'avez-vous fait à Allison ?

– Rien, répondit Miles d'une voix calme. Je ne pourrais pas vous mentir longtemps au sujet de l'incendie de son cabinet. Je ne suis pas certain que vous puissiez le voir d'ici, mais si vous descendez Cerro Gordo, vous verrez la lueur de l'incendie. »

Miles sentit le pistolet trembler contre sa tête. *Arrange-toi pour qu'il reste calme.*

« Debout ! » ordonna la voix.

Miles se releva. L'homme le poussa en avant tout en lui maintenant le canon du pistolet collé contre les cheveux. Miles écarta les rideaux, ouvrit la porte du balcon donnant sur le flanc de la colline qui descendait en biais vers Cerro Gordo.

Dans le silence, le vent charriait le son des sirènes. L'homme derrière lui produisit un son guttural étouffé.

« Ils s'en sont pris à elle. Ils l'ont tuée.

– Qui ça ? Sorenson ? »

L'homme demeura silencieux. Il appuya plus fermement le canon de son arme contre le crâne de Miles comme s'il venait de prendre une décision. Miles sentit ses entrailles se liquéfier. « J'ai promis de l'aider, dit-il. Elle m'a écrit un mot. Pour me demander de l'aide.

– Bien sûr...

– Poche de droite. Dans le flacon de pilules. Lisez-le vous-même.

– Je pourrai le lire quand vous serez mort.

– Alors vous aurez commis une terrible erreur. »

Le type appuya sèchement l'arme contre l'oreille de Miles, trouva le flacon, fit sauter le bouchon, lut le mot dans la faible lueur qui provenait de la salle de bains.

« C'est son écriture », dit Miles.

Les secondes semblèrent durer une éternité. Miles attendait le coup de feu.

« Allison... était à son cabinet ce soir, finit par dire l'homme. Elle m'a demandé de l'attendre. Elle était censée rentrer bientôt.

– OK, alors on est du même côté, dit Miles qui avait retrouvé sa voix. Éloignez ce pistolet de ma tête, s'il vous plaît.

– Personne ne doit savoir que je suis venu ici. Ils me renverront au dernier étage.

– Je ne dirai rien, dit Miles sans trop savoir de quoi parlait l'homme. Je vous le promets. Baissez votre arme. Je peux vous aider à vous cacher.

– Vous. Vous êtes rien. Moi, je suis un authentique héros, vous pigez ?

– Absolument. Vous avez l'air d'un dur et d'un malin. J'ai besoin de votre aide si nous voulons attraper ceux qui ont fait du mal à Allison, dit Miles. Vous avez déjà mis Sorenson hors d'état de nuire, et je crois que c'est lui le méchant. Faisons-le parler.

– À moins que vous ne l'ayez tuée, et que le type dans la baignoire soit le gentil, et pas vous. Qu'est-ce que j'en sais ?

– Mais c'est moi qui ai le mot, et pas lui », répondit Miles.

Le type réfléchit.

« Vous dites que vous êtes un patient. Qu'est-ce qui cloche chez vous ?

– Pas grand-chose. »

C'était sa réponse standard, il n'avait pas eu le temps de réfléchir. Le pistolet resta à proximité de son crâne.

« Soyez plus précis. Quel est votre degré de folie ? »

L'homme enfonça le pistolet dans la tempe de Miles.

« Un type mort me suit partout, répondit Miles. C'est moi qui l'ai tué. Par accident. Je n'en avais pas l'intention. Mais je n'arrive pas à me débarrasser de lui.

– Je suis pas fou, déclara la voix avec fierté. Pas du tout, je le suis plus. Ils m'ont guéri. » Le canon du pistolet s'écarta de la tête de Miles. « Je vais mieux que vous, je suis fait d'acier maintenant... »

Miles projeta violemment sa main qui vint frapper le type en pleine poitrine. Celui-ci recula en vacillant et Miles l'attrapa par les jambes, le frappa deux fois sèchement à l'estomac. Le type se plia en deux, s'écroula. Miles lui arracha le pistolet des mains, fit un pas en arrière tout en maintenant le Beretta pointé vers lui. Il chercha une lampe à tâtons, l'alluma.

Le type était juste un gamin, âgé d'une petite vingtaine d'années. Il avait les cheveux bruns en brosse, un visage anguleux – nez fin, pommettes en lames de rasoir, menton pointu. Il avait deux légères cicatrices sur les joues, l'arête de son nez était un peu tordue suite à une fracture ancienne. Le souffle coupé, il fusilla Miles de ses yeux noirs effrayés.

Miles braqua le pistolet vers ses jambes. Il n'avait pas tenu une arme depuis qu'il avait tiré sur Andy. Sa main se mit à trembler et il serra le pistolet à deux mains. Il se concentra sur le poids de l'acier dans sa paume, entendit Andy ricaner derrière lui.

« Bon sang, dit le gamin. Vous allez pas vous mettre à chialer ? »

Miles inspira profondément.

« Debout. Les mains sur la tête. »

Sa voix se brisa comme celle d'un adolescent. Il ne pouvait pas se mettre à flipper maintenant, il ne pouvait pas craquer.

Le gamin obéit tout en inspirant l'air à pleins poumons.

Une chose à la fois. Miles fouilla les poches du gamin. Il portait un pantalon et une veste en jean auxquels des étiquettes étaient toujours accrochées, ainsi que des baskets sans lacets bleu marine. Pas de portefeuille, pas d'argent dans ses poches. Pas d'autre arme. Un bracelet identifiant, du type de ceux utilisés dans les hôpitaux. Miles recula tout en continuant de braquer son arme.

« Ôte ton bracelet. Envoie-le-moi. »

Ses yeux trahissant son humiliation, le gamin arracha le bracelet et le jeta au visage de Miles. Miles attrapa le bracelet. Il était au nom de RUIZ NATHAN, comportait un numéro à neuf chiffres et la mention FROST-C.

« Descends-le si tu veux, lança Andy depuis le coin de la pièce. Ça te fera un peu plus de compagnie.

– Ferme-la, dit Miles.

– J'ai rien dit, rétorqua Nathan Ruiz qui avait recouvré son souffle. Mec, vous feriez bien de me buter maintenant parce que je vous descendrai à la première occasion.

– Tu as beaucoup de colère en toi », dit Miles d'une voix redevenue calme.

Il abaissa l'arme, la détourna du gamin, éjecta le chargeur, fit sortir la balle de la chambre, puis fourra le chargeur et la balle dans sa poche.

« C'était idiot, dit le gamin. Vous auriez dû me tuer. Vous avez tort de me foutre en rogne. »

Une colère brûlante, vive, illuminait ses yeux, mais derrière sa bravade se cachait une voix tremblante, et il ne chargea pas Miles.

« Je ne vais pas te tuer et tu ne vas pas me tuer. Tu es aussi son patient, il me semble. »

Il recula, heurta la table basse, la contourna. Il remarqua un téléphone portable rouge vif posé dessus.

« Je lui ai fait les poches, expliqua Nathan en désignant de la tête la salle de bains. Il avait le téléphone d'Allison. »

Ce n'était pas de bon augure. Miles secoua le bracelet brisé.

« C'est quoi, Frost ?

– J'en sais rien. Je passe pas ma vie à réfléchir à la signification de mon bracelet identifiant. »

Miles ne le croyait pas. Le gamin baissa de nouveau les yeux vers le sol.

« Pourquoi attendais-tu Allison dans le noir, avec une arme ? »

Pas de réponse.

« Je peux te traîner par la peau du cul à la police, Nathan.

– Ce flingue, je l'ai pris à ce type – celui que vous appelez Sorenson. Je l'ai frappé sur la tête quand il est entré par-derrière. » Il tendit sa main vide vers Miles. « Rendez-moi le pistolet et le chargeur et on part chacun de notre côté.

– Non. Nous allons parler à Sorenson. Ensemble. Découvrir ce qu'il a fait à Allison... »

Ils entendirent alors un déclic à la porte d'entrée. Pas un bruit de clé, un crochet actionnant le mécanisme de la serrure. Miles connaissait le murmure subtil du métal forçant le métal.

Quelqu'un cherchait à ouvrir la porte.

11

« ALLISON ? »

Nathan se tourna vers la porte.

« Ce n'est pas elle », dit Miles. Bon sang, il avait été assez stupide pour décharger le pistolet. Il renversa la lampe, chercha le chargeur dans sa poche. « Retourne dans la chambre. Ferme la porte de derrière à clé.

– Faut pas que les gardiens me trouvent, ils ne doivent pas savoir qu'elle m'a aidé... » marmonna Ruiz avant de pivoter sur ses talons. Il se mit à courir jusqu'au balcon et sauta pardessus la balustrade.

Miles tenta de le rattraper, le manqua. Ruiz fit une chute de plusieurs mètres, atterrit dans la poussière et le gravier, se glissa parmi les pins, dévala tant bien que mal la colline qui menait à Cerro Gordo, s'échappant bruyamment, paniqué.

La porte de devant s'ouvrit. Miles aperçut une silhouette imposante dans la lueur diffusée par la lampe renversée, un homme à la carrure épaisse. Il recula jusqu'à la balustrade, vit un pistolet suivre son mouvement.

Miles sauta du balcon. Il entendit le *vrout* effroyable d'un silencieux. La chaleur de la balle déviée frôla ses épaules, fila près de son crâne. Il poussa un cri.

Il atterrit par terre, perdit l'équilibre sur le gravier, heurta un tronc de pin, se dégagea. Il se retrouva sur le derrière, se laissa glisser le long de l'allée privée jusqu'à la portion non pavée de Cerro Gordo.

Il entendit un deuxième coup de feu étouffé dans l'obscurité au-dessus de sa tête. Sur sa gauche, des pieds martelaient le gravier. C'était Nathan qui s'enfuyait en haletant. *Si tu le suis, vous risquez de vous faire attraper tous les deux.* Miles partit sur la droite, courant à toute allure, zigzaguant sur la route obscure.

Il entendit son poursuivant sauter du balcon et se laisser glisser le long de la pente caillouteuse. Sur sa gauche se trouvait un patchwork de maisons, de pelouses, de terrains vagues. Il gravit un mur de pisé, retomba dans un jardin, passa en courant devant une fenêtre où il vit de la lumière et des enfants qui quémandaient de la glace au chocolat pour le dessert. Il escalada une barrière, dévala une allée, le bruit de son poursuivant se rapprochait.

Après avoir escaladé d'autres barrières, il se retrouva face à une zone dégagée. Armijo Park. Il l'avait remarqué en se rendant à Cerro Gordo. Un terrain plat, idéal pour les chiens qui gambadaient ou les enfants qui jouaient à chat ou au football. Il traversa le parking en courant, se prit la jambe dans la chaîne qui encerclait le parc, s'étala de tout son long sur l'herbe. Il entendit son poursuivant, vit la lumière d'un projecteur balayer le parc depuis une voiture qui approchait.

Il se leva et reprit sa course effrénée, en zigzag pour esquiver le cercle de lumière qui le traquait. Il passa devant le terrain de jeux, devant les balançoires et les toboggans. Des nuages obscurcissaient le ciel et il entendit le clapotis de la rivière Santa Fe dans la brise. D'ordinaire, quand elle n'était pas asséchée, la rivière n'était qu'un infime filet d'eau, mais les averses récentes et la fonte des neiges l'avaient fait monter.

Traverse la rivière, cache-toi de l'autre côté, fais le mort... Lorsqu'il sentit sous ses semelles les pierres polies comme du verre, il se souvint que la rivière devait se trouver de l'autre côté de la rue et *sous* lui, au moins quinze mètres plus bas. Il se laissa tomber dans le vide.

Mourir. Il allait mourir, écrasé sur les rochers, mais il se retrouva au milieu d'un entrelacs de branches. Son dos heurta violemment une branche de peuplier de Virginie qu'il chercha en vain à attraper. Il poursuivit sa chute, heurta une autre branche sur laquelle il roula, ses bras battant l'air, il tomba à nouveau, et une idée délirante lui vint à l'esprit : *Je vais me fracasser la tête et mon cerveau sera guéri.*

Mais il parvint à s'agripper à la branche suivante qui tint bon un bref instant avant de se mettre à craquer en une longue plainte. Il écouta. Aucun bruit de poursuivant. La lumière du projecteur dansait au-dessus de sa tête, il entendit une voiture s'engager dans le parc. On le cherchait. On le traquait.

Il battit les jambes au-dessus du vide. La branche craqua à nouveau. Il lâcha prise.

Il se tordit les chevilles en heurtant le sol après une chute de trois mètres et se mit à glisser le long de la pente abrupte. Il se prit les jambes dans un cactus, des épines perforèrent son pantalon de toile fine et il poussa un hurlement. Mais il se releva péniblement et reprit sa progression à travers un dédale d'arbres. Il vit une voiture non loin dont les phares peignaient la nuit.

East Alameda. Il traversa la route en courant, se laissa glisser en bas du petit talus, traversa le filet de rivière en quelques enjambées. L'eau fraîche soulagea ses mains écorchées. Puis il se hissa sur le talus opposé, regarda par-dessus son épaule. Pas d'homme armé. Pas de voiture de police. Personne.

Le projecteur balaya la route, la rivière, remonta le long de la colline, puis s'éteignit tel un œil de cyclope se refermant.

Il s'enfonça dans le quartier qui bordait la rivière et se mit à courir dans le labyrinthe de rues. Une faible lueur orange illuminait les nuages sur sa droite – le cabinet d'Allison, ou le bâtiment qui le jouxtait, toujours en feu.

« Tu as toujours le pistolet ? » demanda Andy qui marchait à ses côtés, ses vêtements toujours impeccables.

Il passa la main le long de son ceinturon. Non. Le Beretta avait disparu, perdu au cours de sa fuite mouvementée. Mais au fond de sa poche, il sentit la confession froissée qu'il avait écrite pour Allison.

« Tu as bien fait de perdre le pistolet, reprit Andy. Te tuer n'en aurait été que plus facile. Et maintenant, tu fais quoi ? »

Miles ne répondit rien. Il continua de marcher en prenant soin de ne pas s'approcher de Palace Avenue et des camions de pompiers. Il sentait maintenant l'odeur de la fumée charriée par le vent. Il traversa d'un pas incertain la Plaza déserte – Santa Fe baissait généralement le rideau de bonne heure – puis regagna son appartement en empruntant des rues transversales. Il se lava les mains et le visage, vaporisa du désinfectant sur ses paumes et ses joues. Sa blessure à la tête ne saignait plus, le sang avait coagulé dans ses cheveux. Il jeta en pile ses vêtements trempés, ôta trois épines de cactus de sa jambe, puis il s'assit au bord du lit et se demanda ce que signifiait Sangriaville, qui était Nathan Ruiz, qui était l'homme qui avait essayé de le tuer, pourquoi Sorenson s'était rendu chez Allison, tout en essayant de ne pas s'imaginer Allison disparaissant dans une boule de feu.

Le téléphone rouge sur la table. Celui d'Allison, il l'avait vue l'utiliser auparavant. Elle l'avait laissé chez elle. Il composa le numéro. Deux sonneries. Puis quelqu'un décrocha. Silence.

« Allô ? » murmura Miles. Puis, sans espoir : « Allison ?

– Vous savez aussi bien que moi qu'elle n'est pas ici, répondit une voix d'homme, basse, râpeuse.

– Où est-elle ?

– Partie en fumée. Je crois que vous le savez, monsieur, car je pense que vous et Ruiz faisiez partie de son plan.

– Je ne sais pas de quoi vous parlez.

– J'ai entendu votre voix chez elle, à travers la porte. Alors ne me dites pas que vous n'êtes pas le connard qui m'a échappé en même temps que Ruiz. »

Miles se redressa sur le lit.

« OK, c'était moi. Qui êtes-vous ?

– Je n'aime pas les noms.

– Est-ce que vous l'avez tuée ? Travaillez-vous avec Sorenson ?

– Je ne sais pas qui est ce type.

– Vous mentez… commença Miles, mais la voix ne le laissa pas finir.

– Allison a volé quelque chose qui m'appartenait et je ne crois pas que cette chose ait par un heureux hasard explosé en même temps qu'elle. Je suis prêt à vous payer. Nous pouvons conclure un marché. Mais vous allez me rendre ce qui m'appartient, sinon vous êtes un homme mort. »

Miles compta jusqu'à dix pour se laisser le temps de réfléchir et trouver un coup de bluff.

« Je ne peux pas vous donner ce qu'elle a volé si je ne sais pas exactement de quoi il s'agit. »

Long silence.

« Écoutez, espèce d'abruti. Je ne crois pas que vous vous soyez retrouvé chez Allison ce soir par hasard. Vous et Ruiz, vous êtes de mèche avec elle, et vous allez me rendre le dossier Frost ou je vous descends. Simple. »

Frost. Le même mot que sur le bracelet de Ruiz.

« L'homme dans la baignoire… Sorenson. Je crois que c'est lui qui a caché une bombe dans son cabinet aujourd'hui. Je ne sais rien d'autre. »

Pause. Miles entendit le pas lourd de l'homme sur du carrelage.

« Quel homme dans quelle baignoire ?

– Il y a un type dans la baignoire d'Allison… Inconscient. »

Nouvelle pause.

« Il y a des draps entassés par terre, et c'est tout. »

Sorenson avait dû s'échapper entre le moment où les premiers coups de feu avaient été tirés et celui où le tireur était retourné chez Allison, probablement pour y chercher cette chose… Frost.

« Elle est morte, vous ne pouvez pas vendre ces recherches. Je vous ai dit que je vous paierai. Dernière chance », dit l'homme.

Tu veux des réponses, fais comme si tu avais ce qu'il veut. Fais-le sortir de sa tanière, attrape-le. Tu n'as pas pu sauver Allison, mais tu peux découvrir ce qui lui est arrivé. Sauf que faire ça revenait à se coller une gigantesque cible sur le dos, et une attaque pouvait survenir de n'importe quel côté. Miles ferma les yeux.

« Je n'ai pas... Frost... mais je sais peut-être où vous pourriez le trouver.

– Où ?

– Pas maintenant. Je vais... Je vous contacterai plus tard.

– Il n'y a pas de plus tard. C'est maintenant ou jamais. Vous me dites ce que vous savez, et je vous laisse la vie sauve.

– Vous ne savez même pas qui je suis.

– Je sais ce que vous êtes. Avide. Stupide. Dans la merde jusqu'au cou. Écoutez, crétin, chasser est mon métier. Je vous jure que je vous trouverai.

– Vous me donnez un numéro auquel je peux vous joindre, dit Miles d'une voix ferme, et je vous appellerai quand j'aurai le dossier.

– Pas acceptable. Je vous ai fait une offre. Vous déclinez. Vous allez souffrir, connard. »

Une colère froide monta dans la poitrine de Miles, dans son ventre, dans sa gorge.

« C'est vous qui souffrirez.

– Quand j'en aurai fini avec vous, répondit le tireur d'une voix qui était à peine un murmure, vous trouverez que se faire arracher le visage, c'est de la rigolade. »

Et il raccrocha.

Miles ferma les yeux, des images défilèrent dans son esprit : la maison en feu, son arrivée tardive au rendez-vous le plus important de sa vie, Allison morte.

Elle t'a demandé de l'aider et tu n'as pas su la sauver. Il n'avait pas su la sauver, tout comme il n'avait pas su sauver Andy. Il avait perdu son temps avec elle, à se dérober, à jouer au malin, à ne jamais la laisser approcher de la vérité quand elle ne demandait qu'à l'aider. L'absence d'Allison lui faisait l'effet d'un trou au milieu de la poitrine.

Mais il ne devait pas s'apitoyer sur son sort. Il pouvait faire payer les assassins d'Allison. Il se leva, examina les choix qui se présentaient à lui.

Ruiz. Le tireur et ses acolytes équipés de projecteurs lui avaient-ils mis la main dessus ? Nathan Ruiz savait maintenant qu'il s'appelait Michael Raymond. Pire, son numéro de portable avait pu apparaître sur le téléphone d'Allison. Ce qui donnerait au tireur des pistes pour le retrouver. L'appartement était loué au nom de Michael Raymond, et le tireur pouvait remonter jusqu'à cet appartement grâce à l'adresse de facturation du portable. Il devait décamper.

Mais il ne pouvait s'enfuir une fois de plus, faire une nouvelle fois faux bond à Allison. L'homme pensait que Miles possédait quelque chose qu'Allison avait volé. Pourquoi ? Et que représentait Frost ? Il était clair que Sorenson était impliqué – il s'était rendu chez Allison après l'explosion –, sans doute cherchait-il lui aussi Frost. Mais tout ce qui importait pour le moment était de se tirer d'ici et de se planquer avant que le tireur vienne lui rendre visite.

Miles attrapa un sac de vêtements, composa le numéro de DeShawn, n'obtint pas de réponse. Il essaya de mettre de l'ordre dans ses idées, de décider ce qu'il allait dire. Il devait se mettre à l'abri, mais il ne pouvait pas laisser le FBI le transférer hors de Santa Fe. Sinon, il ne parviendrait jamais à coincer l'assassin d'Allison, qu'il s'agisse du tireur, de Sorenson, ou de Ruiz.

« C'est ça l'idée ? demanda Andy assis sur le lit. La venger – charmant concept – et puis tu retrouves toute ta tête et je disparais. Tu te goures, Miles. Toi et moi, on forme une équipe. Pour toujours. »

Miles prit son sac et marcha seul dans la nuit jusqu'à un modeste motel près de Cerillos qui accueillait des artistes fauchés et des randonneurs. Le réceptionniste ne lui demanda pas sa pièce d'identité lorsqu'il ajouta un billet de vingt au prix de la chambre.

La chambre était simple mais propre. Il s'étendit sur le lit, alluma la télé. Les informations locales ne parlaient que de la terrible explosion à Santa Fe. L'incendie était éteint. Les pompiers avaient découvert des restes calcinés parmi les débris. Le cadavre n'avait pas encore été identifié, mais les enquêteurs pensaient qu'il s'agissait du corps de la femme qui louait le cabinet, une psychiatre. Le journaliste, debout devant les camions de pompiers et la carcasse en ruine du bâtiment, expliqua que les enquêteurs n'étaient pas encore prêts à s'exprimer sur les causes de l'explosion.

Le cadavre. Allison était morte, et dans la nuit chargée de fumée, de l'autre côté de la fenêtre crasseuse, se trouvaient ce baratineur de Sorenson, un tireur bien décidé à l'abattre, et un gamin à moitié fêlé nommé Nathan Ruiz. Et c'étaient eux qui détenaient les réponses dont il avait besoin.

Tout ce qu'il avait maintenant à faire, c'était les retrouver sans se faire tuer.

« Ça va être marrant de te voir tout perdre une fois de plus », railla Andy.

12

GROOTE ORDONNA AUX DEUX AGENTS DE SÉCURITÉ de balancer le gamin sur le lit et de lui attacher les bras aux barreaux, après quoi il leur demanda de sortir. Ils s'en allèrent et fermèrent la porte derrière eux. Il ouvrit la liste d'appels du téléphone portable d'Allison qu'il avait récupéré chez elle. Le numéro de l'homme qui avait appelé était enregistré sous les initiales MR.

MR était un homme mort.

Il renfonça le téléphone dans sa poche et vida un pichet d'eau sur le visage du jeune homme. Nathan Ruiz s'éveilla en sursaut.

« Salut, dit Groote. Tu t'es offert une petite virée ce soir.

– Je... Je...

– Tu ne trouves pas tes mots. Sans doute parce que tu t'attendais à voir le docteur Hurley. Eh bien, il n'est pas formé pour ce genre de thérapie, Nathan. » Groote s'assit près de lui. Il alluma une cigarette, la première depuis dix ans, tira longuement dessus et recracha la fumée sans tousser. « Ce sera juste toi et moi. »

Nathan cligna des yeux.

« Tu es de retour à l'endroit que tu n'aurais jamais dû quitter. » Groote tapa du doigt sur sa tempe. « Et tu n'en sortiras plus. » Il laissa s'écouler cinq longues secondes. « Ton ami s'est fait la belle sans toi. Je suppose qu'il n'en avait rien à foutre.

– Qui ?

– Ses initiales sont MR. Tu me donnes le reste de son nom, et tout ira bien. » Il leva la cigarette incandescente. « Sinon, tant pis pour toi. »

Bien qu'il fût encore groggy, le garçon lui jeta un regard dur. Groote voyait bien qu'il cherchait à rassembler ce qui lui restait de courage au fond des tripes.

« Je connais pas son nom. »

Groote écrasa la cigarette sur le poignet de Nathan.

Le garçon hurla. Groote s'écarta.

« Je vais te faire l'autre poignet. Puis la langue. Puis je te ferai les yeux. Ce sera franchement dégoûtant. » *S'il te plaît, ne me force pas à aller jusque-là,* pensa-t-il. « Qui est MR ?

– J'en sais rien – il était pas censé être là. »

Groote décida d'accorder au garçon un peu de répit.

« Alors qui était censé être là.

– Allison, répondit Nathan en serrant les dents. Elle m'a donné son badge pour que je puisse sortir... elle m'a dit de la retrouver chez elle.

– Et après ? demanda Groote en se penchant en arrière comme s'il s'installait confortablement pour papoter tranquillement.

– Je devais partir d'ici.

– Pourquoi ?

– Elle a dit... que je devais pas rester à Sangriaville.

– Tes frais sont toujours pris en charge par ton assurance, Nathan, alors pourquoi voulait-elle que tu partes ?

– Elle a dit que le docteur Hurley voulait me tuer.

– Doux Jésus, lui qui ne tarit pas d'éloges à ton sujet.

– Je sais rien d'autre », dit Nathan effrayé, et il serra fort les yeux.

Groote réfléchit, s'imagina à la place d'Allison. Vous soupçonnez des tests de médicaments illégaux. Vous volez les résultats des recherches en guise de preuve. Mais vous voulez aussi un patient qui a servi de cobaye pour le montrer aux autorités. Dans ce cas, ne concocteriez-vous pas un meilleur plan pour le sortir de l'hôpital ? Non – pas si vous êtes à court de temps, pas si vous savez que Quantrill est prêt à passer à l'étape suivante, à mettre un terme à l'opération maintenant que les tests sont achevés.

« Où sont les recherches sur Frost, Nathan ?

– Frost ?

– Allison a volé des DVD, du genre de ceux qu'on utilise en informatique pour archiver de gros dossiers. Ils contenaient des informations sur un projet appelé Frost. Dis-moi où sont ces DVD.

– Je sais pas. J'ai juste fait ce qu'elle m'a dit de faire, s'il vous plaît, ne m'faites plus de mal.

– Oh, je n'en ai aucune envie, Nathan. Sérieusement. Mais j'ai un problème. Ces DVD qu'Allison a volés, ils ne sont pas chez elle. Il est possible qu'ils aient sauté avec elle dans son cabinet. Mais ce serait trop facile, tu vois, et je ne crois pas que la vie soit si facile. Elle vole quelque chose qui a une grande valeur, elle se fait éliminer, puis des gens organisent une petite réunion chez elle. Ça change l'équation. » Il sourit à Nathan. « J'ai lu ton dossier pendant que tu dormais. Tu es vraiment un cas, Petit Soldat. C'est peut-être toi qui as fait boum boum à Allison. »

Nathan, horrifié, secoua la tête.

« Non, mec, je ferais pas ça, je pourrais jamais...

– Dis-moi ce qui s'est passé à partir du moment où tu t'es enfui. »

Groote fit tourner la cigarette entre ses doigts, observa la fumée, raviva la braise en tirant une longue bouffée.

« Elle m'a laissé un badge électronique et m'a dit de m'enfuir à six heures et demie en m'expliquant comment me rendre chez elle. Elle m'a laissé des vêtements de rechange et m'a dit d'attendre son retour dans sa chambre, mais il y avait un grand miroir, et j'aime pas les miroirs, je supporte pas les miroirs, pas de miroirs.

– Tu risques de les aimer encore moins quand j'en aurai fini, dit calmement Groote.

– Alors je suis allé dans le salon, poursuivit Nathan, j'ai attendu près de la fenêtre pour surveiller son arrivée. Mais un homme est venu. Il est passé en voiture devant sa maison, il s'est garé, puis il est revenu à pied. Aucun signe d'Allison. J'ai pris peur. Il est entré et je l'ai frappé sur la tête avec la statue indienne qui était sur la cheminée. Je l'ai ligoté avec des draps et je l'ai foutu dans la baignoire. Je savais pas quoi faire d'autre... Je me disais qu'Allison aurait une idée. »

Groote fronça les sourcils. Ça collait avec l'histoire de MR.

« Il n'était pas là quand nous t'avons trouvé, Nathan. Qui était-ce ?

– L'autre type... a dit qu'il s'appelait Sorenson. »

Ce nom ne disait rien à Groote.

« Et tu n'avais aucune idée de qui était l'autre type ?

– Non.

– Mais lui, tu ne lui as pas cogné sur la tête, tu ne l'as pas ligoté. Pourquoi être si gentil avec lui, Nathan ?

– Je voulais qu'il parle – qu'il m'explique ce qui se passait.

– Il l'a fait ?

– Non. Il savait rien... Il a dit qu'il y avait eu une bombe dans le cabinet d'Allison. »

Groote réfléchit. Ça l'ennuyait profondément qu'Allison Vance ait été tuée par une bombe. On ne construisait pas une bombe sur un coup de tête. Une bombe, c'était compliqué, technique, une vraie galère. C'était beaucoup plus facile de faire taire quelqu'un avec un flingue ou un couteau ou une corde. Une bombe exigeait des ressources, de l'expertise, du temps pour planifier. Une bombe signifiait qu'il y avait un ennemi qui risquait de réduire à néant ses projets.

« Je... Je crois pas que ce type que vous recherchez l'ait tuée, dit Nathan.

– Je n'ai pas beaucoup d'autres suspects.

– Ce Sorenson...

– ... pourrait juste être un bobard que ton ami et toi avez concocté histoire de brouiller les pistes au cas où l'un de vous se ferait attraper. Non, Nathan, je crois que MR est la réponse à mes prières.

– Je sais rien de MR... Je suis désolé, rien. »

Groote laissa tomber la cigarette allumée dans le pichet d'eau. Elle produisit un sifflement en s'éteignant.

« Je suis désolé, Nathan, mais les cigarettes prennent trop de temps. » Il tira un tournevis de sa poche, le tint en l'air pour que Nathan le voie. « Chaque boulot demande des outils précis.

– S'il vous plaît. Je vous en prie.

– Fait sur mesure en Hongrie. Parfaitement équilibré. Sa pointe est plus propre que le cul d'un ange.

– Je le connais pas ! Je peux rien vous dire.

– Je parie que tu aimais bien les problèmes de maths à l'école. Enfin quoi, pour lancer des missiles et toutes ces conneries à l'armée, tu as dû avoir une bonne note en géométrie.

– Les problèmes de maths ? »

Nathan, tremblant, secoua la tête.

« Si tu as un pouce de chair sur les os et que le tournevis peut pénétrer deux centimètres d'un coup, combien de temps avant que le tournevis n'atteigne l'os ? Je mélange les unités de mesure vu que je sais que tu es un génie des maths. »

Nathan tira sur ses liens.

« S'il vous plaît... Non. Non !

– Non ? Non ? Soit, d'accord, j'arrête. On n'est pas forcé d'en passer par là, absolument pas, si tu ne t'intéresses pas aux maths. » Il approcha le tournevis des yeux écarquillés de Nathan, poursuivit d'une voix douce et amicale : « Beaucoup de malades ont besoin de ce remède, Petit Soldat. Tu en as besoin. Quelqu'un que j'aime en a besoin. Parle ou je mets le problème de maths en pratique. Qu'est-ce que tu choisis ?

– Je peux pas vous dire... ce que je sais pas.

– Je respecte ta bravoure. Vraiment. »

Groote tapota affectueusement la joue de Nathan. Puis il lui enfonça profondément le tournevis dans le bras.

13

MERCREDI À 7 HEURES DU MATIN, le téléphone portable sonna à côté de la tête de Miles. Il se réveilla instantanément, la panique lui noua les entrailles et il tenta de reprendre totalement ses esprits avant de décrocher et de parler au tireur.

« Allô ?

– Bon Dieu, tu es où ? »

DeShawn avait l'air furax.

« J'ai rencontré une femme... mentit Miles. J'ai passé la nuit chez elle. C'est permis, maman ?

– Il faut que tu reviennes à ton appartement, Miles. Tout de suite, s'il te plaît.

– Qu'est-ce qui se passe ?

– J'ai de mauvaises nouvelles. Je vais passer te chercher. Où es-tu ?

– Pas loin. J'arrive à pied », répondit-il, et il raccrocha avant que DeShawn ait le temps de discuter.

Miles ne voulait pas retourner chez lui tant que le tireur était susceptible de remonter la piste de Michael Raymond, mais s'il montrait qu'il avait peur, DeShawn le traînerait hors de Santa Fe en moins de dix secondes, et il était hors de question de partir maintenant.

Il se lava le visage, passa une chemise et un jean propres, enfila ses baskets. Il laissa son sac dans la chambre et ferma la porte à clé ; il repasserait récupérer ses affaires avant l'ouverture de la galerie. Aucun tueur ne jaillit devant lui durant le trajet pour lui faire la peau. Lorsqu'il arriva à proximité de son appartement, la voiture de DeShawn s'approcha et Miles grimpa dedans.

« Allison Vance est morte, annonça DeShawn.

– J'ai appris ça aux informations du matin.

– Ça va ?

– Je suis retourné.

– Tu comprends, Miles, que si ça a quoi que ce soit à voir avec les Barrada, on te transfère en cinq secondes.

– Ça n'a rien à voir avec eux.

– Tu as l'air bien sûr de toi.

– Ils ne tueraient pas mon psy. S'ils me retrouvaient, c'est moi qu'ils tueraient. Et probablement pas avec une bombe fabriquée chez eux. C'est trop compliqué à transporter. Ils me colleraient une balle dans la tête.

– Est-ce que tu as des détails sur cette tragédie, Miles ?

– Non.

– C'est quoi, ces blessures sur ton visage ?

– Je me suis battu la nuit dernière.

– Mon vieux, une fille, une bagarre, tu as passé une sacrée soirée, dit-il d'un ton dubitatif.

– Où allons-nous ? » demanda Miles avant de s'apercevoir qu'ils étaient arrivés.

DeShawn roula lentement devant le bâtiment brûlé. Un ruban jaune entourait le parking ; un groupe de pompiers passaient les cendres au crible vers l'arrière du bâtiment, deux chaînes d'informations d'Albuquerque avaient garé leurs camions équipés d'antennes satellites à proximité des décombres. Le parking était vide, la voiture d'Allison avait été emportée. Miles désigna les pompiers qui secouaient des tamis, des cendres tombant à leurs pieds.

« Ils cherchent le verrou de la porte, pour voir si elle était fermée à clé ou non. Un ami pompier à Miami m'a expliqué que c'était l'un des premiers indices qu'ils recherchaient, dit-il d'une voix qui lui sembla morte. J'ai entendu aux informations qu'ils avaient retrouvé son corps. Tu crois qu'elle a souffert ?

– Non, Miles. Il ne restait… pas grand-chose du docteur Vance. Ils n'ont retrouvé que, hum, des morceaux. Je suis sûr que c'est le souffle de la déflagration qui l'a tuée, elle n'a pas été brûlée vive. »

Miles se prit la tête à deux mains, s'efforça de reprendre le contrôle de ses émotions. Il aurait pu empêcher ça, s'il avait trouvé l'attaché-case dissimulé par Sorenson. Il avait échoué, et elle était morte.

« Oh, nom de Dieu.

– Elle va me manquer, lança Andy depuis la banquette arrière.

– Je suis désolé, mon vieux, je sais qu'elle t'a beaucoup aidé, dit DeShawn en posant la main sur l'épaule de Miles.

– Est-ce qu'ils savent ce qui s'est passé ? demanda Miles d'une voix neutre. »

Il attraperait Sorenson, ou celui qui était responsable de la mort d'Allison, et il le traînerait devant DeShawn, comme un chat traînant une souris morte aux pieds de son maître.

« J'ai parlé aux enquêteurs. Ils ne peuvent pas fouiller l'avant du bâtiment, là où les sols se sont effondrés, tant que l'équipement lourd pour déplacer les débris n'est pas arrivé d'Albuquerque. Ils doivent effectuer un test chimique pour voir s'il s'agit d'une explosion due au gaz ou d'une bombe. Ils ne savent pas encore. »

Ils s'éloignèrent de la carcasse calcinée.

« Je dois te poser une nouvelle fois la question, Miles : est-ce qu'elle savait que tu étais un témoin sous protection.

– Non. Je ne le lui ai jamais dit. J'allais le faire… mais je ne voulais pas qu'elle le sache. J'avais honte.

– Impossible que ses dossiers aient survécu à l'explosion et à l'incendie. Mais même si c'était le cas, ils ne pourraient pas révéler ton statut de témoin. C'est notre souci numéro un, dit DeShawn.

– Et pas que mon médecin se soit fait assassiner, rétorqua Miles. Vraiment, c'est sympa de votre part. »

DeShawn se déporta sur le côté, gara la voiture, lança à Miles un regard dur.

« Es-tu absolument certain qu'elle a été assassinée ?

– Je sais que ça n'a rien à voir avec les Barrada.

– Mais ça a à voir avec quelque chose, n'est-ce pas, Miles ? Tu m'as dit qu'un autre médecin, sur lequel je ne trouve aucun dossier, voulait aider Allison avec ta thérapie. Et elle est morte le même jour.

– J'ai dû mal comprendre son nom. Sorenstam, Sorengard, je ne l'ai rencontré qu'une minute. Allison a dit qu'elle avait déjà travaillé avec lui.

– Si les enquêteurs s'aperçoivent que ce n'était pas un accident, tu vas devoir répondre à leurs questions.

– Je comprends. Combien de temps avant qu'ils soient sûrs ?

– Eh bien, ils doivent pénétrer au cœur du bâtiment une fois qu'il sera sécurisé, effectuer des tests chimiques, vérifier auprès de la compagnie du gaz pour savoir si le bâtiment a reçu une quantité de gaz anormalement élevée. Mais je pense qu'il s'agit d'une fuite de gaz. Avec toutes les rénovations en cours, un ouvrier a dû endommager un tuyau. Pourquoi quelqu'un irait-il poser une bombe chez un psy de Santa Fe ?

– Sois un bon boy-scout, lança Andy depuis la banquette. Dis-lui toute la vérité, rien que la vérité. »

Mais Miles se disait que s'il ne s'étendait pas sur le sujet, DeShawn n'irait pas chercher plus loin.

« Est-ce que sa maison est OK ?

– Comment ça, OK ? demanda DeShawn en lui lançant un regard interrogateur.

– Je suppose que la police ou les personnes enquêtant sur l'incendie sont allées chez elle pour voir si elle s'y trouvait.

– Oui.

– Elle n'a pas été, je ne sais pas, cambriolée ou autre chose ? demanda-t-il sans décoller les yeux du pare-brise. Dès que quelqu'un meurt, les cambrioleurs s'en prennent à sa maison.

– Miles, qu'est-ce que tu me caches ?

– Rien. Je ne sais pas pourquoi quelqu'un aurait voulu lui faire du mal.

– Pour autant que je sache, tout était normal dans sa maison. »

Le tireur avait donc fait le ménage avant de partir. Il ne voulait pas que quelqu'un soupçonne ce qui s'était passé chez Allison. Il avait parlé de payer Miles pour des recherches qu'il appelait Frost – un nom de code, sans doute, puisqu'il figurait aussi sur le bracelet de Nathan. Les recherches pouvaient être soit de volumineux dossiers pleins de papiers, soit des disques informatiques, soit les deux. Faciles à cacher, mais aussi faciles à trouver et à emporter.

« Venons-en à l'essentiel, dit Miles. Est-ce que vous allez me transférer ailleurs ? »

Il supposait que les bureaucrates à Washington étaient occupés à calculer le prix de sa vie et se demandaient s'il convenait de le déplacer simplement parce que son médecin était mort d'une mort inhabituelle. Mais il ne pouvait pas faire du surplace et continuer d'être Michael Raymond. Pas si le tireur remontait jusqu'à lui, soit parce qu'il aurait appris son nom par l'intermédiaire de Nathan, soit à cause de l'appel passé avec le téléphone portable. Il ne pouvait pas se cacher dans sa nouvelle vie, et il ne pouvait pas s'enfuir.

« Il n'y a aucune raison de te transférer s'il n'y pas de vrai risque que ton identité soit découverte. Mais je me sentirais mieux si on te planquait quelques jours dans un hôtel sous un autre nom. Jusqu'à ce qu'ils en aient fini avec l'enquête sur l'incendie.

– Très bien. Est-ce que je peux aller travailler maintenant ? demanda Miles.

– Tu es en état de jouer au marchand d'art ? Je sais que tu étais attaché à Allison.

– Travailler me fera du bien. »

Mais Miles ne parlait pas de mettre à jour le site Internet de la galerie ni de déplacer des sculptures. *J'ai besoin d'un sale travail, le genre de travail pour lequel j'étais doué : dévoiler des secrets au grand jour.*

La galerie n'était pas encore ouverte, mais, accrochée au téléphone d'un des commerciaux, Joy caressait un collectionneur de Boston dans le sens du poil pour conclure une vente. Elle agita amicalement les doigts vers Miles pour le saluer, fronça les sourcils en voyant les éraflures sur son visage. Il fit un signe du pouce pour signaler que tout allait bien et se dit soudain qu'il voudrait ne jamais perdre ce boulot.

Il déplia le journal du matin et le parcourut rapidement. Rien que DeShawn ne lui eût déjà dit. L'enquête suivait son cours, le bâtiment était perdu, les restes retrouvés étaient en si mauvais état qu'une analyse ADN serait nécessaire. L'article indiquait qu'Allison ne s'était installée à Santa Fe que quelques mois avant Miles. Il fut étonné d'apprendre que ses racines ici n'aient pas été plus profondes. Il vérifia la section des rapports de police : aucune nuisance n'avait été signalée dans le quartier de Cerro Gordo. Peut-être Nathan s'en était-il tiré.

Miles s'assit à son bureau, ouvrit le logiciel de gestion que la galerie utilisait pour suivre les ventes, les contacts, les artistes et les œuvres. Il parcourut la liste des tableaux qui allaient arriver, vit la note que Joy lui avait laissée pour qu'il envoie des e-mails à trois collectionneurs importants intéressés par les dix-sept tableaux d'un même artiste qu'ils avaient reçus tard la veille. Il devait prendre des photos numériques de tous les nouveaux tableaux, les charger sur le site Internet et les entrer dans le système pour que la galerie puisse suivre leur trace. Puis il avait un programme de rotation des œuvres : accrocher une sélection de nouveaux arrivages (rien que des paysages et des représentations du haut désert), retourner les invendus aux artistes ou voir si le personnel pouvait les vendre par téléphone. Et le nouvel ordinateur de Joy était arrivé la veille dans l'après-midi ; il devait le relier au réseau et installer les logiciels. Une longue journée. Mais il avait aussi sa propre mission à accomplir.

Joy raccrocha.

« Bonjour. Qu'est-ce qui vous est arrivé, mon chou ? »

Miles se toucha le visage.

« Ce n'est pas une histoire intéressante.

– Je croyais que vous alliez me dire que vous aviez bu un verre avec Cinco. » Elle fronça les sourcils. « Est-ce que vous avez entendu parler de cet incendie dans Palace Avenue ?

– Oui. Affreux. Si ça ne vous ennuie pas, je vais commencer par installer votre ordinateur. Ça risque de prendre un bout de temps pour le connecter au réseau. Nouveaux protocoles d'exploitation du système. »

Était-ce de la culpabilité ? Il sentit la sueur perler sur ses bras, dans ses cheveux, sur sa lèvre. Il détestait vraiment lui mentir, mais personne ne devait savoir ce qu'il faisait. Joy lui jeta un regard indifférent lorsqu'il prononça le mot *protocoles*.

« Bon... Allez faire vos tours de passe-passe.

– OK. » Il sursauta lorsque la porte de derrière carillonna. Cinco, le fils de Joy, entra en bâillant, un énorme gobelet de café à la main. « Est-ce que l'un de vous a entendu parler d'un endroit nommé Sangriaville ? demanda Miles.

– Non. C'est un nouveau bar ? demanda Cinco. Parce que les nouveaux bars sont officiellement exclus de ma liste.

– Je ne crois pas. Je pensais qu'il s'agissait peut-être d'une ville avec un hôpital psychiatrique. »

Joy plissa les yeux.

« Il y a une clinique psychiatrique privée tout au bout de la route, près de l'endroit où Canyon Road finit en cul-de-sac, nommée Sangre de Cristo. »

Sangre de Cristo. Sangriaville.

« Peut-être qu'il s'agit du même endroit, dit Miles.

– Je ne sais pas, mon chou, répondit Joy. Mais bon, je ne connais pas de fous. »

14

Miles ferma la porte du bureau de Joy à l'étage pour ne pas se faire surprendre. Il sortit le nouvel ordinateur de son carton, l'alluma, le connecta au réseau sans fil de la galerie et téléchargea un navigateur libre qu'il effacerait lorsqu'il aurait fini ; il ne voulait pas laisser de traces que Joy risquerait de trouver.

Il chercha le site Internet de l'hôpital psychiatrique Sangre de Cristo à Santa Fe. Il n'y en avait pas. Bizarre. Un hôpital moderne sans site Internet. N'avait-il pas besoin de fournir des informations à la communauté médicale ou aux patients potentiels ? Il trouva l'hôpital dans les Pages Jaunes. Une simple entrée, pas de publicité vantant leurs services.

Il trouva un annuaire des hôpitaux du Nouveau-Mexique – Sangre de Cristo était répertorié et accrédité. Propriété de la société Hope-Well. Il chercha Hope-Well dans Google : pas de site Internet.

Quelqu'un ne voulait pas qu'on le trouve. Le moment était venu d'avoir recours aux vieilles astuces.

Il appela l'hôpital depuis son téléphone portable.

« Bonjour, Steve Smith à l'appareil, j'écris un article pour Associated Press sur le médecin qui est mort hier, et j'ai besoin d'informations sur votre hôpital.

– Quel médecin ?

– Vous ne lisez pas les journaux ? Allison Vance.

– Je crains que vous ne fassiez erreur, répondit la réceptionniste. Nous n'avons aucun médecin de ce nom.

– Pourrais-je parler à votre responsable des relations publiques ?

– Nous n'avons aucun commentaire à faire », dit-elle, et elle raccrocha.

Il effectua une recherche sur Nathan Ruiz, ajouta Santa Fe pour limiter les réponses. Il y avait deux Nathan Ruiz en ville : l'un possédait un restaurant sur la rive sud, l'autre gérait un centre communautaire. Il parcourut les sites. Le restaurateur avait une cinquantaine d'années ; assurément pas le jeune homme qui lui avait braqué un pistolet sur la tête la veille. Il composa le numéro du second.

« Foyer Corazón, Nathan Ruiz à l'appareil.

– Monsieur Ruiz, bonjour, ici Fred George de la Commission nationale des assurances. Désolé de vous déranger, mais nous menons une enquête sur une fraude aux assurances et j'espère que vous pourrez m'aider.

– Hum, bien sûr.

– Nous enquêtons sur des réclamations frauduleuses. Un certain nombre de demandes ont été effectuées en votre nom pour des soins à l'hôpital Sangre de Cristo à Santa Fe et j'appelle pour savoir si elles sont fondées.

– Je n'ai jamais mis les pieds dans cet hôpital, répondit Ruiz. Est-ce que je vais devoir payer les frais ? Ma compagnie d'assurances ne m'en a rien dit.

– Non monsieur, vous ne devez rien. Il y a peut-être un patient là-bas portant le même nom que vous, mais nous nous sommes aperçus que les inexactitudes dans les protocoles de classement ont fait que des demandes ont été appliquées à tort à des homonymes, débita Miles d'un ton officiel.

– Ce n'est pas moi, répondit l'homme, et je ne connais pas d'autre Nathan Ruiz. Est-ce que je dois appeler ma société d'assurances ? »

Donc, personne d'autre dans sa famille ne portait le même nom.

« Non, monsieur, vous nous avez été d'une grande aide. Merci de nous avoir consacré votre temps », dit Miles, et il raccrocha.

Il retourna au navigateur Internet et élargit sa recherche à tout le Nouveau-Mexique. Il trouva un Nathan Ruiz à Los Alamos qui avait obtenu la distinction d'Aigle Scout, un Nathan Ruiz qui était mort à Clovis le mois précédent à l'âge de trente-sept ans, un Nathan Ruiz qui était rentré chez lui à Albuquerque après avoir été blessé au cours de la guerre en Irak.

Il cliqua sur l'article concernant ce dernier. Il avait été technicien dans un bataillon de l'armée, une équipe chargée de lancer des missiles aux premiers jours de l'invasion de l'Irak. Son équipe avait été accidentellement bombardée au cours de l'avancée chaotique sur Bagdad après avoir été prise à tort pour une unité de la garde républicaine irakienne et attaquée par un avion de chasse américain. Quatre membres de son équipe avaient été tués, les autres, gravement blessés. Nathan Ruiz avait été renvoyé chez lui.

S'il était à Sangre de Cristo, le retour à la maison ne s'était pas bien passé.

Son père, Cipriano, était cité dans l'article : « Nous sommes si fiers de son courage, de ses états de service, et nous voulons simplement qu'il revienne vivre à la maison avec nous. »

Cipriano Ruiz. Miles se connecta à un répertoire téléphonique d'Albuquerque et trouva le numéro. Il le composa. Une femme répondit à la quatrième sonnerie. Elle avait l'air accablée, comme si chaque jour n'était qu'une série de déceptions.

« Allô ?

– Madame Ruiz ?

– Oui.

– Mon nom est Mike Raymond. J'ai connu votre fils Nathan en Irak. »

Silence.

« Je ne lui ai pas parlé depuis qu'il est rentré. Je voulais savoir s'il se réadaptait bien. »

Silence.

« Madame Ruiz, est-ce que je pourrais parler à Nathan ? »

Elle resta cinq secondes silencieuse et il se demanda si elle avait raccroché.

« Non, finit-elle par répondre. Il ne vit pas avec nous.

– Y a-t-il un numéro auquel je pourrais le joindre ?

– Il... Il est à l'hôpital.

– Est-ce qu'il va bien ?

– Non. Il est dans une clinique spéciale. Pour quand vous avez des problèmes après la guerre, vous savez. Il...

– Je ne veux pas être indiscret, madame Ruiz. Je voulais juste prendre des nouvelles. » Il marqua une pause. « S'il est dans une clinique, est-ce qu'il s'agit de Sangre de Cristo à Santa Fe ?

– Oh, oui. » Elle lâcha un soupir de soulagement. « Vous en avez entendu parler ?

– Oui, madame, j'ai juste entendu dire que c'était très bien.

– Oh, oui, j'espère qu'ils s'occupent bien de lui. Parce que... » Elle s'interrompit. « Je ne comprends pas. » Elle marqua une nouvelle pause, comme si elle peinait à trouver ses mots. « Dites-moi, pourquoi est-ce qu'il n'arrive pas à surmonter sa... sa tristesse ? »

L'estomac de Miles se noua.

« Que voulez-vous dire ?

– Il a survécu. Les autres garçons sont morts. Il devrait être reconnaissant de ne pas être mort. Pourquoi n'est-il pas heureux ? Il est en vie.

– Le désordre de stress post-traumatique, madame, c'est... » Il se demanda comment décrire la maladie. « Ce n'est pas un manque de volonté. Ça... affecte la manière dont fonctionne l'esprit, la manière dont il réagit aux choses. C'est un feu qu'on ne peut éteindre. Vous croyez qu'il est éteint, qu'il n'est plus là, puis il se remet à brûler.

– Alors il suffit de trouver un extincteur. » Elle semblait abattue. « Il veut pleurer et s'en prendre à des ombres et faire des cauchemars toute sa vie ? Monsieur, j'ai perdu un bébé. Le frère aîné de Nathan, il n'avait que trois semaines et il est mort dans son sommeil. J'étais anéantie. Mais si je n'avais pas surmonté ma douleur, je n'aurais pas eu Nathan. Je n'aurais pas eu de vie. Où est passée sa force ? demanda-t-elle d'une voix chevrotante.

– Il a toujours sa force, madame, j'en suis sûr.

– La dernière fois que je lui ai parlé, en le laissant à l'hôpital, je lui ai dit : *Garde espoir, mon bébé,* et il a répondu, *Maman, tout mon espoir est mort parce que je n'oublierai jamais.* J'ai dit : *Il n'est pas question d'oublier, il faut juste faire avec ce qui s'est passé,* et il m'a regardée en secouant la tête comme si j'étais folle.

– Quand l'avez-vous vu pour la dernière fois ?

– Lorsqu'il est entré à l'hôpital, il y a six mois. Il me manque terriblement. On l'a ramené à la maison, hors de danger, et... » Sa voix se brisa. « Mais il n'allait pas bien, ça me faisait mal au cœur.

– Je suis vraiment désolé, madame Ruiz. Croyez-vous que je pourrais le voir ?

– Pas de visites. Pas même la famille. Le médecin dit que ça fait partie de la thérapie.

– Ça semble vraiment inhabituel. Qui est son médecin là-bas ?

– Le docteur Leland Hurley.

– Eh bien, j'aimerais écrire une lettre à Nathan, alors.

– Pas de contacts. Rien du tout. C'est le seul moyen de débarrasser son esprit de la douleur, qu'ils disent. »

Il s'engagea sur un terrain glissant.

« Ça doit coûter cher. Je ne croyais pas que le gouvernement couvrirait les frais d'une clinique privée.

– Je ne suis pas censée parler du programme, dit-elle soudain. Vous pouvez me rappeler votre nom ?

– Michael Raymond. J'aimerais vraiment parler à Nathan quand il rentrera à la maison.

– Laissez-moi votre numéro, je le lui communiquerai. »

Il lui donna son numéro de téléphone portable.

« Merci, madame Ruiz, j'espère que Nathan ira bientôt mieux.

– Je l'espère aussi. Avant qu'il se fasse du mal, avant qu'il fasse du mal à quelqu'un d'autre. Au revoir. »

Elle raccrocha.

Je ne suis pas censée parler du programme. Pas de contacts, c'est ce qu'a dit le médecin. Étrange. Il ne savait pas quels étaient les traitements de pointe contre le PTSD, mais isoler un patient de ses proches semblait assurément curieux.

Allison avait dit que Sorenson dirigeait un programme spécial. Sangre de Cristo proposait un programme spécial. S'agissait-il du même programme, et le tireur avait-il quelque chose à voir avec ?

Le nom suivant sur sa liste était Celeste Brent, la femme qui avait laissé le message sur le répondeur d'Allison. Il entra son nom dans Google combiné à « Santa Fe » et obtint une avalanche de réponses. La première était un gros titre : « La vedette de l'émission de téléréalité s'installe à Santa Fe après une tragédie. »

Vedette de la télé ?

Quelqu'un frappa à la porte. Miles ferma le navigateur.

« Est-ce que l'ordinateur fonctionne, mon ange ? demanda Joy en passant la tête par la porte.

– J'ai du mal à faire fonctionner votre e-mail, mentit-il, mais je vais résoudre le problème.

– Nous avons quelques œuvres à faire tourner, vous pourriez venir me donner un coup de main ?

– Bien sûr », répondit-il.

Il pourrait lire le reste des informations sur Celeste Brent plus tard. Mais il s'aperçut soudain avec effroi que s'il voulait connaître la vérité, il allait devoir entrer dans cet hôpital, Sangre de Cristo, pour découvrir ce qui s'y passait.

Un hôpital psychiatrique. Son pire cauchemar.

« Un cinglé qui entre par effraction dans un asile ! dit Andy qui se tenait à l'autre bout de la pièce tandis que Miles accrochait un tableau en suivant les conseils de Joy. Faut que je voie ça. »

15

D'ABORD LES POINGS, PUIS LES TUYAUX EN CAOUTCHOUC, puis le tournevis pour le grand finale, permirent à Groote d'obtenir un nom des lèvres meurtries de Nathan. Groote ne prenait aucun plaisir à faire souffrir autrui ; la souffrance était juste un moyen d'arriver à ses fins. Mais après deux heures de torture – vraiment, Petit Soldat avait joué les héros à la perfection en tenant le coup bien plus longtemps que ne l'aurait cru Groote –, Nathan avait hurlé le nom du mystérieux partenaire d'Allison : Michael Raymond. Le MR du téléphone portable d'Allison. Cinq minutes plus tard, il obtenait également une description physique : un mètre quatre-vingt-cinq, costaud, cheveux bruns, yeux bruns.

Groote avait immédiatement appelé un ami en Californie – un ami qui gagnait sa vie en infiltrant des systèmes informatiques – pour qu'il teste la sécurité de celui de l'opérateur du téléphone portable de MR. Son ami, assuré d'un paiement généreux, avait passé la journée à essayer d'accéder aux fichiers de l'opérateur et, en fin d'après-midi, avait fourni à Groote une adresse personnelle et un numéro de téléphone professionnel correspondant à ce numéro. Groote composa le numéro et une voix féminine lui souhaita la bienvenue à la Galerie Joy Garrison située dans la célèbre Canyon Road, puis elle cita le nom de chaque employé en indiquant le numéro à composer pour obtenir sa boîte vocale. « Pour Michael Raymond, faites le 4 », prononça la voix informatisée.

Groote raccrocha. *Je te tiens, connard.*

Debout dans la minuscule cuisine située au dernier étage de Sangre de Cristo, Groote but un verre d'eau glacée. Il jeta les glaçons dans l'évier et scruta ses mains. Le sang de Nathan s'était incrusté sous ses ongles, il devait se les curer à nouveau.

Il frissonna. Tu as fait ce que tu avais à faire. Pour Amanda. Pour tous les autres pauvres types malades qui ont besoin d'être libérés de leurs cauchemars. Même si Nathan Ruiz était lui-même l'un de ces pauvres types.

Le docteur Hurley pénétra dans la cuisine et referma la porte à clé derrière lui. Crevé, il n'avait pas dormi de la nuit et avait l'air d'un lapin effrayé dans une forêt envahie par les renards.

« Quantrill est au téléphone. Il n'a pas l'air heureux.

– Je veux bien le croire.

– Ce n'est pas ma faute. Pas du tout. Je lui ai demandé de renforcer la sécurité et il a rechigné. Il aurait dû vous envoyer plus tôt. Je ne veux pas être tenu pour responsable... »

Groote le frappa à l'estomac, pas fort, mais suffisamment pour qu'il la boucle. L'homme s'affaissa par terre et vomit une giclée de café.

« La prochaine fois, je peux vous frapper au visage, docteur Hurley, et vous perforer la cervelle avec un fragment d'os. Ça ne me demandera pas un grand effort. Vous me comprenez ? »

Hurley acquiesça en le regardant d'un air terrifié.

« Alors, fermez-la. C'est moi qui dirige les opérations maintenant, pas vous. Inutile de bourrer votre crâne déjà bien farci avec ces histoires de responsabilité, je ne supporte pas les jérémiades. »

Il aida Hurley à se relever.

« Vous... vous devriez lui parler dans mon bureau, dit Hurley, hébété.

– C'est ce que je vais faire. »

Il se rendit au bureau de Hurley et enfonça le bouton du téléphone.

« Groote à l'appareil.

– Dites-moi que vous avez récupéré le dossier.

– Arrêtez votre cinéma, rétorqua Groote d'une voix calme. Si je l'avais, je vous aurais déjà appelé. J'ai besoin que vous et Hurley gardiez la tête froide, vous saisissez ? »

Il entendit Quantrill inspirer profondément pour se calmer.

« Alors, quelle est la situation ?

– Voici ce que je crois : elle décide de dévoiler vos activités et il est donc naturel de supposer qu'elle a besoin d'aide. Nathan affirme que c'est vers ce Michael Raymond qu'elle s'est tournée. Raymond bosse dans une galerie d'art, et je ne vois pas en quoi il a pu l'aider – mais supposons que Nathan dise vrai. Michael Raymond s'aperçoit que votre médicament peut être vendu à très bon prix. Alors il se sert d'Allison pour mettre la main sur le dossier. Puis il se débarrasse d'elle.

– Une bombe… Qui utiliserait une bombe ? demanda Quantrill d'une voix où l'impatience avait disparu et avait été remplacée par une peur soudaine.

– Nous ne sommes pas sûrs qu'il s'agisse d'une bombe. Il a pu provoquer une explosion de gaz. On ne sait que dalle sur ce type sauf son nom et le fait qu'il bosse dans une galerie d'art. » Il marqua une pause. « Ils ont tous les deux mentionné un autre nom. Sorenson. Nathan et Raymond prétendent que ce Sorenson s'est pointé chez Allison après sa mort, mais je ne l'ai jamais vu. Donc, soit il y a un autre acteur à l'œuvre, dont je ne connais pas le rôle, soit ils me mentent. Je dois faire avec ce que je sais. »

Quantrill réfléchit en silence.

« Monsieur Quantrill, reprit Groote, j'ai besoin que vous soyez honnête avec moi. Vous avez des ennemis, je suppose, outre cette femme qui a pu tirer le signal d'alarme. Qui est au courant pour Frost ? Qui aurait pu vous le voler ?

– Un laboratoire pharmaceutique. Un espion.

– Un laboratoire afin de le produire. Un espion pour le revendre.

– Ou alors, poursuivit lentement Quantrill, Michael Raymond espère peut-être me faire chanter. Contrairement à

Allison, il reste discret. Puis il cherche à me revendre à bon prix les copies des recherches.

– Mais quand je lui ai parlé, il n'a pas voulu qu'on se rencontre, répondit Groote. Il semblait... confus. Il a cependant affirmé savoir où se trouvait Frost, il a dit que ça prendrait du temps mais qu'il me rappellerait.

– Alors, il veut jouer avec nos nerfs pour faire monter les prix.

– S'il déballe tout...

– Aucun laboratoire pharmaceutique ne produirait un médicament testé illégalement, compléta Quantrill. Nous devons faire le silence sur la manière dont les tests ont été conduits. Ça tuerait net nos travaux. Il faudrait des années avant que quelqu'un ose y toucher à nouveau ou les mettre sur le marché. »

Des années dont Amanda ne disposait pas.

« Alors, l'argent doit être sa motivation. Sinon, il aurait déjà tout rendu public.

– Trouvez-le. Proposez-lui cinq millions en échange de Frost. Assurez-vous qu'il n'a rien dit à personne. Il est évident que vous ne pouvez pas le laisser repartir vivant.

– Je me servirai de mon tournevis. »

Groote raccrocha, vérifia son pistolet, consulta sa montre. D'abord essayer de trouver Michael Raymond à la galerie, puis faire un tour chez lui. Une galerie. Pas le genre d'endroit où Allison Vance serait allée chercher de l'aide. Et ça turlupinait Groote. Il n'aimait pas se lancer dans l'inconnu.

Il rangea son pistolet dans le holster de sa veste et prit le chemin du parking.

16

Groote pénétra dans la galerie. Il regarda d'un œil indifférent les œuvres d'art accrochées aux murs : des portraits d'Indiens navajos et de cow-boys, des paysages représentant le désert étincelant du Nouveau-Mexique, des champs parsemés de fleurs sauvages. Il lut l'étiquette d'un tableau représentant un ruisseau étouffé par des pierres. Onze mille dollars. Il avait déjà tué pour moins que ça.

Il s'arrêta et écouta attentivement. Les murmures semblaient indiquer qu'il y avait deux personnes dans la galerie. Une femme et un homme qui parlaient à voix basse à l'arrière de la boutique. Il n'ôta pas ses lunettes de soleil – inutile d'être facilement reconnaissable. Il regagna la porte, retourna la pancarte de métal poli pour qu'elle annonce FERMÉ, tourna le verrou. Il espérait qu'il n'aurait pas à tuer qui que ce soit. Il préférait faire sortir Raymond du bâtiment et l'attraper seul. Mais autant être prêt à toute éventualité.

Il se dirigea vers le bureau à l'arrière, écouta la voix de l'homme en se demandant s'il s'agissait de Raymond. Il étudia le plan du rez-de-chaussée. Deux sorties au niveau du couloir, un escalier menant à une autre salle d'exposition, trois pièces supplémentaires sur sa gauche, un petit couloir avec une série de portes-fenêtres sur sa droite.

Il s'arrêta à la porte du bureau de derrière. Une femme d'une cinquantaine d'années, rayonnante et jolie, et un homme d'une trentaine d'années. Ils se turent et lui sourirent, prêts à le soulager de son argent en échange de l'un des tableaux. Ils étaient de toute évidence mère et fils, la ressemblance était frappante. Il y avait un troisième bureau dans le coin, vide.

« Bonjour, puis-je vous aider ? demanda la femme.

– Oui, madame, j'ai besoin de voir Michael Raymond. J'ai promis de lui acheter un tableau. »

La femme sembla se figer un instant, puis répondit précipitamment :

« Eh bien, je suis désolée, Michael n'est pas ici cet après-midi. Je suis Joy Garrison, la propriétaire, et voici mon fils, Cinco. Est-ce que nous pouvons vous aider ? »

Groote jeta un coup d'œil à Cinco, qui ouvrit la bouche comme pour interrompre la femme, puis la referma.

« Maman...

– Cinco, c'est bon », interrompit Joy d'un ton qui interdisait toute discussion.

Le téléphone sonna. Cinco décrocha, dit bonjour et donna les horaires d'ouverture de la galerie.

« De quel tableau s'agissait-il ? » demanda Joy.

Elle doit vouloir empocher la commission, pensa Groote.

« Le paysage près de la porte d'entrée. Mais c'est bizarre. Michael m'a dit qu'il serait ici aujourd'hui. J'aimerais en discuter avec lui, merci de lui dire que je suis passé.

– Bien sûr. Désolée qu'il ne soit pas là.

– Quand doit-il revenir ? »

Joy claqua des doigts.

« Oh. Attendez. Vous avez raison. Il doit venir aujourd'hui. Vers six heures, juste avant la fermeture. Pour récupérer sa paye. J'avais oublié. »

Groote acquiesça.

« J'aime mieux ça, je croyais avoir perdu la tête. » Il partit d'un petit rire poli. « Je repasserai le voir vers six heures.

– Voulez-vous laisser votre nom, monsieur... ? demanda Cinco après avoir raccroché.

– Jason Brown », mentit Groote, car refuser de donner son nom paraîtrait louche.

Le téléphone émit un bip et Joy Garrison enfonça un bouton.

« Oui ? Bien entendu, je peux vous avoir ce tableau, monsieur, oui... » dit-elle, et elle se mit à opiner du chef en prenant des notes sur un calepin.

Quelque chose semblait clocher, mais il entendit du bruit à la porte, un autre client qui essayait de tourner la poignée, surpris de trouver la galerie fermée si tôt. Il regagna donc la porte d'entrée, retourna la pancarte et actionna le verrou tout en tournant le dos à Cinco et Joy pour qu'ils ne puissent voir ce qu'il faisait.

« Excusez-moi », dit-il à deux touristes tout de turquoise vêtues avant de se faufiler devant elles et de regagner sa voiture.

L'heure du plan B était venue – aller chez Michael Raymond, voir s'il était chez lui. Et s'il n'y était pas, fouiller l'appartement pour se faire une idée de qui il était. Puis retourner à la galerie pour une discussion en tête à tête.

Groote avait parcouru une dizaine de rues lorsqu'il s'aperçut de son erreur. Il enfonça l'accélérateur et fit demi-tour dans un crissement de pneus.

17

En sortant du bureau de Joy à l'étage, Miles avait vu l'homme. Lorsque celui-ci avait retourné la pancarte et verrouillé la porte, il s'était dit : *Il est ici pour moi.* Il avait reculé en silence de quatre pas pour s'éloigner de la rambarde, s'était dissimulé derrière une sculpture représentant un couguar tapi en se demandant s'il s'agissait de l'homme qui l'avait poursuivi hors de la maison d'Allison. Le tireur.

Puis l'homme avait parlé à Joy et Cinco, il avait demandé à lui parler personnellement, et Miles n'avait plus eu aucun doute.

Comme il n'avait pas d'arme, il avait saisi une petite sculpture – une petite statue d'acier représentant un guerrier sioux dressé sur son cheval, sa lance pointée en avant – et avait décidé de frapper le tireur à la tempe, la où la chair était le plus vulnérable. Il ne pouvait laisser cet homme faire du mal à Joy et à Cinco.

Mais alors, Dieu la bénisse, Joy avait prétendu qu'il n'était pas là. Et Cinco avait joué le jeu. Miles avait écouté la conversation, Joy embobinant l'homme et lui mentant. Puis il avait regagné le bureau à pas de loup en pensant, *Il ne tuera personne s'il croit qu'ils sont au téléphone.* Il avait donc décroché le combiné, composé le numéro du poste de Joy, entendu la sonnerie signalant un appel interne. Joy, futée, avait fait comme s'il s'agissait d'un appel externe et Miles lui avait dit : « Continuez, il va partir. »

Puis il y avait eu du bruit à la porte et il avait entendu le bruit des pas du tireur qui s'en allait, l'avait entendu s'excuser poliment auprès de la personne à la porte.

Il avait compté jusqu'à dix avant de dévaler l'escalier et avait vu Joy passer à toute allure devant les deux femmes. Sans doute la première fois de sa vie qu'elle ignorait un client.

« Qui était-ce ? demanda-t-elle.

– Vous lui avez menti, dit Miles, surpris.

– Il ne me plaisait pas. Les lunettes de soleil, la façon qu'il a eue de demander après vous. Je sais repérer les problèmes. Vous ne faites pas de ventes, je savais donc qu'il mentait. » Elle l'attrapa par le bras, l'attira avec empressement vers l'arrière, demanda à Cinco de s'occuper des clientes. Elle claqua la porte derrière elle. « Est-ce qu'un truand, un type de votre ancienne vie pourrait vous traquer ? »

Il savait qu'elle parlait des Barrada, mais il était plus simple d'éluder les explications.

« Oui. Écoutez-moi. Fermez la galerie sur-le-champ. Partez. Au cas où il reviendrait à six heures. Je vais m'assurer qu'il vous laissera tranquille.

– Si vous voulez aller quelque part, je peux vous emmener.

– Non. Je ne veux pas vous impliquer davantage. Partez. Maintenant. » Ses joues le brûlaient. « Merci, Joy, pour votre amitié. Vous ne savez pas combien vous et ce travail comptez pour moi. Ne parlez pas de moi à Cinco, d'accord ?

– J'inventerai une histoire. » Elle se dressa sur la pointe des pieds et, les larmes aux yeux, lui fit une bise sur la joue. Puis elle ouvrit la porte, annonça à Cinco et aux clientes qu'ils fermaient immédiatement, raccompagna gentiment les deux femmes à la porte et ordonna à Cinco de rentrer.

« Qu'est-ce qui se passe ? demanda Cinco.

– Ramène ta mère chez elle, répondit Miles. Maintenant.

– Est-ce que vous voulez bien me dire pourquoi tout le monde panique ? insista Cinco.

– Michael, laissez-nous vous emmener...

– Non. Allez-y, Joy, s'il vous plaît. »

Joy lui serra la main et entraîna Cinco vers sa voiture. Ils démarrèrent sur les chapeaux de roues.

Le tireur connaissait son nom.

« Fin de la partie », dit Andy, assis sur le bureau de Cinco.

Miles l'ignora, attrapa une casquette de l'équipe de baseball des Lobos de l'université du Nouveau-Mexique sur le bureau de Cinco, l'enfonça sur sa tête et courut jusqu'à l'arrière du bâtiment. Il devait regagner son hôtel. Trois femmes travaillaient à la galerie de poterie d'à côté – il se rappela que l'une d'elles venait toujours à vélo. Il l'appellerait plus tard pour lui dire où se trouvait son engin. Il tira ses crochets de sa poche et en força le cadenas en dix secondes.

« Réduit à jouer au voleur de bicyclettes, lança Andy. Quelle honte. »

Miles enfourcha maladroitement le vélo – il n'en avait pas fait depuis dix ans –, trouva son rythme, puis contourna le bâtiment à toute allure, traversa le parking et s'engagea dans Canyon Road.

C'est alors qu'il vit le tireur au volant d'une voiture, remontant la route en sens inverse, puis braquant droit sur lui dans un hurlement de pneus.

18

Un bip au lieu d'une sonnerie. C'était un réglage sur les téléphones de bureau. L'appel qu'avait reçu Cinco à l'arrivée de Groote avait provoqué une sonnerie ; l'appel reçu par Joy avait émis un bip, mais elle avait fait comme s'il s'agissait d'un appel externe. Il avait instinctivement su qu'elle mentait. Elle avait prétendu que Michael Raymond reviendrait à six heures pour qu'il s'en aille.

Il avait brutalement fait demi-tour, ignorant les coups de klaxon autour de lui tandis qu'il manquait de peu d'accrocher un camion, puis avait remonté Paseo de Peralta plein pot avant de s'engouffrer dans Canyon Road sur la droite.

Puis, juste devant lui, un idiot à vélo, les yeux pratiquement recouverts par une casquette de base-ball, qui pédalait maladroitement au beau milieu de la route. Groote l'avait évité de peu tout en braquant pour s'engager à toute allure sur le parking.

Groote vit le panneau FERMÉ accroché de travers sur la porte de la Galerie Garrison. Il courut jusqu'à la porte, essaya la poignée. Fermée à clé. Il brisa la vitre la plus proche de la poignée. Une alarme se mit à hurler. Il ouvrit la porte, dégaina son arme, traversa la galerie en courant, vérifia l'étage et le rez-de-chaussée. Personne.

La police allait débouler d'ici quelques minutes. Il renfonça son arme dans son holster, sortit par-derrière et vit une femme qui se tenait les mains sur les hanches et avait l'air de se demander à quoi rimait tout ce vacarme.

« Je suis un ami de Joy et Cinco, dit-il avant qu'elle ait le temps de parler. Est-ce qu'il y a un problème ?

– Mon vélo a disparu. » Elle désigna la porte de la galerie d'où provenait le hurlement strident. « Il y a un cambriolage ou c'est une fausse alerte ? »

Le type à vélo. Il s'était fait berner par une hippie marchande d'art et un type sur un putain de vélo. Il passa devant la femme en courant et regagna précipitamment sa voiture.

Groote longea Canyon Road jusqu'à Paseo de Peralta. Il fallait choisir et il prit un virage serré sur la droite. Il roula deux minutes, grillant les feux rouges, cherchant des yeux le type à vélo. Il fit brusquement demi-tour en pestant, rebroussa chemin, sillonna les petites rues transversales à 130 à l'heure. La gorge serrée, il martela le volant de rage.

J'étais si près de lui. Si près de trouver Frost.

Pas de vélo. Michael Raymond s'était volatilisé.

19

Miles porta la bicyclette volée jusqu'à sa chambre d'hôtel, se lava le visage. Le moment était venu d'aller chercher l'argent et le matériel qu'il planquait à la gare routière au cas où il aurait besoin de fuir la ville seul. Mais si le tireur rôdait dans le centre de Santa Fe, y aller à vélo était risqué, il ne pourrait pas semer une voiture.

Quelqu'un cogna à la porte. DeShawn lui ordonna d'ouvrir.

Il s'exécuta et DeShawn, dans tous ses états, entra en le poussant avant de claquer la porte derrière lui.

« On te transfère dans une autre ville, sous une nouvelle identité. Tout de suite. Prends ton sac.

– Pourquoi ?

– Ton identité a été dévoilée, Miles. Ta couverture est foutue. La police a trouvé un ordinateur portable dans le coffre de la voiture d'Allison. Il contenait une copie scannée de la totalité de ton dossier psychiatrique, dans lequel figurait le fait que tu es un témoin fédéral, ainsi que ton véritable nom. » Il secoua la tête. « Bien entendu, le fait que tu m'as menti était omis. »

L'empressement de DeShawn n'avait rien à voir avec l'apparition du tireur à la galerie.

« Je...

– Tu quittes Santa Fe. En route. »

Miles se sentit vaciller, la nouvelle lui faisait l'effet d'un coup de poing dans le ventre.

« Comment Allison aurait-elle connu mon vrai nom ?

– Tu es certain de ne pas le lui avoir dit ?

– Certain. Je n'ai rien dit.

– Je ne te crois pas. Tu as même prétendu ne pas lui avoir dit que tu étais ici en tant que témoin ! lança DeShawn d'une voix froide. Tu m'as menti, Miles. Elle connaissait ton nom, elle savait d'où tu venais, elle savait ce que tu étais, et maintenant elle est morte.

– Je ne lui ai rien dit. » La confession – signée de son vrai nom – était toujours dans la poche de sa veste. « Tu as parlé d'un dossier scanné ? Comme des papiers scannés sur un ordinateur ?

– Oui. »

Sorenson. Il avait farfouillé dans la desserte à classeurs la veille. Il avait pris quelque chose. Le dossier de Miles. Qui comportait apparemment tout un tas d'informations que Miles ne lui avait jamais données.

« Nom de Dieu, fit Miles.

– Tu as fini de mentir, Miles ? Ton visage. Tu ne t'es pas battu. Tu étais à proximité du bâtiment quand il a explosé.

– Non.

– Tu as essayé d'appeler son *pager*, juste après l'explosion – j'ai les registres. Explique-moi pourquoi à ce moment précis ?

– Elle voulait me parler...

– Tu étais censé être dans le bâtiment quand il a explosé, Miles, n'est-ce pas ? Tu étais censé mourir avec elle, ne le vois-tu pas ?

– Non.

– Tu lui as dit qui tu étais. Et elle s'est mise à fouiller dans ton passé, pour te comprendre, pour t'aider, et elle a alerté les Barrada. Peut-être par accident. Mais si tu n'avais pas dit que tu étais Miles Kendrick, elle serait encore en vie. »

Miles secoua la tête.

« Je ne lui ai jamais dit mon vrai nom ! Et même si je l'avais fait, pourquoi la tuer ? Pourquoi s'en prendre à elle ?

– Pauvre con ! hurla DeShawn. Est-ce que tu sais combien de personnes souhaitent ta mort ? Les Barrada, évidemment.

Mais tous les gangs que tu as baisés en espionnant à leur profit veulent aussi ta peau : les Razor Boys, les Duarte, le gang GHJ... Miles, elle savait, elle est morte, et elle a laissé derrière elle une trace de ton ancienne identité. C'est tout ce qui importe. Tu es compromis. Bienvenue dans ta nouvelle vie, tu ne vas pas tarder à te marrer. »

Miles alla chercher son sac. Son esprit fonctionnait à cent à l'heure. Non, il ne pouvait pas partir maintenant, il ne pouvait pas monter à bord de cet avion.

« Et si je refuse de partir ?

– En tant qu'inspecteur chargé de ton cas, je te réponds que le programme de protection des témoins est basé sur le volontariat, dit DeShawn d'une voix froide. Tu peux arrêter quand tu veux. Mais en tant qu'ami, je te dis que tu es un homme mort si tu restes ici. La mort d'Allison fait beaucoup de bruit et la presse finira par s'emparer de cette histoire. Je suis ton ami et j'ai peur que tu ne voies pas les choses avec discernement, que tu sois encore mentalement instable et incapable de prendre une décision pertinente. Je vais donc te foutre sur la tronche et te flanquer dans cet avion pour te sauver la vie. Tout cela reste entre nous, naturellement.

– Naturellement. Je...

– Rien ne te retient ici, intervint Andy depuis le coin de la pièce. Elle est morte. Arrête de vouloir te rendre utile, Miles. Ce n'est pas la première fois que quelqu'un se fait tuer.

– Qu'est-ce qu'il y a ? demanda DeShawn.

– J'ai la nausée. »

Miles marcha jusqu'à l'évier, remplit un verre d'eau.

« D'abord tu lui fais faux bond, et maintenant tu la fuis, reprit Andy. Tu es vraiment un cas désespéré, Miles. »

Miles but son verre d'eau, ignorant aussi bien DeShawn qu'Andy. Non. Il n'irait nulle part, pas tant qu'il n'aurait pas découvert la vérité sur la mort d'Allison. Elle avait eu besoin de lui. Il n'avait pas su l'aider à temps, n'avait pas été à la hauteur de la situation. Et où ça l'avait mené de vivre dans le mensonge ? Nulle part. Il avait perdu sa nouvelle vie aussi facilement que la précédente. Sa décision était claire et définitive, elle était plus forte que sa peur et réduirait au silence les murmures d'Andy.

La fuite était la seule solution. Il devait éviter DeShawn, trouver le tireur, découvrir la vérité. Les pontes du programme de protection pouvaient très bien se désintéresser de son cas s'il s'échappait, mais il estimait qu'ils n'en feraient rien. Il avait des problèmes psychologiques et était un témoin crucial pour les prochains procès contre le gang des Barrada. De plus, il avait sauvé deux agents du FBI d'une mort certaine. Mais en désobéissant à un inspecteur et en s'enfuyant seul, il violait l'une des règles de base du programme de protection.

« Je pars avec toi. Mais j'ai d'abord besoin de parler à Joy. S'il te plaît, dit Miles.

– Tu pourras appeler Joy de ton nouveau lieu de résidence.

– Je veux que Joy et Cinco soient placés sous protection.

– Est-ce que tu leur as dit ton vrai nom à eux aussi ?

– Non.

– Je te garantis qu'ils seront en sécurité.

– Appelle tout de suite. Je veux des agents chez Joy, chez Cinco et à la galerie. »

DeShawn comprit que c'était le prix à payer pour que Miles obtempère.

« OK, vieux, j'appelle. »

Il composa le numéro, parla à voix basse dans le téléphone portable tandis que Miles fourrait ses quelques biens dans son sac. DeShawn raccrocha.

« Les Garrison seront protégés. Je te le garantis.

– Merci. » Miles hissa le sac sur son épaule. « En route. »

DeShawn passa devant lui, ouvrit la porte. Alors, Miles se rua sur lui de toutes ses forces.

« Miles, ne fais pas ça ! » hurla DeShawn en percutant la porte.

Il poussa un cri de douleur lorsque sa main se coinça entre le chambranle et le loquet. Miles frappa DeShawn à la nuque. Une fois, deux fois, puis DeShawn reprit ses appuis, dégagea sa main de la porte et se rua sur Miles.

« Grosse erreur », dit DeShawn en balançant le poing.

Un direct sec en pleine poitrine, un autre à la mâchoire, deux violents coups de poing à l'estomac, et Miles s'écroula sur le lit.

« Bordel, tu m'as fait mal à la main, dit DeShawn qui se tenait au-dessus de lui en agitant la main. Qu'est-ce qui t'a pris ? »

Miles ne répondit rien, s'efforçant d'ignorer la douleur tout en respirant péniblement.

« Attaquer un agent fédéral, poursuivit DeShawn. Sans compter que tu étais censé être mon ami. »

Miles garda les yeux fermés. Il entendit le faible cliquetis des menottes.

« Fini de nous fausser compagnie, dit DeShawn en saisissant le poignet de Miles. Ouvre les yeux et cesse de... »

Miles pivota et projeta brusquement les deux pieds en avant. L'un d'eux atteignit DeShawn au nez, l'autre à la gorge. Il recula en vacillant. Miles se leva d'un bond, mû maintenant par la peur. S'il ne prenait pas le dessus, DeShawn le mettrait en charpie.

Il attrapa la main blessée de DeShawn et la tordit.

Deux doigts se démirent et DeShawn inspira profondément tout en jurant. Miles s'écarta, lui assena deux violents coups de poing avant de saisir le réveil de l'hôtel et de le lui écraser sur l'arrière de la tête. Une fois. Deux fois. DeShawn tomba à genoux, cherchant à attirer Miles près de lui pour l'immobiliser par une clé à la nuque, mais Miles abattit de nouveau le réveil d'Altuglas sur la tempe de DeShawn. Celui-ci s'effondra, yeux clos.

« Désolé, dit Miles. Je suis vraiment désolé. »

Il s'agenouilla, vérifia le pouls de DeShawn. Son cœur battait régulièrement. Il ne resterait pas longtemps dans les vapes et serait vraiment furax à son réveil.

Miles arracha les câbles de la télé et de la lampe. Il s'en servit pour ligoter les pieds et les mains de DeShawn, attrapa un drap du lit, le noua aux deux câbles pour l'immobiliser.

Il déchira une taie d'oreiller, lui enfonça une poignée de tissu dans la bouche en prenant soin de ne pas bloquer sa respiration. Il prit ses clés de voiture dans la poche de DeShawn, laissa sa plaque, son arme et son portefeuille en place. Il posa le téléphone portable de DeShawn sur le lit. Puis il le tira doucement jusqu'au placard, referma la porte et cala fermement la chaise de bureau sous la poignée.

Il avait mal au visage et aux côtes. DeShawn avait eu beau retenir ses coups, Miles avait l'impression de s'être fait percuter par une voiture. Il avait au plus quelques minutes devant lui. DeShawn avait très probablement prévenu qu'il passerait chercher Miles à l'hôtel, et s'il ne réapparaissait pas sous peu, ses collègues du programme de protection des témoins et du FBI se mettraient à téléphoner avant de débarquer directement à l'hôtel.

« Je suis désolé, DeShawn, répéta-t-il en fermant la porte. S'il te plaît, pardonne-moi. Mais je dois régler cette affaire. »

Il accrocha l'écriteau NE PAS DÉRANGER à la porte et laissa derrière lui sa vie en tant que Michael Raymond.

20

MILES ESPÉRAIT QU'ANDY RESTERAIT dans la chambre d'hôtel, qu'il la hanterait tel un fantôme et tiendrait compagnie à DeShawn. Mais non, la maison hantée d'Andy, c'était Miles.

Et maintenant, il devait conduire.

La peur lui nouait l'estomac tel un poing s'enfonçant sous la peau et les muscles pour lui malaxer les entrailles. Les Barrada étaient connus pour faire sauter les véhicules de leurs ennemis, et comme il marchait vers la voiture, Miles chercha à se convaincre que sa peur n'était pas fondée, qu'ils n'avaient pas pu trafiquer la voiture de DeShawn, qu'ils n'avaient pas pu le retrouver.

« Bien sûr qu'ils ont pu trafiquer la bagnole, lança Andy qui hâtait le pas à son côté. Enfin quoi, Allison connaissait ton nom. Les Barrada ont pu savoir que DeShawn viendrait te chercher, il ne leur aura fallu que quelques secondes pour fixer la bombe...

– Non, rétorqua Miles. Ferme-la.

– Vous faire sauter ensemble toi et DeShawn. C'est ça leur conception de la justice. Trafiquer l'allumage pendant que vous vous battez là-haut. »

Miles continua de marcher en direction de la voiture.

« Tu ne comptes pas *sérieusement* conduire, si ? » Miles s'arrêta. Andy continua d'avancer en se dandinant, sauta sur le capot de la voiture de DeShawn et exécuta un twist improvisé.

« Je ferais bien de faire gaffe, je risque de faire sauter cette saloperie ! »

Il n'existe pas, il n'y a pas de bombe. Tu ne risques absolument rien. Tu ajoutes juste le vol à ta série de délits d'aujourd'hui.

« Tu as trop la trouille pour conduire », dit Andy en s'asseyant sur le capot et en posant les pieds sur le pare-chocs.

Miles se mit à courir, déverrouilla la voiture. Il sentait la sueur lui couler dans le dos. Ses mains tremblaient tandis qu'il enfonçait la clé dans le contact et la tournait.

« Boum ! » hurla Andy depuis l'autre côté du pare-brise en se tordant le visage, les mains et les lèvres collées au verre.

Mais le moteur n'explosa pas, il se contenta de démarrer.

Miles s'agrippa au volant.

« Tu ferais mieux d'arrêter ! cria Andy. Tu ferais mieux d'arrêter. Tout de suite. »

Miles lui fit un doigt d'honneur, serra les dents et démarra brutalement. Andy tomba du capot et reprit sa litanie derrière Miles : « Ça ne marchera pas », prononça-t-il d'une voix sifflante.

Pile ce dont j'ai besoin pensa Miles, un emmerdeur à l'arrière.

« Tu m'as tué, et maintenant tu as tué Allison, poursuivit Andy. Qui sera le prochain à mourir pour tes péchés, Miles ? »

La cicatrice sur sa poitrine le brûlait, il ferma les yeux, se laissa glisser dans la chaleur moite d'un matin à Miami... Andy lui souriait, puis, stupéfait, levait son arme vers lui avec une détermination soudaine, le mettait en joue... Miles atteint par la balle, puis l'hôpital, sous haute protection, tandis que le FBI l'informait qu'il ne pouvait plus être Miles Kendrick.

Pourquoi y avait-il cette zone d'ombre dans sa mémoire, dans sa tête ? L'opération avait mal tourné – Andy avait dégainé en comprenant que Miles s'était rallié au FBI. Une zone au-delà de laquelle il ne voyait rien. Il entendait les voix des deux agents infiltrés qui disaient, *vous avez fait ce qu'il fallait, mon vieux, vous êtes un héros.*

Mais il ne savait pas pourquoi.

Le moment présent. Concentre-toi sur le moment présent. La réserve d'argent et le pistolet à la gare routière de Santa Fe en cas de besoin. Il plongea la main dans la poche latérale de son sac et trouva la clé de la consigne.

Il roula jusqu'au terminal de bus situé dans St. Michael's Drive, en fit deux fois le tour à faible allure.

Si le FBI sait que j'ai loué une consigne... Vérifiaient-ils systématiquement ce genre de choses quand ils installaient un témoin dans une nouvelle ville ? Avaient-ils cherché à savoir s'il avait loué une boîte postale ou une consigne ou un box de stockage ?

Est-ce qu'ils viendraient me chercher ici ?

Pire – le tireur l'y attendait-il ? Il n'y avait pas d'aéroport important à Santa Fe. Si vous deviez quitter la ville en vitesse et n'aviez pas de voiture, vous preniez le bus. Il devait néanmoins courir le risque. Le tireur ne pouvait pas savoir qu'il n'avait pas de voiture.

À moins qu'il ne t'ait repéré à vélo.

Plan B. Il retourna jusqu'à Paseo de Peralta à la recherche de Joe, le sans-abri. Il lui donnerait un billet de vingt pour qu'il aille récupérer son sac. Le tireur ne ferait pas attention à Joe, et les fédéraux, s'ils étaient au courant pour la consigne et la surveillaient, lui mettraient la main dessus mais le relâcheraient lorsqu'ils seraient sûrs qu'il ne savait rien. Mais Miles ne trouva pas son ami et reprit à contrecœur le chemin de la gare routière.

Il devait courir le risque.

Il pénétra dans le terminal. Le lieu était bondé en cette fin d'après-midi. Une voix jaillit des haut-parleurs et annonça un départ pour Albuquerque et El Paso. Il jeta un coup d'œil à la ronde : aucun signe du tireur, personne ne se tenant avec la posture rigide d'un agent fédéral. Il attrapa le sac en toile verte dans la consigne, le passa par-dessus son épaule et regagna sa voiture à la hâte.

Miles ouvrit le sac. Hormis ses quelques vêtements, ses biens en ce bas monde consistaient en une pièce d'identité et une carte bancaire au nom de son père, un Beretta chargé, et mille dollars en espèces, le tout caché dans le double fond du sac.

« Tu te crois malin », dit Andy à ses côtés.

Miles s'immobilisa.

« Oui, répondit-il lentement dans un murmure à peine plus fort qu'un souffle. Je le crois. Je suis plus malin que toi. Tu es mort et pas moi. »

Andy se tut.

Miles devait trouver un endroit où se planquer. Il roula vite sans quitter les rues transversales jusqu'à la maison de Blaine l'Emmerdeur, non loin de la Vieille Piste de Santa Fe. Il gara la voiture de DeShawn derrière la maison, près de celle de Blaine, et frappa à la porte. Pas de réponse. Blaine l'Emmerdeur était toujours à Marfa avec son ami, à la recherche d'un regain d'inspiration.

Il plongea la main dans les pots de fleurs sur la terrasse de la maison de pisé et, dans le troisième, ses doigts rencontrèrent la forme d'une clé. Il l'inséra dans la serrure, ouvrit la porte en espérant que Blaine était bien parti et en priant pour qu'une alarme ne se mette pas à sonner.

Il se glissa à l'intérieur, referma la porte, écouta le silence.

Foyer doux foyer. Pour le moment.

21

Jeudi matin. Caché derrière un lourd rideau, Miles regarda les voisins de Blaine partir au travail. Puis il conduisit la voiture de DeShawn jusqu'au parking d'une épicerie et l'abandonna, déverrouillée, la clé sur le contact, avant de refaire à pied le kilomètre et demi qui le séparait de la maison de Blaine.

Mort d'épuisement, il s'était étendu sur le lit de Blaine sans le défaire. À son réveil, il s'était aperçu qu'essayer de localiser Nathan Ruiz n'était pas la bonne tactique. Il aurait moins de peine à trouver Celeste Brent, la femme qui avait laissé ce message étrange sur le répondeur d'Allison à propos d'un secret à garder.

Blaine l'Emmerdeur avait apparemment emporté son ordinateur portable au Texas. Miles trouva un annuaire de Santa Fe, alla à la lettre B, fit courir son doigt le long de la page. Pas de Celeste Brent. Pas de C. Brent.

OK. C'était une star de la télé. Il y avait un paquet de gens célèbres à Santa Fe. Il en avait vu plusieurs passer à la galerie de Joy durant leurs virées en ville. Ce qui lui donna une idée. Il chercha dans son sac le pantalon qu'il avait porté deux jours plus tôt – le numéro du téléphone portable de Blaine se trouvait toujours dans sa poche, griffonné sur un bout de papier. Il décrocha le téléphone et raccrocha aussitôt. Le portable de Blaine indiquerait sans doute qu'il appelait de chez lui. Utiliser son propre portable était risqué – il avait entendu dire que les fédéraux pouvaient vous localiser si votre téléphone était allumé. Mais comme il ne pouvait pas se servir du téléphone de Blaine, il courut le risque.

Il déplia son téléphone portable et composa le numéro.

« Ouais ? répondit Blaine de son habituel ton grognon.

– Bonjour, monsieur Blaine. Ici Michael Raymond de la galerie. J'ai peut-être trouvé un acheteur pour *Emilia*.

– Oh, Mike ! Ça, c'est super. »

Blaine n'avait jamais eu l'air aussi heureux et Miles se sentit coupable.

« C'est-à-dire, monsieur, rien n'est fait. J'ai une femme qui a l'air sérieusement intéressée, mais elle n'a pas laissé de numéro de téléphone – je suppose qu'elle a oublié. Elle est du coin, et elle est célèbre, alors je me suis dit que vous la connaissiez peut-être. Son nom est Celeste Brent.

– Ouais. Je ne la connais pas, *personne* ne la connaît, mais je sais qui c'est.

– Pas moi.

– Eh bien, je n'ai jamais regardé *Naufragés*. Je préfère la chaîne PBS.

– C'est quoi, *Naufragés* ?

– Un reality show où ils balancent une douzaine de gens sur une île paumée, et ils se battent pour être le dernier et gagner cinq millions de dollars. » Il grogna d'un air dégoûté. « Un concours de popularité gonflé aux stéroïdes. »

Miles reconnaissait maintenant le titre de l'émission. L'essentiel de son travail pour les Barrada se faisait la nuit, il ne regardait donc pas souvent la télévision. Mais le nom de Celeste Brent lui avait semblé familier, des échos de l'émission avaient dû s'insinuer dans son cerveau.

« Elle a participé à cette émission ?

– Elle a gagné les cinq millions. Il y a deux ou trois ans. Quinze minutes de gloire pour s'être trimballée dans un Bikini couleur citron vert. Un sale jeu où on se poignarde dans le dos, et c'est elle qui s'est retrouvée reine de l'île. Je serais curieux de savoir comment elle a vu *Emilia*. Elle vit complètement recluse. À côté d'elle, les ermites sont de vrais mondains.

– Pourquoi ?

– Son mari a été assassiné et elle est devenue – comment dire ça gentiment ? – timbrée.

– C'est horrible, dit Miles. Comment ça, timbrée ?

– Agoraphobe – on dit comme ça ? Elle ne sort pas de chez elle, même pas pour aller dans le jardin. Mais elle doit aller mieux si elle est en quête d'œuvres d'art.

– Elle est sur liste rouge, et maintenant je comprends pourquoi, improvisa Miles. Est-ce que vous voyez quelqu'un qui pourrait connaître son adresse ? Elle a laissé un message sur ma boîte vocale en demandant que je lui apporte *Emilia* pour le lui montrer en privé.

– Et elle ne vous a pas laissé d'adresse ni de numéro de téléphone ? C'est bizarre.

– Monsieur, dit Miles, si elle vit en recluse depuis si longtemps, elle n'a peut-être plus l'habitude d'avoir affaire aux gens.

– Exact. Laissez-moi passer un ou deux coups de fil et je vous rappellerai à la galerie.

– En fait, appelez-moi sur mon portable. » Il communiqua le numéro à Blaine. « Je ne suis pas à la galerie, mais je peux y foncer dès que je connaîtrai l'adresse de Mme Brent.

– OK. Je vous rappelle dans quelques minutes. Merci, Michael.

– Très bien, monsieur. »

Timbrée. Peut-être un syndrome post-traumatique, exactement comme lui. Deux minutes plus tard, son téléphone portable sonna et Miles répondit.

« J'ai appelé l'agence immobilière la plus sélecte de Santa Fe, expliqua Blaine. La directrice connaît tout le monde à partir d'un certain niveau de revenus. Celeste Brent habite dans Camino del Monte Sol. » Il lui donna également le numéro de la maison. « C'est elle qui lui a vendu la maison. Elle affirme que Celeste ne la quitte jamais. Et quand je dis jamais, c'est jamais. Une femme fait ses courses pour elle, s'occupe de ses affaires. Elle ne laisse entrer aucun visiteur, à moins qu'il ne s'agisse de ses médecins ou de la femme qui veille sur elle. Vous avez déjà entendu quelque chose d'aussi dingue ?

– Non. Vraiment dingue. Je suppose qu'elle a trouvé *Emilia* sur le site Internet.

– L'argent des dingues est aussi bon à prendre que celui des autres.

– OK. » Il regrettait sincèrement de devoir lui jouer ce tour. « Ne vous faites pas trop d'illusions, monsieur Blaine.

– Tenez-moi au courant. À bientôt.

– Merci, monsieur. »

Miles raccrocha et commença à se demander comment il parviendrait à convaincre la recluse de le laisser pénétrer chez elle.

22

Le drap était frais sur le visage de Celeste. Elle était couchée sur son lit tel un cadavre à la morgue. Elle avait fini de pleurer, n'avait plus de larmes en elle.

Allison était morte. Au cours des dernières vingt-quatre heures, elle avait été paralysée par le chagrin, le choc, le déni. Celeste conservait un pistolet chez elle, et elle l'avait sorti deux fois de son tiroir avant de l'y replacer. *Je ne peux pas, Allison me tuerait.* Et elle se remettait à pleurer, puis à rire à mesure que les bons souvenirs qu'elle avait d'Allison perçaient à travers son chagrin.

Elle se glissa hors du lit, s'assit face à son vanity case dans la salle de bains et toucha très légèrement le rasoir. Elle pouvait se couper, juste une minuscule entaille. Elle savait que ce serait un pas en arrière. Cela faisait de nombreux mois qu'elle ne s'était pas sentie aussi forte, aussi sûre d'elle. La lame du rasoir luisait. Une ligne parfaite. Comme la ligne tracée dans sa vie avant que Brian ne meure, avant qu'elle ne meure à l'intérieur sans savoir comment ressusciter.

Elle pressa la pointe de la lame contre la chair de son bras, la douleur s'éveilla, un bourgeon de sang apparut.

Qu'est-ce que vous fabriquez ? La voix d'Allison retentit dans ses oreilles. *Vous voulez vraiment qu'une lame soit la réponse à votre souffrance ?* Elle reposa le rasoir, observa le sang, vit le visage mort de son mari, le visage mort de son assassin dans la bulle cramoisie. Allison aurait honte d'elle. Elle arrêta le sang, appliqua un antiseptique sur la coupure, qu'elle recouvrit ensuite d'un pansement. Elle replaça le rasoir dans son étui, coinça l'étui entre deux billets de vingt dollars pliés dans son porte-monnaie et se passa un nouvel élastique – un antidote contre les coupures, comme elle les appelait – autour du poignet. Elle se mit à faire claquer sèchement l'élastique contre son poignet, encore et encore, jusqu'à éprouver une grande fatigue et une sensation de nausée au creux du ventre. Mais l'envie de se couper avait disparu. Elle retourna se pelotonner sous les draps.

Appeler la police. Pour dire quoi ? Avant de mourir, ma psychiatre est passée dans l'après-midi, elle était bizarre, elle s'est servie de mon ordinateur ? Bon, et après ? Ça ne ferait qu'attirer l'attention des médias sur elle, elle se retrouverait plongée dans une lumière aveuglante à laquelle elle ne pourrait échapper. Elle voyait déjà les gros titres : « L'ancienne star de la télé impliquée dans la mort du psy. » Elle ne savait rien, il n'y avait rien à raconter.

Elle resta dans sa chambre lorsque Nancy Baird, la femme qui faisait ses courses deux fois par semaine, arriva avec des provisions.

« Celeste ? Vous allez bien ? lança Nancy depuis la cuisine.

– Oui. J'ai un rhume, je reste au lit. »

Nancy ouvrit la porte de la chambre.

« Je ne crains pas les microbes. Vous voulez que j'aille vous chercher des médicaments à la pharmacie.

– Non », répondit Celeste depuis le sanctuaire de ses draps.

Nancy, une femme d'environ cinquante ans à qui on ne la faisait pas, entra dans la pièce et posa une main sur le front de Celeste.

« Vous n'avez pas de fièvre, vous ne transpirez pas.

– Non. C'est la gorge.

– Montrez-moi.

– Oh, vraiment, Nancy, laissez-moi seule.

– Vous passez déjà trop de temps seule, rétorqua Nancy. Debout, ma fille, quittez ce lit.

– Fichez-moi la paix ! hurla Celeste. Déchargez les provisions et allez-vous-en !

– Ce n'est pas la peine de crier, répliqua Nancy, imperturbable. Vous voulez que j'appelle le docteur Vance ?

– Non », répondit-elle. Elle se retint d'ajouter : *Elle est morte, vous ne lisez donc pas les journaux.* « Je suis juste...

– Triste et seule, l'interrompit Nancy. Vous voulez venir à la maison, dîner avec Tony et moi ? »

Toujours la même invitation.

« Non, merci. » Celeste contint de nouvelles larmes. « Nancy, Allison Vance est morte. »

Une expression de stupeur apparut sur le visage de Nancy. Celeste lui répéta ce qu'elle avait appris dans la presse.

« Mon Dieu, prononça Nancy, et elle s'assit au bord du lit.

– Le journal affirme que c'est peut-être une explosion due à une fuite de gaz, mais si ce n'était pas ça, si quelqu'un avait voulu la tuer ? »

Celeste quitta son lit, se mit à arpenter la pièce. *Elle est venue à l'improviste, elle se comportait bizarrement, elle m'a demandé de garder un secret. De ne rien dire à l'hôpital.* Mais elle ne pouvait parler de la requête d'Allison à Nancy. Nancy appellerait la police, des enquêteurs viendraient ici, puis la presse... non. Plus jamais. Elle ferait cependant bien d'appeler les autorités... de leur répéter ce qu'Allison avait dit. Et si c'était important ? Si Allison avait été assassinée ? Cette idée, qu'elle avait jusqu'alors repoussée, s'abattit soudain sur elle comme une avalanche.

« Mon ange. Écoutez-moi. » Nancy plaça un bras autour d'elle. « C'était un accident, j'en suis certaine, personne n'aurait voulu faire de mal au docteur Vance.

– Elle travaillait avec des fous. Nous sommes dangereux, dit Celeste en se remettant à marcher de long en large.

– Vous n'êtes pas folle, ma chère...

– Si, je suis folle, Nancy. » Celeste avança d'un pas incertain jusqu'aux rideaux, s'appuya contre le mur. « C'est le prix que je paye pour n'avoir pas sauvé mon mari... »

Nancy la ramena à son lit.

« C'est vous qui avez poignardé Brian ?

– Non... Non...

– Alors ce n'est pas vous qui l'avez tué. Bannissez cette idée de votre esprit. Vous n'êtes pas responsable, dit Nancy en secouant la tête. Vous n'êtes pas cinglée. Quand on est cinglé, on croit vivre normalement, alors que vous, vous savez que ce n'est pas le cas. Voilà. Vous n'allez pas vous faire de mal, n'est-ce pas ?

– Non, répondit Celeste, non. »

Nancy regarda le nouveau pansement sur le bras de Celeste.

« Je ferais mieux de rester ce soir.

– Non. Vous avez votre vie. Allez-y.

– Je reste.

– Je ne me ferai pas de mal. Je préfère être seule. Vraiment. S'il vous plaît. Je vous appellerai au besoin.

– Vous passez trop de temps seule. Avez-vous mangé aujourd'hui ?

– Au petit déjeuner. Avant de voir les nouvelles.

– Alors, je vais vous réchauffer une casserole de soupe aux légumes avant de partir. Je vais vous préparer une assiette de fromage et de biscuits pour que vous ayez quelque chose à vous mettre sous la dent en attendant que ce soit prêt.

– Arrêtez d'être si gentille.

– Et vous, arrêtez de vous comporter comme si vous ne le méritiez pas. »

Nancy l'étreignit et Celeste la laissa faire bien qu'elle n'aimât pas trop qu'on la touche.

« Merci, Nancy.

– Je ne veux pas avoir l'air insensible à ce qui est arrivé au docteur Vance, dit Nancy, mais il serait peut-être sage de trouver un autre thérapeute.

– Je ne crois pas que je pourrais faire face à un autre psychiatre pour le moment.

– Le docteur Vance ne voudrait pas que vous arrêtiez votre thérapie.

– Vous avez raison. » Elle essuya les larmes sur ses joues. « Je crois que je vais aller vérifier mes e-mails.

– Vous passez trop de temps sur votre ordinateur. Un jour je vais débrancher ce monstre et le balancer dehors. Ça vous forcera peut-être à sortir. »

Nancy lui serra la main et se rendit à la cuisine. Celeste s'assit face à l'ordinateur. Allison s'était assise là... elle avait semblé nerveuse, fébrile. Et maintenant elle était morte, dans des circonstances qui sortaient de l'ordinaire. Ces deux événements n'avaient peut-être rien à voir l'un avec l'autre. On pouvait passer une journée bizarre, puis mourir, sans que ça signifie nécessairement quoi que ce soit.

Elle se remémora le jour où Brian était mort... La cafetière était tombée en panne, elle s'était mise à gargouiller en signe de protestation, avait refusé de fonctionner. Puis Celeste avait fait tomber la boîte d'œufs en la sortant du réfrigérateur, le carrelage s'était retrouvé couvert de bouts de coquille et de jaune. Alors Brian avait dit, *Je vais faire un saut à l'épicerie et je passe par Starbucks, chérie,* parce qu'on la reconnaissait désormais partout à Atlanta et qu'il y avait une caissière qui faisait toujours tout un cinéma chaque fois qu'elle voyait la gagnante de *Naufragés*. Et Brian était sorti quand le Détraqué qu'elle prenait pour un ami avait frappé à la porte avec son sourire avenant. Elle l'avait laissé entrer parce qu'elle lui faisait confiance, c'était le président de son fan-club, mais il avait sorti son couteau et son pistolet et lui avait dit que Brian et elle allaient mourir dès que Brian rentrerait avec sa douzaine d'œufs et son café.

Elle ferma les yeux pour se calmer. Quand Brian était rentré, elle était ligotée et le Détraqué commençait à lui enfoncer un bâillon entre les lèvres. Brian avait lancé, *Chérie, j'ai pris du Sumatra, j'espère que ça te va,* et tout avait alors pris fin, sa vie avait été roulée en boule et jetée à la poubelle.

Elle ravala sa salive malgré sa gorge nouée. Elle enfonça la barre d'espace de son clavier pour réveiller son ordinateur. Elle pouvait chercher dans son système, voir ce qu'Allison avait fait. Avant la mort de Brian, Celeste était une programmeuse accomplie, et son ordinateur était désormais son seul ami, Nancy mise à part.

Elle vérifia le dossier des « Messages envoyés » de son logiciel de messagerie. Rien d'inhabituel, Allison n'avait pas envoyé d'e-mail depuis le compte de Celeste. Elle ouvrit ensuite son navigateur Internet et vérifia l'historique.

La liste des sites visités par le navigateur la veille se déroula à l'écran. Bizarre. Celeste avait passé l'essentiel du mercredi matin à acheter de nouveaux livres traitant du PSTD sur le site d'Amazon, mais ces pages avaient été effacées de l'historique. En revanche, les sites qu'elle avait visités après la visite d'Allison – le blog et le forum de discussion de Victor Gamby destinés aux personnes souffrant de PSTD, les sites de CNN et eBay – y figuraient toujours.

Ce qui signifiait qu'Allison avait utilisé son navigateur et effacé l'historique pour ne pas laisser de traces.

Celeste ouvrit les différents logiciels de Microsoft Office, examina la liste des documents récents à la recherche d'un fichier dont le nom ne lui dirait rien. Elle n'en trouva aucun. Allison n'avait donc pas ouvert de document Word ni de tableau, ou alors elle avait effacé l'historique des documents ouverts dans ces programmes.

Qu'avait dit Allison ? Celeste fronça les sourcils en essayant de se souvenir : *J'ai tous les logiciels dont j'ai besoin sur ce CD.*

« Celeste, votre en-cas est prêt, lança Nancy. Venez vous asseoir avec moi pendant que je finis de préparer votre soupe.

– D'accord. »

Elle se demanda s'il y avait un moyen de récupérer l'historique qui avait été effacé. Elle ferait des recherches là-dessus après le départ de Nancy.

Une odeur de bouillon et de piment flottait dans la cuisine et elle s'assit devant une assiette couverte de biscuits au blé, de raisin et de fromage Havarti. Manger. C'était de ça dont elle avait besoin, plus que de passer des heures à chialer au lit, même si Allison méritait qu'on la pleure.

« Merci.

– De rien, ma chérie.

– Vous avez raison quand vous dites que je devrais trouver un nouveau thérapeute, dit Celeste. Allison a évoqué un certain docteur Hurley à Sangre de Cristo. Je vais l'appeler et prendre rendez-vous. »

Nancy répondit que c'était une bonne idée, puis elle prit congé. Celeste se remplit un bol. La soupe était excellente, chaude, relevée avec des piments verts. Après deux bols, elle se sentit mieux.

Elle ouvrit les Pages Jaunes, trouva le numéro du docteur Hurley. Elle l'appela à l'hôpital, laissa un message sur sa boîte vocale dans lequel elle lui demandait de la rappeler car elle avait besoin qu'un médecin reprenne sa thérapie. Puis elle ajouta : « Allison était... bizarre le jour où elle est passée, mardi, et j'aimerais vous en parler. » Elle se sentait déloyale mais savait que Nancy avait raison : elle ne pouvait pas abandonner sa thérapie. Comme elle avait envie de se distraire, elle se laissa tomber sur le divan, alluma la télé et se prépara à passer un moment devant une vieille comédie de Bob Hope.

La sonnette retentit. Elle appuya sur la télécommande de la télé pour se connecter au canal de la caméra de surveillance. Un inconnu se tenait à la porte. Il levait une pancarte devant la caméra, un morceau de carton blanc sur lequel il avait écrit à la main, en lettres capitales : JE CONNAIS LE SECRET D'ALLISON.

Elle resta bouche bée devant l'écran, incrédule. L'homme hocha poliment la tête en direction de la caméra.

Elle enfonça le bouton de l'interphone.

« Qui êtes-vous ?

– Bonjour. Mon nom est Miles Kendrick.

– Qu'est-ce que vous voulez ?

– Je pense que vous avez des informations relatives à la mort d'Allison, répondit-il sans jamais quitter la caméra des yeux.

– Je ne parle à personne. Allez-vous-en.

– Je sais que vous préférez être seule. Je comprends. Mais je crois que vous voudrez bien me parler.

– Comment connaissez-vous Allison ? finit-elle par demander.

– Elle m'a demandé de l'aider. »

Il présenta un morceau de papier, le tint devant la caméra. Elle le lut, reconnut l'écriture serrée et nette d'Allison.

« Comment savez-vous que j'ai des informations ? demanda-t-elle.

– Parce que Allison m'a dit qu'elle avait des problèmes et que je pouvais vous faire confiance », expliqua-t-il.

Celeste étudia son visage pendant un long moment. Les mains tremblantes, elle alla chercher son pistolet dont le poids la surprit, puis ouvrit la porte.

23

GROOTE N'AVAIT PLUS ENVIE D'UTILISER LE TOURNEVIS, mais il n'avait pas le choix.

Michael Raymond n'était pas rentré chez lui, il n'était pas retourné à la galerie, et il ne répondait pas au téléphone. Mercredi soir, Groote avait appelé le numéro enregistré sous les initiales MR dans le téléphone portable d'Allison. Pas de réponse. Il avait laissé un message qui disait simplement : « Il faut que nous discutions, monsieur Raymond, je vous rappellerai quand votre téléphone sera rallumé. » Il avait appelé chaque hôtel en ville, vérifié les vols au départ d'Albuquerque. Il avait trouvé l'adresse de Joy Garrison et était passé deux fois devant chez elle. Une voiture de la police de Santa Fe était garée devant la maison. Rien à tirer de ce côté-là. Les deux fois, il ne s'était pas arrêté pour ne pas attirer l'attention.

Bien entendu, Michael Raymond avait pu abandonner son vélo et quitter la ville en voiture. Mais – et cette idée le turlupinait – si ce type avait tué Allison et volé le dossier, s'il avait dans sa poche des recherches qui valaient des millions, pourquoi rester en ville, pourquoi aller travailler à la galerie ? Il y était resté une journée complète alors qu'il aurait dû disparaître. Ce crétin avait repris sa vie comme si de rien n'était.

Il devait avoir une sacrée bonne raison de rester en ville. *Je n'ai pas... Frost... Mais je sais peut-être où vous pourriez le trouver,* avait dit Michael Raymond. Peut-être n'était-il pas parvenu à mettre tout de suite la main sur Frost.

Nathan Ruiz pouvait connaître la raison de ce retard.

Nathan était sous sédatifs. Groote attrapa Hurley par le bras, et le mena jusqu'au lit de Nathan.

« J'ai besoin qu'il parle », dit Groote.

Hurley libéra son bras de l'emprise de Groote.

« J'ai besoin qu'il arrête de brailler comme un veau. Les autres patients l'entendent.

– Qu'est-ce que ça peut foutre ? Dites-leur qu'il fait une dépression nerveuse.

– Nous avons d'autres pistes à suivre, rétorqua Hurley d'un ton confiant qui irrita Groote. J'ai reçu un coup de fil d'une patiente d'Allison, Celeste Brent. Elle a eu son heure de gloire lorsqu'elle a remporté un jeu de téléréalité.

– Une patiente souffrant de PTSD ?

– Je crois, étant donné son passé récent. » Il lui fit un bref topo sur Celeste Brent. « Aux dernières nouvelles, elle est venue vivre ici car elle est agoraphobe. Elle a transformé sa maison en forteresse. Elle affirme qu'Allison lui a rendu visite mardi après-midi et s'est comportée bizarrement. »

Groote réfléchit.

« Supposons qu'Allison ait emporté les dossiers de recherche en partant mardi. Soit elle les confie à quelqu'un, soit elle les cache. Elle ne les aurait pas laissés dans son cabinet car elle savait que les premiers endroits où vous iriez les chercher seraient son cabinet et sa maison. Supposons qu'elle les ait cachés et que Michael Raymond le sache mais ne les ait pas trouvés, continua Groote, ça expliquerait pourquoi il n'a pas quitté la ville hier. »

Hurley acquiesça.

« Alors, où les planquerait-elle ?

– Mettez-vous à sa place. Elle avait ces dossiers, mais ne les a pas apportés directement à la FDA ni à la presse. Elle avait donc une raison de garder le secret sur Frost, au moins pendant quelques heures. Le mieux aurait été de pouvoir cacher ces recherches en un lieu facile d'accès pour elle, mais pas pour les autres. Peut-être le problème de M. Raymond est-il juste une question d'accès. »

Hurley vit où il voulait en venir.

« Elle ne les aurait pas laissées chez une patiente.

– Mais cacher quelque chose chez une recluse – dans une maison où seuls vous et quelques habitués ont régulièrement accès – est une idée intéressante. Vous affirmez que sa maison est une vraie forteresse. Nous devons lui parler.

– Pure spéculation.

– Spéculer était mon métier. »

Groote n'ajouta pas que c'était à l'époque où il travaillait pour le FBI, lorsqu'il essayait d'établir des relations entre divers escrocs pour faire tomber de grosses organisations.

Hurley blêmit.

« Vous ne pouvez pas aller chez elle et utiliser la manière forte. Elle m'a appelé – je peux découvrir ce qu'elle sait.

– Soit. Allez-y. »

Hurley s'en alla.

Groote consulta sa montre. Il était près de quatre heures en Californie, Amanda devait être dans sa chambre. Il composa le numéro. L'infirmière alla la chercher et la lui passa.

« Salut, papa.

– Salut, rayon de soleil. Comment s'est passée ta journée ?

– Je ne suis pas un rayon de soleil aujourd'hui.

– Qu'est-ce qui ne va pas, Amanda Banana ? »

Il s'aperçut qu'il lui parlait comme si elle était une enfant, mais ne pouvait s'en empêcher. Sa fille telle qu'il se la représentait dans son esprit était encore intacte, elle n'était pas cette adolescente triste et brisée qui avait besoin de plus que ce qu'il pouvait donner.

« Tu me manques. »

Son cœur se serra.

« Tu me manques aussi, mon ange, mais c'est un voyage important pour papa. » Oserait-il lui donner des raisons d'espérer ? L'espoir, s'il n'était pas mort, était le meilleur de tous les médicaments. « Papa travaille avec des personnes gentilles qui ont trouvé un nouveau moyen de t'aider.

– Quel moyen ? demanda-t-elle, l'air soupçonneux.

– C'est une pilule, chérie. Une pilule magique.

– Une pilule magique, répéta-t-elle d'un ton monocorde. Oh, s'il te plaît, papa.

– Elle tue tous les mauvais souvenirs dans ton cerveau. Mais un homme très, très méchant a volé cette pilule magique, et papa va le rattraper.

– Tu me racontes des bobards, dit-elle.

– Non. Je dois aller tuer des dragons maintenant et récupérer cette pilule magique. Je crois qu'il l'a cachée sous les cent matelas sur lesquels dort la princesse. »

Elle riait maintenant, et son rire était pour Groote la musique la plus douce au monde.

« Tu es vraiment débile, papa.

– Je t'aime, Amanda Banana.

– Moi aussi, papa, dit-elle après une pause, comme si elle peinait à trouver les mots, à reconnaître les émotions. Va tuer un dragon pour moi.

– C'est ce que je vais faire, mon bébé, promis. »

Il raccrocha, se pinça l'arête du nez, inspira profondément. Il ne pouvait pas lui faire faux bond, il ne pouvait pas la laisser moisir dans cet hôpital. Pas quand il existait un remède.

Groote regagna la pièce insonorisée où Nathan Ruiz était étendu, menotté au lit. Il portait une blouse tachée de sang et des sous-vêtements et avait quatre vilaines blessures à la jambe, là où Groote avait enfoncé son tournevis. Groote referma la porte derrière lui. Nathan ouvrit les yeux et eut un mouvement de recul.

« Tu vas me dire la vérité maintenant, dit Groote en se penchant au-dessus du visage de Nathan, tu vas me dire tout ce que tu sais sur Michael Raymond. Tu as essayé de le protéger, tu as souffert toutes ces heures sans me donner son nom, ce qui laisse entendre que tu en sais bien plus que ce que tu m'as dit jusqu'à présent. »

Nathan voulut lui cracher au visage, mais son crachat lui retomba sur le nez et les lèvres. Groote l'essuya doucement.

« Bel acte de défi. Fous-moi en rogne et je sors la grosse artillerie.

– Je… J'ai pas peur de vous, dit Nathan.

– Je connais la peur. Tu te noies dedans, fiston. Mais bientôt, c'est dans la douleur que tu vas te noyer. » Il approcha la bouche de l'oreille de Nathan. « Où Allison a-t-elle caché Frost ?

– Je vous l'ai dit, je sais rien sur ce qu'elle vous a volé. »

Groote n'avait aucune envie de le torturer à nouveau pendant des heures. Il se demanda si le médicament fonctionnait sur Nathan. Cela aurait pu expliquer qu'il ait si bien tenu le coup. Il décida alors de changer de tactique.

« Je ne suis pas forcé de te faire mal si tu m'aides. Celeste Brent. Parle-moi d'elle.

– Qui ?

– Elle est l'une des dernières personnes à avoir vu Allison vivante. »

Nathan ferma les yeux.

« Connais pas. »

Hurley frappa à la porte et entra. Groote remarqua qu'il ne regardait pas Nathan.

« Que suis-je censé faire si Allison a bien laissé le dossier Frost chez Mlle Brent ?

– Appelez-moi. Je m'occuperai d'elle. Parfois, quand ils perdent leur thérapeute, les gens se suicident, dit Groote. C'est malheureux, mais c'est ainsi.

24

Miles entendit six déclics : six verrous qu'on tournait. La porte s'entrouvrit.

« Posez ce mot par terre, chuchota une voix. Reculez de dix pas. Comptez les pas à voix haute. »

Il s'exécuta.

La porte s'entrouvrit de quelques centimètres supplémentaires, une main apparut, attrapa vivement le mot et disparut. La porte se referma brutalement. Il entendit à nouveau les verrous.

Trois minutes s'écoulèrent. Il regarda la lune qui commençait à poindre derrière un nuage lourd, sa lueur conférant une teinte argentée aux fleurs sauvages qui ornaient les massifs. Les six verrous cliquetèrent à nouveau et la porte se rouvrit. La main tenait désormais un pistolet, un Glock brillant. Le visage de la femme n'était que partiellement visible. Elle se tenait là, portant un t-shirt décoré d'un logo de Batman et un jean délavé, ses cheveux tirés en une queue-de-cheval épaisse.

« Vous pouvez entrer, dit-elle.

– Les pistolets me rendent nerveux. »

Il avait laissé le sien dans la voiture.

« Moi, tout me rend nerveuse, répliqua Celeste. Expliquez-moi pourquoi elle a écrit ce mot. Pourquoi ne vous a-elle pas demandé de l'aider de vive voix ? »

Il ne voyait aucune raison de mentir. Elle risquait de lui

claquer la porte au nez, mais pouvait tout aussi bien décider de lui faire confiance.

« Une autre personne se trouvait dans la pièce. Quelqu'un qui ne devait pas être au courant de sa demande.

– Qui ?

– Un homme nommé Sorenson. Il a prétendu être médecin, mais il mentait. Elle m'a passé le mot dans un flacon de pilules.

– Des pilules ? Des pilules blanches ? demanda-t-elle en élevant la voix.

– Des gélules vides. Sans médicament à l'intérieur. »

Dix secondes s'écoulèrent.

« Nous allons discuter. Mais c'est moi qui dicte les règles. Les mains sur la tête. Entrez. »

Il obéit. Elle recula pour maintenir une distance de dix bons pas entre eux. Ni sa voix ni la main qui tenait le Glock n'étaient particulièrement fermes.

« Fermez la porte, dit-elle. Ne la verrouillez pas. Gardez les mains sur la tête. Poussez-la juste. »

Il s'exécuta et referma la porte en la poussant du coude. Il attendit.

« OK, finit-il par dire. Pouvons-nous parler ?

– Asseyez-vous. »

Elle agita le pistolet en direction d'un lourd fauteuil situé dans un coin de la pièce. Il s'assit, elle resta debout à l'autre bout de la pièce, son arme braquée sur lui.

« Je comprends votre prudence, mais ce n'est pas nécessaire.

– Pourquoi Allison s'est-elle adressée à vous ?

– J'étais détective privé. Elle pensait que je pouvais l'aider.

– Mais vous ne l'êtes plus.

– J'ai pris ma retraite.

– Elle vous a donné des pilules. Étiez-vous un de ses patients ?

– Oui.

– Qu'est-ce qui ne va pas chez vous ?

– J'ai des problèmes.

– Soyez plus précis. Moi, je ne sors jamais de chez moi. Qu'est-ce qui cloche chez vous ? »

Il ravala sa salive.

« Un de mes amis a essayé de tuer quelqu'un. Je l'ai tué. Depuis, il me suit.

– Je préfère ma vie à la vôtre, dit-elle.

– Allison m'a demandé de l'aider, elle vous a demandé de garder un secret, elle a été assassinée. Nous devrions mettre ce que nous savons en commun.

– Nous ne pouvons plus rien pour elle.

– Vous me maintenez en joue. Je ne peux pas m'enfuir. Est-ce que je peux baisser les mains ?

– Non.

– Je vous dis pourquoi Allison était en danger si vous me dites son secret.

– Qu'est-ce que ça peut me faire ? Elle est morte.

– Je vois bien que ça vous fait quelque chose. Vous avez pleuré. Et puis, mademoiselle Brent... Celeste... vous courez peut-être le même danger qu'elle. »

Une moue dégoûtée et triste traversa son joli visage.

« J'ai déjà survécu à une tentative de meurtre. C'est en général une expérience qui ne se produit qu'une fois.

– Moi aussi. Mais vous et moi, nous battons les records. »

Il lui raconta les événements des deux jours passés : sa rencontre avec Sorenson, Allison lui demandant de l'aide, la découverte que Sorenson n'était pas médecin, la confrontation chez Allison puis la poursuite, le tireur venant le chercher à la galerie. Il omit le fait qu'il était témoin sous protection et se cachait des autorités. Il ne voulait pas l'effrayer. Elle écouta sans l'interrompre.

« L'homme qui me recherche pense que je possède les dossiers volés par Allison. Je me demande si elle vous les a donnés ou vous en a parlé.

– Revenez en arrière une minute. Vous prétendez qu'Allison était une voleuse ?

– Je sais que ça peut paraître étrange. Mais elle est morte. Nathan Ruiz a été interné dans cet hôpital, et si ce qu'il dit est vrai, elle l'aidait à échapper aux essais. Il faisait partie de ce programme de recherche nommé Frost... Le mot Frost figurait sur son bracelet d'hôpital. Allison a essayé de le soustraire aux recherches.

– Nathan Ruiz pourrait mentir.

– Des gens nous ont poursuivis et tiré dessus. »

Au bout d'un moment, elle baissa son pistolet et il se mit à respirer plus librement.

« Soit. Mais pourquoi aurait-elle apporté ces recherches ici ?

– Parce que s'ils la soupçonnaient... elle ne pouvait aller que dans des endroits où sa présence n'avait rien d'étonnant. Elle a volé une chose de grande valeur. Elle ne peut pas la conserver chez elle ni dans son cabinet. Cet homme, ou ce Sorenson, veut peut-être mettre la main dessus. Il lui fallait une autre cachette, une cachette qui lui était facilement accessible mais n'éveillait pas les soupçons.

– Et vous pensez qu'elle a caché ces secrets chez moi ?

– Depuis combien de temps n'êtes-vous pas sortie de chez vous ?

– Ça ne vous regarde pas, répliqua-t-elle sèchement.

– Vous avez raison. Mais imaginons qu'elle était pressée de les cacher. Si elle débarquait à l'improviste, elle pouvait être sûre que vous seriez chez vous. Parce que vous y êtes toujours. »

Celeste s'apprêta à discuter mais elle vit où il voulait en venir. Elle croisa les bras sous le logo Batman.

« C'est dingue.

– Je ne sais pas de quoi il s'agit, mais Frost est extrêmement important pour ces gens.

– Qu'est-ce que ça pourrait être ?

– Cet homme dont elle semblait avoir peur, Sorenson, a mentionné une nouvelle thérapie. Il a dit qu'elle pouvait anéantir les effets des souvenirs traumatiques. Peut-être Frost a-t-il quelque chose à voir avec ce projet.

– Mais vous avez affirmé que Sorenson n'était pas médecin. Quel lien a-t-il avec Sangriaville ?

– Je n'en sais rien. Mais Nathan a dit qu'ils l'avaient guéri. Si vous oubliiez votre traumatisme, ou s'il ne vous gâchait plus la vie... vous considéreriez-vous comme guérie ?

– On ne peut pas faire partir le traumatisme, dit-elle d'une voix pleine de colère.

– Supposons, pour poursuivre dans cette voie, que cette nouvelle thérapie ait été bénéfique à Ruiz et qu'Allison l'ait fait sortir en douce de l'hôpital... tout porte à croire qu'elle voulait montrer qu'il allait mieux.

– Pour étayer les recherches qu'elle a volées. Il en est la preuve vivante. »

Il vit à son air soucieux que Celeste examinait sa théorie sous différents angles.

« Vous pensez qu'il s'agit de tests de médicaments ?

– Si c'est le cas, ce sont des tests secrets. Ou illégaux. »

Il remarqua un élastique enroulé autour de son poignet fin. Elle le faisait claquer lentement contre sa peau, comme quelqu'un qui se tournerait les pouces inconsciemment. Elle semblait essayer de prendre une décision, paraissait le jauger.

« Il y a deux choses que vous ne savez pas mais qui confirment votre théorie. Ou alors, je suis aussi cinglée que vous. » Elle lâcha un soupir crispé. « Le jour de sa mort, elle est venue emprunter mon ordinateur, le sien était en rade. Et après son départ, je n'arrivais plus à trouver un flacon de pilules blanches qu'elle m'avait donné il y a deux semaines pour que je les prenne avant nos séances. Elles avaient disparu de mon sac à main. J'ai eu l'idée folle que c'était elle qui me les avait volées, mais je ne pouvais vraiment pas y croire. »

Il se rappela le message que Celeste avait laissé sur le téléphone du cabinet d'Allison.

« Vous preniez ces pilules avant vos séances de thérapie ?

– Oui. Elle disait qu'elles m'aideraient à parler de mon traumatisme.

– Je n'étais pas un patient coopératif, dit-il. Parveniez-vous à lui en parler librement ? »

Celeste se passa le bout de la langue sur les lèvres.

« Oui. Surtout récemment.

– Êtes-vous... plus forte, ou moins affectée par vos souvenirs depuis que vous avez commencé à prendre ces pilules ?

– Je… ne sais pas. Je me coupe. » Elle tapa du pied par terre. « Mais je le fais moins… ce qui ne prouve pas qu'elle m'a administré le médicament expérimental.

– Qu'a-t-elle fait sur votre ordinateur ?

– Il n'y a pas de nouveau document sur mon système… mais elle a effacé l'historique de mon navigateur Internet.

– Laissez-moi voir.

– J'ai d'abord une question à vous poser. Qu'est-ce qui se passera une fois que vous aurez découvert ce qu'elle a volé ou pourquoi elle est morte ?

– On fait sortir ces gens de l'ombre. On révèle ce qu'ils ont fait, on prouve qu'ils ont tué Allison. On sauve Nathan de leurs griffes, s'ils le tiennent toujours. S'ils savent qu'Allison est venue ici le jour de sa mort, ils risquent de s'en prendre à vous.

– Oh, merde. J'ai appelé l'hôpital aujourd'hui. Je leur ai dit que j'avais besoin d'un nouveau thérapeute, qu'Allison m'avait rendu visite le jour de sa mort, qu'elle s'était comportée bizarrement.

– Est-ce qu'ils vous ont rappelée ?

– Non.

– Nous n'avons peut-être pas beaucoup de temps… » commença Miles.

C'est alors qu'ils entendirent un bip.

« Le capteur au bout de l'allée », dit Celeste.

La sonnette retentit.

« Vous attendez quelqu'un ? » demanda-t-il en chuchotant.

La porte était toujours déverrouillée, il se rappelait qu'elle avait insisté pour qu'il ne la referme pas à clé lorsqu'il était entré.

« Personne ne vient sauf mon amie Nancy, répondit-elle en secouant la tête. Mais elle est déjà repartie. »

Elle pointa une télécommande vers le téléviseur et se connecta à la caméra de surveillance située à la porte d'entrée. Un homme portant une blouse de laboratoire par-dessus un costume froissé se tenait sur les dalles, les yeux levés vers la caméra.

« Vous le connaissez ? demanda Miles.

– Jamais vu.

– Parlez-lui à l'interphone. Demandez-lui qui il est.

– Je ne reçois pas d'ordre dans ma maison, Miles.

– Désolé, s'il vous plaît. »

Elle enfonça un bouton sur un interphone.

« Oui ?

– Mademoiselle Brent ?

– Qui êtes-vous ?

– Mon nom est Leland Hurley. Je suis l'associé du docteur Vance à Sangre de Cristo. Vous avez appelé et je voulais m'assurer que vous alliez bien. Puis-je entrer ?

– Il pourrait nous apprendre ce que nous voulons savoir, dit Miles qui se tenait près de Celeste.

– Quoi, vous pensez qu'il va se mettre à table comme ça ? Ou alors... laissez-moi deviner... vous allez utiliser la force ?

– Ni l'un ni l'autre. Mais il ne faut pas qu'il me voie, ni qu'il sache que je suis ici. Je ne peux pas prendre le risque qu'il sache à quoi je ressemble s'ils sont après moi. Je peux me cacher et écouter pendant que vous lui parlerez. Je ne le laisserai pas vous faire de mal.

– Non, je ne peux pas, répliqua-t-elle d'une voix soudain terrifiée.

– Si, vous le pouvez, dit-il. S'il vous plaît, Celeste. Je vous en prie, aidez-moi. Pour Allison. »

Elle se prit la tête à deux mains tandis que le médecin plissait les yeux d'un air hésitant en direction de la caméra.

25

« IL Y A QUELQU'UN QUI VEUT VOIR LE RESPONSABLE. »

Le garde se tenait dans le couloir du troisième étage. Il ravala sa salive et regarda un point sur la gauche de l'épaule de Groote. *Ils ont peur de moi,* pensa ce dernier. C'était agréable, comme découvrir qu'une femme vous trouve attirant.

« Je ne suis là pour personne, répondit-il en refermant la porte derrière lui et en se demandant si le garde avait repéré Nathan.

– Il a dit qu'il devait absolument voir le responsable.

– Comment s'appelle ce type ?

– Sorenson. »

Intéressant et inattendu. Groote conserva un visage de marbre.

« Il est ici pour affaires ou pour causer des problèmes ?

– Des problèmes. Un grand type. Capable de se défendre.

– Je vais descendre lui parler dans la salle de réunion. Restez à proximité, à l'extérieur, au cas où j'aurais besoin de renfort. »

Le garde acquiesça. Groote retourna dans la chambre de Nathan. Il était étendu, léthargique, les yeux rivés au plafond.

« Ton pote Sorenson est ici », dit Groote.

Nathan ne décolla pas les yeux du plafond.

« J'ai donc de bonnes raisons de croire que Michael Raymond et toi me disiez la vérité à propos de ce troisième larron.

– Je vous l'ai dit... Je sais pas ce qu'il faisait chez Allison.

– Il est en bas, on peut lui demander. Si tu lui as cogné sur la tête, je lui proposerai de te tabasser en échange. Décris-le-moi une nouvelle fois. »

Nathan décrivit à nouveau Sorenson, puis Groote descendit au rez-de-chaussée par l'escalier pour se donner le temps de réfléchir. Il avait été convaincu que Sorenson était un leurre, que Michael Raymond et Nathan s'étaient mis d'accord pour faire porter les soupçons sur une tierce partie qui n'existait pas. Mais peut-être avaient-ils tous deux dit la vérité, peut-être ce Sorenson était-il le vrai partenaire d'Allison. Peut-être.

Groote pénétra dans le hall et trouva Sorenson qui attendait. Il correspondait à la description de Nathan : grand, blond, avec un costume bien taillé et un visage brutal qui préférait l'ombre.

« Je suis Groote, directeur de la sécurité de l'hôpital », annonça-t-il en tendant la main.

Sorenson la serra, mais Groote s'aperçut qu'il était sur ses gardes, comme s'il craignait que Groote ne lui tire sur le bras pour lui faire perdre l'équilibre. Sorenson fit un geste de tête en direction du garde assis au guichet de réception.

« J'ai besoin de vous parler en privé. À propos d'Allison Vance.

– Qu'est-ce que vous voulez savoir ?

– Mieux vaut en discuter à l'écart. »

Groote le mena à une salle de réunion tranquille du rez-de-chaussée, referma la porte derrière eux. Il décida de faire comme s'il n'avait jamais entendu le nom de Sorenson, de le laisser parler, tisser sa toile, pour voir quelle histoire il allait essayer de lui faire gober.

« J'achète des projets pour Aldis-Tate. »

Groote connaissait ce nom : une importante multinationale de l'industrie pharmaceutique.

« Et ?

– Et nous souhaiterions acheter à M. Quantrill les recherches qu'il teste dans cet hôpital.

– Je ne suis qu'agent de sécurité...

– Je ne crois pas, rétorqua Sorenson. Vous étiez chez Allison Vance mardi, à canarder sur des gens. Je vous ai observé depuis la porte de la salle de bains. Vous les avez manqués. Je vous imaginais bien meilleur tireur que ça. »

C'était le genre de type avec qui Groote pouvait discuter.

« Bon sang, dit-il en soulevant un sourcil. Ils disaient vrai.

– Qui ça, ils ?

– Ruiz et Raymond. Ils m'ont dit que vous étiez chez elle, je ne les croyais pas. »

Sorenson haussa les épaules.

« Je suis allé là-bas pour parler avec Allison Vance. Quand je suis revenu à moi, j'étais fermement ligoté avec des draps, assis dans une baignoire, avec un mal de tête dont je n'arrive pas à me débarrasser.

– Pourquoi êtes-vous ici, monsieur Sorenson ?

– Allison Vance a contacté l'un de nos directeurs de recherche, un de ses amis d'université, au sujet d'un prototype de médicament testé ici nommé Frost.

– Je ne pense pas pouvoir faire de commentaires...

– Elle a proposé de nous vendre ces recherches. Je pense maintenant qu'elle a fait cette proposition sous le manteau. »

Les vendre ? Quantrill avait craint qu'elle ne cherche à les rendre publiques, à détruire leurs chances d'être mises sur le marché. Mais cette salope était une mercenaire. Ce qui ne fit que renforcer sa certitude que les humains ne pensaient qu'au profit.

« Avez-vous accepté sa proposition ?

– Non.

– Alors, pourquoi êtes-vous maintenant ici ?

– Parce qu'on nous a fait une autre proposition, répondit Sorenson.

– Sans doute des travaux volés, suggéra Groote.

– C'est ce que je soupçonne. Des travaux qui ont coûté la vie à Allison Vance. »

C'était ça, Michael Raymond l'avait tuée pour récupérer le projet Frost, sa théorie était confirmée.

« Alors, pourquoi ne pas l'acheter auprès de ce vendeur, pourquoi venir me voir ?

– Parce que nous n'allons pas acheter des recherches volées. Bien qu'il préfère rester dans l'ombre, M. Quantrill jouit d'une bonne réputation. Et maintenant qu'Aldis-Tate vous a communiqué cette information, je crois que nous pouvons trouver un arrangement sur le prix. Avant les enchères.

– Les enchères ?

– Oui, répondit Sorenson. Celui qui a volé les fichiers à Allison organise une vente aux enchères dans quatre jours. J'en ai informé Quantrill hier. Vous n'étiez pas au courant ? »

Groote sentit une bouffée de chaleur lui envahir le visage, la poitrine. Sorenson s'en aperçut.

« Bizarre. Je me disais que votre patron vous en aurait parlé. On m'a dit que l'enchère d'ouverture correspondait à la moitié de ce qu'aurait demandé Quantrill. Ça va le mettre en rogne de voir le voleur vendre Frost au rabais.

– Mais le médicament serait tout de même produit, n'est-ce pas ?

– Si Aldis-Tate acquiert les recherches, Frost sera notre principale priorité. Je ne sais pas ce qu'il en est pour les autres. Il va falloir brouiller les pistes pour que personne ne puisse remonter jusqu'aux origines de Frost. Mais si nous travaillons directement avec l'équipe de Quantrill, au lieu de l'acheter à un assassin et à un voleur que nous ne pourrions jamais consulter sur des questions de recherches ou de tests, ce remède pourrait être produit plus vite, expliqua Sorenson en haussant les épaules.

– Vous voulez que je m'arrange pour que vous ayez le dossier. »

Un an ou deux de vie pour Amanda.

« Nous sommes disposés à très bien payer M. Quantrill. Mais il doit empêcher ce voleur de mettre Frost aux enchères, et nous assurer l'exclusivité.

– Vous êtes un vrai humaniste.

– Les patients obtiendront le médicament plus vite. Et je

préfère éviter d'avoir affaire à un voleur comme Michael Raymond.

– Comment se fait-il que vous en sachiez tant sur lui ?

– D'après Allison, c'était le patient qui l'aidait à se procurer les recherches. Il m'a semblé très dangereux. »

Un patient... Groote n'y avait pas songé.

« Mais votre transaction ne vaut rien s'il organise une mise aux enchères.

– Sauf si M. Quantrill fait savoir aux autres acheteurs que les recherches contiennent des erreurs. Les acheteurs perdent alors tout intérêt. Et nous signons un accord avec M. Quantrill. Il faut aussi que Michael Raymond meure pour l'empêcher d'informer les médias ou la FDA de tout ce qui se cache derrière Frost, mais je pense que vous pouvez l'éliminer. Je peux vous aider. Je peux arranger un rendez-vous. Vous y allez à ma place. Le problème Michael Raymond est résolu. »

Michael sur un plateau, nom de Dieu, un vrai bonheur.

« Concluons tous les deux un marché, monsieur Sorenson. Vous voulez Frost. Je veux que ce soit un laboratoire pharmaceutique réputé qui mette le produit sur le marché. Je ne veux plus risquer ma peau simplement pour accroître les bénéfices de Quantrill et Hurley.

– Je vous écoute, dit Sorenson avec une expression amusée.

– C'est juste une idée. Je nierai tout si vous en parlez à Quantrill. Mais si vous m'aidez à faire en sorte que Michael Raymond ne tire pas le signal d'alarme à propos des tests effectués ici, Aldis-Tate aura Frost. Je vous donnerai moi-même les recherches si Quantrill refuse de jouer le jeu. »

Sorenson sourit.

« Ce n'est pas bien de berner son patron, mais vous me plaisez, monsieur Groote.

– Quand Aldis-Tate commencera les tests légaux... » La gorge de Groote se noua, il toussa pour recouvrer sa voix. « J'insisterai pour qu'une certaine personne en fasse partie. Si vous pouvez m'assurer qu'elle sera traitée avec ce nouveau médicament, pas avec un placebo, avec une foutue pilule bidon. »

Sorenson acquiesça.

« Je vais réfléchir à votre proposition et la garder pour moi. Une dernière requête, tant que je suis là. Est-ce que je pourrais voir Nathan Ruiz ?

– Pourquoi ?

– Allison était censée le soumettre à nos chercheurs pour qu'ils lui posent des questions.

– Oubliez qu'il vous a attaqué. Il avait peur.

– Je ne lui souhaite aucun mal. Mais j'aimerais examiner un patient qui a suivi ce traitement à base de Frost.

– D'accord. Il est à l'étage. Il nous a échappé et nous avons dû utiliser la force, il n'a pas franchement bonne mine pour le moment.

– Laissez-moi en juger, dit Sorenson. »

On frappa à la porte. Groote l'ouvrit. Le garde se tenait derrière, fronçant les sourcils d'un air soucieux. Il se pencha vers Groote.

« Vous avez un autre visiteur. Un certain DeShawn Pitts. Il prétend être agent fédéral. Il refuse de partir tant qu'il n'aura pas parlé à un responsable. »

Les fédéraux. Il se tourna vers Sorenson.

« Attendez ici une minute. »

Sorenson comprit.

« Je n'ai pas besoin d'avoir les fédéraux sur le dos. Je vais y aller.

– Non. Ils viendraient en force s'ils voulaient arrêter quelqu'un. Le type est seul. Laissez-moi voir ce qu'il veut et je reviens dans quelques minutes. »

Sorenson lui fit un infime hochement de tête et Groote referma la porte. Il avait l'impression de faire un double saut périlleux sur un fil : arranger une transaction sans Quantrill, et maintenant un fédéral qui se pointait hors des heures de bureau. Il entra d'un pas nonchalant dans le hall, bras tendu pour une poignée de main chaleureuse.

« Bonjour, dit-il, Dennis Groote, ancien du FBI, je suis le directeur de la sécurité. Que puis-je faire pour vous ? »

26

Celeste ouvrit la porte en se disant : *Imagine que tu es de retour sur l'île, que c'est à nouveau un jeu. Fais-le parler. Tu peux le faire. Trouve sa faiblesse et sers-t'en contre lui.*

« Bonjour, mademoiselle Brent, commença l'homme. Désolé d'arriver à l'improviste, mais j'étais près de chez vous lorsque j'ai écouté mes messages, alors je me suis dit que j'allais passer.

– C'est gentil, répondit Celeste en hochant la tête. Entrez. »

Il pénétra dans sa forteresse et Celeste lui désigna le divan. Au psy de se retrouver sur le divan pour une fois. Elle s'installa dans un fauteuil en cuir, elle voulait être en position de force. Elle arbora un sourire neutre. Celeste Brent avait joué la gourde sans défense pour manipuler les autres joueurs sur un échiquier de sable, elle avait laissé les mâles dominants se battre la poitrine et frimer avant de se faire sortir et les poupées en bikini se crêper le chignon, épiçant la compétition de rumeurs et de sous-entendus qui ne la rattrapaient jamais, s'élevant au-dessus des médisances pour gagner les votes qui lui avaient permis de repartir avec cinq millions de dollars. Elle voulait avoir l'œil luisant, montrer ses tripes, sa détermination, mais pas maintenant. Elle n'était pas certaine de pouvoir jouer, de pouvoir berner cet homme habile. Elle se força à ne pas regarder en direction de la chambre où Miles écoutait.

« Comment vous portez-vous ? demanda l'homme.

– La mort d'Allison m'a fait un choc, mais je tiens le coup. »

Hurley conserva son expression neutre.

« Je suis certain qu'elle n'aurait pas voulu que votre traitement soit affecté de façon négative par cette tragédie.

– La police sait-elle ce qui s'est passé ? »

Il fit signe que non.

« Ça prend du temps. Je soupçonne une fuite de gaz. » Hurley se pencha en avant avec une mine grave et soucieuse, censée, estima-t-elle, la rassurer. « Vous êtes l'une des dernières personnes à avoir vu le docteur Vance. Nous avons trouvé la liste de ses rendez-vous sur son ordinateur à l'hôpital. Est-ce vous qui avez voulu la voir ou elle ? »

Celeste décida de dire la vérité.

« Elle est passée ici. De son propre chef.

– Est-ce ce que vous attendez d'un thérapeute... qu'il vous rende visite à l'improviste ?

– Non. Elle voulait voir comment j'allais. » Elle décida de tester la théorie de Miles. « Nous avons essayé diverses nouvelles approches au cours de ma thérapie et il me semble que je supporte mieux le stress lié à mes souvenirs. »

Hurley sembla sincèrement surpris, puis il plissa les yeux et reprit contenance.

« C'est formidable, mademoiselle Brent. Qu'a-t-elle essayé au cours de votre thérapie ?

– Je déteste prendre des cachets, répondit Celeste, mais elle me faisait prendre un nouvel antidépresseur avant nos séances, et ces nouvelles pilules m'ont assurément aidée.

– Magnifique. Et elle est venue pour observer vos progrès avec ce nouveau médicament ? demanda-t-il d'une voix tremblante.

– Je suppose. Elle m'a repris les pilules.

– Vous a-t-elle expliqué pourquoi ?

– Elle a dit que je n'en avais plus besoin, mentit Celeste. Puis nous avons discuté, c'était un peu comme une séance abrégée.

– Ces pilules avaient-elles un nom ?

– Elle les désignait par une espèce d'acronyme, mais j'ai oublié lequel. »

Il inspira profondément. Pour remettre de l'ordre dans ses idées, supposa Celeste.

« Ça va vous paraître bizarre, mais avait-elle l'air nerveuse, ou effrayée ?

– Eh bien... Elle n'était pas comme d'habitude.

– Je me demande si elle vous aurait demandé de lui rendre un service.

– De quel ordre ?

– C'est délicat. Mettre des informations à l'abri, par exemple, peut-être sur un disque informatique. »

Celeste simula la surprise et fronça les sourcils.

« Pourquoi aurait-elle fait ça ?

– Ce jour-là, Allison a dérobé des données sensibles à l'hôpital.

– Quel genre de données ?

– Je préférerais ne pas le dire. »

Celeste laissa deux secondes s'écouler.

« Je ne vois pas Allison faire quelque chose d'immoral.

– Allison a pu se retrouver en relation avec des personnes très malintentionnées. Elles l'ont peut-être forcée à voler les données. »

Elle décida de le tester.

« Alors appelez la police. »

Test raté.

« Nous préférerions éviter...

– Naturellement. Les hôpitaux détestent les scandales. Ils n'aiment pas laver leur linge sale en public. »

Il lui jeta un regard désapprobateur qui suggérait qu'il l'avait sous-estimée.

« Sangre de Cristo n'a rien à cacher, et nous avons déjà signalé le vol, dit-il, revenant sur ce qu'il venait d'affirmer.

– Si elle a volé des données, pour quelle raison les laisserait-elle ici ? Je ne pense pas que vous ayez bien réfléchi à la question, docteur Hurley. »

Piqué au vif, il se pencha en arrière, il n'aurait pas fait un bon joueur de poker.

« Puis-je vous appeler Celeste ? J'ai l'impression de vous connaître depuis que vous êtes passée à la télé, dit-il d'un ton doucereux. Il faut que je sache si elle vous a laissé quoi que ce soit. Pour le mettre à l'abri. Vous ne trahirez pas sa confiance en m'aidant.

– Non. Elle n'avait rien d'autre que sa mallette, répondit Celeste d'une voix ferme. Elle s'est assise sur le divan où vous vous trouvez en ce moment même, nous avons discuté et elle est repartie. » Celeste décida de jouer son va-tout pour observer sa réaction ; soit elle confirmerait, soit elle infirmerait la théorie de Miles. « Attendez. J'étais en train de finir mon déjeuner quand elle est arrivée, et elle m'a demandé d'utiliser mon ordinateur. Elle attendait un e-mail important et voulait consulter sa messagerie.

– Étiez-vous avec elle ?

– Je ne regarde pas par-dessus l'épaule des gens quand ils lisent leurs e-mails. Elle est restée seule environ cinq, dix minutes pendant que je finissais de manger. »

Hurley blêmit et il serra les lèvres comme s'il se préparait à une tâche désagréable.

« J'apprécie votre honnêteté. Mais j'ai peur d'avoir de mauvaises nouvelles. Ces pilules qu'elle vous a reprises. Étaient-elles blanches ?

– Oui.

– Dans ces conditions il va falloir que vous m'accompagniez à l'hôpital.

– Non. Je suis agoraphobe. Je ne sors pas de chez moi.

– On vous a donné un traitement qui pourrait avoir une mauvaise interaction avec vos autres médicaments, dit-il. Nous devons effectuer des tests.

– Non.

– Je peux vous administrer un sédatif, si vous préférez. Mais j'insiste. C'est pour votre bien.

– Non. »

Quelque chose changea dans les yeux de Hurley et elle prit peur. Il avait le regard noir d'un enfant qui n'a pas l'habitude qu'on lui oppose un refus. Il se leva, joignit les mains.

« Celeste. Il s'agit d'une urgence médicale et je peux vous obliger à venir avec moi...

– J'ai dit non.

– Vous ne pouvez pas vous soigner ici. Vous croyez aller mieux, mais c'est pire. Imaginez juste, dit-il en faisant un pas vers elle, que vous recommenciez à vous couper, beaucoup, et imaginez que je vous retrouve en sang, suicidaire... »

Puis le clic doux d'un pistolet retentit. Miles se tenait derrière Hurley, le pistolet de Celeste pointé sur la tête du médecin.

« Et imaginez que vous vous rasseyiez et que vous vous mettiez à table. »

Hurley se figea. Miles le poussa sur le divan.

« Ne pas faire de mal est censé être votre devise. Je peux vous jurer que ce n'est pas la mienne.

– Vous faites erreur, dit Hurley.

– Je n'ai pas l'impression que ce soit une erreur, rétorqua Miles. Ça va ? demanda-t-il à Celeste, qui acquiesça. Si les pilules blanches vous intéressent, je peux vous aider.

– J'espère que nous pourrons tomber d'accord, dit Hurley.

– Vous répondez à mes questions, je ne vous fais pas sauter la cervelle. C'est ça, notre accord, docteur Dolittle. »

Celeste se leva de sa chaise et se retira vers la cuisine.

« Vous avez déjà le dossier Frost si vous êtes le partenaire d'Allison Vance, dit Hurley. Je ne vois pas trop ce que vous pouvez négocier d'autre.

– Dites-moi la vérité sur ces recherches. »

Il approcha le pistolet de la tête de Hurley.

« Un médicament pour tranquilliser les patients souffrant de PTSD. Il rend le traumatisme supportable, la thérapie peut donc être plus efficace. »

Miles se tourna vers Celeste.

« Ces pilules, est-ce qu'elles vous font dormir ?

– Non, elles me calment juste, répondit-elle en secouant la tête.

– Allison vous en faisait prendre une avant la thérapie, n'est-ce pas ? » demanda Hurley.

Celeste acquiesça.

« C'est cela. Le médicament affaiblit le souvenir traumatique pour que le patient puisse parler de son traumatisme plus facilement.

– Mais Celeste et Nathan Ruiz ne savaient pas qu'ils servaient de cobayes. »

Hurley ne répondit rien et Miles le poussa légèrement avec le pistolet.

« Personne n'est au courant. Je ne savais pas qu'elle donnait le médicament à Celeste.

– Où est Nathan Ruiz ?

– Il... Il nous a échappé. Nous n'avons pas de nouvelles de lui. Je suppose qu'il se cache. Ou qu'il est mort. » Il fronça les sourcils. « Il est dangereux, vous savez, pour lui-même, pour vous si vous lui en laissez l'occasion.

– Le médicament ne l'aide pas ? »

Hurley haussa les épaules.

« Qui est le type qui me traque ?

– Je vous le dirai, répondit Hurley, si vous me donnez le dossier. Écoutez, vous voulez mettre la main sur ce type ? Je vais vous donner un bonus : il est cinglé. Sans vouloir vous vexer.

– Vous ne me vexez pas, dit Miles. Vous essayez de me dire qu'il n'est pas de votre côté ? »

Hurley acquiesça.

« Je vous aiderai à vous débarrasser de lui. Je lui tendrai un piège. Mais vous me donnez le dossier. » Hurley tenta de sourire et ses lèvres dessinèrent un arc affreux qui trahissait sa peur. « Il ne vous laissera pas repartir vivant. Il vous tuera pour Frost.

– Je ne l'ai pas. »

Un espoir illumina les yeux de Hurley.

« Les fichiers ont-ils brûlé avec Allison ?

– Je n'en sais rien. Que contiennent ces fichiers ?

– Toutes les notes de recherches, les formules chimiques, des vidéos montrant les patients pendant les tests, tout ce qui peut prouver l'efficacité de ce remède. » Hurley secoua la tête. « Si vraiment vous n'avez pas le dossier, alors vous vous y êtes pris de travers avec lui. Il est persuadé que vous l'avez.

– Qui est ce type ?

– Je n'ai plus de raison de vous aider, maintenant. »

Miles fronça les sourcils.

« Celeste. S'il vous plaît, allez dans l'autre pièce. Fermez la porte. J'utiliserai le silencieux. Ça ne devrait pas faire trop de cochonneries. »

Il lui fit un clin d'œil. Les yeux écarquillés, Celeste secoua la tête.

« Ne le tuez pas. S'il vous plaît. Non.

– Pas le choix. Il ne veut pas me dire ce que je veux savoir. »

Elle secoua la tête sans comprendre qu'il bluffait. Il lui fit deux nouveaux clins d'œil et elle se calma.

« Si vous n'avez pas le choix, dit-elle, puis elle regagna la cuisine à la hâte.

– Vous et moi ne sommes pas à une table négociations, docteur, dit Miles. Je pointe un pistolet sur votre tête. Maintenant, répondez à mes questions. Qui me traque ? »

27

« Mon nom est DeShawn Pitts, annonça l'homme imposant en serrant la main de Groote. Je suis du FBI et j'ai besoin de vous parler au sujet d'une personne qui nous intéresse. »

Groote remarqua que Pitts portait des attelles aux doigts de la main gauche – deux doigts cassés – et son visage contusionné indiquait qu'il s'était récemment retrouvé du côté des perdants.

« Je serais ravi de vous aider.

– Où le Bureau vous avait-il affecté ? demanda Pitts.

– À Los Angeles. Quinze ans.

– Maintenant vous êtes indépendant.

– La maison mère de l'hôpital m'a gardé. »

Il s'aperçut qu'il en disait trop, mais c'était toujours la même chose dès qu'il se retrouvait avec d'autres fédéraux. Les vieilles habitudes. Ses collègues l'avaient toujours rendu nerveux, hyperconscient de lui-même, comme s'ils pouvaient percer l'ombre qu'il était devenu depuis la mort de Cathy et la maladie d'Amanda. Il mena Pitts au bureau de Hurley situé au rez-de-chaussée, deux portes après la salle de réunion où Sorenson attendait.

« Vous dites que vous voulez parler de quelqu'un. »

Pitts s'assit.

« Oui, et vous me pardonnerez de passer sur les détails. Une personne qui nous intéresse et que nous essayons de localiser – son nom est Michael Raymond – a reçu il y a deux jours un appel sur son téléphone portable passé depuis cet hôpital. J'ai besoin de savoir qui a essayé de le joindre. »

Groote conserva un visage impassible, mais pensa : *Oh, merde. Quand j'ai essayé de rappeler* MR *et n'ai pas eu de réponse.*

« Michael Raymond. Ce nom ne me dit rien. »

Qui est ce Michael Raymond et pourquoi me fout-il des bâtons dans les roues ? Groote s'éclaircit la voix et pianota sur le clavier de l'ordinateur qui se trouvait dans le bureau de Hurley.

« Laissez-moi vérifier le registre des visiteurs. » Il consulta le registre et en profita pour mettre de l'ordre dans ses pensées. « Il n'est pas venu ici. Je peux envoyer un e-mail général au personnel pour voir si quelqu'un le connaît.

– Nous n'en sommes pas encore là. Allison Vance était sa psychiatre. Avez-vous entendu parler de cette explosion... »

C'est un de ses patients. Nathan disait la vérité.

« Bien sûr. C'est une tragédie. Et vous avez pensé qu'il viendrait peut-être nous demander de l'aider.

– Il souffre de crises de... délire. Il pense devoir "venger" la mort du docteur Vance. »

Groote prit un air interrogateur.

« Est-ce qu'il se juge responsable ? »

DeShawn Pitts pointa le doigt en direction de la plaque sur la porte qui portait le nom du docteur Hurley.

« Hurley est votre psychiatre en chef ? Je crois que je ferais bien de l'attendre pour discuter avec lui de l'état mental de cet homme. Vous comprenez.

– Bien sûr. Je ne posais pas la question d'un point de vue médical mais pour des questions de sécurité. Si cet homme est un danger pour l'hôpital, je veux savoir quel genre de menace il représente.

– Je ne pense pas qu'il ferait de mal à quiconque. Mais s'il se montre, je veux que vous m'appeliez immédiatement à ce numéro. Empêchez-le de partir si vous pouvez.

– Nous vous appellerons, et la police aussi.

– Non. Juste moi. Il est crucial que je le localise. Sans que ça fasse trop de tapage. »

Groote adopta à nouveau une mine interrogative.

« Je pourrais vous être bien plus utile si je savais exactement qui est cet homme.

– Désolé. Je ne peux pas entrer dans les détails. »

À la recherche d'un homme, mais vous ne pouvez pas dire que vous le recherchez. Intéressant, pensa Groote. *Plus qu'intéressant. Une situation avec très peu d'explications plausibles.*

« Cet homme est-il recherché par le FBI ? Est-il en fuite ?

– Comme je vous l'ai dit, il nous intéresse et nous ne voulons pas faire trop de bruit. »

Cet homme connaît la vérité sur ma cible, s'aperçut Groote, et il mesura, sur son échelle personnelle, les risques d'un affrontement avec Pitts.

« Votre homme ne croit pas que l'incendie ait été causé par une fuite de gaz.

– Non.

– Et cette enquête, est-elle motivée par son délire ?

– Possible. Il souffre d'un désordre de stress post-traumatique sévère.

– Vous savez, il est possible que votre type ait appelé le docteur Hurley. Hurley connaissait le docteur Vance ; la communauté des psychiatres n'est pas très importante ici. Ce coup de fil, c'était peut-être Hurley qui le rappelait. » Il tapota sur la table en faisant mine de réfléchir. « Hurley a parlé d'un coup de fil bizarre l'autre jour.

– Alors, il faut que je parle au docteur Hurley. Vous et lui pourriez m'aider à remettre la main sur ce type. »

Groote saisit l'ouverture au vol.

« Mon boulot n'est pas de piéger les gens. Légalement, je suis dans la panade si M. Raymond débarque, que je le retiens et vous appelle sans avoir un motif valable. »

Pitts fit claquer sa langue contre ses dents.

« Vous avez dit que vous étiez un ancien du FBI.

– Oui. Quinze ans. Bureau de Los Angeles.

– Pourquoi avez-vous démissionné ?

– Tragédie familiale.

– Excusez-moi, dit DeShawn, mais je dois passer un coup de téléphone.

– Certainement. Il y a une pièce tranquille à côté. »

Il mena DeShawn à la pièce – une salle de consultation.

« Les murs sont capitonnés, remarqua DeShawn avec une pointe de dégoût.

– Oui, répondit Groote sans plus de commentaires, et il referma la porte. Frappez deux coups quand vous aurez fini. »

Puis il se dépêcha de regagner le bureau de Hurley, activa la caméra dissimulée dans le tissu qui recouvrait les murs de la salle de consultation. Toutes les pièces étaient munies de caméras équipées de micros, prêtes à être utilisées dès que Hurley en avait besoin. Groote ouvrit une fenêtre sur l'ordinateur et ajusta le son.

« Jimmy, j'ai besoin d'informations sur Dennis Groote. Ancien agent du FBI à Los Angeles », dit Pitts.

DeShawn attendit, son portable à l'oreille. Le micro n'était pas assez puissant pour capter la réponse, mais Groote savait déjà qu'elle serait élogieuse : son dossier était nickel. Pitts posait la question pour s'assurer que, *primo*, Groote était bien la personne qu'il affirmait être et, *secundo* – s'il vous plaît, mon Dieu, s'il vous plaît –, qu'il pouvait lui faire confiance.

Ils veulent le retrouver, mais ne veulent pas que les gens du coin sachent qu'une chasse à l'homme est en cours. C'est donc un fugitif qui leur a faussé compagnie. Non, impossible. Un fugitif ne travaillerait pas dans une galerie d'art et ne consulterait pas un psychiatre régulièrement. Non. Michael n'est pas un fugitif. Alors qu'est-il ? Les agents du FBI traquent les fugitifs. Mais pourquoi ne pas en informer les flics ? Pourquoi protéger ainsi un truand ? Protéger. Le mot résonna dans la tête de Groote. *Michael Raymond n'est pas un fugitif. C'est un témoin.*

« Hum, hum », fit Pitts dans le combiné.

Il avait maintenant l'expression lasse de la personne à qui on lit un rapport.

En attendant, Groote eut une soudaine inspiration. Il ouvrit une autre fenêtre à l'écran qui diffusait également ce que filmait la caméra dans la pièce voisine, retourna au magnétophone numérique, regarda DeShawn composer un numéro préenregistré. Le numéro clignota à l'écran. Groote le nota sur un post-it qu'il glissa dans sa poche. Il ferma la deuxième fenêtre. Il entendit DeShawn dire « hum, hum, OK » trois fois de plus.

Groote décrocha le téléphone et composa le numéro. Comme DeShawn était déjà en ligne avec Jimmy, il fut redirigé vers un autre agent.

« FBI.

– Jimmy... j'ai besoin de Jimmy, murmura Groote d'une voix rauque. Tout de suite. J'ai besoin d'aide.

– Qui est à l'appareil, s'il vous plaît ?

– Je ne parlerai qu'à Jimmy. Seulement à un inspecteur du service de protection des témoins. Il doit m'aider.

– Ne quittez pas, monsieur. »

Et Groote raccrocha.

Un témoin. Michael Raymond était un témoin fédéral. Ils avaient perdu sa trace et avaient besoin de le retrouver. *Il souffre d'un désordre de stress post-traumatique sévère. Le retrouver sans faire de tapage.*

Un témoin en fuite. Les types qui quittaient le programme se retrouvaient seuls. Mais pas lui. Il devait toujours avoir une valeur particulière.

À l'écran, il vit DeShawn refermer son téléphone et frapper deux fois du plat de la main sur le tissu qui recouvrait la porte.

Groote fit sortir Pitts et ils regagnèrent le bureau.

« Tout va bien ?

– Oui. Vous êtes réglo. États de service remarquables. Appelez Gomez à votre ancien bureau, il se portera garant de moi pour cette opération. Vous ne risquerez rien du point de vue légal.

– Merci.

– Pourriez-vous maintenant me donner le numéro du docteur Hurley ? Je voudrais arranger un rendez-vous avec lui, dit Pitts. Si vous croyez qu'il pourra m'aider.

– Il a l'esprit très civique, répondit Groote. Je vais l'appeler pour vous. »

Il ouvrit son propre téléphone portable. Hurley se pisserait dessus si un agent fédéral l'appelait alors qu'il était occupé à essayer de ramener Celeste Brent à l'hôpital, sous sédatif et prête à parler.

Il composa le numéro de Hurley tout en souriant poliment.

28

HURLEY TOUSSA, S'ESSUYA LA BOUCHE au dos de son poignet. « Son nom est Dennis Groote. Il vient de Californie.

– Pour qui travaille-t-il ? »

Miles enfonça le pistolet plus fort contre le crâne de Hurley. « Un homme nommé Quantrill.

– Qui est Quantrill ?

– Mon patron.

– Où est-il ?

– Santa Monica, en Californie.

– Quel est le lien avec Sorenson ?

– Je ne connais pas de Sorenson.

– Mentir est une mauvaise idée, docteur. J'ai déjà tué un homme. Je suppose que c'est plus facile la deuxième fois.

– C'est gentil de partager, dit Andy qui se tenait adossé au mur. Descends-le, Miles, il est inutile. Tue encore. Ça ne te rendra ni meilleur ni pire. »

Miles décolla son doigt de la détente mais appuya encore plus fort le canon du pistolet contre l'arrière de la tête de Hurley. Sous la pression, les mots jaillirent plus vite de la bouche du médecin.

« Je ne connais pas de Sorenson, je vous le jure. » La sonnerie de son téléphone portable retentit, une toccata de Bach. « Je suis censé donner des nouvelles. Si je ne le fais pas, Groote va débarquer ici. »

Miles le crut.

« Faites-nous gagner du temps. Jouez l'idiot. Répondez. »

Hurley tira doucement le téléphone pliant de sa poche, l'ouvrit.

« Oui, allô ? »

Tout en maintenant son pistolet braqué sur Hurley, Miles s'agenouilla pour écouter.

« Docteur Hurley, ici Dennis Groote.

– J'ai parlé à Celeste Brent. Elle ne sait rien.

– Compris. Il y a un agent du FBI ici. Il veut vous parler d'un patient du docteur Vance. Un certain Michael Raymond. Je sais que vous êtes très occupé en ce moment... »

Miles poussa doucement Hurley avec son arme, articula en silence *Dites-lui non.*

« Je ne peux voir personne, dit Hurley. Pas maintenant. Demain.

– Je vous suggère fortement de trouver le temps tout de suite, docteur. C'est une priorité. Nous pourrions rendre service aux autorités. Ils doivent retrouver M. Raymond. »

Hurley se figea. Miles fit de nouveau *Non.*

« Demain, répéta Hurley. Pas aujourd'hui. Je ne peux pas. J'ai trop de choses sur les bras. »

Une pause. Miles entendit le soupir contrarié de Groote.

« D'accord. Je vais arranger un rendez-vous pour demain.

– Remerciez l'agent pour sa patience.

– Compris.

– Je dois y aller, maintenant, dit Hurley. Au revoir.

– Au revoir », répondit Groote, et il raccrocha.

Miles replia le téléphone. Celeste revint doucement dans la pièce.

« Je sais que vous n'allez pas être d'accord, Celeste, mais vous allez devoir partir, dit Miles.

– N'est-ce pas à moi d'en décider ? répliqua-t-elle calmement.

– Ces gens sont dangereux, vous ne pouvez pas rester.

– Mais je ne sais rien. Je n'ai pas ce qu'ils veulent.

– Allison a volé des fichiers informatiques, puis utilisé votre ordinateur. Il doit y avoir une raison. Elle craignait peut-être qu'ils surveillent son système. Mais ils ne vous laisseront pas tranquille tant qu'ils n'auront pas découvert si vous avez ces fichiers. »

Celeste s'affaissa dans un fauteuil.

« L'amie dont vous avez parlé. Pourriez-vous l'appeler et lui demander de passer vous chercher ?

– Et la mettre en danger ? Non. Cette histoire regarde la police...

– Je dois venger Allison... Je lui ai promis... »

Celeste se leva.

« Imaginons qu'elle ait volé les recherches et les ait cachées sur mon ordinateur. Ou qu'elle les ait envoyées à quelqu'un d'autre, ou se les soit envoyées à elle-même, au cas où elle se ferait prendre. Ou tuer. Il resterait une trace électronique.

– Debout, ordonna Miles à Hurley en lui enfonçant le pistolet dans le dos. Celeste, s'il vous plaît, montrez-moi votre ordinateur. »

Les deux hommes la suivirent dans le couloir. Des photos recouvraient les murs : Celeste et un beau jeune homme à la plage, sur une terrasse, choquant des verres de margarita, Celeste embrassant l'homme sur la joue. Et sur le mur d'en face, un montage de photos dont Miles supposa qu'elles provenaient de sa brève carrière à la télé : Celeste et neuf autres personnes debout sur une plage, elle dans un modeste Bikini couleur citron vert, arborant en alternance une expression pensive, malicieuse, débordante de bonheur, coupant du bois, se hissant sur un muret de pierres, tenant un chèque de cinq millions de dollars avec un sourire aussi éblouissant que l'été.

Miles et Hurley la suivirent dans son bureau. Son ordinateur, une machine neuve dernier cri, était posé dans un coin sur une table en érable. La pièce sentait le détergent et le shampooing parfumé à la mandarine. Miles se demanda si elle se lavait souvent les cheveux, si elle s'astiquait la peau jusqu'à avoir mal. Pour se nettoyer du péché. Il n'y avait jamais pensé.

Le sang d'Andy était comme un tatouage permanent sur ses mains. La faible odeur d'antiseptique flottait dans l'air tel un parfum de femme.

Celeste s'assit face à son ordinateur et se mit à pianoter.

« Je veux que vous sachiez que je n'ai rien à voir avec la mort d'Allison. Groote non plus, déclara Hurley.

– Et Sorenson ? C'est lui qui a placé la bombe. »

Celeste blêmit.

« Comment le savez-vous ? demanda-t-elle.

– Je vous expliquerai plus tard. » Il appuya de nouveau le pistolet contre Hurley. « Pendant qu'elle cherche, parlez-moi de Quantrill.

– Il y a des consultants – non officiels – dont le travail consiste à dénicher des recherches prometteuses au profit de laboratoires pharmaceutiques afin que ceux-ci les développent ensuite. C'est le boulot de Quantrill.

– Depuis combien de temps travaillez-vous sur ce programme ?

– Un an. C'est moi qui suis responsable des améliorations dont le projet a bénéficié. Ce sont *mes* idées que vous volez, vous savez ?

– Je ne pense pas qu'elle ait utilisé un logiciel de messagerie, dit Celeste. Elle a effacé l'historique du navigateur. Il est possible qu'elle ait utilisé un logiciel FTP.

– FTP ? demanda Miles.

– Protocole de transfert de fichiers. Une sorte de programme qui sert à charger des fichiers d'un système à un autre. On s'en sert constamment pour construire des sites Web, déplacer les fichiers du site depuis son ordinateur vers le système de l'hébergeur. J'en ai un… » Celeste ouvrit un dossier. « Voilà. Chaque envoi crée une entrée dans le rapport. Il recense chaque fichier envoyé vers un autre système depuis cet ordinateur. » Un silence s'installa tandis que Celeste poursuivait ses recherches. « Elle s'en est bien servie. Il y a toute une série de fichiers qui ont été envoyés vers un serveur distant. Voici l'adresse. »

Elle tapa une commande sur le clavier et le rapport s'imprima.

« Nous devons trouver à qui appartient cette adresse IP. »

Celeste se remit à pianoter, chercha l'adresse URL du serveur dans une base de données Internet.

« Elle est enregistrée sous le nom de Mercury Mountain Hosting, mais il n'y a aucune information sur la localisation du serveur.

– Je sais comment trouver l'emplacement d'un serveur, mais il me faut un logiciel supplémentaire, dit Miles. Vous connaissez Mercury Mountain, docteur ?

– Non. Je n'ai jamais entendu parler de cette société. Mais je vous propose un marché. Nous les contactons, nous récupérons Frost. Ensemble. Je m'arrange pour que Groote vous lâche les baskets. Il suffit que j'en touche un mot à Quantrill et il vous fichera la paix. Vous gardez le silence, et vous serez les premiers à recevoir le traitement. Vous remettez de l'ordre dans votre tête. Pour toujours. »

Miles le poussa avec le pistolet.

« Je ne me tairai pas. »

Hurley lui jeta le regard noir de l'homme à bout de patience.

« Ce n'est pas très malin de jouer au héros. Cela ne vous servira à rien de vous lancer là-dedans. Ni à l'un ni à l'autre. Pas à deux timbrés à côté de la plaque incapables de discuter avec quelqu'un sans lui agiter un flingue sous le nez parce que la peur vous paralyse, lâcha-t-il, crachant pratiquement ses mots en direction de Celeste. Je peux vous rendre votre vie. Sans cauchemars, sans traumatismes. Tout ce que nous voulons, c'est votre silence. »

L'étrange promesse de Sorenson résonna à nouveau dans la tête de Miles : *Et si vous pouviez oublier le pire moment de votre vie ?*

« Celeste, dit Hurley, je suis désolé de vous avoir effrayée. Mais ce nouveau médicament pourrait vous guérir. N'est-ce pas ce que vous voulez ? »

Miles s'écarta de lui.

« Celeste, reste-t-il une copie de ce qu'elle a envoyé vers ce serveur distant sur votre système ?

– J'examine le disque dur... Non, pas pour l'instant.

– À partir de maintenant, je ne veux pas que notre bon docteur voie ce que nous allons découvrir.

– OK, dit-elle d'une voix ferme, et elle cessa de pianoter sur le clavier. Vous dites que vous ne vous tairez pas. Allez-vous le tuer ?

– Non, répondit-il avant d'ajouter un mensonge, mais je ne le laisserai pas non plus nous nuire.

– Vous faites une grave erreur, Michael... » dit Hurley.

Une expression de surprise apparut sur le visage de Celeste.

« Vous avez dit que votre nom était Miles.

– C'est bien Miles. Lui pense que je m'appelle Michael. C'est une longue histoire.

– Il vous a menti, Celeste. Son nom est Michael et il y a un agent fédéral à l'hôpital qui le recherche, dit Hurley. Vous ne pouvez pas lui faire confiance. J'ai seulement cherché à vous aider, à vous protéger...

– Comment avez-vous appris mon nom ? » demanda Miles. Il repensa à l'arrivée de Hurley ; il n'avait jamais mentionné son faux nom, et Celeste non plus. Il comprit soudain, Hurley avait menti. « Vous tenez Nathan.

– Oui. »

L'agent fédéral qui voulait parler de Michael Raymond à Hurley – pourquoi ? Qu'avait dit Groote ? *Nous pourrions rendre service aux autorités.* Qu'est-ce que ça voulait dire ? Une chose : Groote cherchait à lui tendre un piège, un piège conçu par les fédéraux mais qu'il exécuterait lui-même. Et Hurley avait repoussé à plus tard sans raison valable, et si l'on considérait combien Hurley et Groote voulaient mettre la main sur Miles, Groote allait avoir des soupçons...

« Celeste ! cria-t-il. Il faut y aller ! Nous devons partir. Groote est peut-être en route pour ici en ce moment même. »

Et les fédéraux aussi. Mais il n'en dit rien, elle chercherait à rester, et il ne pouvait la laisser seule. Celeste secoua la tête.

« Non. Je ne peux pas.

– Nous devons partir, maintenant ! »

Elle secoua à nouveau la tête, ses mains se mirent à trembler.

« Non, non, je ne peux pas, je ne peux pas partir...

– Je vais vous emmener auprès de mon ami DeShawn », dit-il.

Il se leva et passa devant Hurley. Rien à foutre, il se rendrait au FBI, il ne pouvait pas la voir tremblante, brisée, anéantie. Celeste et lui en savaient assez pour que la police découvre les assassins d'Allison et fasse cesser ces recherches qui lui avaient coûté la vie. Il était fou de croire qu'il pouvait rétablir la justice pour la défunte Allison, pour lui-même, pour tous les autres.

Une aiguille s'enfonça dans son cou.

Miles écarta vivement la tête, trébucha par-dessus une chaise et porta les doigts à sa gorge pour arracher la seringue.

Il se laissa tomber sur la chaise et se mit à hurler lorsque Hurley lui enfonça calmement les pouces dans les yeux avec une précision chirurgicale. Il tenta de s'écarter du médecin en donnant des coups de pied, mais Hurley lui enfonça les ongles dans la chair tendre au coin de l'œil, bien décidé à faire sauter les yeux hors de leurs orbites. Malgré la douleur, il essaya de pointer son arme sur Hurley, mais une main quitta ses yeux et lui arracha le pistolet. Miles serra les poignets de Hurley, poussa vers le haut. Le canon toucha ses lèvres dans un baiser froid et il entendit Celeste crier. Puis le canon s'éloigna brutalement de sa bouche.

Au prix d'un effort surhumain, Miles remonta les genoux entre son corps et celui de Hurley, puis il repoussa le médecin et se libéra de ses griffes. Il ne voyait plus rien, sa tête semblait légère, flottant comme un ballon baudruche sans ficelle. Une déflagration retentit alors, Celeste hurla, puis, soudain, le silence.

29

LA CONVERSATION AVEC HURLEY n'avait pas plu à Groote. Pas du tout. Laisser ainsi passer une chance de débusquer Raymond n'avait aucun sens...

Raymond. Peut-être Raymond était-il là-bas, avec Hurley. Chez Celeste. Mais comment aurait-il pu savoir pour Celeste ?

Parce que Allison le lui avait dit. Bon sang, il était de mèche avec Allison.

Il rappela le téléphone portable de Hurley, qui sonna, et sonna encore. Pas de réponse.

Leur plan était en train de dérailler, et, merde, Groote avait Sorenson dans un bureau, cet agent fédéral dans un autre, et il était coincé entre les deux. Hurley allait devoir se débrouiller seul quelques minutes.

Groote haussa les épaules en direction de DeShawn Pitts.

« Je suis désolé. Vous connaissez les médecins. Le docteur Hurley est occupé avec un patient suicidaire, il ne sera peut-être pas disponible avant demain.

– Alors, je repasserai le voir dans la matinée. »

Groote raccompagna l'agent jusqu'à la sortie, lui serra chaleureusement la main puis se tint à la fenêtre. La voiture de Pitts ne bougeait pas du parking ; assis derrière le volant, l'agent parlait au téléphone.

Tire-toi, vite. S'il te plaît. Enfin, Pitts s'en alla.

Il essaya de nouveau le téléphone portable de Hurley. Pas de réponse. Il retourna à la salle de réunion. Sorenson était assis, il buvait un café.

« Où est votre agent fédéral ?

– Parti.

– Pourquoi cette visite ?

– Ça ne vous regarde en rien.

– Je veux tout de même voir Ruiz.

– J'ai d'autres affaires très urgentes à régler, sur-le-champ.

– Notre marché ne tient que si je vois Ruiz, rétorqua Sorenson. Je vous ai aidé. À votre tour de m'aider. Ça ne prendra que quelques minutes. »

Groote prit sa décision.

« Alors faites vite. Suivez-moi. »

30

« BRIAN ? »

Recroquevillé par terre, Miles clignait des yeux pour essayer d'y voir clair. La douleur lui transperçait la tête et la voix était à peine plus forte qu'un murmure. Il souleva la tête du carrelage.

À quelques centimètres de sa tête il vit des semelles usées. Il cligna encore des yeux malgré ses larmes, se remit sur pied en s'efforçant de garder les yeux ouverts.

Hurley gisait par terre, sa respiration produisait des gargouillis au niveau de sa gorge qui n'était plus qu'une plaie béante. Le son de la déflagration vibrait dans les os de Miles, lui donnait envie de fermer les yeux, et il sentit la bile lui refluer dans la gorge. Mais Celeste était plus importante que sa peur. Elle était étendue devant lui, ratatinée sur elle-même, le pistolet à la main. Lorsqu'il parla, sa langue sembla aussi lourde que du plomb.

« Tout va bien, Celeste. Donnez-moi le pistolet.

– Brian, il ne te fera plus de mal, promis, promis, promis. »

Miles alla jusqu'à Hurley, chercha son poignet. Son pouls ralentit, puis s'arrêta.

« Brian. Nous sommes en sécurité, il ne nous fera pas de mal, je n'aurais jamais dû le laisser entrer... » balbutia Celeste d'un filet de voix.

Miles s'éloigna brusquement d'elle et de l'homme mort et alla dans la cuisine. Il se pencha au-dessus de l'évier, s'aspergea le visage d'eau froide. Il sentit le goût du sang dans sa bouche et pensa, *S'il m'avait arraché l'œil, la douleur serait pire, n'est-ce pas, ou est-ce que je serais juste en état de choc ?* Il se palpa le visage. Du sang entre les yeux et l'arête du nez. Il le rinça, parvint à ouvrir les yeux, s'inspecta le visage dans le miroir du vaisselier situé dans le coin petit déjeuner. Ses yeux saignaient, mais ils étaient intacts. La voix de Celeste s'éleva de nouveau :

« Brian ? »

Elle tressaillit à sa vue lorsqu'il sortit de la cuisine en s'essuyant le visage avec un torchon.

« Celeste. Je ne suis pas Brian. Je suis Miles. Vous vous souvenez ? » Il s'agenouilla à côté d'elle et tendit la main. « Donnez-moi le pistolet. »

Elle s'éloigna du cadavre en rampant.

« Vous n'êtes pas Brian.

– Non. Je suis Miles.

– Je... ma maison... mon mari...

– Tout va bien, Celeste. Laissez-moi vous aider. Tout ça, c'est du passé. »

Celeste cessa de frissonner, acquiesça, se prit la tête entre les mains.

« Il est venu chez moi, dit-elle. Il est venu chez moi et il a tué Brian. Il m'a forcé à attendre avec lui, à attendre que Brian rentre pour qu'il puisse le tuer devant... devant moi. »

Sa voix était sourde et gutturale, comme si c'était une ombre qui parlait.

« Je suis sincèrement désolé. »

Elle fit un geste en direction du corps de Hurley.

« Je suis allée chercher le pistolet... pour qu'il n'aille pas plus loin. Juste pour qu'il s'arrête. Mais je l'ai tué. »

Miles ramassa la seringue. Hurley devait la garder dans sa blouse – l'endroit idéal pour en cacher une. Probablement afin d'endormir Celeste pour l'emmener à l'hôpital puis... il ne voulait pas y penser. Hurley ne lui avait pas injecté toute la dose, mais suffisamment pour l'engourdir, lui brouiller les esprits.

« Celeste. Écoutez, dit-il d'une voix qui lui sembla épaisse. L'homme qui vous a fait mal, qui a tué votre mari, il n'est pas ici. Hurley essayait de me tuer, vous m'avez sauvé la vie, vous comprenez ? »

Il se forçait à parler lentement et calmement. Elle finit par acquiescer.

« Est-ce que vous voulez bien me donner le pistolet ? »

Elle serra le pistolet contre son T-shirt.

« Plus jamais, je l'ai juré. Les caméras. Les verrous. Plus jamais. Fort Celeste. J'ai fait de cet endroit Fort Celeste. »

Elle ne l'écoutait pas.

« Nous ne pouvons pas rester ici. Groote pourrait être en route. Nous devons y aller. Maintenant.

– Il y a un homme mort chez moi, dit-elle d'une voix brisée. Je veux qu'il parte... et vous aussi. Je veux récupérer ma maison.

– Je sais. Mais ici, vous êtes en danger. S'il vous plaît, donnez-moi le pistolet. »

Elle le lui tendit. Une toile de cicatrices aussi fine que du papier striait son bras jusqu'au coude. Elle s'aperçut qu'il les regardait.

« Je ne me coupe plus, dit-elle. Je vais mieux.

– C'est formidable, Celeste, c'est magnifique. »

Il enfonça le pistolet à l'arrière de son pantalon, essaya de réfléchir malgré le sédatif que lui avait injecté Hurley.

« Qu'est-ce que vous allez faire maintenant ? demanda-t-elle.

– Je vais vous placer en sécurité, puis je vais faire sortir Nathan Ruiz de cet hôpital.

– Comment ? »

Il fouilla dans la poche de Hurley, trouva un badge électronique et un jeu de clés.

« Je vais entrer dans le bâtiment et l'emmener.

– Que représente Nathan pour vous ?

– La clé qui me permettra de découvrir la vérité. Mais ils le séquestrent toujours.

– Ce Groote... il est à l'hôpital.

– Pas nécessairement. Il est à ma recherche. Avec la clé et le pistolet, je peux y aller et faire sortir Nathan.

– Vous êtes complètement fou, dit-elle en secouant la tête. Et je ne peux pas sortir d'ici. »

Elle parlait comme s'il venait de l'informer que la Terre est plate.

« Vous avez été assez courageuse pour m'aider. Vous serez assez courageuse pour franchir cette porte. C'est juste une porte. Il suffit de la passer.

– Je ne peux pas...

– Je vous tiendrai la main, dit Miles. Vous pourrez vous asseoir sur le plancher de la voiture, fermer les yeux, vous tenir à l'écart des vitres. Faire comme si vous n'étiez pas dehors. » Il saisit la main de Celeste. « Il va venir ici, il va vous tuer. »

Elle rampa jusqu'à son sac à main, en tira un flacon d'antidépresseurs, avala un cachet sans eau.

« Je vais essayer. »

Il l'aida à se relever. Elle contourna le corps de Hurley en étouffant un gémissement.

« Ne lui faites pas confiance, mademoiselle, conseilla Andy depuis un coin de la pièce. Mauvaise idée. »

Miles lui fit un doigt d'honneur derrière le dos de Celeste et ouvrit la porte. Il se pencha à l'extérieur, scruta la rue. Personne.

« C'est bon. »

Celeste fit la grimace à la vue du monde qui s'étirait derrière sa porte.

« Ma voiture est là-bas. » Il avait trouvé un jeu de clés chez Blaine et utilisé sa voiture pour venir. « Quarante pas. Je marche à côté de vous. Je compte.

– Tenez-moi juste la main », dit-elle, et elle ferma les yeux et fit le premier pas.

Une brise printanière faisait bruire les peupliers. Dix pas. Elle gémit. Il gardait les yeux rivés sur la rue, s'attendant à voir une voiture foncer sur eux et s'arrêter dans un crissement de pneus avec Groote à l'intérieur.

« Vous vous en tirez à merveille, dit-il.

– Ne me parlez pas... comme si j'étais une foutue gamine... apprenant à faire du vélo. »

Prise de panique, elle se mit à respirer par à-coups, et il passa un bras autour de ses épaules pour la tenir plus fermement.

Vingt pas. Le vent dansait sur son visage, elle fit la grimace.

« Vous avez déjà fait ça », lança-t-il en guise de plaisanterie, ne sachant que dire d'autre. Celeste avait toujours les yeux fermés. « Ce n'est pas la première fois que vous sortez de chez vous.

– J'adorais le grand air. Brian et moi... »

Ses jambes se dérobèrent sous elle.

« Je vous tiens. »

Elle fit un pas de plus. Puis un autre. Elle émit un gémissement guttural et accéléra d'un pas incertain, les yeux fermés. Miles la guida jusqu'à la voiture de Blaine. Il n'avait pas verrouillé les portières et elle s'étendit sur la banquette arrière, replia les bras par-dessus ses yeux.

Il serra les dents et glissa la clé dans le contact. Si Celeste pouvait sortir de chez elle, il pouvait conduire. Au moins, l'injection de sédatif atténuait son sentiment de panique, il espérait juste qu'ils ne finiraient pas dans un fossé.

Il démarra. Pas d'explosion. Il s'engagea dans l'allée boueuse.

« Où allez-vous m'emmener ? demanda-t-elle.

– Chez un ami... Enfin, il ne sait pas que je me cache là-bas. Il a quitté la ville pour quelques jours.

– Allez à l'hôpital, dit-elle. J'attendrai dans la voiture. Maintenant. Pour Allison. »

Il enfonça l'accélérateur pour tester ses réflexes. L'effet du sédatif semblait s'atténuer, remplacé par la peur et une poussée d'adrénaline. Il prit la première à gauche pour retourner vers la colline qui menait à l'hôpital, priant pour que Groote ait quitté Sangriaville pour partir à sa recherche.

31

MILES PASSA DEVANT UNE SÉRIE DE MAISONS PAISIBLES, devant des terrains vagues, devant l'hôpital Sangre de Cristo, jusqu'à atteindre le cul-de-sac au bout de Canyon Road où se trouvaient les locaux d'une société de protection de la nature de la Société Audubon. Il fit demi-tour au portail et reprit la direction de l'hôpital. Il passa à nouveau devant la clinique, l'examina d'un œil curieux en se demandant si des yeux l'observaient de l'intérieur du bâtiment. Il n'y avait aucune mesure de sécurité particulière qui aurait pu laisser deviner la présence de gens dangereux à l'intérieur. Pas de gardes, pas de caméras, juste un haut mur d'enceinte en pisé.

« J'attends ton nouveau coup de poker, dit Andy. Montre-moi ton génie. »

Il aurait voulu dire à Andy de la fermer, mais il ne souhaitait pas que Celeste l'entende. Il fit à nouveau demi-tour, pénétra dans le parking de l'hôpital et se gara vers l'arrière.

« Comment allez-vous le trouver ? demanda-t-elle.

– Nathan a parlé du dernier étage quand je l'ai vu chez Allison, expliqua Miles. Je vais donc y monter directement. Pouvez-vous conduire ?

– Oh bien sûr, répondit-elle. Conduire est plus facile qu'utiliser une arme à feu.

– Si quelqu'un approche – des gardes, qui que ce soit –, fuyez. Rendez-vous directement à la police, ou chez un ami. Ne m'attendez pas.

– Miles, dit-elle, si Allison m'a administré ce médicament, je crois qu'il fonctionne. Je devrais être prostrée en ce moment. J'ai tué un homme. Je suis sortie de chez moi. Mais je fais avec. » Sa voix tremblait néanmoins et elle ravala sa salive, essayant de retrouver un ton plus assuré. « Je pense que ça me fait de l'effet. Hurley a eu l'air surpris quand je lui ai dit qu'elle m'avait donné de nouvelles pilules.

– Ou alors vous êtes simplement plus forte », répondit Miles. Elle le regarda en plissant les yeux. « Je serai de retour dès que possible, poursuivit-il. Pouvez-vous rester à l'avant et laisser tourner le moteur ? »

Elle fit signe que oui, passa à l'avant et se recroquevilla sur le siège du passager.

« Je devrais sortir plus souvent, dit-elle pour plaisanter, puis elle frissonna.

– Je ferai aussi vite que possible, dit-il. Fuyez s'il le faut. »

Elle acquiesça.

« Celeste ? »

Elle leva les yeux vers lui.

« Merci. Vous nous avez sauvés.

– Allez-y. Laissez-moi votre téléphone portable. Si je dois partir... appelez-moi, je reviendrai vous chercher. »

Il referma la portière, attendit qu'elle la verrouille, puis se dirigea vers l'entrée de l'hôpital située à l'arrière du parking.

Chaque pas lui donnait envie de fuir dans la direction opposée. Un hôpital psychiatrique... L'endroit qui l'avait le plus effrayé quand son esprit avait commencé à lui jouer des tours, quand Andy avait commencé à hanter ses jours et ses nuits. L'endroit où il craignait qu'Allison ne l'envoie. Il continua d'avancer.

S'il pouvait conduire, se disait-il, il pouvait entrer dans ce bâtiment. Juste des murs, des étages, des gens, rien d'horrible.

« Présente-moi au garde, dit Andy. On te déroulera le tapis rouge. »

Le corps principal était un grand bâtiment de trois étages aux murs de pisé. Deux bâtiments plus petits se trouvaient à l'arrière, au milieu desquels serpentaient des sentiers couverts de gravier. L'endroit n'avait pas les lignes froides d'un hôpital psychiatrique et ressemblait plutôt à un club sélect.

Il supposa que des caméras étaient braquées sur lui, elles montraient sûrement les personnes qui allaient et venaient dans le parking. Il baissa la tête. La plupart des fenêtres étaient sombres, mais il y avait de la lumière au rez-de-chaussée.

Il plaça le badge électronique devant le détecteur fixé sur la porte. La lumière passa du rouge au vert et celle-ci se déverrouilla avec un déclic. Il entra. Au bout d'un couloir se trouvait une porte avec une serrure classique, et il essaya les trois clés qu'il avait trouvées sur Hurley. La dernière était la bonne. Miles franchit la porte, la referma derrière lui. Il pénétra dans un couloir désert et faiblement éclairé. Il respira plusieurs fois à pleins poumons, cherchant à débarrasser son esprit de la saloperie que lui avait injectée Hurley.

Un hôpital, en pleine nuit. Son cœur cognait dans sa poitrine. Il dégaina son arme, tendit le bras devant lui, observa la lumière rouge d'une caméra qui l'observait plus loin dans le couloir. Malgré l'élégante architecture et les jardins immaculés de Sangre de Cristo, il se demanda si tous les asiles n'avaient pas été conçus par un unique architecte fêlé, lui-même emprisonné derrière les barreaux de l'une de ses créations. Des serrures au bout de chaque couloir, suffisamment de tournants pour désorienter quiconque chercherait à s'enfuir, une lumière artificielle, dure, froide, laide.

Il tourna à un angle et un garde qui l'attendait essaya de lui asséner un violent coup de matraque sur la nuque. Miles bondit en arrière, la matraque percuta le mur avec une force à briser les os et lui heurta l'épaule en rebondissant. Il ressentit une douleur terrible au niveau de l'articulation et tomba à terre. Le garde – un jeune type aux traits lourds – lui écrasa la gorge avec sa matraque.

Miles attrapa les extrémités de la matraque, cherchant à la repousser. Le garde souriait en grinçant des dents, et il poussait de tout son poids, lui comprimant la trachée.

Des taches obscures commencèrent à danser devant ses yeux, mais Miles s'imagina les portes se refermant derrière lui, des hommes sans visage l'attachant à un lit, il se vit emprisonné aussi sûrement que dans un cercueil. Ici. Pour toujours. Enfermé.

La peur s'empara soudain de lui. Il repoussa la matraque en utilisant le sol comme levier pour ses épaules et ses bras. La matraque heurta sèchement la bouche du garde, Miles lui décocha un coup de poing dans le nez. Le garde s'écarta en chancelant et Miles, haletant, chercha à s'emparer de sa matraque. Le garde s'y accrocha, il hurla d'une voix étranglée pour appeler ses collègues, Jimmy et Dwayne, à la rescousse malgré le sang qui lui coulait du nez et de la bouche. Miles lui cogna la tête contre le mur, mordit les doigts qui serraient la matraque. L'homme finit par la lâcher et Miles lui assena un dernier coup sur la nuque. Le garde s'écroula par terre, inconscient.

Miles regarda des deux côtés du couloir. Désert. Il supposa qu'il se trouvait dans la zone des bureaux et de l'administration. Pas de patients ni de soignants ici. Un craquement et un bourdonnement rompirent le silence et il entendit une voix appeler Robert. Elle provenait de l'oreillette qui brillait dans l'oreille du garde. Il se pencha au-dessus de lui et se saisit de l'écouteur ainsi que du talkie-walkie accroché à sa poche de chemise.

« Robert ? Tu le tiens ? »

Miles enfonça le bouton et parla dans un murmure précipité afin de camoufler sa voix.

« Non, il m'a échappé. Parti vers l'ascenseur. »

Il trouva l'ascenseur, appuya sur le bouton « 3 » – le dernier étage. Rien. Cet étage devait être sécurisé. Il agita le badge électronique devant un panneau situé au-dessus des boutons, une lumière verte s'alluma. Il appuya à nouveau sur « 3 » et cette fois, le bouton s'illumina. Il sortit de l'ascenseur, les portes se refermèrent et la cabine commença de monter.

« Robert ? répéta la voix du garde dans l'oreillette.

– Je crois qu'il monte au troisième étage. »

Grâce à cette diversion, l'escalier serait peut-être libre. Il se dirigea vers un bloc lumineux indiquant la sortie, trouva la cage d'escalier. Il avait toujours préféré les escaliers aux ascenseurs. La cage était faiblement éclairée. Il se mit à gravir les marches, s'attendant à tomber sur Groote ou sur un garde qui n'aurait pas gobé son histoire... mais il n'y avait personne. La radio demeurait silencieuse.

La transpiration lui coulait sur les joues, le long du dos. Chaque pas lui coûtait un effort.

À chaque tournant, Andy lui faisait un sourire narquois. Il atteignit le dernier étage, essaya d'ouvrir la porte. Fermée à clé. Il inséra une clé dans le verrou, la tourna. La porte s'ouvrit.

« Bonjour Nathan », dit Sorenson.

Nathan ouvrit les yeux, tenta de fixer son regard.

« Qui...

– Je m'appelle Sorenson. Je suis un collègue du docteur Vance. Nous nous sommes rencontrés, oh, très brièvement, chez le docteur Vance. »

Nathan ne répondit rien.

« Vous m'avez frappé, mais je ne vous en veux pas. Je ne crois pas que vous vous soyez rendu compte que j'étais là pour vous aider. J'aimerais vous parler une minute. »

Sorenson fit un pas de plus dans la pièce, talonné par Groote.

« Est-ce que vous allez mieux qu'à votre arrivée à Sangriaville ? »

Nathan acquiesça tout en regardant Groote.

« Excellente nouvelle, poursuivit Sorenson, et, d'un geste brutal, il attrapa le bras de Groote et le projeta contre la porte d'acier.

Groote hurla, Sorenson lui tordit adroitement le bras. Groote continua de crier, Sorenson lui donna un coup de coude au visage. Son nez se brisa et l'arrière de sa tête heurta la porte d'acier.

Groote s'effondra. Sorenson lui lança un coup de pied dans les côtes, puis dans la mâchoire, et Groote s'immobilisa. Il se pencha, attrapa le pistolet de Groote et mit Nathan en joue.

« Que leur avez-vous dit ?

– Je sais pas de quoi vous parlez... Je sais rien !

– Dix secondes pour recevoir votre réponse, dit Sorenson. Quels noms leur avez-vous donnés ?

– Je sais pas de quoi vous parlez, s'il vous plaît, non ! » hurla Nathan.

La faible sonnerie qu'émit la porte de la cage d'escalier en s'ouvrant fit bondir Miles sur place. Il la referma rapidement, conscient qu'il était à découvert. Mais personne ne se tenait dans le couloir obscur. Pas de gardes qui l'attendaient devant l'ascenseur. L'ascenseur était déjà arrivé, les portes s'étaient refermées et il lut sur l'indicateur digital que la cabine était redescendue au rez-de-chaussée. Probablement réglée pour redescendre automatiquement. Peut-être les gardes avaient-ils vu l'ascenseur vide et étaient-ils redescendus pour aider Robert, le garde mal en point.

Il s'éloigna de la porte tout en restant près du mur pour ne pas se faire remarquer.

Il avança lentement dans le couloir, jetant des coups d'œil à travers les vitres encastrées dans les portes et renforcées par des treillis métalliques. Il vit plusieurs lits sur lesquels dormaient des hommes, pour l'essentiel des types jeunes, mais quelques-uns avaient une cinquantaine ou une soixantaine d'années. Pas de Nathan Ruiz. Miles essaya d'ouvrir les portes : toutes verrouillées pour la nuit. Ou peut-être pour que les patients restent hors de la ligne de feu pendant que les gardes l'abattraient. Deux chambres abritaient des femmes, elles aussi endormies. Un bureau avec un ordinateur et une série de caméras. Vide. Les écrans montraient d'autres pièces désertes.

Il entendit un cri étouffé derrière une porte métallique sur laquelle une plaque indiquait TRAITEMENT PAR RÉALITÉ VIRTUELLE. Il poussa la porte. Verrouillée. Il essaya le badge de Hurley. Elle s'ouvrit.

Il poussa la porte et tomba nez à nez avec un technicien qui tendait une main vers la poignée tout en ôtant un casque de l'autre. L'homme, surpris, écarquilla les yeux à la vue de

Miles. Miles lui décocha un coup de poing sec au menton, puis un autre. Le type chancela, Miles le rattrapa et le déposa doucement par terre. Il avait mal à la tête. Il se retourna, certain que quelqu'un avait entendu, referma la porte.

Il avança dans la salle de contrôle obscure. De l'autre côté d'une épaisse vitre teintée, un homme flottait, suspendu en l'air par des câbles blancs, et s'agitait doucement. Il avait les yeux recouverts d'un gros viseur rudimentaire et les oreilles cachées par un casque argenté et brillant.

Sur l'écran, un jeu informatique défilait – angles aigus, couleurs artificielles, le son étouffé de soldats avançant dans des allées étroites et de larges rues poussiéreuses. Il regarda les images : des hommes entraient de nuit dans un bâtiment abandonné, sous un ciel constellé de fausses étoiles. Puis des éclats de lumière cinglèrent l'écran tandis que le monde disparaissait dans les flammes et la poussière, au milieu de soldats qui couraient, cherchant à se protéger de grenades autopropulsées dont les éclats flamboyants badigeonnaient le ciel.

L'homme s'agita au bout de ses cordes, une grimace se dessina sur son visage, un cri jaillit de sa gorge. Ce n'était pas Nathan : trop petit, trop trapu.

La guerre, pensa Miles, *mais pas un jeu. Qu'est-ce que c'était que cet endroit ?*

Il recula. Soudain, il sentit un cordon se resserrer autour de sa gorge. Une pression subite et brutale. Miles tenta de glisser les doigts sous le câble pour respirer, en vain. Le technicien serra le câble en le tordant, chercha à faire tomber Miles en poussant de tout son poids.

Des points noirs chatoyaient dans l'air devant ses yeux. Miles écrasa violemment le pied du technicien qui poussa un cri de douleur. Il essaya de se libérer, donna un coup de pied dans un bureau, heurta un clavier et une souris comme il s'efforçait d'arracher des mains du technicien le câble qui l'étouffait. Une douleur lancinante cisaillait son épaule meurtrie alors qu'il s'efforçait de prendre le dessus.

Les écrans devant lui s'animèrent en scintillant. Des tragédies générées par ordinateur se mirent à défiler, similaires à la scène de guerre diffusée sur l'écran principal. Une voiture qui faisait un tonneau à travers une autoroute et percutait un gros semi-remorque. Un avion qui s'écrasait sur le World Trade Center. Un bus scolaire qui prenait soudain feu.

Miles pivota et projeta brusquement son corps sur le côté, déséquilibrant le technicien. L'homme lâcha prise. Miles sentit ses mains moites abandonner le cordon et se refermer autour de sa gorge. Il poussa violemment du pied le technicien qui alla heurter le mur d'écrans. Miles rejeta la tête en arrière pour s'en servir comme d'un bélier et lui donna un coup de tête au visage. Du verre vola en éclats et le technicien hurla. Les mains autour de son cou se relâchèrent et Miles se dégagea. Il tomba à genoux, ramassa la matraque qu'il avait lâchée lorsqu'il avait tenté de se libérer du câble. Il l'enfonça dans le ventre du technicien. Celui-ci s'effondra et Miles lui assena un dernier coup précis derrière la tête. Il reprit son souffle, s'écarta des écrans et des horreurs qui défilaient en boucle. Il sentit la bile lui refluer dans la gorge, un frisson s'insinuer douloureusement sous la peau.

Il remit l'oreillette en place et entendit les gardes parler. Ils inspectaient le rez-de-chaussée, découvraient Robert inconscient dans le couloir. Ils seraient de retour dans une minute. Il devait trouver Nathan Ruiz et sortir, sinon ils l'enfermeraient ici pour toujours, le brancheraient à cette machine pour lui faire revivre ses propres cauchemars. Horrible.

Miles regagna le couloir, ferma la porte et entendit les bruits brefs et brutaux d'une bagarre. Le claquement d'un corps heurtant du métal. Puis un cri : « Non ! »

Il se mit à courir. Par une porte entrouverte, dans un mince filet de lumière, il aperçut un homme étalé par terre et un autre debout qui lui tournait le dos.

Miles ouvrit la porte.

Sorenson. Armé d'un pistolet, il commençait à pivoter pour faire feu, lorsque Miles se rua sur lui et le plaqua contre le mur. Il lui attrapa le bras, le cogna contre le mur, une, deux, trois fois, tentant de lui faire lâcher l'arme.

Il vit Nathan Ruiz qui, malgré sa main menottée au lit, cherchait à esquiver la ligne de tir du pistolet oscillant. Miles se battait avec l'énergie du désespoir. Il enfonça son genou dans les parties de Sorenson, se pencha en avant et lui mordit l'arête du nez. Sorenson hurla à nouveau et assena un coup de pistolet à Miles.

Ils s'écroulèrent sur le lit. Nathan se mit à cogner sur la tête de Sorenson de son poing libre tandis que Miles arrachait le pistolet des mains de Sorenson.

« Tuez-le ! » hurla Nathan.

Miles colla l'arme contre le front de Sorenson.

« Qui êtes-vous ? »

Sorenson ne répondit rien.

« Qui êtes-vous ?

– Je sais tout de vous, Miles. Et je ne crois pas que vous puissiez tirer de sang-froid. Pas une deuxième fois. »

Il connaissait son vrai nom. Miles le tira hors du lit et lui cogna la tête sur le carrelage.

« Comment connaissez-vous mon nom ? Qui êtes-vous ?

– Votre seul espoir de rester en vie, répondit Sorenson.

– Conneries. Vous avez tué Allison. Vous avez placé la bombe dans son bureau. Je vous ai vu.

– Je ne l'ai pas tuée. Je peux vous expliquer. Mais pas ici. Nous sommes sur le terrain de Quantrill.

– Je sais ce que j'ai vu.

– Vous voyez beaucoup de choses, Miles. Vous voyez Andy. » Sorenson esquissa un grand sourire malgré le sang qui lui recouvrait les dents. « Ce n'est pas à vous de mener cette guerre, pas seul. Laissez-moi vous aider. »

Andy. Il était au courant pour Andy.

« Qui êtes-vous ? » hurla-t-il à nouveau.

Sorenson agita le pouce en direction de Nathan.

« Demandez à M. Explosifs qui a réellement placé la bombe. »

Nathan, horrifié, secoua la tête.

« Non... Il ment. Je lui ai jamais fait de mal... » Il se laissa tomber par terre malgré les menottes, attrapa de sa main libre la gorge de Sorenson et la serra. « Vous mentez ! »

Miles entendit des bruits de pas précipités dans le couloir. Il se précipita à la porte, vit les deux gardes approcher en courant. Il tira en l'air, la balle creusa un sillon dans le plafond, fit voler une ampoule en éclats, les deux gardes reculèrent.

Il entendit des halètements derrière lui. Sorenson prenait le dessus sur Nathan dont le visage virait au violet. Miles attrapa Sorenson par la gorge et l'écarta de Nathan.

« Un geste et je vous descends. » Sorenson se figea. « Tire sur les menottes », ordonna-t-il à Nathan.

Nathan obéit, Miles visa la courte chaîne, fit feu. Les maillons explosèrent et Nathan courut à la porte. Il se mit à donner des coups de pied à Groote qui gisait, inconscient. Miles hissa Sorenson sur ses pieds, le poussa contre le mur.

« Dernière chance, dit-il. Pour qui travaillez-vous ?

– Je peux vous donner tout ce que vous voulez, Miles, tout ce dont vous avez besoin. Je ne suis pas votre ennemi. Venez avec moi et je vous le prouverai.

– Tue-le, ronronna Andy dans son oreille.

– Je ne vous crois pas. »

Miles lui assena un coup de pistolet en travers du visage et le balança contre le mur. L'homme s'effondra, ses yeux se révulsèrent. Miles attrapa Nathan.

« As-tu fait du mal à Allison ? »

Nathan secoua la tête.

« Non. Je le jure, non. Si je l'avais fait, je vous aurais tué quand vous êtes entré chez elle. Qui allez-vous croire ? »

Miles fit son choix.

« Toi. »

Il entendit le chuintement des portes de l'ascenseur. Les gardes. Ils revenaient. Il sentait la poussée de l'adrénaline se manifester, mais les nombreux coups reçus et le sédatif que lui avait injecté Hurley produisaient leurs effets. Il éprouva une immense faiblesse et dut réprimer un sentiment de panique.

« Combien de gardes ?

– Deux ou trois. La plupart des employés ont pas accès à cet étage. »

Naturellement. Moins il y avait de témoins, plus il était facile d'effectuer des tests illégaux. Et s'ils n'étaient que deux ou trois, il en avait déjà mis un hors service. Mais deux, c'était encore deux de trop.

Il risqua un coup d'œil dans le couloir, sortant à peine la tête pour éviter de se retrouver dans une éventuelle ligne de feu, son pistolet accompagnant le mouvement. Un garde se tenait à un mètre cinquante, son arme braquée devant lui en direction de la tête de Miles.

Miles recula vivement et la balle s'enfonça dans le chambranle de la porte.

« Jetez vos armes ! hurla Miles. Ou je tue Groote et Sorenson ! »

Silence.

« Faites glisser vos armes par terre ! Maintenant ! Vous avez dix secondes... Je compte... Dix. Neuf. Huit. »

Il se demanda ce qu'il ferait s'ils ne mordaient pas à l'hameçon. Un pistolet glissa sur le carrelage, s'arrêta devant lui.

« Les deux ! »

Un autre pistolet rejoignit le premier.

J'espère qu'ils n'ont que ces deux-là, pensa Miles. Il passa à nouveau la tête par la porte. Les deux gardes qui se tenaient dans le couloir sombre lui jetèrent un regard assassin. Miles sortit, ramassa les pistolets, enclencha les sécurités et les enfonça à l'arrière de son pantalon.

« Viens, Nathan », dit-il calmement.

Il tenait les deux gardes en joue. Nathan sortit dans le couloir, tenant entre ses mains la matraque que Miles avait volée au premier garde.

« Vous n'arriverez pas à sortir, connard, lança l'un des hommes. Toutes les issues sont bloquées.

– Alors, vous allez m'accompagner et m'ouvrir, rétorqua Miles.

– Je ne peux pas.

– Vous vous démerderez. »

Miles saisit le bras du garde, le poussa devant lui.

« Monsieur, je vous en prie, j'ai des enfants, implora l'homme.

– Fermez-la. »

Nathan passa devant l'autre garde et lui donna un violent coup de matraque à l'estomac. L'homme se plia en deux, vomit, gémit.

« Ils m'ont fait mal, dit Nathan dans un murmure lointain. Mal, mal...

– Ce n'est pas vrai, se défendit le premier garde. C'est Groote qui vous a fait mal. Pas nous. D'accord ? Pas nous. »

Miles entendait les patients réveillés par le vacarme hurler et cogner du poing contre les portes. Il tendit le badge à Nathan, qui prit les devants et ouvrit la porte de la cage d'escalier. Miles poussa le garde en avant et lui fit descendre l'escalier au pas de course.

« Les autres patients courent-ils un danger immédiat ?

– Je pense pas, répondit Nathan qui dévalait les marches quatre à quatre devant lui.

– Reste derrière moi ! » hurla Miles.

Le jeune homme ne lui prêta aucune attention et continua de descendre les quatre volées d'étages comme un forcené tandis que Miles se laissait à moitié glisser contre la rampe pour ne pas se faire distancer. Les effets de la drogue que lui avait injectée Hurley se dissipaient et sa peur le faisait aller de l'avant, mais il ne savait pas combien de temps cette énergie durerait.

Ils atteignirent la sortie qui donnait sur le parking. Le badge ne fonctionnait plus. Enfermés. Piégés. Miles eut l'impression que son cœur allait lui jaillir de la poitrine.

Sorenson secoua la tête pour atténuer la douleur et sa sensation de vertige, puis il sortit dans le couloir. Il vit le garde qui était toujours agité par des haut-le-cœur après le coup qu'il avait reçu à l'estomac.

Il serra plus fermement son pistolet. Il pouvait buter le garde, buter Groote, mais il n'avait ni temps ni balle à gâcher.

« De quel côté ? » demanda-t-il au garde.

L'homme à terre cessa de se vider les boyaux suffisamment longtemps pour lui indiquer la cage d'escalier. Puis il tendit un badge électronique à Sorenson.

« Ça... débloquera... les verrous. »

Sorenson attrapa le badge et fila.

« Comment on ouvre les portes ? hurla Miles au visage du garde.

– Panneau de contrôle – dans le hall. »

Miles poussa l'homme à travers l'entrebâillement de la porte qui donnait sur le couloir, ils se mirent à courir, et comme ils tournaient pour emprunter un autre couloir menant au hall, il jeta un coup d'œil en arrière et vit la porte de la cage d'escalier s'ouvrir, puis il aperçut Sorenson dans la faible lueur. Miles poussa Nathan et le garde en avant, une balle hurla et il sentit son frôlement sur sa nuque, brûlant comme les doigts du diable. Il plongea pour s'abriter tandis qu'une deuxième balle s'enfonçait dans le mur, deux centimètres au-dessus de l'endroit où s'était trouvée sa tête.

Le garde piqua un sprint en direction de la porte du hall. Nathan se rua sur lui avec une grâce de zombie, tel un forcené hurlant et déchaîné. Ils tombèrent à terre, Miles les sépara et les poussa vers la porte tout en maintenant son pistolet braqué vers l'angle du couloir.

« Débloquez les portes ! hurla Nathan d'une voix stridente, remuant la tête et les doigts comme s'il était devenu cinglé pour de bon. Ou je vais vous tuer, vous tuer, vous tuer ! »

Le garde blêmit.

Ils pénétrèrent dans le hall en courant. Nathan poussa le garde vers l'ordinateur. D'une main tremblante, l'homme entra un code.

Miles entendit le cliquetis des verrous.

Il mit le garde à terre, lui ordonna de rester à plat ventre sans bouger. Le garde obéit. *Je vous en prie, mon Dieu, laissez-*

nous sortir, faites que les portes soient ouvertes. La peur le consumait comme un feu intérieur. Ils atteignirent les portes, s'engouffrèrent en titubant dans la fraîcheur de la nuit, se mirent à courir comme des dératés en direction du parking.

Sorenson s'approcha prudemment du hall, écouta, n'entendit que le râle du garde effrayé. Il pénétra dans le hall.

« Porte de devant, dit le garde. Ils sont sortis par la porte de devant. Il doit y avoir un autre pistolet dans ce tiroir... »

Sorenson passa en courant devant l'homme, essaya la porte, décida qu'ils ne l'attendaient sûrement pas de l'autre côté pour lui tendre une embuscade et partit à leur poursuite. Il les vit qui fuyaient dans la lueur faible des réverbères et courut aussi silencieusement que possible, tenant son pistolet droit devant lui, gardant la tête de Nathan Ruiz dans sa ligne de mire.

« Par ici. »

Miles désigna l'arrière du parking et ils se faufilèrent entre les voitures en prenant soin de se baisser. Derrière eux, une alarme brisa le silence.

« Vous avez une voiture ?

– Oui. Nous devons partir avant que les flics arrivent...

– Ils appelleront pas les flics, dit Nathan. Croyez-moi... »

Le gémissement d'une balle transperça l'air et Nathan tomba, affolé, en poussant un cri étranglé. Miles virevolta et vit Sorenson qui, deux rangées de voitures derrière eux, le tenait en joue. Miles fit feu en retour et Sorenson se plia en deux.

Mais pas comme s'il avait été touché.

Le parking était un dédale de voitures, certains emplacements étaient occupés, d'autres pas. Miles attrapa Nathan qui se palpait les cheveux, la tête, à la recherche d'une blessure, et le poussa vers le sol pour le mettre à l'abri.

« Ça va, marmonna Nathan.

– Baisse-toi. »

Ils se faufilèrent parmi les véhicules. Miles était terrifié à l'idée de voir Sorenson jaillir devant une voiture et les cueillir tous les deux. S'il était assez près, Sorenson les entendrait s'engager en courant dans l'allée centrale du parking, et il les abattrait sans mal.

Et si Celeste les voyait arriver, si elle se tenait près de la voiture... Sorenson pouvait la descendre.

Il plaqua la main sur la bouche de Nathan. Écouta le silence. Le calme de la nuit les enveloppa. Il réprima une montée d'angoisse. *Je ne peux pas laisser Sorenson tuer ce gamin.* Il se força à attendre, à écouter au-delà du martèlement de son propre cœur. Quelques secondes plus tard, il entendit le crissement du gravier sous une chaussure, deux voitures sur la droite.

Miles se plaqua contre le sol et tira sous les voitures dans l'obscurité. Il entendit un hurlement furieux, un corps bondissant par-dessus une voiture pour battre en retraite.

Il poussa Nathan et ils se remirent à courir. Miles se retourna, fit feu. Il vit Sorenson sauter du capot d'une voiture, soit parce qu'il était touché, soit pour se mettre à l'abri. Miles trébucha, mais Nathan le rattrapa et le remit sur pied.

C'est alors que Miles repéra la voiture de Blaine. Dans la faible lueur des réverbères, il vit que la voiture était vide. Celeste était-elle partie ?

« Celeste ! cria-t-il. Celeste ? »

Le coffre s'ouvrit. Elle sortit la tête et regarda dans sa direction.

« Qu'est-ce que vous foutez ? hurla-t-il.

– On est mieux ici, murmura-t-elle.

– Sortez, allez, maintenant, nous devons partir. »

Il entendit une balle claquer au-dessus de lui, une vitre de la voiture garée à côté de la leur vola en éclats. Il se retourna, aperçut des silhouettes sombres – Sorenson et deux gardes – qui approchaient. Des flammes jaillirent des canons de deux pistolets et les balles heurtèrent le coffre de la voiture près de laquelle il se tenait.

Ils tiraient pour tuer. Miles posa un genou au sol en essayant de reprendre son souffle, mit en joue malgré sa main tremblante et le visage d'Andy qui flottait devant ses yeux, et appuya sur la détente. Une fois, deux, trois fois, un vrai déluge de balles. Il s'entendit crier, il devenait cinglé.

Derrière lui, la voiture de Blaine se mit à vrombir. Il tressaillit. Nathan avait pris le volant, Celeste était recroquevillée à l'arrière.

Miles continua de braquer son pistolet d'une main tremblante vers l'obscurité. Il vit un garde courir vers eux, fit feu et pulvérisa la vitre de la voiture qui était la plus proche de l'homme. Le garde se baissa vivement et se mit à l'abri.

Il grimpa à l'arrière de la voiture à côté de Celeste.

Nathan démarra sur les chapeaux de roues tandis que Miles continuait de tirer sur leurs poursuivants jusqu'à ce que son chargeur soit vide. Ils filèrent à toute allure devant Sorenson et les gardes à travers une pluie de balles qui ricochèrent sur le toit de la voiture. Miles utilisa son corps comme bouclier pour protéger Celeste. Nathan braqua brutalement et s'engagea à fond de train sur l'étroit sentier sinueux.

« Qui vous êtes, mec ?

– Miles Kendrick. »

Son ancien nom ne semblait plus lui aller, comme une horrible chemise mal ajustée qu'on n'aurait portée qu'une fois avant de la jeter. Il se redressa, aida Celeste à se relever tout en regardant derrière lui. Pas de poursuivants. Pas encore.

« Votre permis de conduire disait que vous vous appeliez Michael.

– Il a besoin d'être mis à jour. Mon nom est Miles. Et je suis un patient du docteur Vance. Tout comme cette femme. Son nom est Celeste. »

Dans le rétroviseur, le regard de Nathan se posa sur Celeste.

« Pourquoi vous êtes venus me chercher ?

– J'ai besoin de toi. Je veux savoir pourquoi Allison est morte.

– Je vais vous déposer, mais je garde la voiture. Je dois fuir loin d'eux.

– Non. Nous ferions mieux de rester ensemble, objecta Miles.

– Nathan ne me plaît pas, dit Andy qui était assis de l'autre côté de Celeste. Il me plaît encore moins que toi. Vas-y, tue-le avant qu'il ne te fasse du mal. Tu crois que tu peux faire confiance à ce type ? Tu ferais mieux de découvrir ce que Sorenson voulait dire par M. Explosifs. »

Nathan s'engagea sur Cerro Gordo – la route qui passait devant chez Allison – et Miles s'attendit à entendre le hurlement des sirènes de police. Rien. La route derrière eux était noire et déserte. La nuit était paisible, l'obscurité enveloppait la voiture.

« Rester ensemble, répéta Nathan. Pourquoi ?

– Nous serons plus forts pour nous battre.

– Je veux pas me battre... commença-t-il avant de s'interrompre. Mais je veux pas non plus passer ma vie à me planquer.

– J'ai un endroit où nous pouvons nous cacher. Où nous pourrons décider comment empêcher ces gens...

– Les empêcher de faire quoi ?

– De nous tuer. »

Nathan secoua la tête.

« Je peux pas aller à la police. Mes parents... Ils m'enverront dans un autre asile de cinglés. Mais j'en ai plus besoin.

– Nous non plus. Je ne sais pas quel est le lien entre Groote et Sorenson, mais ils vont se lancer à nos trousses. Nous savons ce qu'Allison a volé à l'hôpital, et je crois que nous savons comment mettre la main dessus avant Groote et Sorenson. Si nous y parvenons, ils ne pourront plus rien contre nous.

– Il y a un autre type... le docteur Hurley.

– Nous sommes au courant. Il a essayé de me tuer. Celeste... l'en a empêché.

– Empêché pour de bon ?

– Pour de bon. »

Nathan leva le pouce en direction de Celeste.

« Chérie, je pourrais vous embrasser. »

Elle frissonna.

« Mais ne vous en faites pas, poursuivit Nathan, je le ferai pas. » Le sourire réjoui qu'il arborait depuis qu'il était libre se transforma en une grimace de dément. « Alors, où on va, mec ? On est des oiseaux libres, libres, libres, libres... »

Miles se demanda quel génie dangereux il avait libéré de la bouteille en venant au secours de Nathan.

32

« Vous êtes touché, monsieur ? demanda le garde.

– Il m'a manqué, répondit Sorenson. De peu. »

Il eut l'impression d'éprouver une sensation de chaleur au niveau de la cheville, là où la balle l'avait effleuré.

« Je crois en avoir touché un », dit le garde, pantelant. C'était lui qui s'était pris le coup au ventre. « La vitre, je l'ai eue, nous devrions...

– Vous auriez dû viser les pneus. » Il avait lui-même vidé son chargeur trop tôt et s'en voulait. « Le système d'alarme est-il relié à la police ?

– Absolument pas, répondit le garde. Nous avons pour ordre de ne jamais appeler la police. Jamais. M. Quantrill ne veut pas les voir dans les parages. »

C'était logique. Sorenson n'avait aucune envie d'attirer l'attention importune des autorités. L'hôpital leur avait été bien utile. Il se détourna des gardes sans ajouter un mot et se dirigea vers sa voiture.

« Hé, là ! Monsieur, attendez une seconde... »

L'un des gardes l'attrapa par le bras et Sorenson s'immobilisa, dégagea son bras et lui assena un coup de coude au visage. Le nez de l'homme céda avec un craquement répugnant et il s'écroula en hurlant. Sorenson se tourna vers l'autre garde.

« Votre chargeur est vide. Le mien aussi. » Il saisit l'homme au nez cassé par la gorge. « C'est un grand gaillard mais je peux lui casser le cou d'une seule torsion avant même que vous ayez fait deux pas. Si vous lâchez votre pistolet, je m'en vais. Vous pourrez alors aller chercher un médecin pour votre ami. »

Le deuxième garde regarda Sorenson dans les yeux. Il posa lentement son pistolet, le poussa du pied sans que Sorenson ait besoin de le lui demander.

Sorenson marcha jusqu'à sa voiture tout en tenant le garde par la gorge, puis il le poussa sur l'asphalte d'un geste plein de mépris. Groote savait maintenant qu'ils étaient ennemis. Nathan demeurait une menace, et il était avec Miles Kendrick qui, en dépit de sa maladie mentale, savait se battre et ne manquait visiblement pas de tripes.

Sorenson démarra et s'enfonça à vive allure dans la nuit. La voiture de Kendrick avait disparu.

Il devait retrouver Kendrick et Ruiz. Ou, s'il n'y parvenait pas, leur tendre un piège. Un piège qu'ils ne verraient pas arriver.

33

NATHAN ENGAGEA LA VOITURE DERRIÈRE LE MUR de pisé qui encerclait la maison de Blaine l'Emmerdeur. Ses mains agrippaient le volant comme si elles avaient fusionné avec le plastique.

« Nathan, du calme... » commença Miles.

Nathan souleva ses mains tremblantes du volant, puis il attrapa soudain le rétroviseur et tenta de l'arracher du plafond. Miles se pencha en avant et lui saisit les bras.

« Qu'est-ce que tu fous ? Calme-toi !

– Est-ce qu'on peut aller à l'intérieur maintenant ? S'il vous plaît ? » demanda Celeste en tremblant comme si elle était tombée dans la neige.

Nathan détourna le rétroviseur de son visage. Miles aida Celeste à sortir, la mena à la hâte à l'abri sur le perron. Nathan les suivit. Miles ouvrit la porte et retint son souffle, tentant d'échafauder une explication au cas où Blaine serait revenu du Texas.

« Monsieur Blaine ? C'est Michael, de la galerie », lança Miles.

Pas de réponse. Blaine n'était pas rentré.

Il alluma une lumière dans la cuisine et laissa les autres lampes éteintes. Si les voisins savaient que Blaine s'était absenté, inutile d'éveiller les soupçons.

Celeste s'affaissa sur le divan, ramena les genoux sous sa poitrine. Nathan parcourut la pièce des yeux comme s'il pénétrait en territoire ennemi. Miles referma la porte derrière lui.

« Nous pouvons rester ici, du moins cette nuit.

– Est-ce qu'on est en sécurité ? »

Nathan se mit à courir de pièce en pièce, semblant s'attendre à voir quelque spectacle horrible surgir d'un coin obscur. Miles le suivit.

« Ça va aller, je le promets.

– C'est votre maison ? Combien de portes ? Combien de fenêtres ? »

Nathan pénétra dans la cuisine et, quelques secondes plus tard, Miles entendit un craquement soudain et violent. Il passa devant Nathan en le poussant.

« Qu'est-ce que tu fabriques ? »

Le miroir était brisé, un affreux cratère en son centre, des fissures se répandant vers l'extérieur. Nathan lâcha un lourd porte-savon.

« Je déteste les miroirs, dit-il en reculant.

– Pourquoi ? demanda Miles d'une voix calme tout en le prenant par les épaules. Tu peux me le dire. »

Nathan avait la mâchoire tremblante. Ses yeux exprimaient une peur obsédante.

« Ils... Ils me regardent. Dans les miroirs. Mes amis.

– Tes amis morts en Irak ?

– Comment le savez-vous... ? » Nathan s'écarta brusquement de lui, partit en courant dans le couloir. « Je veux pas qu'ils voient que je suis ici... »

Miles le rejoignit à l'entrée de la chambre. Il regardait fixement un miroir qui surplombait un bureau.

« Ils ne te voient pas. C'est impossible.

– Mais moi, je les vois. Ils étaient partis un temps. Mais ils reviennent, ils vivent dans les miroirs et c'est pas ma faute, c'était pas ma faute... »

Miles l'éloigna du miroir.

« Nous allons les recouvrir, d'accord ? Celeste, aidez-moi. »

Miles mena Nathan à la cuisine en désordre. De la vaisselle sale s'entassait dans l'évier et une odeur aigre s'élevait de la poubelle. Nathan se laissa tomber par terre.

« Trouvez des serviettes, ou des couvertures... recouvrez tous les miroirs, s'il vous plaît », demanda Miles.

Celeste semblait beaucoup plus à l'aise entre quatre murs, elle acquiesça et quitta la pièce.

« Nathan. Remets-toi, mon vieux, tu as fait un bon bout de chemin ce soir, tu ne peux pas te permettre de craquer. Reste calme.

– C'est comme... l'état de manque. Je me sentais mieux, mais maintenant, je vais plus mal. »

Nathan sursauta lorsqu'une voiture passa en grondant dans la rue.

Frost. Ils lui en avaient administré, et il avait probablement reçu sa dernière dose mardi. Peut-être les effets du médicament commençaient-ils à s'estomper s'il ne recevait pas sa dose quotidienne.

Nathan secoua les épaules pour que Miles ôte ses mains, puis il ferma les yeux et se mit à respirer de façon régulière. Celeste fit irruption dans la cuisine.

« J'ai recouvert tous les miroirs. » Elle s'agenouilla. « Vous saignez. Vos jambes. »

Miles vit des traces de sang, certaines sèches, d'autres fraîches, sur le pantalon de pyjama de Nathan, qui ignora la réflexion de Celeste. Celui-ci tendit un doigt vers le visage de la jeune femme, elle eut un mouvement de recul.

« Vous étiez dans *Naufragés*. Nom de Dieu. »

Elle acquiesça.

« Vous avez donc tué Hurley. C'était un sale type – sale médecin, sale haleine, sale coupe de cheveux. » Nathan laissa échapper un ricanement saccadé. « Vous avez commis une bonne action, m'dame. Maintenant, si quelqu'un voulait bien tuer Groote pour moi... Si j'ai pas l'occasion de le faire moi-même.

– Personne ne tue personne », rétorqua Miles.

Celeste tendit la main vers le visage de Nathan.

« Non ! s'exclama-t-il en s'écartant. Me touchez pas.

– Laissez-moi juste regarder », dit Celeste d'une voix douce, calme, rassurante.

Il s'immobilisa, se crispa lorsque Celeste toucha sa mâchoire et inspecta son visage. Une lèvre enflée, une légère balafre sur la joue avec un bleu qui commençait à poindre en dessous.

« Ils vous ont frappé au visage.

– Juste une ou deux fois, répondit-il d'une voix tremblante. Ils m'ont donné des coups de tuyau en caoutchouc dans le dos.

– Laissez-moi voir. »

Celeste souleva l'arrière de la chemise de Nathan ; un patchwork de vilains bleus recouvrait sa colonne vertébrale.

« Groote m'a enfoncé un tournevis jusqu'aux os. Ça fait mal. » Les larmes lui montèrent aux yeux et il frissonna. Il retroussa ses manches, arracha ses pansements et montra les marques qui constellaient ses bras ; des perforations profondes et sanguinolentes. « Il enfonçait jusqu'à l'os, cognait le tournevis contre l'os, puis... tournait. Ils me l'ont aussi fait aux jambes. Ils me soignaient vite fait, et ils recommençaient, dit-il en serrant les dents.

– Oh, mon Dieu, fit Celeste. Voyons s'il y a une trousse de premiers secours. »

Elle quitta la cuisine en courant.

« Je peux pas redevenir fou, murmura Nathan d'une voix rauque. Je peux pas.

– Je t'en empêcherai », dit Miles.

Nathan éclata de rire, un ricanement bref et haché.

« Vous avez de la santé mentale à revendre ?

– Je sais à quoi tu as survécu, Nathan, dit Miles à voix basse.

– Vous savez rien, mec, rien sur moi... Vous voulez pas savoir. »

Celeste revint en courant, les bras chargés de gaze, de pansements et de gel antiseptique.

« Ôtez votre pantalon. »

Miles aida Nathan à se lever. Grimaçant de douleur, celui-ci laissa tomber son pantalon jusqu'à ses genoux. L'arrière de ses jambes, là où Groote l'avait fouetté avec le tuyau, était presque entièrement violet. Quatre vilaines perforations constellaient ses jambes. Celeste soigna et pansa les blessures.

« Ces lésions sont profondes. Il a besoin d'un médecin.

– Non, dit Nathan.

– Vous risquez une infection, insista Celeste.

– Non, répéta Nathan. Pas de médecin. Nous pouvons pas prendre le risque que Groote nous retrouve. »

Miles fouilla dans une armoire, trouva de l'aspirine, versa quelques cachets dans la paume de Nathan et alla lui chercher un verre d'eau. Nathan avala les comprimés les uns après les autres, comme des bonbons. Il essuya la poussière blanche laissée par les comprimés sur sa blouse, vida son verre d'eau.

« Merci », dit-il.

La fatigue rendait ses yeux vitreux.

« Quand as-tu mangé pour la dernière fois ? lui demanda Miles.

– Mardi. »

Mile regarda dans le réfrigérateur quasiment vide de Blaine, trouva un pain avec de drôles de graines et de la confiture, il ouvrit un pot de beurre de cacahouètes et leur prépara des sandwiches. Nathan se jeta sur le sien en frissonnant. Miles s'assit par terre face à lui.

« Tu sais ce qu'est Frost.

– Oui. C'est un médicament pour soigner les traumatismes. Allison me l'a expliqué quand elle m'a procuré le badge pour que je m'enfuie. » Nathan s'essuya la bouche de la main. « Au début, je croyais que Frost était le nom de code du traitement par réalité virtuelle qu'ils nous font subir. »

Il expliqua comment le traitement fonctionnait, confirmant ce que Miles avait vu dans la pièce où se trouvait le technicien.

« Ils t'ont fait revivre le bombardement, dit Miles.

– Le bombardement ? interrogea Celeste.

– Je suis un héros de la guerre, expliqua Nathan en se redressant. Irak. Je me suis porté volontaire après le 11-Septembre. Je voulais participer à un combat juste, protéger le pays que j'aime.

– Courageux de ta part », dit doucement Celeste.

Il baissa la tête, gêné.

« Pendant l'invasion, j'étais avec un bataillon, à quarante-cinq kilomètres de Bagdad. On a lancé nos missiles, juste après minuit. Notre cible était un des palais de Saddam. Mais un pilote de chasse américain s'est emmêlé les pinceaux, il a reçu une mauvaise information, il croyait que nous étions la garde républicaine, il a lancé un missile guidé par infrarouge... Quatre de mes potes ont été tués. Les autres ont failli y passer.

– Désolé, mon vieux, dit Miles.

– Des morceaux de mes amis me sont tombés dessus. J'ai reçu une jambe en plein visage et j'ai eu le nez cassé. »

Miles et Celeste restèrent silencieux car les mots n'avaient plus de pouvoir.

« J'ai été blessé dans l'explosion, juste des brûlures, reprit-il en désignant les cicatrices qui mouchetaient ses joues et son nez, mais ça m'a déglingué à l'intérieur. Je pouvais plus... Je pouvais plus accomplir mon devoir.

– PTSD, dit Celeste. Vous n'y pouvez rien.

– Putain de Traumatisme Stupide de mes Deux, dit Nathan. C'est comme ça que j'appelle ça. Je me suis mis à flipper. Je pétais les plombs en deux secondes. J'ai cassé la gueule à un infirmier dans le service psychiatrique où ils m'ont envoyé en Allemagne. Mais j'ai été démobilisé avec les honneurs, on m'a donné une médaille sous prétexte que je me tenais trois mètres plus loin de la batterie que mes amis.

– Et alors tu as atterri à Sangriaville, dit Miles.

– Parce que mon état s'améliorait pas. Mes parents étaient gentils avec moi, mais après deux ans, ils ont commencé à dire, *Nathan, arrête d'être triste, maintenant. Cesse de te lamenter sur ton sort. Arrête de voir des morts dans les miroirs. Arrête de te comporter comme un cinglé, redeviens notre fils.* J'ai essayé de vendre des meubles dans leur boutique d'Albuquerque. Après m'être occupé de systèmes de missiles, je me suis retrouvé à m'occuper de futons. » Il essaya d'en rire. « J'étais pas foutu de soulever la marchandise du sol. J'ai frappé un type qui arrivait pas à se décider entre deux chaises longues. Bon Dieu, c'est pas une question de vie ou de mort. Il a passé une demi-heure à essayer ces foutues chaises longues avant de choisir. Alors mes parents ont trouvé un programme pour anciens combattants à Phoenix où je pouvais recevoir un traitement gratuit... Et puis ils ont entendu parler du programme de Hurley et ils m'ont envoyé à Santa Fe.

– J'ai lu des choses sur les traitements par réalité virtuelle, dit Celeste. Ils sont jugés prometteurs, mais n'impliquent pas l'utilisation de médicaments.

– Je me suis pas inscrit pour tester des médicaments, aucun de nous l'a fait, je me suis inscrit pour essayer les traitements par réalité virtuelle. » Nathan ferma les yeux. Miles lui posa la main sur l'épaule pour le réconforter et ses tremblements cessèrent. « J'étais pas au courant pour les médicaments jusqu'à ce qu'Allison m'en parle.

– Pas de problème. Dis-nous juste ce que tu sais sur la mort d'Allison, dit Miles. Commence depuis le début.

– Sorenson... Il ment. » Nathan mordit à nouveau dans son sandwich. Une coulée de gelée de fraise dégoulina près de sa lèvre. « Je l'ai pas tuée. Vous devez me croire. J'aurais jamais...

– Je te crois.

– Mer... merci... de m'avoir sorti de la salle de tortures. » Il serra les poings, les appuya contre son visage. « Je croyais que j'étais guéri, mais maintenant je me sens plus mal qu'avant. Allison est la seule personne qui m'ait aidé...

– Je te promets que je t'aiderai, Nathan, dit Miles. Mais tu dois aussi nous aider.

– Vous aider à faire quoi ?

– À rendre justice à Allison. »

Nathan se mit à rire.

« Comme c'est noble de votre part. Lui rendre justice. »

Il essuya du pouce la gelée sur son menton comme l'aurait fait un enfant, puis suça la gelée sur son ongle.

« C'était notre amie, dit Celeste. Notre médecin.

– On peut pas aider les morts, objecta Nathan. Ils sont morts, un point c'est tout.

– Non, ce n'est pas tout. Elle a essayé de t'aider », dit Miles.

Un sourire fin se dessina sur les lèvres de Nathan.

« Je veux savoir dans quoi je mets les pieds, je sais toujours pas pourquoi vous utilisez deux noms.

– Moi aussi, j'aimerais le savoir, Miles, dit calmement Celeste. Lequel préférez-vous ? »

Il pouvait déplier la confession qu'il avait dans sa poche et la leur faire lire. Mais il ne voulait pas. Il avait besoin que Nathan lui fasse confiance, mais n'était pas encore sûr de pouvoir lui faire confiance. Il savait que demander à un gamin effrayé et accablé de coopérer sans lui accorder sa confiance n'était pas juste, mais il ne pouvait faire autrement. Il leur donna donc une explication expurgée.

« Mon père est mort. Il devait trois cent mille dollars à une famille de mafieux à Miami. Ils m'ont forcé à travailler pour eux pour éponger ma dette, m'ont demandé d'espionner leurs rivaux. J'ai fini par coopérer avec les fédéraux, j'ai témoigné et intégré un programme de protection des témoins. Le FBI m'a installé à Santa Fe sous le nom de Michael. Mais je ne fais plus partie du programme.

– Raconte-leur toute l'histoire, dit Andy entre ses dents depuis la table de la cuisine. J'attends. »

Comme si elle avait entendu le murmure d'Andy, Celeste posa la main sur le bras de Miles.

« C'est ça, votre traumatisme ? demanda Nathan. Bon Dieu, c'est que dalle, mec.

– Arrêtez, dit Celeste. Ce n'est pas un concours.

– Je dis juste que je vois pas comment le fait d'intégrer un programme de protection de témoins peut rendre dingue, expliqua Nathan.

– J'ai tué un homme, dit soudain Miles. Il a essayé de nous tuer, moi et deux agents qui avaient infiltré le réseau. Je l'ai abattu.

– Pourquoi il a voulu vous buter ? demanda Nathan.

– Je ne me souviens pas, répondit Miles. Nous étions juste en train de lui parler, et il a dégainé son arme et essayé de me tuer.

– Faites gaffe à ce que vous dites, dit Nathan en regardant Celeste.

– Ne plaisantez pas. Cet homme vous a sauvé la vie », dit-elle.

Nathan ne répondit rien.

« Voilà ma vérité, Nathan. À ton tour. Finis ton histoire. Allison allait te faire sortir.

– Ouais. J'étais censé aller chez elle, l'attendre. On allait disparaître, aller quelque part où personne nous trouverait, qu'elle disait. On devait s'enfuir mardi soir. Je sais pas pourquoi mardi en particulier.

– Et Groote ?

– Je l'avais jamais vu avant mardi, et Sorenson non plus.

– Tu as déjà entendu parler d'un homme nommé Quantrill ? demanda Miles.

– Non.

– Allison aurait juste dû informer la commission médicale des activités de Hurley et Quantrill, dit Miles. Pourquoi s'enfuir ? Pourquoi se cacher ? Elle aurait tout simplement pu aller à la police. Elle m'a demandé de l'aider. Elle avait l'air de mettre un point d'honneur à se battre. Mais elle vous dit en même temps qu'elle va s'enfuir.

– Peut-être qu'elle voulait que vous nous aidiez à nous cacher, suggéra Nathan. Vu que vous connaissez tout sur le sujet. »

Miles haussa les épaules. L'explication ne lui semblait pas coller, quelque chose clochait, il manquait une pièce au puzzle.

Nathan se leva péniblement en faisant la grimace et alla se laver le visage à l'évier.

« Si Frost fonctionnait, pourquoi vouliez-vous partir ? » demanda Celeste.

Nathan se passa un doigt sur les lèvres.

« Allison prétendait que Hurley allait faire de nouvelles expériences sur moi. Parce que mon traumatisme était vraiment sérieux. Et au bout du compte... il devait disséquer mon cerveau pour montrer comment celui-ci réagissait au médicament.

– Oh, mon Dieu ! s'exclama Celeste. Ils vont tuer tous les patients ?

– Non, ils peuvent pas risquer d'avoir tant de décès sans explication. Mais Allison disait que j'étais censé avoir un accident. » Nathan se posa une main sur les yeux. « Faut que je dorme.

– Encore une question. Crois-tu vraiment que ce médicament t'a aidé ?

– Avant, j'étais complètement incapable de fonctionner. Mais maintenant, si. Alors je suppose que je vais mieux. Mais depuis quelque temps, j'arrive pas à réfléchir. J'ai des crises de panique.

– La même chose pour vous, Celeste ? » demanda Miles. Elle haussa les épaules. « Nathan, est-ce que tu crois…

– Je veux plus parler ! » hurla-t-il presque. Il balança son assiette dans l'évier. « S'il vous plaît. Faut juste… Faut juste que je dorme. Laissez-moi dormir. »

Miles mena Nathan à une chambre d'amis à l'étage. Nathan s'étendit sur les draps, saisit le bras de Miles.

« Si vous essayez de me faire du mal pendant que je dors, je vous tuerai.

– Baisse d'un ton, jeune homme. Je t'ai sauvé. Nous sommes du même côté.

– Non, dit Nathan. Personne est de mon côté. »

Nathan s'endormit au bout de cinq minutes. Debout dans l'entrebâillement de la porte, Miles regardait sa poitrine se soulever lentement.

« Il est dangereux, dit Andy. Tu ne peux pas lui faire confiance.

– C'est bien à toi de dire ça », rétorqua Miles avant de redescendre au rez-de-chaussée.

Celeste avait préparé une cafetière de déca et était assise à la table de la cuisine.

« Vous le croyez ? demanda-t-elle.

– Oui et non. Nous savons qu'elle a volé le dossier Frost et l'a envoyé sur ce serveur enregistré au nom de Mercury

Mountain. Allison n'a pas voulu utiliser son propre ordinateur, ni un ordinateur public dans un cybercafé ou une bibliothèque. Elle a utilisé le vôtre. Et elle a repris les pilules qu'elle avait essayées sur vous.

– Elle m'a dit que Frost était un antidépresseur. Des échantillons, pour que je n'aie pas à m'embêter avec une nouvelle ordonnance, vu que je… que je ne sortais pas beaucoup. Je n'aime pas vraiment être utilisée comme cobaye.

– Elle a pu vous donner les pilules simplement pour vous aider, si elle était certaine qu'elles fonctionneraient, dit Miles. Et après, elle les aura reprises pour vous protéger au cas où les gens de l'hôpital auraient des soupçons.

– Ce n'est pas éthique.

– Je ne dis pas le contraire. Mais vous êtes hors de chez vous, et vous allez bien.

– Vrai. Je ne doute pas des bonnes intentions d'Allison.

– Mais je ne comprends pas pourquoi elle n'est pas allée directement à la police, surtout si Hurley comptait découper le cerveau de Nathan.

– Il ment, objecta Celeste.

– Vous croyez ?

– Oui. Mais je ne sais pas quelle partie de son histoire est fausse. J'ai juste le sentiment qu'il n'est pas complètement honnête.

– Moi, j'ai le sentiment qu'il veut à nouveau être soldat. Un soldat fort. Compétent. Confiant. »

Un silence inconfortable s'installa tandis qu'ils buvaient leur café.

« J'ai tué un homme aujourd'hui, dit-elle. Ça me fait bizarre de dire ça.

– *Tuer* est un vilain mot. Vous m'avez sauvé.

– Vraiment ? Vous êtes un type costaud. Vous avez poussé Hurley d'un coup de pied, il est tombé sur moi et le coup est parti. Ce n'est pas comme si j'avais rassemblé mon courage et visé pour le tuer. J'aurais pu attendre. Si vous l'aviez neutralisé avec vos poings, mon pistolet n'aurait pas été nécessaire.

– Vous avez fait ce que vous aviez à faire.

– Oui, dit-elle. C'est ça, le problème. »

Andy était assis à la table, face à Miles. Celeste vit Miles jeter un rapide coup d'œil dans le vide.

« Votre ami invisible. Il est ici ? »

Un sentiment de gêne l'envahit.

« Non. »

Elle but une minuscule gorgée de café.

« Vous m'avez dit que vous aviez tué votre ami. Mais vous ne m'aviez pas expliqué qu'il avait aussi essayé de tuer deux flics. »

Miles haussa les épaules.

« Ça ne change rien au fait que je l'ai tué.

– Si vous avez sauvé des vies, vous avez fait ce qu'il fallait, même si les conséquences sont désastreuses.

– Je ne suis pas d'accord avec elle, intervint Andy. Qu'est-ce qu'elle en sait ? »

Miles resta silencieux. Il ne voulait les entendre ni l'un ni l'autre, il se sentait épuisé.

« Il nous faut un plan, Miles. Nous ne pouvons pas nous cacher ici éternellement », dit Celeste.

Il reposa sa tasse de café.

« Nous devons trouver le dossier Frost. C'est notre seule chance de, *primo*, prouver que nous ne sommes pas fous, *secundo*, justifier ce que nous avons fait. Je me suis enfui du programme de protection et vous avez tué Hurley. »

Celeste se passa les bras autour de la poitrine comme si elle avait froid.

« Je serais bien en prison vu que j'adore être entre quatre murs.

– Vous détesteriez ça.

– Vous y êtes déjà allé ?

– Non. Mais quand vous intégrez le programme de protection de témoins, le FBI vous place dans un centre dont vous ne pouvez pas sortir pendant plusieurs jours. Vous ne voyez personne. Il n'y a pas de barreaux, mais c'est une prison.

– J'ai fait la même chose que vous, dit-elle. J'ai laissé ma vie derrière moi. Je me suis retirée du monde. »

Le silence entre eux se fit pesant.

« Je dois vous parler, dit-il, de ce que j'ai découvert à l'hôpital. Sorenson avait flanqué une sale raclée à ce Groote et il essayait de tuer Nathan. Il a laissé entendre que c'est Nathan qui a tué Allison, qu'il s'y connaît en explosifs. Bon, il essayait peut-être d'installer le doute dans mon esprit, mais Nathan a été dans l'armée, et nous ne savons rien de ses états de service...

– Mais pourquoi aurait-il tué Allison si elle l'aidait ?

– Je n'en sais rien. Imaginons qu'Allison ait volé les dossiers concernant Frost, puis que Sorenson les lui ait à son tour dérobés ou qu'il l'ait tuée. Je comprendrais que Sorenson s'en prenne à Groote, mais pourquoi s'attaquerait-il à Nathan ? Quelle menace Nathan représente-t-il pour lui ? Il se fait passer pour un médecin, il tue Allison, puis il essaie de tuer Nathan. Je ne vois pas le rapport entre tout ça.

– Nous ferons parler Nathan demain. Pour le moment, je vais me trouver un lit et dormir. »

Elle se leva, prit un couteau sur un présentoir.

« C'est pour faire quoi ? demanda-t-il. Vous n'avez pas besoin de vous cou...

– Ce n'est pas pour moi, répondit-elle. C'est une protection. Au cas où les méchants débarqueraient pendant la nuit.

– Je monterai la garde.

– Vous ne pouvez pas, Miles. On vous a injecté un médicament, vous avez traversé l'enfer. Ce n'est pas un film d'horreur qu'on se raconte autour d'un feu de camp en attendant que le croquemitaine nous saute dessus. Nous avons emmené nos croquemitaines avec nous. » Elle fit glisser son pouce sur le tranchant du couteau. « Bonne nuit, Miles.

– Bonne nuit, Celeste. Je suis désolé de vous causer tous ces soucis.

– Vous n'y êtes pour rien. »

Elle gravit l'escalier. Miles posa les mains à plat sur la table. Bon Dieu, il aurait juste voulu retrouver son ancienne vie. Sa vie, imparfaite et stupide, mais aussi magnifique. Lui et son père menant les enquêtes de l'agence, pas d'Andy au compte de la mafia, pas de gang le forçant à travailler pour effacer les dettes de son père, aucune raison de se cacher, pas d'hallucinations.

Il but une autre tasse de café. *Qu'est-ce que tu fais maintenant ?* Sa tête bourdonnait d'une douzaine de questions tandis qu'il cherchait à assembler les pièces éparses du puzzle. Mais il savait clairement que la seule façon de vaincre Groote et Sorenson sur leur propre terrain, c'était de localiser les recherches volées. Les crapules ne voulaient pas qu'elles deviennent publiques. Et cette crainte était la seule faiblesse qu'il pouvait exploiter. Il trouverait Frost et les anéantirait en même temps. La prochaine étape consistait donc à localiser Mercury Mountain, le serveur sur lequel Allison avait envoyé les recherches. S'il ne découvrait rien de ce côté, alors il devait essayer de trouver ce Quantrill en Californie – c'était lui le chef, lui qui détenait l'argent ayant permis l'opération Frost. Suivre la piste de l'argent : ç'avait toujours été sa tactique quand il espionnait pour les Barrada, et elle n'avait jamais échoué. Sauf qu'il n'avait jamais eu à se coltiner deux personnes innocentes. Il était de sa responsabilité de les protéger, et son estomac se noua à cette perspective. Mais il n'avait pas le choix. Il devrait seulement assurer leur sécurité et essayer de ne pas penser à ses échecs avec Andy et Allison.

« Je vais remettre les pendules à l'heure », dit-il, à lui-même, au vide, à Andy.

Il s'endormit en travers du lit défait de Blaine, le Beretta sous son oreiller. C'était ainsi qu'il dormait à Miami, il y avait si longtemps de cela.

34

Une caméra l'observait comme il se tenait sous l'avant-toit du perron de Celeste Brent. Groote fronça les sourcils. Il portait ses lunettes de soleil et une casquette enfoncée au-dessus de son visage amoché pour fuir la lumière du petit matin, mais il n'aimait pas qu'on le prenne en photo. Il arracha la caméra de son support et écrasa l'objectif sous son talon.

Bon Dieu, il avait mal partout ! On aurait dit qu'il venait de passer sous une voiture avec son nez cassé recouvert de sparadrap. Une douleur lancinante lui parcourait le bras gauche, tandis que de violents bourdonnements lui traversaient la tête.

Frost avait disparu. Sorenson l'avait trahi. Toutes ces négociations n'avaient mené nulle part. Le type voulait simplement tuer Nathan Ruiz, Dieu sait pourquoi. Nathan Ruiz et Michael Raymond s'étaient envolés. Hurley avait disparu. Un fédéral nommé Pitts lui avait cherché des noises la veille au soir. Ça allait mal.

Mais s'il pensait à Amanda, il pouvait continuer.

Il appuya sur la sonnette. Pas de réponse. Il frappa à la porte. Attendit. Si Celeste Brent était une recluse psychotique, elle risquait de ne pas ouvrir la porte.

Il enfonça un crochet dans la serrure, le tourna, fit jouer les goupilles. La porte s'ouvrit. Pas d'alarme. Il entra, referma la porte derrière lui, n'alluma pas la lumière.

Il faillit trébucher sur le corps de Hurley étendu en travers du sol.

« Abruti », grommela-t-il à voix basse.

Il dégaina l'arme qu'il avait empruntée à un garde de l'hôpital qui n'était pas de service. Son geste lui arracha une grimace de douleur. Puis il se mit à fouiller les lieux. La maison était vide.

Il se pencha sur Hurley sans le toucher – pas la peine de le toucher pour voir qu'il était mort. L'homme qui l'avait fait chier mais qui aurait aussi pu aider son Amanda.

« Je t'avais dit que j'aurais dû venir avec toi », lança-t-il au cadavre.

Si les caméras tournaient en permanence, elles pouvaient lui raconter une histoire. Il trouva dans la chambre un ordinateur doté d'un énorme disque dur externe et de câbles vidéo qui s'enfonçaient dans les murs. Il alluma l'ordinateur. Pas de mot de passe. Pas étonnant : personne n'utilisait jamais ce système hormis Celeste Brent. Il rechercha sur le disque externe. Elle ne conservait les vidéos numériques que quelques jours, puis les effaçait. Il accéda aux fichiers vidéo, commença par ceux de la veille. La caméra se déclenchait en cas de mouvement et ne commençait à enregistrer que lorsque des gens approchaient de la porte de devant.

Une femme âgée, une sorte de matrone – sans doute la personne qui s'occupait de Celeste. Elle arrivait, entrait les bras chargés d'un sac de provisions, et ressortait. Puis Michael Raymond approcha. Il leva un écriteau.

JE CONNAIS LE SECRET D'ALLISON.

Bon sang de bonsoir. L'estomac de Groote se retourna. Il actionna l'avance rapide. Michael attend, puis il entre. Rien. Hurley arrive ensuite, il attend. Il entre. À nouveau rien. Puis Michael et une femme – de toute évidence effrayée, comme si elle marchait soudain sur la Lune – qui reste tout près de Michael. Ils quittent le champ de la caméra d'un pas incertain. Merde. Aucun signe de voiture, pas de plaque minéralogique.

Il ouvrit le fichier vidéo du mardi, le jour de la mort d'Allison. Il avança rapidement jusqu'à ce qu'Allison apparaisse sur le pas de la porte. Il passa à nouveau en avance rapide jusqu'à son départ. Rien d'autre.

Celeste Brent était de mèche avec Allison, et Michael Raymond aussi.

JE CONNAIS LE SECRET D'ALLISON.

Ces mots lui glaçaient le sang.

Il devait découvrir où ils étaient allés. L'heure indiquée par le film lui fit penser qu'ils s'étaient rendus directement à l'hôpital en partant. Mais il fallait d'abord s'occuper de Hurley. Il ne pouvait pas laisser le cadavre ici. Celeste Brent était une célébrité passée de mode, mais de nombreuses personnes se souvenaient de son nom. Un cadavre découvert chez elle attirerait l'attention de tous les médias nationaux. La femme qui s'occupait d'elle risquait de revenir le lendemain. Hurley risquait de poser plus de problèmes mort que vivant.

Il démonta l'ordinateur. Il trouverait peut-être sur les disques durs des indices qui l'aideraient à trouver l'endroit où Miles et Celeste auraient pu s'enfuir. Il porta les disques durs jusqu'à sa voiture de location, les posa sur la banquette arrière. Maintenant, le coffre pour Hurley, puis le désert.

Il s'apprêtait à refermer la portière lorsque là, de l'autre côté du muret de pisé qui séparait la pelouse de l'allée boueuse, il vit DeShawn Pitts.

« Bonjour, lança Groote avec calme.

Embobine-le, mon vieux, tu n'as pas le choix, pour ta fille.

« Qu'est-ce qui vous est arrivé, monsieur Groote ?

– Un accident à l'hôpital. Ma faute, j'ai glissé et suis tombé dans l'escalier.

– Ça va ?

– Oui. Comment m'avez-vous retrouvé ici ? demanda-t-il d'une voix enjouée.

– J'étais garé près de l'hôpital. Je voulais mettre la main sur le docteur Hurley pour discuter. Je vous ai vu partir, avec votre visage amoché. Ça m'a rendu curieux. Je vous ai suivi. »

Ce type était trop soupçonneux. Ce qui attrista Groote.

« C'est votre maison ? demanda Pitts.

– Si seulement. Mais non, c'est celle d'un patient du docteur Hurley.

– C'est sa voiture qui est garée là-bas. C'est son immatriculation. J'ai vérifié. Il passe souvent la nuit avec ses patients ?

– Non, mais hier soir, c'était un cas particulier.

– J'ai l'impression que Hurley m'évite. Il est ici ou non ? »

Groote n'avait pas tellement le choix. La vie ou la mort.

« Vous me voyez obligé d'insister, monsieur Groote. Le docteur Hurley peut au moins sortir et me parler cinq minutes. »

Groote prit sa décision, avec regret. Il claqua la portière et tenta d'avoir l'air embarrassé sous son pansement.

« Hurley a bien parlé à la personne qui vous intéresse. C'est lui qui lui a téléphoné de l'hôpital. Il a appelé tous les patients d'Allison Vance. Une sorte de suivi médical.

– Excellent. »

Groote fit un geste de la tête en direction de la maison.

« Pourquoi n'entrez-vous pas pour discuter ? »

35

Des hurlements réveillèrent Miles.

Il quitta le lit d'un bond sans être certain d'avoir fermé l'œil. Contrairement aux autres matins, il n'avait pas l'arrière-goût des cauchemars : pas d'Andy mourant par terre recroquevillé sur lui-même, pas de cris horrifiés résonnant dans la grotte imaginaire de son cerveau, pas de bureau d'Allison consumé par les flammes. Les cris provenaient d'une autre personne, d'épouvantables hurlements de terreur.

Il gravit l'escalier en courant. Nathan était entortillé dans ses draps, ses mains agrippant l'air, ses pieds battant furieusement dans le vide.

« Nathan. Réveille-toi. Réveille... »

La main de Nathan se referma autour de la gorge de Miles, des doigts d'acier lui écrasèrent la trachée.

« Non ! Non ! Non ! Je l'ai pas cassée ! » hurlait Nathan. Sa voix se brisa, ne fut plus qu'un gémissement âpre. « Je l'ai réparée, je l'ai réparée, je le jure !

– Nathan ! »

Nathan bondit hors du lit, poussa violemment Miles contre le mur, le regarda droit dans les yeux.

« C'est moi, Miles. Lâche-moi, parvint-il à dire tout en inspirant difficilement.

– Nathan, arrête », ordonna Celeste depuis la porte.

Nathan lâcha Miles, recula d'un pas incertain sans dire un mot et s'assit sur le lit.

« Un mauvais rêve, dit Miles. C'est juste un rêve, mon vieux, tout va bien. »

Une expression de colère proche de la haine brilla dans les yeux de Nathan.

« Je rêve pas, répliqua-t-il.

– Les cauchemars, je connais. »

Nathan se rendit à la salle de bains – dont le miroir était recouvert d'une serviette – et s'aspergea le visage d'eau. Miles remarqua que les mains de Nathan tremblaient.

« Je rêve pas, répéta-t-il.

– Comme tu veux, dit Miles en se frottant la gorge.

– Allez vous faire foutre. J'ai servi mon pays, j'étais soldat. Et vous, vous étiez quoi ? Un truand, Miles, alors me parlez pas comme à un gamin.

– D'accord, tant que tu n'essaies pas de m'étrangler plus d'une fois par jour. »

Nathan se mit à farfouiller dans le placard de la chambre à la recherche de vêtements de rechange.

« Miles, écoutez. Merci de m'avoir sorti de l'hosto, j'apprécie. Mais vous et moi, on est quittes, je vous ai dit tout ce que je sais. Le moment est venu de nous séparer.

– Où crois-tu aller ?

– Je sais pas encore.

– J'ai besoin de ton aide.

– Mon aide...

– Nous pensons qu'Allison a envoyé les recherches sur Frost à une société d'hébergement Internet nommée Mercury Mountain. Probablement pour que Sorenson ne les trouve pas, ou pour les communiquer à quelqu'un qui pourrait accéder au serveur. Il faut que nous localisions ce serveur. »

Nathan s'arrêta à la porte.

« Groote et Sorenson vont vouloir te faire la peau. Ils voudront notre peau à tous. Notre seule chance est de récupérer le dossier de recherches, de prouver au monde ce qu'ils ont fait.

– Si vous les rendez publiques, ni vous, ni Celeste, ni personne souffrant de PTSD ne bénéficiera de ce nouveau remède. Vous croyez qu'un laboratoire pharmaceutique va produire un médicament dont tout le monde saura qu'il a été développé au moyen de tests illégaux ? Bon Dieu, non. En révélant l'existence de Frost, vous nous couperez la gorge, mec, nous serons à jamais brisés. » Il serra les poings. « J'ai accepté le traitement par réalité virtuelle pour aider mes camarades soldats. Ça compte plus pour moi que votre vengeance pathétique et inutile.

– Si nous récupérons Frost, nous pourrons aider tous les soldats qui reviennent du front. Tous les enfants traumatisés par de mauvais traitements. Tous ceux qui en auront besoin, dit Miles. Une société réglo pourrait poursuivre les recherches de façon éthique à partir des travaux de Hurley. Il n'y a sans doute rien qui soit contraire à l'éthique dans la formule chimique mise au point. »

Nathan secoua la tête.

« Mais Groote et Quantrill et Sorenson, ils vont nous traquer, Nathan, ils nous tueront s'ils nous retrouvent. Le traitement ne nous servira à rien une fois qu'on sera morts. Et Allison t'a demandé de l'aider, tout comme elle nous l'a demandé à Celeste et à moi de manière différente. Je n'ai aucune intention de laisser ses assassins s'en tirer comme ça.

– Vous vous foutez de moi ? Vous êtes un truand, vous avez les fédéraux aux basques, pas simplement Groote. Et elle, elle veut pas mettre le nez dehors. » Nathan éclata d'un rire saccadé. « Je peux faire plein de choses pour récupérer ces dossiers, mais je veux pas que vous me mettiez tous les deux des bâtons dans les roues. Je vous suggère de rester bien planqués pendant quelques jours. »

Nathan se retourna pour partir.

« Tu veux être un héros ? Alors conduis-toi en héros, dit calmement Miles. Nous n'avons aucun intérêt à travailler chacun de notre côté. Joins-toi à nous. »

Nathan fit cinq pas, puis s'arrêta. Il appuya la tête contre le montant de la porte.

« Je suis bon à rien avec les gens. Vous avez pas besoin de m'avoir dans les pattes.

– Tu ne peux pas passer ta vie à fuir seul, Nathan. Sans argent, sans perspectives, sans aide. Nous ne savons même pas quels peuvent être à long terme les effets du médicament. Tu ne peux pas partir comme ça. Aide-nous. C'est toi qui en savais le plus sur les projets d'Allison. Je sais que tu lui faisais confiance. Que tu étais attaché à elle. »

Pendant quelques instants, Nathan réfléchit aux paroles qu'il venait d'entendre. Puis il laissa tomber son sac par terre, releva la tête et acquiesça.

« D'accord. J'en suis. Alors, qu'est-ce qu'on fait maintenant ?

– On trouve le dossier Frost, répondit Miles, et on fait tomber ces salopards. »

Le petit déjeuner consista en *bagels* rassis qu'un passage au gril et une fine couche de confiture rendirent mangeables, et en une cafetière de café archifort. Routine matinale habituelle. Sauf qu'il leur manquait leurs précieux antidépresseurs, et Miles se demanda s'ils parviendraient tous les trois à garder la tête froide, à conserver leur capacité à réfléchir sans leurs médicaments.

« Donc vous allez juste chercher cette société Mercury Mountain sur Internet et les appeler ? demanda Nathan, la bouche pleine.

– Je ne crois pas qu'on va les appeler. On va essayer de voir qui à accès à l'adresse IP sur laquelle Allison a envoyé les recherches. »

Il jeta un coup d'œil à l'horloge : six heures du matin. Il avait besoin d'acheter un logiciel en ligne et de l'installer sur un ordinateur, mais il ne pouvait pas faire ça dans un cybercafé. Il pouvait en revanche le faire sur l'un des ordinateurs de la galerie, si les serrures n'avaient pas été changées. Joy arrivait souvent tôt, mais pas à six heures. Il se demanda si la galerie était toujours sous protection de la police, comme il l'avait demandé à DeShawn.

« On va tous y aller, dit Celeste.

– Pas la peine, vous pouvez rester ici.

– Non, allons-y tous ensemble, dit-elle calmement. Ça va aller. »

Ils trouvèrent un jean, trop grand, et une chemise en flanelle pour Nathan, ainsi qu'une paire de baskets. Celeste opta pour des lunettes noires, une casquette de base-ball et un coupe-vent dont la capuche était si grande qu'on ne distinguait plus son visage.

« Ça va aller ? lui demanda Miles à la porte.

– Oui. Allons-y. »

Miles conduisit jusqu'à la galerie. Il commençait à reprendre confiance au volant. Le parking était désert. Pas de voiture de police. Ils gagnèrent à la hâte la porte de la galerie et Miles remarqua qu'un carreau avait été remplacé par une planche de contreplaqué. Il inséra sa clé et composa son code sur le système d'alarme. La lumière rouge passa au vert.

Celeste ôta sa capuche, entra dans la galerie en frissonnant. Nathan et elle examinèrent les œuvres accrochées aux murs.

« Ces tableaux sont magnifiques, dit-elle.

– Ne touchez à rien », recommanda Miles en lançant un regard dur à Nathan, qui haussa les épaules.

Ils le suivirent à l'étage jusqu'au bureau de Joy. Miles alluma l'ordinateur, ouvrit un navigateur, chercha Mercury Mountain dans Google. Pas de site Web pour un service d'hébergement – il ne s'agissait donc pas d'une société qui cherchait des clients mais simplement d'un nom rattaché à un serveur. Miles se connecta au site d'une boutique qui vendait des logiciels de localisation d'adresses IP, sortit la carte Visa qu'il avait commandée au nom de son père en cas d'urgence.

« J'utilisais ce logiciel quand je travaillais pour la mafia et que j'essayais de savoir à qui appartenaient en réalité certains sites pornos, expliqua Miles. Il est devenu beaucoup plus difficile de découvrir qui possède certains domaines Web, ils peuvent être achetés avec une carte de crédit volée ou payés pendant dix ans par mandat postal. Mais je découvrais les sites rivaux de ceux de mon patron qui ensuite louait les services de hackers pour foutre les concurrents en l'air et faire baisser leurs bénéfices.

– Vous fréquentiez des gens charmants », observa Celeste.

Miles acheta le logiciel, entra son numéro de carte Visa, pria pour que la transaction passe. Il attendit. Puis il reçut une confirmation.

« Merci, mon Dieu », dit-il.

Il téléchargea le logiciel et l'installa, entra son numéro de licence, puis saisit l'adresse IP que Celeste avait trouvée sur son système. Une carte des États-Unis apparut, et un point au nord de la Californie se mit à clignoter, signalant l'emplacement de l'adresse IP. Miles cliqua : l'adresse était celle d'un serveur situé à Fish Camp et appartenant à un certain Edward Wallace.

« Cherchez-le dans Google », conseilla Celeste.

Miles effectua la recherche, conscient qu'il ne leur restait peut-être plus que quelques minutes. Joy – à la demande de DeShawn – pouvait avoir ajouté une alerte au système d'alarme pour informer le FBI si quelqu'un pénétrait dans la galerie hors des heures d'ouverture, juste au cas où Miles reviendrait. Il espérait que non.

La plupart des résultats de la recherche se résumaient à des liens menant à des articles écrits quelques années plus tôt par Edward Wallace, principalement sur le désordre de stress post-traumatique, dont l'idée centrale semblait être que le gouvernement mettait trop longtemps à prendre la mesure de ce problème croissant, notamment chez les soldats. Il les parcourut. Edward Wallace était chercheur en neurobiologie, spécialisé dans les PTSD et affilié à l'université de San Diego – du moins quatre ans plus tôt.

« Allison a peut-être envoyé Frost à Edward Wallace pour qu'il l'analyse », suggéra Celeste.

Miles cliqua sur l'avant-dernier lien. Un article d'un petit journal local de Fish Camp, Californie, apparut. Un certain Edward Wallace demeurant à Fish Camp avait été blessé au cours d'un accident de randonnée. Il venait d'arriver en ville, vivait auparavant à Fresno. Sa femme, Renée, occupait un poste d'enseignante en psychiatrie dans une école de médecine du Royaume-Uni. Il se promenait donc seul lorsqu'il était tombé.

« Bizarre. Ils ne mentionnent pas le nom de l'école, remarqua Celeste en se penchant au-dessus de l'épaule de Miles. Où se trouve exactement Fish Camp ? »

Miles trouva une carte sur Internet.

« À trois kilomètres au sud du parc national de Yosemite.

– Nous devrions l'appeler. Dire que nous connaissons Allison et que nous aimerions savoir quel rôle il joue », suggéra Nathan.

Miles cliqua sur le dernier lien, une annonce de mariage conservée dans les archives du *Fresno Bee*.

Elle comportait une photo d'Edward – un grand type à l'air studieux – et de sa femme, Renée – souriante, intelligente, confiante, cheveux blonds tirés en queue-de-cheval.

Renée Wallace n'était autre qu'Allison Vance.

36

GROOTE NETTOYA LE TOURNEVIS AU ROBINET.

À ses pieds, sur le sol de la cuisine, gisait DeShawn Pitts. Pour Groote, un homme soumis, brisé et sans espoir était un spectacle tragique.

Il fit glisser un doigt le long de l'extrémité du tournevis. Il avait appris la technique au Laos auprès d'un inspecteur sans moralité lorsqu'il avait brièvement collaboré avec la police locale au cours d'un programme d'échange : pratiquer une petite incision en un endroit où la peau est proche de l'os, enfoncer la pointe du tournevis jusqu'à l'os, tourner et déchirer la chair, faire en sorte que le sujet entende bien le bruit du métal crissant contre son squelette. Pour peu que vous bâillonniez le sujet, vous aviez la paix et un travail relativement propre.

« Une dernière fois, dit Groote. Ou M. Tournevis va explorer de nouveaux territoires. Au-dessus de l'orbite oculaire. L'os pubien. La base de la colonne vertébrale. » Il se baissa au niveau des yeux de DeShawn. « Écoutez. Pourquoi protéger ce type ? Il s'est foutu de votre gueule. Il s'est enfui. Il n'a pas songé à votre carrière, à votre réputation professionnelle.

– Mon boulot... parvint à murmurer DeShawn d'une voix à peine plus forte qu'un murmure... est de le protéger.

– Je ne bosse pas pour le dealer de merde dont vous êtes censé le protéger, dit Groote. Je n'ai rien à foutre de ce qu'il a fait avant. Ce qui m'intéresse, c'est maintenant. Je dois connaître le meilleur moyen de lui faire refaire surface. D'où vient-il ? »

Groote se mit à défaire le pantalon de DeShawn.

« Non, je vous en prie. Non.

– Répondez. Ça ne me fait pas plaisir non plus.

– Vous allez me tuer.

– Je n'ai pas de différend avec vous. Mais j'en ai un avec Michael Raymond, qui vous a faussé compagnie. »

DeShawn ferma les yeux.

« Jamais.

– *Jamais* est un concept tellement démodé », dit Groote.

Il saisit le couteau et, en bon artisan, s'imagina un trait bleu de chirurgien sur la peau tendre.

Vingt minutes plus tard, les réponses à ses questions sortaient en un flot saccadé tandis qu'il faisait courir le tranchant du couteau sur un nerf à vif : « Miles Kendrick – Miami. »

Il connaissait ce nom. Bon Dieu. Il l'avait déjà entendu lorsqu'il avait discuté avec deux ou trois autres vieilles crapules du FBI de l'espion ingénieux qu'employaient les Barrada. Il n'avait jamais vu sa photo, mais il connaissait son nom. *Impossible de dire combien d'associations criminelles ce type a foutues dans la merde, mon vieux. Les Barrada possédaient leur propre CIA ! Qui aurait cru que les mafieux pouvaient devenir créatifs et se dégoter des espions ?*

« Merci, monsieur Pitts, dit Groote. M. Kendrick a fait du mal à de nombreuses organisations criminelles. Savez-vous s'il s'en est jamais pris aux Duarte en Californie du Sud ? »

DeShawn acquiesça.

« Il a... aidé à les... faire tomber. »

Oui, mais pas assez. Ils avaient encore eu suffisamment de ressources pour s'en prendre à sa famille, pour faire payer à Groote le prix de leur infortune.

« Comment a-t-il fait tomber les Duarte ?

– Je crois qu'il a... volé des documents financiers.

– Quand ? »

Et que Dieu vienne en aide à Miles Kendrick, pensa Groote, si c'était avant l'attaque dont avait été victime sa famille.

DeShawn ne répondit rien, il glissait vers l'inconscience. Groote contrôla sa rage soudaine. Se concentrer sur ce qui comptait pour le moment.

« Que savez-vous sur Frost ?

– Quoi ? »

Il lut dans les yeux de DeShawn que celui-ci ne cherchait plus à le tromper.

« Où va aller Miles ? Retourner à Miami ?

– Non.

– Est-ce que le programme de protection de témoins et le FBI le recherchent activement ? »

DeShawn s'évanouit. Groote le réveilla d'une claque puis répéta la question.

« Oui, parvint à prononcer DeShawn.

– Bien. Vous m'avez été très utile. J'apprécie vraiment. Merci. Il faut que je prenne une décision. »

Comment Pitts ferait-il le meilleur appât ? Vivant, au bout d'un crochet, ou inerte, dans la mort ? Miles Kendrick n'avait aucune raison de se soucier de ce crétin. Groote se leva, vérifia son pistolet, glissa un sac en plastique sous la tête de DeShawn, tira une fois entre ses yeux mi-clos. La tête tressaillit tandis que la balle s'enfonçait à travers la boîte crânienne et le cerveau.

Groote tenta de se mettre à la place d'Allison. Elle comptait s'enfuir avec les secrets relatifs à Frost, dévoiler les tests illégaux pratiqués par Quantrill et Hurley. Elle devait disparaître sans laisser de traces, et qui pouvait mieux l'aider qu'un homme qui avait lui aussi disparu sans laisser de traces ? Un homme qui volait des secrets, tout comme elle. Sauf que son plan avait mal tourné. Elle n'aurait pas dû prendre de risque avec un criminel, un mafieux, et lui confier une formule chimique qui valait des millions. Allison avait tenté le diable, et il l'avait tuée pour Frost. Groote en était maintenant certain. Il avait tout d'abord soupçonné Sorenson, mais il pensait désormais qu'il n'était jamais qu'un gros bras employé par un laboratoire pharmaceutique qui cherchait à voler le médicament. Nathan, qui était de mèche avec Allison, était peut-être au courant du marché, et Sorenson voulait effacer les traces derrière lui.

Ces éléments suggéraient que c'était Miles Kendrick qui avait le dossier. Il le gardait pour son propre intérêt, et empêchait Amanda et toutes les autres personnes que ce médicament pouvait sauver d'en bénéficier.

Il arrêta le robinet, secoua le couteau pour l'égoutter. Il connaissait désormais le visage et le nom de son ennemi, et il pensait même savoir comment le vaincre. Cette idée avait quelque chose d'apaisant. Il avait pensé que le meurtre du comptable des Duarte serait la dernière étape de sa vengeance, mais non. Le destin l'avait ramené au point de départ, jusqu'à un homme qui pouvait représenter la justice pour la femme qu'il avait perdue et un sanctuaire pour sa fille anéantie.

Miles Kendrick avait donc besoin de Nathan Ruiz pour démontrer l'efficacité du médicament, pour appuyer les arguments contenus dans le dossier. *Regardez Nathan sur la vidéo, à peine capable de parler lorsqu'il a commencé à prendre ce médicament ; regardez-le maintenant, après des mois de traitement, capable de s'enfuir d'un hôpital psychiatrique et de participer à une conspiration. Vous voyez, mes amis, ce truc fonctionne, et il fonctionne bien, approchez, demandez votre flacon.*

Ce dingue de Miles Kendrick était en fuite, il avait deux autres cinglés dans les pattes, et Groote allait le trouver. Et il récupérerait Frost.

La deuxième mise aux enchères de Frost – si Sorenson disait vrai, et il allait devoir en toucher un mot à Quantrill – se tiendrait trois jours plus tard. Kendrick devait déjà être en train de l'organiser, pressé qu'il était de profiter du dur labeur de Hurley et Quantrill. Il avait donc trois jours pour le retrouver.

La réponse se trouvait sur l'ordinateur de Celeste Brent. Allison était venue ici pour cela. De même que Miles. C'est donc par là qu'il commencerait. Puis il les retrouverait, et les tuerait.

Sa montre indiquait sept heures du matin. Il aurait le temps d'emporter les cadavres en plein désert et de s'en débarrasser avant le coucher du soleil.

Son téléphone sonna. Quantrill. Visiblement tendu, l'air amer.

« Je suis en route pour Santa Fe. Nous avons besoin de discuter sérieusement.

– Ça, dit Groote, c'est le moins qu'on puisse dire.

– C'est un véritable désastre… commença Quantrill.

– Pas au téléphone. Dites-moi juste où vous voulez qu'on se retrouve. »

D'un ton toujours plein de colère, Quantrill lui indiqua un lieu. Groote raccrocha et son téléphone se remit aussitôt à sonner.

C'était son ami hacker qui avait retrouvé l'adresse de Michael Raymond grâce à son abonnement de téléphone portable.

« J'ai creusé un peu plus loin. Je suis parvenu à consulter le registre des appels.

– Dis-moi. J'aimerais savoir qui il a appelé.

– Il n'a passé qu'un coup de fil sur son portable hier. Vers le portable d'un certain Grady Blaine, à Santa Fe. Tu veux son adresse ?

– Absolument », répondit Groote.

37

« Ça ne peut être elle, dit Celeste. C'est impossible. »

Miles fit glisser son doigt sur la photo. Une femme qui souriait timidement devant l'objectif, une photo décontractée prise lors d'une course ou d'une randonnée. Elle portait un maillot de sport et un short, se tenait au sommet d'une montagne, pleine de vitalité. Le genre de photo informelle pour lequel les couples actifs optaient lors de leurs fiançailles. Le nom du photographe figurait à la verticale à côté de la photo : Edward Wallace. Leurs diplômes étaient indiqués – Edward avait un doctorat de neurobiologie, Renée, un doctorat de psychiatrie. Elle avait auparavant travaillé dans une université et une clinique militaire de San Diego pour aider les anciens combattants à se remettre de leur désordre de stress post-traumatique. Allison et son mari avaient emménagé à Fresno pour y établir une clinique similaire.

« Peut-être que c'est pas elle, prononça Nathan d'une voix qui semblait lointaine, comme perdue dans un rêve. On voit pas son visage clairement. »

Miles ravala la bile qui lui remontait à la gorge. *Tu étais censée m'aider à devenir quelqu'un d'autre, je ne savais pas que tu étais déjà experte en la matière.*

« C'est bien elle, dit Celeste.

– Elle nous a menti, fulmina Nathan. La salope.

– Ne parlez pas d'elle comme ça, le reprit Celeste.

– Elle a menti ! »

Nathan serra les dents et Miles vit des larmes de colère lui monter aux yeux. Le jeune homme marcha d'un pas chancelant jusqu'à la porte du bureau.

« Allons-y », dit Miles.

Il referma le navigateur, éteignit l'ordinateur et remit l'alarme à l'entrée. Ils quittèrent la galerie derrière Nathan, Miles referma la porte à clé. Le parking était toujours désert. Ils regagnèrent la voiture à la hâte et repartirent.

« Elle a menti, répéta Nathan, et ses mensonges l'ont rattrapée.

– Il doit y avoir une explication rationnelle, dit Celeste.

– C'est ce qu'on dit toujours, répliqua Miles, lorsqu'on est sur le point de se faire complètement baiser. »

Nathan fronça les sourcils. « Oublions cette histoire de nom. Elle a envoyé les recherches sur un serveur, est-ce qu'on peut y accéder ?

– Pas sans mot de passe, répondit Miles. Nous allons donc devoir parler au mari.

– Vous êtes une bande d'idiots, lança Andy depuis la banquette arrière. Pourquoi ne vous occupez-vous pas de vos vrais problèmes ? Celeste a tué un homme, Nathan est une épave ambulante, et toi, Miles, tu es l'assassin de ton ami. Un groupe charmant. Vraiment.

– Ça te fout hors de toi, murmura Miles, de penser que je peux gagner.

– Pardon ? demanda Celeste.

– Quoi ? fit Nathan.

– Je parle tout seul. Pas à vous. Désolé.

– Votre ami ? demanda-t-elle.

– Oui.

– Bon Dieu, vous lui parlez ? » s'exclama Nathan.

Andy éclata de rire. Un silence embarrassé s'installa et Miles pensa, *Je suis celui qui n'a pas été traité avec Frost, ils me croient encore plus fou qu'eux*. Il s'engagea dans l'allée de la maison de Blaine.

« Alors c'est pour ça que vous avez utilisé deux noms, dit Nathan. Personnalités multiples. Hé, combien de voix vous entendez dans votre tête ? »

Miles l'ignora tout en aidant Celeste à rentrer rapidement dans la maison.

« Ferme-la et laisse-moi réfléchir.

– C'est à moi que vous parlez ? demanda Nathan. Je peux pas continuer à écouter ce dingo discuter avec un ami imaginaire. »

Miles referma la porte derrière eux.

« Boucle-la et essaie de comprendre ce que nous venons de découvrir. Allison s'est donné un mal de chien pour s'inventer une vie à Santa Fe. Cette annonce de mariage dit qu'elle a passé ses diplômes dans l'Oregon. Les diplômes au mur de son cabinet venaient de Rice, Stanford et UCLA[1]. Elle a dû s'inventer une nouvelle histoire, et il n'est pas facile de falsifier un dossier d'école de médecine, une licence médicale, un nouveau numéro de sécurité sociale, de se créer un passé de toutes pièces. Ça demande des ressources et du temps, crois-moi. Elle ne l'a pas fait toute seule.

– Alors qui l'a aidée ?

– Quelqu'un avec de l'argent et un mobile sérieux. Pourquoi adopter une fausse identité ? Pourquoi ne pouvait-elle pas être Renée Wallace à Santa Fe ? Elle n'a pas fait ça seule. Elle travaillait forcément pour quelqu'un. »

Nathan secoua la tête.

« Mec, je suis pas sûr d'avoir envie de mettre le nez dans ce sac de nœuds. Vous devriez vous planquer. Ou aller voir les flics. On arrête là.

– Nous devons aller en Californie, répliqua Miles. Trouver son mari.

– Aller en Californie ? répéta Celeste d'une voix tremblante. Vous voulez que je reste dans une voiture pendant... plusieurs... heures ? »

1. Rice, Stanford, UCLA : trois célèbres universités américaines. *(N.d.T.)*

Elle pivota sur ses talons, partit en courant vers l'arrière de la maison, et Miles entendit la porte de l'atelier de Blaine claquer.

Miles prit le temps de réfléchir et comprit que parcourir des centaines de kilomètres en voiture constituerait pour elle une expérience terrifiante. Il attrapa le sac à main de Celeste, ouvrit son flacon d'antidépresseurs. Il restait quatre comprimés. Les seuls médicaments qu'ils avaient, et Dieu seul savait de quelle dose de cheval Nathan avait besoin pour garder son calme. Pas assez de cachets pour eux trois. Il remit les médicaments dans le flacon.

« Je sais comment la faire bouger, dit Nathan en claquant les doigts. Il émit un petit sifflement.

– Laisse-moi lui parler. » Miles traversa la maison jusqu'à la porte de l'atelier. Fermée. Il frappa. Pas de réponse. Il ouvrit la porte.

Groote était assis sur un tabouret couvert d'éclaboussures de peinture, un pistolet pointé sur la tête de Celeste, un autre sur Miles. Celeste était debout, la lèvre tremblante, et n'osait regarder l'arme qui la braquait.

« Touché, dit Groote. C'est toi le chat. »

Il avait le visage en sale état, son nez était recouvert d'un pansement, ses lèvres dessinaient un sourire fin et froid.

Miles referma la porte derrière lui. *Qu'est-ce qu'il fout là ?* se demanda-t-il. Mais peu importait. Il devait éloigner Celeste de cet homme.

« Non. Dites à Nathan de venir ici. Calmement. Je veux aussi lui parler.

– Qu'est-ce que vous voulez ?

– Le dossier Frost.

– Nous ne l'avons pas.

– Où est-il ?

– Je ne sais pas.

– Ne me mentez pas. Vous étiez de mèche avec Allison, tout comme Mlle Brent.

– Non.

– Je viens de vous demander de ne pas me mentir. Est-ce que je ne suis pas assez clair ?

– Laissez-la partir, et je vous le donnerai », dit Miles.

Celeste leva les yeux vers lui. La porte s'ouvrit et Nathan entra en se trémoussant.

« Problème résolu. Je vous ai mis le feu aux fesses, Celeste, pour que vous nous suiviez. En fait, j'ai mis le feu aux rideaux et... »

Il s'interrompit, se figea, regarda Groote avec une expression terrifiée.

« Hé, Petit Soldat, comment ça va ? commença Groote, mais il vit alors le geste de Celeste qui se tenait dans l'encadrement de la porte ouverte.

« Le feu, murmura-t-elle, pointant le doigt en direction du couloir. Le feu... Il a mis le feu. »

Ils perçurent alors une odeur de fumée, douceâtre, désagréable, de plus en plus forte.

« Espèce de cinglé ! hurla Groote en se levant.

– Vous voulez Frost ? Il est à l'étage, mentit Miles. »

Groote lui colla le canon du pistolet contre le front.

« Montrez-moi.

– Laissez-les partir. »

Groote hésita.

« Sortez. Tous les deux. Attendez dehors. Si vous cherchez à vous enfuir, il est mort. »

Nathan attrapa Celeste, l'attira vers la porte de derrière. Elle se mit à hurler lorsqu'il la poussa dehors.

Groote se tourna vers Miles, lui enfonça sèchement le pistolet derrière la tête.

« Donnez-moi ce dossier. Maintenant. »

Il poussa brutalement Miles dans le couloir, le força à gravir l'escalier. Dans la cuisine, les rideaux au-dessus de l'évier étaient en flammes. Dans le salon, de lourdes draperies, un grand tapis de coton, la totalité du divan brûlaient d'un feu vif.

Il me tuera quand il s'apercevra que je n'ai pas le dossier, pensa Miles. Il tomba tandis que Groote le poussait dans l'escalier.

« Plus vite, cinglé.

– Ne me faites pas de mal », implora Miles, et au même moment, il prit appui contre les marches et donna un coup de pied féroce en arrière. Son pied atteignit Groote à l'entrejambe. Miles frappa à nouveau, visant le nez cassé, mais n'atteignit que le menton. Groote chancela, perdit l'équilibre et dégringola l'escalier pour aller s'écraser comme une masse sur le carrelage.

Miles lui arracha le pistolet des mains, trouva son petit frère dans sa poche de veste.

Laisse-le là. Enfuis-toi.

Mais le feu se propageait rapidement. Il ne pouvait pas laisser crever quelqu'un, pas même un salopard comme Groote. Il le tira dans la cour, le balança dans l'eau froide d'une fontaine en pierre. Groote se mit à suffoquer.

Miles lui pointa l'un des pistolets sur la tête. Il éjecta le chargeur de l'autre arme, plaça le chargeur dans sa poche et jeta le second pistolet dans l'eau.

« Maintenant, nous allons partir. Ne nous suivez pas. Je vous ai menti. Je n'ai pas le dossier. Je ne sais pas où il est. Nous ne représentons pas une menace pour vous. Nous partons simplement quelque part où personne ne nous causera de problèmes et où nous ne causerons de problèmes à personne. Dites-le à Quantrill. Compris ?

– Je comprends que vous êtes un menteur, répondit Groote en lui jetant un regard plein de haine.

– Restez dans cette fontaine ou je vous descends. »

Miles recula puis se mit à courir. Il sauta par-dessus une clôture basse, prit la direction de la pelouse qui s'étirait devant la maison. Nathan avait réussi à amadouer Celeste et à la faire monter à nouveau dans la voiture. Miles grimpa à l'avant. Il engagea la voiture dans la rue, et commença à s'éloigner de la maison en feu.

Groote arriva au niveau de la vitre du conducteur, chercha à lui faire lâcher le volant. Miles appuya sur l'accélérateur, se dégagea, fonça dans la rue et s'engagea à toute allure sur la Vieille Piste de Santa Fe.

« Qu'est-ce... Qu'est-ce qu'on fait ? demanda Nathan.

– On ne reste pas ici. Impossible. On se tire. » Il chercha Groote dans le rétroviseur, ne vit rien. « Nous allons là où Allison a caché les fichiers. En Californie. »

Celeste se mit à gémir.

Groote reprit la direction de sa voiture en titubant. Dans la rue, quelques voisins, téléphone portable collé à l'oreille, observaient les flammes qui jaillissaient des fenêtres. Voyant que certains le regardaient, il se mit à courir vers sa voiture. Les cadavres de Pitts et Hurley étaient toujours dans le coffre.

Réfléchis. Où peuvent-ils aller ? Où peuvent-ils se cacher ? Il devait revoir sa tactique, deviner ce qu'ils allaient faire maintenant et les éliminer une bonne fois pour toutes. Mais mieux valait ne pas se trouver là quand les camions de pompiers et les flics débouleraient. Il avait des corps à enterrer. Un plan à élaborer.

Ces cinglés faisaient de sa vie un enfer.

38

VENDREDI APRÈS-MIDI, APRÈS AVOIR ENTERRÉ les cadavres, Groote se rendit à une église.

Un sanctuaire à Chimayo, au nord de Santa Fe, dont on prétendait que la terre de ses fondations faisait des miracles, qu'elle étouffait le feu du sida dans le sang, empêchait le développement des cellules cancéreuses, faisait battre la mort en retraite. Groote longea les voitures qui bordaient la route menant à la vieille église, roula lentement devant les touristes arborant des appareils photo autour du cou, devant une vieille femme en chaise roulante, un gamin à peu près de l'âge de Nathan. Il avait les cheveux coupés à ras, des béquilles, un pantalon de camouflage dont une des jambes était vide, et se dirigeait en ahanant vers l'église comme s'il faisait la course.

Groote se gara et regarda le jeune type en se demandant si une pincée de cette poussière miraculeuse pourrait aider Amanda. Après tout, le salut était peut-être à portée de main.

Frost semblait toujours à des kilomètres, insaisissable. Mais il décida que tout cela allait changer. Il descendit de voiture et contourna l'église derrière laquelle l'attendait Quantrill.

« Bon Dieu, vous faites peur à voir, s'exclama Quantrill en inspectant le pansement sur le nez de Groote ainsi que sa mâchoire amochée.

– Merci. Comment s'est passé votre vol ? »

Quantrill alluma une cigarette.

« Les cacahouètes étaient rassises, dit-il d'une voix glaciale. Je n'apprécie guère vos services jusqu'à présent.

– Je n'apprécie guère qu'on me mente.

– En quoi vous ai-je menti, Dennis ?

– Dites-moi la vérité sur ce qu'a dit Sorenson – est-ce qu'une deuxième mise aux enchères de Frost est organisée ? »

Quantrill lâcha un soupir de frustration.

« Oui. Deux de mes contacts m'en ont parlé. Vraiment fâcheux.

– Vous auriez pu m'en avertir.

– Je ne voulais pas vous détourner de votre mission. Ces deux personnes affirment avoir été contactées par un type disposé à leur vendre les recherches – à la moitié du prix que je demande. »

Groote n'avait absolument rien à foutre des histoires de fric de Quantrill.

« Je ne pense pas que Sorenson soit derrière cette mise aux enchères. Je crois que c'est Miles Kendrick.

– Qui ? »

Groote lui expliqua ce qu'il avait appris sur Miles. Il laissa de côté le fait qu'il l'avait laissé s'échapper en compagnie de ses complices. Il n'avait aucune envie d'avouer qu'il avait sous-estimé Miles Kendrick.

« C'est juste une coïncidence bizarre, dit Quantrill après un moment de réflexion. Les mafieux veulent la mort de Kendrick, ils tuent Allison, ça n'a rien à voir avec Frost.

– C'est ce que les fédéraux sont supposés croire. Mais pas nous. Miles Kendrick savait forcément que quand son psy mourrait dans l'explosion de la bombe, son passé ressortirait et qu'on lui collerait le meurtre sur le dos. C'était sa manière de couvrir le vol du projet, car il devait savoir que nous n'irions pas voir les flics. J'admire presque ce type, il a conçu un plan génial. »

Quantrill acquiesça.

« Vous devez empêcher cette deuxième mise aux enchères...

– Ah oui ? Je veux que ma fille reçoive le traitement. Si un labo achète le projet à bon prix, il produira ce médicament plus vite. Vous vous êtes fait baiser, certes, mais pas moi. »

Quantrill ne cilla pas.

« Et si ce n'est pas Miles Kendrick qui organise la deuxième mise aux enchères ? Si c'est Sorenson ?

– Je ne saisis pas, répondit Groote.

– Et vous prétendez être lucide ? » Quantrill jeta sa cigarette à deux centimètres du pied de Groote. « Je crois en fait que vous détestez Miles Kendrick pour une raison que vous ne m'avez pas dite.

– C'est un putain de mafieux. Avant, les gens comme lui, je les envoyais en prison.

– Et maintenant, vous les envoyez à la tombe.

– Il doit y en avoir quelques-uns dans des urnes. »

Quantrill secoua la tête.

« La vengeance ne rendra pas sa santé à Amanda. Mais Frost, si, Dennis. Réfléchissez clairement au problème auquel nous sommes confrontés. La menace n'est pas qu'il vende Frost à quelqu'un. Réfléchissez à ce qu'il a fait et à ce que cet agent fédéral vous a dit : Kendrick veut mener la personne qui a tué Allison devant la justice. Il a tué Hurley, il s'est infiltré à l'hôpital. Et le résultat, à chaque fois, est qu'il a secouru un patient sur lequel on testait ce médicament. Il ne veut pas le vendre, il veut rendre publique son existence. D'après vous, qu'est-ce qui se passera si Kendrick et ses copains cinglés dévoilent la vérité sur Frost ? Des tests illégaux sur des personnes souffrant de traumatismes, parmi lesquelles des anciens combattants ? Aucun laboratoire pharmaceutique ne voudra plus avoir affaire à nous, quelle que soit l'efficacité du médicament. Même un remède valable peut être enterré pendant des années, jusqu'à ce que les labos n'aient plus à craindre un procès ou une mauvaise publicité. » Quantrill alluma une nouvelle cigarette. « Je peux faire avorter la mise aux enchères – peu importe qu'elle soit organisée par Kendrick ou Sorenson. Rares sont les personnes disposées à se compromettre avec un dossier aussi sensible. Quelques coups de fil bien placés en suggérant que les fichiers volés sont incomplets. Ou je menace de négocier avec la FDA et de balancer des noms. Ça suffira à arrêter net la mise aux enchères. Mais si Miles Kendrick a l'intention de dévoiler notre affaire simplement pour venger la mort de son médecin, alors on est foutus.

– Il n'a pas encore parlé de nous.

– Vous devez l'en empêcher avant qu'il y parvienne.

– Très bien. »

Quantrill fit un geste de tête en direction de la foule qui se dirigeait vers l'église.

« Vous avez vu ces gens ? Ils affluent en troupeau à cause d'une terre qui, à en croire les foutus boniments qui circulent, guérit toutes les maladies. La foi et l'espoir sont juste des produits de consommation, et tout le monde les achète. Ils achèteront Frost si vous et moi parvenons à réduire Kendrick et ses amis au silence. Nous créerons un monde où le traumatisme ne laissera jamais plus son empreinte.

– Vous avez tort à propos de la foi, dit Groote.

– Non.

– Tout le monde a besoin de foi, de croire. Aux autres, à défaut de Dieu.

– Paroles profondes de la part d'un assassin. »

Quantrill ne parvint pas à dissimuler un sourire narquois.

« Vous ne valez pas mieux que moi, Oliver. Je fais le boulot que vous ne voulez pas faire, le boulot que vous avez peur de faire. Alors, ne me prenez pas de haut.

– Soit. »

Quantrill essaya de transformer son expression moqueuse en un regard d'acier, mais n'y parvint pas.

« Voici ce que vous devez faire, dit Groote. Modifiez le dossier médical de Nathan Ruiz pour faire croire que le docteur Hurley l'a autorisé à quitter l'hôpital la veille de la mort d'Allison. Puis retournez en Californie et empêchez la nouvelle mise aux enchères.

– D'accord, répondit Quantrill. Je vais devoir signaler la disparition de Hurley quand il ne viendra pas travailler lundi.

Avec un peu de chance, je pourrai faire traîner jusqu'à mardi. Je vais essayer de faire gober aux flics que Hurley était effondré après la mort d'Allison – le rôle du solitaire éploré lui va bien – et qu'il a quitté la ville. Vous êtes sûr qu'ils ne retrouveront jamais son corps ?

– Jamais. »

Quantrill croisa les bras.

« Bien. Maintenant, pour ce qui est de notre autre problème, Kendrick a deux barjos sous son aile. Il ne pourra probablement pas aller bien loin. Peut-être est-il même toujours en ville. Faites-le sortir de son trou. Servez-vous de la famille de Ruiz. Il est possible que Ruiz la contacte en premier.

– Et quand tout cela sera fini, dit Groote, ma fille sera traitée avec Frost. En priorité.

– Bien entendu, Dennis, répondit Quantrill, mais ça ne sera possible que si Kendrick cesse de poser problème, n'est-ce pas ?

– Le problème sera bientôt réglé. Nous en avons fini ? »

Quantrill acquiesça.

Groote regagna sa voiture. Il prit la route de Santa Fe avec une folle envie de dormir – ce qu'il ne voyait pas se produire dans un futur proche –, de manger, de se vider la tête. Il avait réservé une chambre dans un hôtel proche de la Plaza. Son téléphone portable sonna. C'était le technicien informatique de l'hôpital qui examinait l'ordinateur de Celeste.

« J'ai trouvé des éléments indiquant que des fichiers assez gros pour être ceux du dossier Frost ont été chargés sur un serveur distant depuis l'ordinateur de Celeste Brent.

– Où se trouve le serveur ?

– Je suis remonté jusqu'à un endroit à Fish Camp, en Californie, un serveur appartenant à un homme nommé Edward Wallace. »

Ce nom ne lui disait rien.

« Comparez les fichiers avec ceux de Hurley. Voyez s'ils ont le même nom, s'ils font la même taille.

– C'est déjà fait. Elle a envoyé un fichier supplémentaire que Hurley n'avait pas dans sa base de données Frost.

– Quel fichier ?

– Un simple fichier texte… appelé *Liste Achat.* »

Liste Achat. Liste d'acheteurs ? Allison avait obtenu la liste des gens qui faisaient la queue pour acheter à Quantrill, les consultants clandestins qui pouvaient faire entrer le médicament en douce dans un département de recherches.

Mais que faisait ce document parmi les fichiers de recherches ? Les acheteurs étaient l'affaire de Quantrill, pas celle de Hurley.

« Trouvez-moi l'adresse d'Edward Wallace. »

Il raccrocha, composa le numéro de Quantrill.

« Une question avant que vous ne rentriez en Californie, dit Groote. Est-ce que Hurley possédait la liste de vos acheteurs potentiels ?

– Non, bien sûr que non. Pourquoi ? »

Soit Quantrill mentait, soit Hurley avait la liste et Quantrill ne le savait pas, soit, possibilité la plus effrayante, Allison avait obtenu la liste ailleurs. De quelqu'un d'autre.

« Groote ? demanda Quantrill.

– Rien. Simple curiosité. »

Il raccrocha. Elle avait donc envoyé les données volées. Pourquoi ? Pourquoi ne pas simplement les donner à Kendrick s'il était son partenaire ?

Parce que Allison les lui cachait. C'était son assurance. Elle avait de bonnes raisons : la deuxième mise aux enchères. Elle était d'une manière ou une autre parvenue à obtenir pour la deuxième mise aux enchères les noms des personnes prêtes à acheter à Quantrill. Comment et pourquoi ?

Et cette question fit ressurgir une autre interrogation qui l'avait taraudé toute la nuit : Pourquoi Sorenson lui avait-il parlé de la deuxième mise aux enchères ? Pourquoi prendre le risque de l'alerter ?

Parce qu'il voulait gagner ta confiance, te leurrer, avoir accès à Nathan Ruiz, le tuer, puis te tuer. Il peut te raconter n'importe quoi s'il est quasiment certain que tu seras mort dix minutes plus tard.

Il ne savait pas pourquoi Sorenson souhaitait la mort de Ruiz, mais ça n'avait pas d'importance, les faits étaient les faits.

Il se gara dans le parking de l'hôtel, descendit de voiture. Il était si épuisé que la tête lui tournait, son nez cassé l'élançait. Il avait besoin de sommeil et d'un antalgique, mais il devait tout d'abord appeler la famille de Nathan, confirmer le baratin de Quantrill à propos de sa sortie d'hôpital, voir si la famille savait où se trouvait Petit Soldat. Son téléphone se mit à crépiter.

« J'ai trouvé l'adresse d'Edward Wallace. »

Le technicien communiqua l'adresse à Groote. Groote éteignit son portable et se mit à réfléchir, la langue coincée sous la joue. Kendrick avait dû consulter l'ordinateur de Celeste Brent spécifiquement pour obtenir cette information. Il filait peut-être en ce moment même vers la Californie pour mettre la main sur le dossier Frost.

C'était un risque que Groote ne pouvait courir. Il dormirait dans l'avion.

Il se dirigea vers l'hôtel et les vit alors. Des agents fédéraux. Il connaissait leur petit manège : ils se tenaient à l'intérieur de l'hôtel, près de la porte d'entrée, un blond qui discutait dans un téléphone portable, un chauve qui tournait le dos à Groote.

Pitts avait dû les contacter, mentionner le fait qu'il recherchait Hurley, qu'il suivait Groote depuis l'hôpital. Et maintenant, ça faisait plusieurs heures qu'il n'avait pas donné de nouvelles. Ce n'était pas bien compliqué d'appeler les hôtels du coin et de trouver une chambre louée au nom de Dennis Groote.

Il ne pouvait pas se soumettre aux questions de ces agents. Faire une déposition risquait de lui coûter des heures qu'il ne pouvait se permettre de perdre, surtout si Pitts avait émis auprès de ses collègues des doutes quant à son honnêteté. Il battit en retraite vers la voiture en priant à chaque pas pour que les hommes ne le repèrent pas. S'il se rendait en voiture à l'aéroport d'Albuquerque et prenait un vol vers la Californie, le FBI saurait rapidement où il était allé. Et s'il se cachait, eh bien, il donnerait l'impression de se cacher. Aucune de ces perspectives ne lui plaisait. Il devait rester discret, retrouver le dossier Frost, puis refaire surface à Los Angeles en prétendant que, son contrat à l'hôpital étant arrivé à terme, il était simplement rentré chez lui sans se douter que des agents fédéraux souhaitaient lui parler.

Santa Fe, une ville merveilleuse qu'il aurait adoré partager avec Amanda, était devenue pour lui un vrai cauchemar.

Trouve d'abord Frost, à n'importe quel prix, se dit-il en se glissant derrière le volant. *Fais-le pour Amanda, même s'ils t'attrapent.*

Il mettait le contact lorsqu'il vit des doigts tapoter contre sa vitre.

« Monsieur Groote ? »

L'homme avait le visage sérieux et bien propret de l'agent fédéral zélé. C'était le blond qui parlait dans son téléphone portable près de l'entrée de l'hôtel.

« Oui ? »

Groote baissa la vitre, afficha une mine polie quoique interrogatrice. *Sors-leur un baratin imparable,* se dit-il, *et ne pense pas aux traces d'ADN laissées par les deux hommes morts dans le coffre, ne transpire pas d'une goutte. Ce connard ne doit pas te retarder plus longtemps que nécessaire.*

« Bonjour », dit Groote avec la politesse de l'homme qui reconnaît un collègue.

L'homme était tout aussi poli. Il parlait presque d'un ton contrit.

« Bonjour, monsieur. FBI. Nous avons besoin de vous parler quelques minutes. »

39

« La Ligue des Déficients Mentaux – en formation ! s'exclama Nathan. Quel film ? »

Miles, qui venait de conduire douze heures d'affilée, n'avait pas envie de jouer. Tapie sur la banquette arrière, enveloppée dans une couverture, Celeste portait de grosses lunettes de soleil et venait de prendre une dose de Xanax. Elle ne répondit rien. On était samedi soir, il était tard, la galaxie de lumière de Los Angeles s'étirait de chaque côté de l'autoroute.

« *Vol au-dessus d'un nid de coucou.* Après que Nicholson a reçu, *bzzz,* un électrochoc. » Nathan se pencha vers la banquette arrière, tapota du doigt la tête de Celeste en faisant *bzzz, bzzz, bzzz.*

« C'est à vous qu'ils auraient dû faire des électrochocs », dit-elle.

De temps à autre, elle sortait la tête de sous la couverture telle une tortue prenant un bol d'air. Mais elle semblait tenir le coup. Certainement mieux que Nathan, pensa Miles.

« Pas besoin d'électricité, dit Nathan, pas quand j'aurai Frost. N'oubliez pas que grâce à moi nous avons la vie sauve.

– Arrêtons-nous pour la nuit, suggéra Celeste. Il reste des heures de route avant Yosemite Park.

– Je peux conduire, proposa Nathan.

– Mauvaise idée, répondit Miles.

– Bon Dieu, mec, je sais conduire.

– Tu m'as l'air un peu à cran, dit Miles.

– J'espère que vous allez pas laisser votre ami imaginaire conduire.

– Ça suffit, Nathan, lança Celeste depuis la banquette arrière.

– C'est quoi, le nom de l'Homme invisible ? demanda Nathan. Mauvaise conscience ? L'ombre ?

– Il s'appelle Andy.

– Eh bien, on peut pas laisser Andy vous distraire pendant que vous conduisez. »

Nathan fit mine d'attraper le volant pour s'amuser. Miles bifurqua sur la voie de droite, ce qui lui valut un coup de klaxon et un doigt d'honneur de la part d'un conducteur qu'il faillit emboutir.

« Je ne te laisse pas conduire, dit Miles, parce que tu as un problème avec les miroirs. Je ne veux pas que tu te mettes à flipper. »

Long silence.

« Je flippe pas, rétorqua Nathan.

– Trouvons-nous quelque chose à manger et un endroit où dormir, dit calmement Celeste.

– Nous devons continuer de rouler, dit Miles malgré son épuisement. Nous devons continuer...

– S'il vous plaît, implora-t-elle. Je vous en prie. J'ai besoin de me retrouver entre quatre murs. »

Ils achetèrent des hamburgers à emporter dans un McDonald's et se trouvèrent un motel défraîchi mais propre au nord de la ville, près de Santa Clarita. Miles loua deux chambres contiguës. Nathan dévora trois Big Macs, siffla une boisson gazeuse, lâcha un rot de satisfaction.

« Excusez-moi », dit-il.

Assise au bord du lit, Celeste picorait une salade tout en leur tournant le dos.

« Ça va ? demanda Miles.

– Je n'arrive pas à croire que je sois sortie de chez moi, répondit-elle. Je devrais me sentir libre. Mais non. J'espère que Nancy n'est pas passée à la maison et qu'elle n'a pas découvert le cadavre. » Elle frissonna. « Je n'aurais pas dû partir. »

Elle replaça le couvercle sur la salade à laquelle elle n'avait quasiment pas touché.

« Savoir ce qu'on ne doit pas faire est la voie vers la raison, dit Nathan. Vous feriez bien de finir votre salade, Celeste. Les soldats savent qu'il faut manger, dormir et chi... heu, aller aux toilettes, dès qu'on en a l'occasion. Elle se représentera peut-être pas. »

Celeste rouvrit la boîte, se força à manger.

Miles finit son hamburger.

« Nous avons tous besoin de dormir. Nous nous levons tôt demain pour reprendre la route.

– On devrait rester un jour ou deux, suggéra Nathan. Le temps que Celeste se remette.

– Non, on continue.

– Vous êtes pas notre patron, objecta Nathan en s'essuyant la bouche.

– Si, tant que nous n'aurons pas récupéré ce fichu dossier. Tant que nous ne serons pas sûrs d'être en sécurité.

– On est pas responsables les uns des autres. »

Nathan se leva.

« C'est marrant d'entendre un soldat dire ça, remarqua Miles. J'aurais pensé que tu te sentais responsable de tes compagnons de bataillon. »

Nathan serra les poings.

« Qu'est-ce que c'est censé signifier ?

– Juste que nous devons nous occuper les uns des autres...

– Ah. Comme dans la mafia.

– Je ne suis pas un mafieux. Je ne l'ai jamais été.

– C'est ce que vous dites. Pourquoi est-ce qu'on devrait vous croire ?

– Ça suffit, Nathan, dit Celeste en se levant. Une bonne nuit de sommeil. Et on repart. »

Nathan s'assit sur le lit. Celeste se retira dans l'autre chambre et referma la porte derrière elle.

« Il n'y a pas moyen de recouvrir ce miroir. Évite simplement de le regarder, dit Miles.

– D'accord », répondit Nathan, les yeux rivés au plafond.

Miles se lava le visage, ôta sa chemise et son jean, se glissa dans le lit le plus proche de la porte, cacha son pistolet sous l'oreiller.

« Pas la peine de dormir avec votre flingue parce que je suis là, dit Nathan.

– C'est au cas où Groote nous retrouverait.

– Bien, vu que je suis à court d'allumettes. »

La plaisanterie ne fit pas sourire Miles.

« Je sais que vous m'en voulez tous les deux. Mais n'empêche que l'incendie était une bonne idée, il nous a permis de nous enfuir.

– Tu ne peux pas t'amuser à foutre le feu aux maisons. J'aurais pu convaincre Celeste de sortir. Ce que tu as fait était terriblement injuste à son égard.

– Mais ça a marché.

– Oui, peut-être. Une lobotomie marcherait aussi, Nathan, mais ce n'est pas de ça dont nous avons besoin.

– Vous planquez ce flingue sous votre oreiller pour que je puisse pas le prendre.

– Tu pourrais en avoir un dans ton sac.

– Non. Je les ai oubliés à Santa Fe, dans l'incendie. Pourquoi vous avez dit à Groote que vous aviez le matos ?

– Pour qu'il vous laisse partir.

– C'était idiot.

– Pas plus idiot que foutre le feu, Nathan. »

Nathan resta un moment silencieux, puis il demanda calmement :

« Celeste et moi, qu'est-ce qu'on représente pour vous ?

– Je... Je ne veux plus que vous souffriez.

– Mais pourquoi ?

– J'en sais rien, bon sang, sois juste reconnaissant.

– Je le suis, Miles. Merci. »

Miles éteignit la lampe, enfonça son visage dans l'oreiller. Il était sur le point de s'endormir lorsqu'il entendit Nathan.

« Miles ?

– Oui.

– Si on récupère les recherches sur Frost... est-ce qu'on pourra les porter au département de la Défense ? J'arrête pas de penser... à tous ces soldats qui reviennent de la guerre avec le cerveau déglingué à cause des horreurs qu'ils ont vues. Ils ont besoin de ce médicament. Je veux être certain qu'ils l'auront. C'est la seule raison pour laquelle j'ai accepté de subir les traitements par réalité virtuelle... Pour les aider.

– Et tu disais qu'on n'est pas responsables les uns des autres.

– Je voulais dire... » Il chercha ses mots. « On se connaît pas. Pourquoi est-ce que vous êtes revenu me chercher ?

– Pas pour que tu te sentes redevable, répondit Miles. En fait, j'ai le sentiment que tu ne veux avoir de responsabilité envers personne.

– Quand j'irai mieux, dit Nathan. Quand je serai guéri et que je me sentirai suffisamment bien pour me mêler aux autres. Bientôt. C'est pour bientôt.

– Tu te portes déjà assez bien comme ça. »

Miles écouta la respiration du jeune homme devenir régulière à mesure qu'il s'endormait. Il savoura le calme, l'obscurité totale et merveilleuse, sentit son corps endolori et fatigué sombrer dans le sommeil.

« Ne te laisse pas aller, dit Andy dans le noir. Faut qu'on cause. »

Miles ferma les yeux, repoussa la voix.

« Tu crois les aider, et moi, je dois partir, c'est ça ? Tu n'as pas réussi à sauver Allison, alors tu vas les sauver eux. »

Ferme-la, murmura Miles, la bouche contre l'oreiller.

« Tu ne t'es pas soucié de me sauver. Bon sang. Je te connaissais depuis l'âge où on apprend à pisser debout, et tu t'en fais pour de parfaits inconnus.

– J'ai essayé... Cette opération avait pour seul but de te sauver, répondit-il, craignant de réveiller Nathan, mais craignant encore plus de ne pas répondre à Andy.

– Tu m'as tiré dessus.

– Toi aussi.

– Mais c'était ta faute, lâcha Andy d'une voix aussi sifflante qu'une flamme. Tu aurais mieux fait de la boucler. Tu m'as tué avec un mot, connard. »

Miles tira les couvertures par-dessus sa tête tel un enfant se terrant sous la douceur de ses draps pour échapper à un cauchemar. La sueur lui coulait le long des côtes.

« Ce n'est pas vrai.

– Tu n'as pas sauvé Allison, tu ne les sauveras pas non plus, reprit Andy. Tu feras une autre erreur, et boum ! boum ! ils mourront eux aussi. »

Le rire d'Andy s'estompa, le silence l'enveloppa. Il ferma enfin les yeux, pria pour que les rêves ne viennent pas le hanter, et s'endormit.

Miles entendit la porte se refermer. Obscurité totale.

Il se dit que le bruit de la poignée avait dû être le fruit de son imagination, le dernier mot d'un rêve. *Tu m'as tué avec un mot.* Il chercha le pistolet sous l'oreiller, referma les doigts autour du canon.

Silence.

Il se redressa dans le noir, la peur lui comprimant la poitrine, pointa fermement l'arme devant lui.

« Tirer dans l'obscurité, dit Andy. Tu parles d'une idée à la con. »

Il ferma les yeux, n'entendit pas le bruit de la respiration de Nathan.

Miles alluma vivement la lumière.

Nathan avait disparu.

L'horloge indiquait 4 : 03. Miles enfila son jean, fut rassuré d'entendre les clés cliqueter dans sa poche. Au moins, il n'avait pas pris la voiture. Il passa sa chemise, enfonça le pistolet à l'arrière de son pantalon et laissa sa chemise pendre par-dessus pour le dissimuler. Il entrouvrit la porte de la chambre de Celeste. Elle avait laissé la lumière de la salle de bains allumée pour se rassurer et il l'entendit dormir du sommeil du juste. Il referma doucement la porte.

Il attrapa la clé de la chambre, sortit dans le couloir. Désert, paisible. Sur sa droite se trouvait l'accueil, sur sa gauche, le parking. Supposant que Nathan était parti à pied pour se faire prendre en stop, il prit la direction du parking.

Le parking était vide. Il entendit le grondement lointain et discontinu de la circulation sur l'autoroute, reprit le couloir en sens inverse et courut jusqu'à l'accueil désert.

Nathan se tenait à la cabine téléphonique. Il raccrocha dès qu'il vit Miles, le regarda d'un air de défi.

« Qu'est-ce que tu fais ? demanda Miles.

– J'appelais mes parents... Il fallait que je les prévienne que j'allais bien.

– Tu n'aurais pas dû.

– Écoutez, ils ont pas d'identificateur d'appels ni rien, mec, ils savent pas où je suis et je leur ai rien dit. Mais je devais leur dire que j'allais bien. J'ai toujours été très proche d'eux. Ils ont l'habitude que je les appelle toutes les semaines, mec, ils flipperaient si je le faisais pas. »

Pas de contact avec lui depuis six mois, ça fait partie du traitement. Miles laissa le mensonge flotter dans l'air en se demandant si un autre mensonge allait suivre.

« D'accord, dit-il enfin. Comment vont tes parents ?

– Super. Ma mère, elle me comprend. Depuis le début. Elle m'a toujours beaucoup soutenu.

– Tu as de la chance de l'avoir.

– OK, dit Nathan en s'éloignant du téléphone. Je suis désolé de vous avoir mis en rogne. J'arrivais plus à dormir. Réveillons Celeste et allons-y.

– Tu disais qu'on ferait bien de rester, pour qu'elle puisse se remettre.

– Je me trompais. C'est vous qui aviez raison.

– Ouah. Moi. Raison. »

Il aurait voulu dire, *Arrête de mentir. Dis-moi qui tu appelais vraiment. Dis-moi pourquoi tu étais si pressé de raccrocher que tu n'as même pas dit au revoir.*

« Le restaurant sur la route qui longe l'autoroute ouvre dans environ une heure, dit Nathan. S'il y pas de miroirs sur les murs – c'est le cas parfois, vous savez –, on pourrait manger là-bas. »

– Bien sûr. Bien sûr. Mais on ferait mieux de reprendre la route au plus vite. »

Avait-il réellement appelé ses parents ? *Ou alors il a appelé la police, et les sirènes vont retentir dans cinq secondes.*

Ils regagnèrent leur chambre dans le silence de la nuit. Nathan détourna les yeux du miroir fixé au-dessus du lavabo, s'étendit sur le lit. *Il n'appellerait pas la police, pas depuis le hall du motel, il ne prendrait pas le risque que je le surprenne,* décida Miles. *Il se contenterait de s'enfuir, de nous fausser compagnie.*

Il laissa Celeste dormir une heure de plus. Le motel resta calme, paisible, jusqu'à ce que le bruit de l'eau s'écoulant dans les tuyaux, des quintes de toux dans le couloir, le vrombissement lointain d'un camion sortant du parking, annoncent une nouvelle journée.

Ils marchèrent jusqu'au restaurant dans la froideur du matin, Celeste se blottissant contre Miles. Lorsqu'ils atteignirent la porte vitrée, Miles vit le visage de Celeste en une de l'édition matinale de *USA Today*, une vieille photo publicitaire datant de l'époque où elle avait gagné cinq millions, son sourire resplendissant dans le distributeur de journaux.

« Oh, oh, fit-il.

– Quoi ? »

Celeste se vit alors, enfonça son visage contre l'épaule de Miles.

Un couple qui sortait du restaurant en bavardant les salua d'un sourire. Puis la femme suivit leurs regards qui étaient rivés au distributeur.

Miles entraîna de nouveau Nathan et Celeste vers l'hôtel. Lorsqu'ils quittèrent le parking, Miles pensa, *Ces gens n'ont vu ni son visage ni la photo, ils n'ont pas pu,* mais lorsqu'ils repassèrent à toute allure devant le restaurant, l'homme et la femme se tenaient toujours au même endroit et observaient la une du journal qu'ils venaient de tirer du distributeur.

40

Dans la voiture, Andy n'arrêta pas de parler, de murmurer, durant tout le trajet jusqu'à Fish Camp.

C'était une ville toute simple, à l'image de son nom. La route nationale 41 grimpait en serpentant au milieu des montagnes et, quelques kilomètres avant le parc de Yosemite, ils virent la ville se dresser devant eux : deux ou trois boutiques modestes, un vaste étang de pêche, des propriétés en location et des maisons sans prétention ici ou là, quelques chambres d'hôte et des restaurants sur le flanc de la montagne, un motel miteux des années cinquante appelé le Yosemite Gateway sur le ruban étroit de l'autoroute. De hauts pins recouvraient le paysage. Toutes les poubelles sur le parking du motel et le long de la route étaient en métal et dotées de mécanisme de fermeture pour empêcher les ours de farfouiller dedans. Pour Miles, qui avait toujours vécu en Floride avant sa nouvelle vie, les montagnes et les forêts n'étaient pas sans rappeler les dessins d'un livre d'histoire allemand qu'il avait eu dans son enfance.

Il loua deux chambres contiguës avec une porte communicante au Gateway.

« Et moi, je n'ai pas de chambre ? demanda ironiquement Andy. Soit, je resterai avec vous autres. »

Il est en colère parce que tu touches au but, pensa Miles. *Tu es près de Frost, près de le bannir de ton esprit, une bonne fois pour toutes.*

Nathan se laissa tomber sur l'un des lits jumeaux de la chambre qu'il partageait avec Miles et s'étira. Miles remarqua qu'il n'arrêtait pas de jeter des coups d'œil en direction du réveil digital.

« Miles, je crois que Nathan a un rendez-vous, dit Andy.

– Qu'est-ce qu'on fait maintenant ? demanda Celeste.

– On trouve Edward Wallace. Mais on commence par vous teindre les cheveux, répondit Miles. Il ne faut pas que les gens vous reconnaissent d'après la photo parue dans le journal, et si vous faites la une de *USA Today*, il y a fort à parier pour qu'on parle aussi de vous à la télévision.

– Je ne crois pas que je puisse encore sortir, dit-elle. J'ai besoin de murs pour le moment. J'ai besoin... J'ai besoin de me couper. »

Elle ravala sa salive, appuya son épaule contre le montant de la porte.

Miles descendit à la réception du motel et demanda un élastique. Il remonta, trouva Celeste assise au bord de son lit, s'agenouilla devant elle et le lui passa autour du poignet.

« Pas vraiment une bague de fiançailles, dit-elle. Mais merci, l'envie est passée. »

Il aurait bien aimé pouvoir se débarrasser d'Andy grâce à un élastique. Il entendit alors un bruit de verre brisé.

« Oh, bon Dieu ! »

Il se précipita dans sa chambre. Nathan était debout, le poing recouvert du vieux seau à glace écaillé qui se trouvait dans la chambre. Le miroir de la salle de bains était fendu, deux Nathan aux bords irréguliers le regardaient en fronçant les sourcils.

« Tu ne peux pas te contrôler ne serait-ce qu'une minute ? » s'énerva Miles.

Nathan laissa tomber le seau à glace par terre, passa devant Miles et se jeta sur le lit.

« Je m'en souviendrai quand vous vous mettrez à parler tout seul.

– Nous n'avons pas besoin d'avoir des problèmes avec le

motel, inutile d'attirer l'attention, personne ne doit se *souvenir* de nous. Tu comprends ?

– Oui, mon commandant, répondit Nathan, le visage enfoncé dans l'oreiller. Mais j'arrive pas à me calmer. Je peux pas. J'ai besoin de mes médocs, mec, maintenant, dit-il d'une voix teintée de désespoir.

– Miles, laissez-le tranquille, dit Celeste. Il n'y peut rien...

– J'en ai marre. Marre d'être malade. »

Miles sortit en trébuchant. La température, pour le mois de mai, était encore fraîche, plus fraîche que dans le haut désert de Santa Fe, et des doigts de neige cachaient les ombres des pins massifs et les sillons de terre entre les cabanes en location. L'air était vif dans ses poumons, sur son visage.

Il s'éloigna de la voiture, du motel, du bruissement intermittent des voitures qui parcouraient les trois derniers kilomètres jusqu'à Yosemite Park.

Je ne vais pas y arriver, pensa-t-il. *Je ne parviens pas à les calmer, à leur faire garder toute leur tête.* Il ne savait pas vraiment ce qu'il ferait une fois qu'il aurait trouvé Edward Wallace, et il ne voulait pas avouer ses incertitudes, que ce soit à lui-même ou aux autres. Comment dévoiler une conspiration et faire en sorte d'être cru ? Et si, en révélant la création illicite de Frost, il tuait les chances de voir le médicament accepté et produit ? Et s'ils se faisaient attraper simplement parce qu'un fan de télé reconnaissait Celeste alors qu'ils sortaient chercher à manger ? Toute l'entreprise vacillait et risquait de s'effondrer en un tas de débris et de poussière, l'enterrant sous ce qu'il avait pensé être une impulsion, un besoin de faire ce qu'il fallait.

Il s'arrêta à l'angle du motel, appuya sa tête contre les briques. Il inspira une bouffée d'air revigorante. Il pouvait aller jusqu'au bout. Il le fallait. Il n'avait pas le choix. Celeste avait besoin de Frost, Nathan aussi. Ils avaient besoin d'aide. Ils avaient besoin de lui.

« Personne n'a vraiment besoin de personne », prononça Allison.

Il leva la tête. Elle se tenait appuyée contre le mur de briques vêtue des vêtements qu'elle portait le dernier matin de sa vie.

Il sentit son souffle se coincer dans sa gorge, secoua la tête, ferma les yeux. Compta jusqu'à dix.

Il regarda à nouveau. Elle était toujours là, bras croisés.

« Je... Je..., commença-t-il.

– Miles, votre voie est claire. C'est simple. Chargez le pistolet. Trouvez un endroit tranquille. Laissez un mot si vous voulez dire au revoir à quelqu'un – à DeShawn, ou à Joy par exemple. Vous leur manquerez. » Elle haussa les épaules. « Même s'ils ne vous connaissaient pas depuis assez longtemps pour s'être vraiment attachés à vous. »

Il essaya de parler mais ne parvint à émettre qu'un sifflement rauque.

« Personne ne vous en voudra de ne plus vouloir entendre Andy se lamenter dans votre tête pour le restant de votre vie. Des années et des années à l'écouter rabâcher.

– Non !

– Vous êtes inquiet à l'idée de faire faux bond à vos... amis. De me faire faux bond à moi. Mais c'est moi qui vous ai fait faux bond, Miles, je vous ai donné de faux espoirs. »

Il ferma fort les yeux, fit courir son doigt le long des lignes régulières des briques. Un autre client du motel passa à côté de lui et Miles sentit la brûlure de son regard curieux.

« Et Frost n'est rien d'autre qu'un faux espoir, continua Allison. Vous ne croyez pas vraiment que Nathan va mieux, si ? Il ne va pas mieux. Ça ne marche pas.

– Elle n'est pas réelle, murmura-t-il comme s'il priait, je sais qu'elle n'est pas réelle, et même si elle l'était, elle ne dirait pas ça, c'est ma maladie. »

Il rouvrit les yeux et courut jusqu'à l'endroit où elle s'était tenue, mais ne rencontra que la brise de la Sierra.

Elle s'était volatilisée. Il appuya les mains contre le mur de briques. Nathan et Celeste, eux, étaient réels. Ils étaient sous sa responsabilité. S'il restait fort, Celeste et Nathan le seraient aussi. Pour avoir le médicament. Il en avait maintenant terriblement envie. Étrange de vouloir une chose qu'on n'avait jamais eue, mais il voulait que Frost soit réel.

Alors, bouge-toi.

Il regagna sa chambre. Assis sur le lit, Nathan regardait un tournoi de poker de célébrités à la télé.

« Nathan, je suis désolé d'avoir crié.

– Tous ces miroirs cassés me vaudront cinq cents ans de malheur, répondit Nathan. Vous pouvez crier, ça me fait pas peur. » Il regarda Miles en secouant la tête avec une expression de plus en plus effrayée. « Ça fait des jours que j'ai pas eu de Frost, mec, et je suis en train de m'effondrer. Il me le faut, mec.

– Sois honnête avec moi. Est-ce que c'est ta mère que tu appelais ? »

Il acquiesça lentement.

« Vous me croyez pas.

– J'avais cru comprendre que tu ne pouvais pas parler à ta mère du tout quand tu étais à l'hôpital. Alors, je sais que tu ne l'appelais pas toutes les semaines.

– Exact. Mais je l'ai bien appelée cette nuit. Je vous ai dit qu'elle attendait mon coup de fil parce que je ne voulais pas que vous piquiez une crise.

– Alors, je te crois. Essaie de te reposer.

– Miles.

– Oui.

– Au sujet de votre ami qui est mort. Vous pouviez pas rester là et vous laisser tirer dessus. Vous vous êtes juste défendu.

– C'est beaucoup plus compliqué que ça, Nathan.

– Qu'est-ce que vous en savez si vous vous souvenez pas ?

– Je ne sais pas.

– Vous vous racontez des histoires. Vous regrettez d'être en vie ?

– Non. Pas du tout.

– Alors, la voilà votre réponse. »

Nathan ferma les yeux. Miles alla ouvrir la porte de la chambre de Celeste, frappa contre le montant. Elle sortit de la salle de bains en s'essuyant le visage dans une serviette. Il referma la porte derrière lui.

« Désolé, dit-il.

– Aucune raison de vous excuser », répondit-elle.

Il voulait lui dire qu'il avait vu Allison, mais les mots n'arrivaient pas à franchir sa gorge et il ravala sa salive.

« Vous vouliez me teindre les cheveux avant qu'on y aille, dit-elle. Faisons-le. »

Elle ramassa un sac. Ils s'étaient arrêtés à Fresno, avaient acheté des articles de première nécessité et des sacs à dos dans un Wal-Mart ouvert vingt-quatre heures sur vingt-quatre. Elle en tira une paire de ciseaux à ongles.

« Coupez-moi les cheveux, on les teindra après.

– Je ne sais pas couper les cheveux, dit-il.

– Ça fait une éternité que je n'ai pas mis les pieds chez un coiffeur. » Celeste se passa la main dans son épaisse tignasse noire. « Mon apparence compte peu. Coupez.

– Je vais vous tondre tout ça. »

Elle lui saisit le poignet.

« On coupe, on ne tond pas. Grosse différence. »

Il lui mouilla donc les cheveux – parce qu'à chaque fois qu'il se les faisait couper, le coiffeur commençait par ça – et se mit à donner de petits coups de ciseaux hésitants, craignant presque qu'elle ne pousse un hurlement horrifié s'il coupait trop d'un coup, prenant son temps, appréciant la sensation que lui procurait la lourde masse de cheveux humides entre ses doigts. Elle était assise sur une chaise, devant le miroir. Une poubelle était posée par terre, et il la déplaçait du pied pour que les touffes de cheveux tombent dedans.

« Vous allez vous arracher la lèvre à force de vous la mordre », plaisanta-t-elle.

Il desserra les dents, coupa quelques mèches, lissa les cheveux du doigt en lui massant doucement le cuir chevelu.

« C'est agréable, dit-elle. Merci. »

Il s'arrêta, sentit un frémissement dans sa poitrine. Sa bouche s'asséchа.

« Combien vous voulez que je coupe ? »

Elle le regarda dans les yeux.

« Sur la plupart des photos, j'ai les cheveux qui m'arrivent au moins aux épaules. C'est ainsi que les gens se souviennent de moi. Faites-moi une coupe de lutin.

– Une quoi ?

– Court, à la garçonne. Ne vous en faites pas, Miles. Je ne vous en voudrai pas, même si je me retrouve chauve. »

Il coupa donc court, plongeant les ciseaux près de son cuir chevelu, laissant trois centimètres de cheveux, procédant lentement autour des oreilles.

« Vous faites du bon boulot, dit-elle.

– J'en mets partout.

– On ne vous demande pas d'être parfait.

– Pourquoi est-ce que vous vous coupez ? demanda-t-il sans quitter des yeux les ciseaux qu'il tenait immobiles au-dessus de ses cheveux.

– C'est mieux que voir des morts, répondit-elle, avant d'ajouter aussitôt : Je suis désolée. C'était injuste.

– Ce n'est pas grave. Mais j'ai horreur de vous voir vous faire mal.

– Je n'ai pas de réponse. Je déteste ça. Allison affirmait que je me coupais pour pouvoir éprouver à nouveau des sensations.

– Je déteste la moindre petite coupure. Ça ne vous fait pas mal ?

– Si.

– Et sinon, vous ne ressentez rien ? Moi, je me sens vide.

– Pourtant vous ne l'êtes pas, Miles. Vous savez que vous ne l'êtes pas. Parce que vous seriez mort si vous étiez vide, et vous vous êtes battu pour me sauver, pour vous sauver. Vous ressentez des choses, Miles, et je parie que ce n'est pas du vide. » Elle l'observa dans le miroir. « Avez-vous abandonné une femme en Floride ?

– Non.

– Jamais marié ?

– Non. J'essaie de ne pas me créer de besoins. »

Il lissa une mèche de cheveux, coupa l'extrémité. Elle baissa la tête pour échapper à ses mains.

« Vous avez assez coupé comme ça, dit-elle. Absolument horrible. Je suis complètement méconnaissable. Merci, j'adore. »

Il s'épousseta les mains pour se débarrasser des cheveux qui y étaient collés, lut les instructions sur le paquet de teinture, étala le liquide infâme pour lui teindre les cheveux en auburn.

« J'aimerais que vous les fassiez vraiment roux, dit-elle. Comme Lucille Ball ou Carol Burnett. Je ne suis jamais triste quand je les regarde à la télé. »

Il répartit le mélange sur sa chevelure. Elle resta assise tandis qu'il se rinçait les mains.

« Si on ne trouve pas le dossier Frost, ni Edward Wallace, dit-elle, qu'est-ce qu'on fait ?

– Vous et Nathan retournez à Santa Fe et racontez à la police ce qui s'est passé. Vous ne pouvez pas passer votre vie à vous cacher.

– Et vous ?

– J'ai quitté le programme de protection des témoins. Je suppose que je me créerai une nouvelle vie.

– Est-ce que vous devez témoigner dans un autre procès ? » demanda-t-elle.

Il la regarda en fronçant les sourcils.

« C'est une question logique, continua-t-elle. Les témoins sont appelés ainsi parce qu'ils témoignent.

– Oui, je suis censé témoigner à nouveau.

– Vous n'avez donc pas fini.

– Non. Et je vais témoigner.

– Alors, le FBI devra vous protéger à nouveau. »

Ils l'enverraient probablement en prison pour s'être battu avec DeShawn, mais il ne voulait pas le lui dire.

« J'en ai fini avec le programme de protection. J'ai violé leurs règles. Je vais me cacher.

– Vous ne pouvez pas vous cacher.

– Si. Vous vous cachez entre quatre murs. Moi, je le ferai derrière une nouvelle identité. Ou j'irai loin. Chypre. Inde. Thaïlande. Aucune importance. »

Il s'assit sur le coin du lit.

« Quand vous avez tué cet homme, dit-elle, est-ce que vous êtes tout de suite tombé en dépression ? »

Il écouta le son de sa propre respiration. Les murs étaient recouverts d'une affreuse peinture d'un beige verdâtre. Il entendit le doux ronflement de Nathan provenant de l'autre chambre.

« Je me souviens juste que j'ai parlé, qu'il a dégainé son arme, j'ai tiré, il est tombé, je suis tombé. C'est tout. Pas de détails. Comme dans un film muet auquel il manquerait des plans.

– Alors, comment pouvez-vous être certain que c'était vraiment votre faute ? Il a dégainé en premier.

– Il me dit que c'était ma faute. Il m'a dit que je l'avais tué avec un mot. J'ai peur de me souvenir.

– Il n'est que le fruit de votre imagination.

– Non. Il est notre maladie faite chair.

– Si nous avions du Frost, en ce moment, est-ce que vous le prendriez ?

– Je... Je ne sais pas.

– Vous ne savez pas parce que vous ne voulez pas vous souvenir. Ce qui s'est passé est peut-être pire que ce que vous croyez. »

La confession était toujours pliée dans sa poche.

« Et vous m'avez dit il y a une minute que vous ne pouviez pas vous soucier de ce que pensaient les autres, poursuivit-elle. Je suis une autre. Arrêtez de vous faire du souci.

– Je n'ai jamais vu votre émission.

– Vous n'avez pas raté grand-chose.

– Dites-moi comment vous avez gagné les cinq millions.

– Non. Quand tout sera fini, nous louerons le DVD de la première saison. Je ne veux pas vous dévoiler la fin.

– Je connais la fin. Vous gagnez. Dites-moi. »

Elle lui expliqua donc, lui raconta les alliances secrètes, les votes, les coups de couteau dans le dos. Au bout de trente minutes, il regarda l'horloge et dit : « Il est temps de vous rincer les cheveux. »

Elle se leva. Il ouvrit le robinet et elle se pencha en avant tandis qu'il lui versait l'eau sur les cheveux avec la main pour rincer la teinture. Elle s'essuya les cheveux et les ébouriffa du bout des doigts. Elle était assez différente de la femme sur le journal. Assez pour ne pas être reconnue du premier coup d'œil.

« Vous pouvez me parler de la fusillade, Miles. Je ne vous détesterai pas. Je ne pourrais pas vous détester. » Elle se retourna, son visage était à quelques centimètres de celui de Miles. « Je ne pourrais pas vous détester. Jamais.

– Autant que tu saches, siffla Andy à l'oreille de Miles, que je ne te laisserai jamais être à nouveau proche d'une autre personne. »

Miles tressaillit.

« Nous pourrons en parler plus tard. Trouvons Edward Wallace. »

Il tira un mince annuaire téléphonique du tiroir de la table de chevet. Celui-ci répertoriait les communautés éparpillées aux alentours de Yosemite Park. Il fit courir son doigt sur une page.

« Edward Wallace. Il est dans l'annuaire. Il ne cherche pas à se cacher.

– On pourrait juste l'appeler et lui demander des renseignements sur Allison.

– Non. Je ne veux pas qu'il nous glisse entre les mains. Vous et Nathan restez ici.

– Je veux venir avec vous.

– Non. Ça pourrait être dangereux, répondit-il. D'ailleurs, j'ai l'habitude de tirer les vers du nez aux gens, pas vous. S'il vous plaît. »

Il lut sur son visage qu'elle était vexée.

« Eh bien, soit, puisque vous en avez tellement l'habitude. Je resterai juste ici avec ma nouvelle tête, à causer toute seule. »

Elle croisa les bras et s'assit.

« Je reviendrai avec le dossier Frost, dit-il.

– Ouais, super », répondit-elle comme il fermait la porte.

Debout près de la fenêtre, Celeste le regarda partir. Elle se dirigea ensuite vers le lit où Nathan dormait en chien de fusil. Elle se pencha au-dessus de lui et lui toucha doucement la joue, comme pour s'assurer qu'il était toujours là. Puis elle trouva l'adresse d'Edward Wallace dans l'annuaire et écrivit un mot à l'attention de Nathan. Au moment où elle le posait près de son lit, il ouvrit les yeux et lui attrapa le bras.

« Qu'est-ce que vous faites ? demanda-t-il.

– Je vais aider Miles.

– Non, Celeste. Restez, dit-il d'une voix calme, sans rudesse.

– Lâchez-moi le bras, Nathan. »

Il n'obéit pas.

« Vous devez rester. C'est fini maintenant, Celeste, vous serez en sécurité.

– De quoi parlez-vous ? »

Elle tenta de dégager son bras, il serra plus fort.

« Je l'ai fait pour nous tous. Il va bientôt arriver.

– Qu'avez-vous fait ?... »

Elle libéra son bras, le frappa à la poitrine, se précipita vers la porte. Elle l'ouvrit et vit Groote – l'homme de Santa Fe – qui courait vers la chambre depuis la réception de l'hôtel, les yeux fixés sur elle comme des lasers. Elle claqua la porte, chercha à engager la chaîne dans le verrou, manqua son coup. Groote enfonça rageusement la porte, projetant brutalement Celeste sur la moquette usée.

Il pointa un pistolet sur la tête de Celeste.

Nathan se jeta sur Groote, celui-ci lui assena un violent coup de pistolet en travers du visage qui lui entailla la joue. Puis il lui donna un coup de pied. Nathan alla s'écrouler sur Celeste.

Groote referma la porte, tourna le verrou, pointa son arme dans leur direction.

« Salut, Nathan. Ne fous pas le feu. Ravi de vous revoir, madame Brent. Ne criez pas. »

Son sourire glaça le sang de Celeste. « Nous avons besoin de discuter. »

41

Les fenêtres du bungalow d'Edward Wallace avaient besoin d'un bon décrassage, et les murs, d'un bon coup de peinture. Mais une Mercedes étincelante garée dans l'allée détonnait par rapport à la maison en ruine. Pas une maison à proprement parler, juste un bâtiment dans lequel vivait quelqu'un.

Miles se rappela le sens de l'ordre d'Allison. Il ne se l'imaginait pas ici. Mais bon, elle vivait dans le mensonge, il ne savait rien de la vraie Allison.

Il s'approcha de la porte, frappa. Il entendit des pas traînants. La porte s'entrouvrit légèrement. Miles aperçut une tranche de visage : yeux bleus, cheveux blonds, joues mal rasées.

« Monsieur Wallace ?

– On m'appelle docteur.

– Mes excuses. Docteur Wallace. Il faut que nous parlions.

– Je ne crois pas en Dieu et je ne donne pas aux collectes. »

Il referma la porte. Miles se pencha en avant, parla à voix basse tout près du montant de la porte.

« Allison m'envoie. Ou je suppose que vous l'appelez Renée. »

Quatre secondes de silence. Puis la porte s'ouvrit.

Edward Wallace ressemblait bien à l'homme sur la photo de mariage. Grand, avec un visage maigre d'intellectuel, une silhouette élancée de marathonien. Il tenait un pistolet automatique brillant pointé sur le ventre de Miles. L'arme tremblait dans sa main.

« Qui êtes-vous ?

– Miles Kendrick. Je connaissais votre femme. Du moins, c'est ce que je croyais. »

Edward Wallace se mordit la lèvre.

« Vous êtes le témoin fédéral. »

Miles dissimula sa surprise.

« Allison vous en a parlé ?

– Oui.

– Est-ce que ça vous dérangerait de braquer votre joujou ailleurs que sur moi, docteur Wallace ? »

Il baissa le pistolet.

« Je vous aurais manqué. Je ne connais rien aux armes.

– J'ai environ mille questions à vous poser, dit Miles.

– Eh bien, je n'ai qu'une seule réponse. Vous et moi sommes des hommes morts, dit Wallace. À moins que nous ne nous entraidions. »

42

« TU M'AS FAIT COURIR, MON VIEUX. » Groote s'agenouilla près de Nathan tout en maintenant le pistolet fermement pointé sur la tête de Celeste. « Bon. Fini de se battre, OK ? Ça nous fait du mal à tous les deux.

– Non. Non, dit Nathan, les lèvres tremblantes.

– Tu penses aux moments qu'on a passés ensemble ? dit Groote. Je n'aime pas faire souffrir les gens. Mais si tu ne souffres pas, je n'ai pas ce que je veux. Parle-moi, et je ne ressortirai pas M. Tournevis. Du moins pas pour toi. »

Il attrapa Celeste qui était parvenue à s'extraire de sous Nathan.

« Non, dit Nathan. Lui faites pas de mal.

– Alors, aide-moi, Nathan. » Il fit courir le canon de son pistolet sur la nouvelle coupe de cheveux de Celeste. « Je veux savoir où sont Miles Kendrick et le dossier Frost.

– Miles est parti, intervint Celeste avant que Nathan ait eu le temps de répondre.

– Où ?

– Chercher le dossier.

– Vous êtes coopérative, madame Brent », remarqua Groote.

Celeste ravala sa salive.

« Je n'ai pas envie de mourir.

– Quand sera-t-il de retour ?

– Sans doute d'ici une heure. Je ne suis pas sûre, répondit-elle.

– Vous aviez hâte de partir quand je vous ai vue franchir la porte, dit Groote. J'ai entendu dire que vous adoriez le grand air.

– Nathan me tapait sur les nerfs.

– C'est l'effet qu'il a sur les gens, dit Groote. Mais vous aussi, vous me tapez sur les nerfs. Je ne suis pas le genre de type qui se laisse emmerder... »

Le téléphone sonna.

« Laissez, ordonna Groote.

– Si c'est Miles, dit-elle calmement, il s'attendra à ce que je réponde. Il se demandera où nous sommes. Si je ne réponds pas, il sera sur ses gardes. »

Groote la poussa vers le téléphone.

« Répondez. Si vous l'avertissez, je colle une balle à Petit Soldat. »

Il attrapa Nathan par les cheveux, le tira vers lui et lui enfonça sèchement le pistolet contre la tempe. Celeste décrocha.

« Allô ? » Sa voix était si calme qu'elle n'en revint pas. Pas de réponse. Elle entendit une respiration à l'autre bout de la ligne. « Oui, nous allons bien, poursuivit-elle, ne sachant que dire d'autre et se demandant *Pourquoi Miles ne dit-il rien ?*

– Est-ce que Groote est là ? demanda une voix qu'elle ne reconnut pas, une voix d'homme avec un léger accent de Boston.

– Oui », répondit-elle.

Son interlocuteur raccrocha.

« Très bien, Miles, à plus tard. »

Elle raccrocha à son tour.

« Qu'est-ce qu'il a dit ? demanda Groote.

– Il me tenait au courant de ses progrès.

– Il cherche Edward Wallace ?

– Oui. Mais Wallace n'est pas chez lui. Miles va l'attendre et rapporter à manger quand il aura fini. » Elle s'assit sur le lit avec la chair de poule. *Qu'est-ce que c'était que cet appel, qui était cet homme ?* « Ça fait des heures que nous n'avons pas mangé.

– Pauvre petite. » Groote gratta le pansement qui recouvrait son nez cassé, et Celeste se demanda si c'était Miles qui lui avait fait ça. « Je vous ai vu dans *Naufragés*. Ma femme adorait cette émission. Je sais que vous pouvez être salement roublarde.

– J'ai joué dans les règles. »

Elle fut surprise d'entendre la colère soudaine dans sa voix.

« Peu importe. Votre visage est célèbre. Vous allez être un problème pour moi. »

La terreur monta en elle. Maintenant que Groote croyait que Miles allait bientôt revenir avec le précieux dossier, Nathan et elle ne lui étaient plus d'aucune utilité. Il ne la laisserait pas quitter cette pièce. Son pistolet était muni d'un silencieux et il avait les mains assez grandes pour lui broyer la gorge. Au-dessus du pansement crasseux qui lui recouvrait le nez, ses yeux rendus vitreux par l'épuisement la regardaient sans pitié.

Elle ne pouvait pas attendre tranquillement de mourir dans cette chambre sordide, attendre en suffoquant de peur qu'un homme franchisse la porte. Elle ne pouvait regarder un homme se faire assassiner.

Pas une deuxième fois.

« Pourquoi vous faites ça ? demanda Nathan.

– Mon patron veut récupérer ce qui lui appartient », répondit Groote. Il poussa Celeste du bout de son pistolet. « Vous. Dites-moi. Est-ce que ça fonctionne ?

– Quoi ? demanda-t-elle en levant les yeux.

– Ce médicament, Frost. Est-ce que ça fonctionne.

– Qu'est-ce que ça peut vous faire ?

– Simple curiosité. »

Il parlait d'une voix plate, mais elle avait vu le feu qui s'était allumé dans ses yeux quand elle avait posé la question.

« Vous me demandez si Frost fonctionne pour savoir si ça vaut la peine de nous tuer tous les deux ? Eh bien, j'ai trop peur pour vous répondre, dit-elle d'une voix faussement tremblante. Et quand je panique, je me mets à crier.

– Personne ne crie, aboya sèchement Groote. Si vous criez, vous êtes morte. »

Elle se plaqua les mains sur la bouche, faisant mine d'étouffer un hurlement. Deux inspirations profondes. Elle baissa les mains.

« J'ai besoin... de mon médicament. S'il vous plaît.

– Oubliez, dit Groote. Fermez-la et restez assise.

– Laissez-la prendre son antidépresseur, mec », dit Nathan.

Groote lui décocha un coup de pied à la poitrine qui l'envoya au tapis.

« Je ne veux pas entendre vos gémissements. J'en ai plus qu'assez de vous deux.

– Ma pilule est dans mon sac. Dans la chambre d'à côté. » Elle se tapa sur la poitrine, comme si elle cherchait à faire redescendre le hurlement qui lui montait dans la gorge. « J'ai aussi des calmants. Pour Nathan. »

Lorsque le froncement de sourcils de Groote disparut, elle comprit qu'il venait de prendre la décision qu'elle espérait : il pouvait les forcer à gober toute une armoire à pharmacie pour les garder sous contrôle. Groote colla son arme contre Nathan, le hissa sur ses pieds.

« Allez, Petit Soldat. Tente quelque chose et je te fais un vilain trou. »

Celeste se rendit dans la chambre d'à côté, talonnée par Groote et Nathan. Elle marcha jusqu'à son sac.

« Faux, dit Groote. Soulevez-le par le fond, madame Brent, videz-le par terre. Pas de mauvaise surprise. »

Elle fit comme il lui demandait et tout son bric-à-brac tomba en tas sur la moquette grise poisseuse : rouge à lèvres, élastiques supplémentaires que Miles lui avait apportés, pince à billets, carnet noir, flacon de pilules vide, portefeuille, téléphone portable, éteint comme l'avait ordonné Miles pour qu'ils ne puissent pas être localisés. Elle s'agenouilla.

« Éloignez les mains de votre téléphone. Poussez-le du pied vers moi », commanda Groote.

Elle obéit. Il écrasa le téléphone sous son talon, brisant les touches et l'écran.

Elle ouvrit sa boîte de pilules. Vide.

« Oh, fit-elle. Je... Je n'en ai plus. »

Elle s'agita, plaça un genou sur sa pince à billets.

« Imbécile », murmura Groote. Elle resta agenouillée. « Debout, Petit Soldat, sur le lit, je vous attache tous les deux. »

Elle se leva en refermant la main sur la pince. Elle détacha l'argent, laissa retomber la pince par terre. Entre les billets doux et usés, elle sentit sur son doigt la morsure vive de son rasoir. Elle le replia dans sa main. Groote ne vit rien. Il la poussa sur le lit en travers de Nathan.

« Le premier qui bouge est mort », dit Groote.

Attachez-moi la première, pensa-t-elle, *s'il vous plaît,* car Nathan pourrait l'aider à se battre quand Groote serait suffisamment proche.

Mais il commença par Nathan. Il arracha le cordon du téléphone de la prise murale, lui ligota les mains et les pieds ensemble, déchira une taie d'oreiller et lui en enfonça dans la bouche un lambeau suffisamment gros pour le faire étouffer.

Ne flanche pas, se dit-elle.

Comme il n'y avait plus de cordon de téléphone dans la chambre, il arracha le cordon des rideaux et s'approcha d'elle.

Elle s'agenouilla sur le lit et tendit les mains devant elle comme si elle se préparait à être menottée, mais avant qu'il ait pu l'atteindre, elle dit :

« Il me reste l'essentiel des cinq millions que j'ai gagnés. Ils sont à vous. Laissez-nous juste partir. »

Pensant qu'elle était sur le point de l'implorer, et non de se battre, il marqua une pause.

« Je n'ai rien à foutre de votre fric.

– Je ne supporte pas d'être attachée. À cause de ce qui m'est arrivé... quand mon mari est mort. » Elle n'eut aucun problème à teinter sa voix de peur. Mais ce qu'elle craignait le plus, c'était ce qui se passerait si elle ne l'arrêtait pas. « Ne m'attachez pas. Je sais où trouver le dossier. Tout de suite.

– Où ? »

Elle leva le menton.

« Je ne veux pas que Nathan entende. »

Elle avait supposé que Groote l'emmènerait dans l'autre chambre, mais il était trop impatient. Il se pencha vers elle. Il ne serait peut-être plus jamais aussi proche d'elle, et elle le frappa au visage, serrant entre ses doigts le rasoir ouvert. La lame dessina une entaille rouge vif le long de sa joue, près de l'œil.

Il recula, abasourdi, et elle tenta de le frapper à nouveau. Il lui repoussa violemment le bras sur le côté en lâchant un grognement animal sourd qui se transforma en hurlement. Elle projeta le rasoir vers sa gorge, mais Groote lui décocha un coup de poing à la tempe et elle tomba du lit. Il lui écrasa le poignet du pied, la forçant à ouvrir la main, et elle lâcha le rasoir.

« À votre tour de souffrir, dit-il d'une voix brisée. C'est ça, tu m'as coupé, salope, vaudrait mieux que ça ne laisse pas de cicatrice, vaudrait mieux que ça n'effraie pas Amanda... »

Il s'interrompit et elle se mit à lui résister, à mordre, à donner des coups de pied. Il lui plaqua les mains sur la bouche et la porta, tête en avant, jusqu'à la salle de bains. Puis il la tint à l'envers, ses pieds effleurant le plâtre du plafond.

« Où est le dossier ? Où ?

– Je ne sais pas... » commença-t-elle avant de voir la cuvette des toilettes s'approcher à toute vitesse de son visage.

Stupéfaite, Celeste parvint à inspirer une bouffée d'air avant qu'il ne lui plonge la tête dans l'eau peu profonde. Elle se débattit, mais il lui maintenait les jambes avec l'une des siennes et les mains avec l'un de ses énormes bras. Il lui tourna la tête à un angle précis et son visage heurta la porcelaine. *Il a déjà fait ça,* comprit-elle, effarée.

« Vous le savez ! Dites-le-moi ! Où est ce dossier ? » hurla-t-il.

Elle ne pouvait rien faire que battre des pieds avec l'espoir qu'il n'arriverait pas à la noyer. L'air explosa hors de ses poumons comme s'il cherchait à s'échapper. Elle suffoqua, but la tasse, et il la lâcha. Elle retomba sur le carrelage froid, crachant, toussant, sentant le goût de son propre sang sur ses lèvres.

« Madame Brent ? Est-ce que ça va ? »

La voix qu'elle avait entendue au téléphone. Au-dessus d'elle se tenait un homme d'environ cinquante ans, cheveux aussi noirs que du charbon, teint pâle. Il tenait le plus gros pistolet qu'elle eût jamais vu collé contre la tête de Groote.

43

« POURQUOI SOMMES-NOUS DEUX HOMMES MORTS ? demanda Miles.

– Nous en savons trop. Ou plutôt, certaines personnes pensent que nous en savons trop. »

Edward Wallace fit un pas de côté et Miles entra dans la maison. Il vit des photos accrochées au mur du fond. Des photos d'Allison. Avec des lunettes, les cheveux plus clairs, plus longs.

« Sur Frost.

– L'avez-vous ? demanda Wallace, une lueur d'espoir s'allumant prudemment dans ses yeux.

– Non. C'est vous qui l'avez. »

Son espoir se transforma en surprise.

« Quoi ?

– Allison a caché les fichiers sur un serveur ici. Le jour de sa mort.

– Oh, bon sang. Ça explique tout. »

Wallace s'adossa au mur.

« Pas pour moi, docteur Wallace.

– Je n'ai pas le dossier Frost.

– Mais vous pouvez accéder à ce système où elle a placé les fichiers...

– Non. Écoutez, vous devez partir. Maintenant. Vous ne pouvez pas être ici quand Dodd arrivera.

– Qui est Dodd ? »

Miles se souvenait avoir entendu ce nom quand Sorenson avait parlé au téléphone dans le cabinet d'Allison : *Dodd n'est pas au courant.* Et il avait voulu demander à Allison qui était Dodd, mais elle lui avait raccroché au nez avant de mourir. La pièce manquante du puzzle.

« Vous ne devez pas rester ici et vous ne pouvez pas savoir qui il est. Partez, je vous en prie.

– Non. Montrez-moi le système sur lequel elle a chargé les fichiers.

– Je n'ai pas les fichiers concernant ce médicament.

– Vous les avez effacés.

– Non. Je ne sais pas ce qui s'est passé », répondit Wallace.

Il posa le pistolet sur la table, se passa la main dans les cheveux, si hirsutes qu'il semblait avoir passé la journée à faire ce geste, taraudé par une inquiétude sans fin.

« Votre femme m'a demandé de l'aider, docteur. Je ne l'ai pas fait à temps et elle est morte, et la seule manière que j'aie de l'aider maintenant, c'est de faire en sorte que celui qui l'a tuée ne s'en tire pas comme ça. »

Wallace émit un bruit, à mi-chemin entre un éclat de rire et un accès de toux, qui résonna étrangement dans le silence du bungalow.

« Vous ? Les arrêter ? Je ne sais pas quel camp l'a tuée, mais vous ne les arrêterez pas. Écoutez. Dodd risque d'arriver ici d'une minute à l'autre. Nous devons y aller. »

Si vous avez si peur de ce Dodd, pourquoi n'êtes-vous pas encore parti ? se demanda Miles.

« Dodd veut ce dossier. Pourquoi ? Qui est-il ?

– Si je vous le dis... m'aiderez-vous à me cacher ? Avant qu'ils me tuent comme ils ont tué Renée. »

Ça ne collait pas, mais la peur sur le visage de l'homme semblait bien réelle.

« Ces gens ont tué votre femme. Pourquoi n'allez-vous pas tout simplement voir les flics ?

– Je... ne peux pas aller à la police.

– Expliquez-moi. »

Wallace inspira profondément pour se donner du courage.

« Dodd était responsable du projet Frost original.

– Hurley et Quantrill n'ont pas créé Frost ?

– Non. Ils se sont basés sur nos découvertes. Je faisais partie de l'équipe de recherche originale, dit Wallace. De même que Renée.

– Pourquoi se faisait-elle appeler Allison Vance ?

– Elle n'avait pas le choix... c'était sa couverture. Dodd l'a forcée. Il travaille pour le gouvernement.

– Quelle agence ?

– Le nom de code du groupe de Dodd est Shaman. Mais vous ne le verrez pas répertorié dans les budgets du Congrès. Ils opèrent en secret, grâce à des fonds blanchis dans des projets légaux. Il est chargé de recherches scientifiques clandestines pour le département de la Défense. »

Ça collait. Frost constituerait un bénéfice immédiat pour les soldats psychologiquement dévastés par les horreurs de la guerre.

« Elle était donc censée le voler pour Dodd.

– Lui rendre ce qu'on lui avait volé.

– Pourquoi ne le lui a-t-elle pas tout simplement envoyé ?

– Je ne sais pas.

– Pourquoi a-t-elle envoyé le dossier sur votre serveur ?

– Je ne sais pas. Je n'avais pas eu de contacts avec elle depuis qu'elle était à Santa Fe. Dodd l'interdisait. » Wallace ferma les yeux. « Avec... Avec l'équipe de Dodd, il y a trois ans, nous avons développé la version initiale de Frost. Je suis neurobiologiste... Je travaillais sur les bêtabloquants censés empêcher les souvenirs traumatiques de s'ancrer. Allison était l'un des psychiatres. Mais notre médicament prototype ne fonctionnait que s'il était administré dans les deux heures suivant le traumatisme. L'un des soldats du groupe de tests est devenu psychotique. Son traumatisme à long terme n'est pas parti... et il a tué les autres patients sur qui nous effectuions des tests. Tous. » La voix de Wallace se brisa. « Nous voulions aider ces gens, les guérir, et ils ont tous été assassinés, un par un, dans leur sommeil. Dodd a enterré le projet et abandonné les recherches. Renée se jugeait responsable.

– Elle était au courant pour Frost. Elle savait de quoi il s'agissait, depuis le début, dit Miles.

– Après que Dodd a abandonné le projet, son équipe s'est attelée à d'autres travaux. Renée et moi avons déménagé à Fresno pour ouvrir une clinique destinée aux patients souffrant de PTSD pendant que j'enseignais à l'université et poursuivais mes recherches. Nous sommes restés dans l'ombre, jusqu'à ce que Dodd débarque chez nous il y a quelques mois. Quantrill avait mis la main sur les recherches originales – un autre chercheur avait volé les travaux originaux et les lui avait vendus – et était parvenu à améliorer le médicament. Dodd l'a découvert – probablement de la bouche du chercheur qui a vendu les données à Quantrill. Dodd sait être... convaincant. Vous faites comme il dit, ou vous êtes mort. Ce chercheur a péri dans un accident de voiture. Je ne crois pas beaucoup aux coïncidences. »

Miles se rappela l'article du journal.

« Vous avez eu un accident de randonnée il y a quelques semaines de cela.

– Dodd nous a forcés à démissionner de nos emplois et nous avons déménagé ici pour être plus discrets. Renée est allée à Santa Fe pour espionner au profit de Dodd... Elle m'a appelé de son cabinet tard un soir. Je lui manquais. Dodd avait dû mettre sa ligne sur écoute. Il a envoyé un message pour montrer ce qui arrive quand on ne respecte pas ses règles. Il est venu, m'a demandé de faire une promenade avec lui pour que nous puissions discuter, et il m'a poussé d'un promontoire haut de trois mètres. Juste de quoi me faire mal, me secouer un peu. Un avertissement.

– Sympa.

– Renée s'en voulait de la mort des patients, poursuivit Wallace, elle ne s'en est jamais remise. Dodd a couvert les décès en faisant croire aux familles qu'ils étaient morts dans l'incendie de l'unité de l'hôpital de San Diego où nous effectuions les recherches.

– Dodd voulait donc récupérer la nouvelle version améliorée du médicament. Il a fait d'Allison son espion. »

Elle avait été une sorte d'espion – tout comme lui. Miles sentit sa poitrine se serrer. Il se rappela ses paroles le dernier matin qu'il l'avait vue : *Je pense vous comprendre mieux que vous ne le croyez.*

Wallace acquiesça.

« Recherches sur la mémoire... le monde est petit. Quantrill ne pouvait pas savoir qu'elle avait fait partie de l'équipe originale. Elle devait voir si sa version de Frost était prometteuse, la voler si elle l'était, puis redevenir Renée.

– Pourquoi Dodd n'a-t-il pas demandé aux autorités de régler le problème ? Quantrill a violé la loi en achetant des secrets appartenant au gouvernement...

– Dodd ne voulait pas que le projet original soit révélé au grand jour. On aurait su que le Pentagone effectuait des tests de médicaments secrets sur des anciens combattants. Je ne crois pas que Dodd ait une ombre, il ne voit pas souvent la lumière du jour.

– Parlez-moi des autres acteurs ? Qui est Sorenson ? »

Wallace s'assit sur une chaise, essuya la sueur de son front.

« Une véritable ordure. Il s'occupait de la sécurité sur les projets de Dodd. Il était censé aller à Santa Fe pour protéger Renée, l'aider si elle avait besoin de contourner des systèmes de sécurité afin de voler les recherches sur Frost.

– C'est Sorenson qui l'a tuée.

– Quoi ?

– Il a posé la bombe qui l'a tuée. »

Miles expliqua à Wallace qu'il avait vu Sorenson entrer dans le cabinet d'Allison avec un attaché-case et en ressortir sans, puis revenir et parler de Dodd au téléphone. Wallace blêmit, se couvrit les yeux de la main.

« Sorenson aurait-il accès à des explosifs ?

– Il menait auparavant des opérations secrètes pour le Pentagone. C'est le chef de la sécurité de Dodd. Dodd m'a appelé tôt ce matin, paniqué, parce qu'il savait qu'elle avait envoyé les fichiers sur le serveur. Je ne sais pas comment il l'a appris…

– Tôt ce matin ? » répéta Miles. Oh, bon sang. Sa bouche s'assécha. Nathan qui avait raccroché le combiné avec un air penaud, qui avait menti en affirmant qu'il devait appeler sa mère toutes les semaines. Un coup de fil qu'il ne pouvait risquer de passer dans la chambre, même tandis que Miles dormait. Il y avait un lien entre Dodd et Allison ! Allison avait essayé d'aider Nathan à s'enfuir. Alors qui sait… « Je crois savoir qui l'a appelé. Dodd vous a déjà parlé d'un type nommé Nathan Ruiz ?

– Non. »

Cela ne signifiait pas que Nathan ne connaissait pas Dodd.

« Donc, Dodd voulait les fichiers qu'elle avait envoyés.

– Mais ils ne sont pas ici. J'utilise le serveur pour la petite entreprise d'hébergement Internet que je dirige, pour y stocker les bases de données de mes recherches, et lancer des applications très gourmandes en ressources que j'utilise dans mon travail. Je n'ai jamais vu ces fichiers, je n'ai jamais su qu'ils étaient là. Vous devez me croire.

– Dodd ne vous croit pas.

– Je lui ai donné les codes d'accès, il a vérifié par lui-même. Quelqu'un a accédé au serveur ce matin en utilisant le mot de passe administrateur dont Renée et moi nous nous servons et a exécuté un logiciel de nettoyage pour détruire toutes les données du disque… Tout a disparu, complètement effacé. Rien n'est récupérable, et j'ai déjà essayé. La seule autre personne possédant le mot de passe administrateur qui aurait pu faire ça est Renée. À moins qu'elle ne l'ait communiqué à quelqu'un. »

Miles réfléchit à voix haute. « Sorenson. Allison ne lui cachait pas les fichiers, elle les stockait pour les livrer à Dodd. Pour que lui ou Sorenson puisse les récupérer au cas où Quantrill l'attraperait ou la tuerait. Mais elle avait dû donner le mot de passe à Sorenson, ou alors il l'avait trouvé tout seul – on note toujours ce genre de choses – et il a récupéré les fichiers sur le serveur. Puis il a effacé le serveur pour n'en laisser aucune trace après les avoir téléchargés.

– Dodd ne me croit pas, il pense que j'ai le dossier. Il arrive. C'est pour ça que je dois me cacher, dit Wallace d'une voix tremblante.

Il restait des ombres au tableau et Miles secoua la tête.

« Allez voir Sorenson. Où est-il ?

– Dodd prétend que Sorenson a disparu il y a deux jours. Il pense qu'un autre homme, un certain Dennis Groote qui travaille pour Quantrill, l'a rattrapé. Probablement tué. »

Sans doute après notre fuite de l'hôpital, pensa Miles.

« Ce Nathan Ruiz que j'ai évoqué, c'était un patient d'Allison, déclara Miles. Sorenson s'est donné beaucoup de mal pour essayer de le tuer à Sangre de Cristo, mais je ne sais pas pourquoi.

– Jamais entendu parler de lui.

– Mais vous avez entendu parler de moi. Elle m'a demandé de l'aider avant de mourir. Si Sorenson était censé la protéger, elle n'avait assurément pas besoin de moi. Donc... elle a dû soupçonner qu'il la trahissait. C'est lui qui a volé le projet. »

Mais alors, pourquoi Allison lui aurait-elle donné le mot de passe qui lui permettait d'accéder à la planque où elle avait stocké les fichiers ? Ça n'avait aucun sens, à moins qu'elle ne lui ait communiqué le mot de passe avant d'avoir des soupçons.

« Tout ça, c'est la faute de Dodd, dit Wallace. S'il était resté dans son coin...

– Une autre question. Le FBI a fait des recherches sur Allison, ils ont vérifié son passé.

– Et ?

– Allison Vance n'est pas une personne réelle, elle n'aurait pas pu passer les contrôles sous une fausse identité.

– Eh bien, de toute évidence, elle y est parvenue. Dodd a dû faire en sorte que son passé soit impeccable. »

Pourtant, quelque chose turlupinait Miles.

« Mais pourquoi prendre le risque ? Si elle était là-bas en tant qu'espion, pourquoi accepter un client qui risquait de l'exposer ?

– Je ne sais pas, elle ignorait peut-être au début que vous étiez un témoin fédéral… C'est Dodd qui tirait les ficelles. Écoutez, j'ai juste besoin que vous m'aidiez à disparaître.

– Demandez à Dodd.

– Non, répliqua Wallace en secouant la tête. Hors de question. Je veux me tirer. Fini.

– Ça ne colle pas, dit Miles.

– Que voulez-vous dire ?

– Elle est morte mardi soir. Vous affirmez que le serveur a été effacé aujourd'hui. Sorenson ne peut être mort… si c'est lui qui l'a effacé. »

Wallace plissa les yeux, acquiesça.

« Oui, c'est vrai.

– Comment efface-t-on un serveur ?

– Comme n'importe quel disque dur. Vous devez disposer d'un droit d'accès suffisamment élevé, puis vous utilisez un programme qui écrit par-dessus tous les fichiers du disque.

– Alors, pourquoi ne pas l'avoir fait mardi ? Ça n'a aucun sens.

– Je n'en sais rien. » Wallace se leva. « Je ne peux pas rester. Nous ferions mieux de partir. » Il se mit à arpenter la pièce en parlant tout seul. « Le Mexique. Pas assez loin. J'ai appris le français et l'allemand pour mon doctorat, l'Europe serait donc une bonne solution… »

Le temps, pensa Miles. Il avait disposé de plusieurs jours pour s'apercevoir de la présence des fichiers. Il aurait pu s'enfuir depuis des heures. Pourtant, Wallace restait là. Le veuf tout frais, le rat de laboratoire effarouché attendait la vengeance de Dodd.

Cet homme mentait. Miles saisit le pistolet à l'arrière de son pantalon. À cet instant précis, Wallace s'empara de l'arme qu'il avait posée sur la table et, avec une grâce d'athlète, pivota sur ses talons et fit feu sur lui.

44

« MADAME BRENT... » RÉPÉTA L'HOMME. Celeste se releva, tremblante, en s'appuyant contre le mur. « Je m'appelle Dodd. Faites exactement ce que je dis et vous n'aurez rien à craindre. S'il vous plaît, détachez Nathan. Allez vous laver le visage. Asseyez-vous sur le lit avec lui. Ne quittez pas la chambre, ne passez pas de coup de fil. Suis-je clair ? »

Abasourdie, elle acquiesça.

Dodd poussa Groote hors de la pièce, le plaqua contre le mur, se mit à le fouiller. Son pistolet, pensa-t-elle, et elle ouvrit la bouche pour parler : *J'ai poussé son pistolet sous le lit.* Mais, par prudence, elle ne dit rien. Dodd se tourna vers elle.

« Madame Brent. Faites ce que je vous ai dit, s'il vous plaît, et tout ira bien. »

Elle ôta son bâillon à Nathan.

« Ça va ? » demanda-t-il.

Elle fit signe que oui et dénoua les liens qui lui entravaient les mains et les pieds. Elle était si heureuse d'être en vie qu'elle frissonna de la tête aux pieds, comme si elle avait été plongée dans un bain d'eau glaciale.

« Monsieur, dit Nathan à Dodd, merci. Merci.

– Vous allez bien, Nathan ? demanda Dodd.

– Oui, monsieur », répondit-il d'un ton sec, comme s'il était encore dans l'armée, prêt à refaire la guerre depuis le début.

Celeste se lava le visage. Elle avait les lèvres enflées et

saignait un peu de la bouche et du nez. Le savon sentait le citron et elle se frotta vigoureusement la peau.

« Qui êtes-vous ? demanda Celeste en s'essuyant le visage.

– C'est mon patron, dit Nathan d'une voix fière.

– Patron ? »

Dodd acheva de fouiller Groote et le poussa en avant sur l'autre lit, approcha son pistolet de son dos.

« Répondez à mes questions ou vous n'avez plus de colonne vertébrale. Vous travaillez pour Oliver Quantrill ?

– Qui ? demanda Groote.

– J'admire votre loyauté, mais jusqu'à un certain point. Où est Sorenson ?

– Je n'en ai aucune idée.

– Ne mentez pas, monsieur Groote.

– Sorenson m'a cassé le nez, demandez à Nathan. Si je savais où est ce salaud, je le tuerais. Mais je n'en sais rien.

– Intéressant, dit Dodd. M. Groote vous a fait du mal, n'est-ce pas, Nathan ?

– Avec un tournevis. »

Nathan se mit à quatre pattes, récupéra le pistolet de Groote, le tendit à Dodd, et Celeste se demanda, *Mais qu'est-ce qu'il fabrique ?* Puis elle se dit, trop tard, qu'elle aurait dû le récupérer la première.

« Vous voulez vous amuser avec le tournevis sur M. Groote ?

– Non, répondit Nathan en secouant la tête.

– Nathan est plus charitable que vous, monsieur Groote, non ? demanda Dodd.

– Apparemment, répondit-il d'une voix chargée de haine.

– Nathan, dit Dodd, ne soyez pas alarmé par ce que je vais dire à M. Groote. C'est juste que nous sommes dans une situation désespérée. » Il se pencha plus près de Groote. « J'ai une proposition à vous faire. Quantrill mène à une impasse. Vous devez passer de mon côté.

– De quel côté s'agit-il ? demanda Groote.

– Nous sommes ceux qui ont inventé Frost en premier. Votre patron me l'a volé.

– Quoi… commença Celeste, mais Nathan lui fit signe de se taire d'un discret hochement de tête.

– Laissez-moi vous expliquer comment nous pouvons vous aider, et aider votre fille, monsieur Groote.

– Ma fille… prononça Groote d'une voix étranglée par la surprise, et Celeste vit une peur réelle apparaître dans ses yeux, une terreur véritable. Pas la peine de vous en prendre à elle, espèce de…

– Seuls les hommes effrayés profèrent des menaces, monsieur Groote. Les hommes confiants font des promesses. Voici ma première promesse : je suis votre nouvel employeur.

– Je ne savais pas que je cherchais du travail.

– Vous devriez être soulagé, vous n'avez pas cessé de vous faire tabasser depuis que vous bossez pour Quantrill. Maintenant, vous travaillez pour moi. Je rachète votre contrat.

– Je ne suis pas à vendre. »

Dodd tira un magnétophone numérique de sa poche.

« Je connais votre prix. »

Il enfonça le bouton.

« Papa ? » Une voix de jeune fille, calme, vaseuse, béate. « Papa ? Salut. C'est moi. Je suis censée commencer par te dire bonjour. Ils me transfèrent vers un nouvel hôpital ce matin. Ils disent que tu es trop occupé pour m'accompagner mais que tu me rendras bientôt visite. » Une voix de femme lui murmura alors de dire au revoir. « Oui, bafouilla la jeune fille. Je t'aime, papa, viens me voir bientôt. »

L'enregistrement s'arrêta. Groote, le souffle coupé, parvint à recouvrer sa voix.

« Putain, je vais vous tuer.

– Et qu'arrivera-t-il alors à Amanda ?

– Bon Dieu, je vous en prie, implora Groote précipitamment, ne faites pas de mal à ma fille. Où est-elle ? Qui êtes-vous pour pouvoir la transférer sans ma permission ? »

En voyant la peur sur le visage de Groote et le sourire satisfait de Dodd, en entendant le murmure déchirant de la jeune fille, Celeste sentit son sang se glacer. Elle se leva.

« Empêchez-la de bouger, Nathan, s'il vous plaît, dit Dodd.

– Qu'est-ce que c'est que ce bazar... commença Celeste, mais Nathan l'attira vers le lit et la força à s'asseoir.

– Faites ce qu'il dit, il est du bon côté. »

Non, c'est faux, pensa Celeste.

« Amanda est simplement une assurance, dit Dodd. Je veux juste être certain que vous resterez de mon côté. Vous allez trahir Quantrill pour moi, monsieur Groote, mais je veux être sûr que vous ne me doublerez pas. Votre fille est parfaitement en sécurité. Il ne dépend que de vous qu'elle le reste.

– Le gouvernement, dit soudain Groote. Vous travaillez pour le gouvernement.

– *Gouvernement* est tellement vague. Pesant. Inefficace. Je suis plus un homme de l'ombre.

– Quantrill affirme que les recherches sur Frost étaient abandonnées. Vous prétendez qu'il a volé le dossier au gouvernement ?

– Voici le marché, dit Dodd à l'oreille de Groote. Tout ce que vous avez besoin de savoir, c'est que si vous récupérez le dossier et si vous tuez Quantrill et Sorenson pour moi, votre fille vous revient saine et sauve. Je vous le garantis. Vous ne serez poursuivi pour aucune de vos activités. Et, Dennis – puis-je vous appeler Dennis ? –, votre fille sera soignée avec ce médicament. Tout comme Nathan, et Mme Brent si elle et moi parvenons à nous mettre d'accord. »

Dodd hocha poliment la tête en direction de Celeste. Elle se demanda si elle parviendrait à atteindre la porte avant qu'il fasse feu. Huit pas. Deux de plus pour franchir la porte. Aucun doute qu'il la descendrait, lui tirerait dans le dos.

Groote ravala sa salive.

« Je ferai tout ce que vous voudrez.

– Comprenez-moi bien. La sécurité d'Amanda dépend de la mienne. Si vous me trahissez, elle souffrira. Personne ne souhaite qu'une jeune fille innocente qui en a déjà tant bavé endure des souffrances supplémentaires. Ne me donnez aucune raison de douter de vous, Dennis.

– D'accord », répondit Groote.

Celeste n'éprouvait aucune sympathie pour lui, mais le tueur confiant qui était entré de force dans leur chambre avait disparu pour laisser place à une épave déboussolée.

« Redressez-vous », ordonna Dodd. Groote s'exécuta. « Vous êtes venu directement ici ?

– Oui. Je me suis dit qu'ils iraient dans le motel le moins cher.

– Vous les avez suivis depuis le Nouveau-Mexique ?

– Bien sûr que non. J'ai pris l'avion pour Fresno ce matin. J'ai vu sur l'ordinateur de Celeste que les fichiers avaient été transférés sur un serveur appartenant à Wallace.

– Mais vous n'êtes pas allé voir le docteur Wallace ?

– Non. J'ai été retardé à Santa Fe car j'ai dû répondre aux questions du FBI. Au sujet de Kendrick. Ils le cherchent.

– Parce qu'il est témoin et qu'il a disparu ? »

Groote acquiesça.

« Vous croyez que Kendrick a ce dossier ?

– C'est ce que je croyais.

– Avez-vous tué Allison ?

– Bon Dieu, non.

– Avez-vous tué Sorenson ?

– Non, mais je le ferais volontiers.

– Ils travaillaient pour moi, tout comme Nathan. Mais je soupçonne Sorenson d'avoir tué Allison, essayé de tuer Nathan et pris le large avec Frost, dit Dodd.

– Pour le vendre, intervint Celeste, et ils se tournèrent vers elle. Il n'est aucunement question d'aider les gens, il s'agit uniquement d'argent. Comme toujours.

– Madame Brent, répondit Dodd, je sais que je peux compter sur la loyauté de Nathan, et je tiens suffisamment Dennis pour pouvoir dormir d'un œil. Mon seul problème, c'est vous.

– Monsieur, dit Nathan, Celeste est OK. Elle a tué Hurley. Il peut plus parler de ses travaux.

– Eh bien, merci, madame Brent, dit Dodd. Vous m'avez rendu un grand service.

– Allison travaillait pour vous ? demanda Celeste.

– Elle et Nathan étaient mes espions, un à l'intérieur, l'autre à l'extérieur. Ils devaient me tenir au courant des progrès de Quantrill et Hurley dans leurs recherches. Je suis désolé qu'elle vous ait entraînée dans cette histoire. Je suppose qu'il lui fallait un moyen de mettre Frost à l'abri de Sorenson et qu'elle vous a utilisée dans ce but. C'est regrettable.

– Est-ce que vous allez me tuer ? demanda Celeste dans un murmure.

– Non, dit Nathan. Pas question. Elle tiendra sa langue. Pas vrai, Celeste ?

– Oui, répondit-elle, presque machinalement. Bien sûr. »

Dodd ouvrit un téléphone portable, composa un numéro, attendit, puis elle vit une colère noire assombrir son visage tandis qu'il demandait qui était à l'appareil. Il lâcha un soupir déçu, leva son pistolet et mit Celeste en joue.

45

La balle fila à soixante bons centimètres de la tête de Miles qui, au lieu de riposter, se jeta en avant, bras tendus devant lui, et écrasa la gorge de Wallace avec son pistolet. Wallace lâcha son arme. *Il a la trouille de sa vie,* pensa Miles, *il ne sait pas ce qu'il fait.*

« Stupide, dit Miles. Vraiment stupide.

– S'il vous plaît. Je vous en prie. Il m'a ordonné de vous tuer.

– Qui ?

– Dodd, répondit Wallace.

– Vous vouliez que je vous accompagne pour me mener à lui.

– Ou pour vous tuer ailleurs. Pas chez moi. Je suis désolé, vraiment désolé... ma femme est morte. Je ne veux pas y passer à mon tour. »

Wallace fondit en larmes.

« Dites-moi la vérité. Avez-vous les fichiers ?

– Non. Grands dieux, non. Si je les avais, je les donnerais immédiatement à Dodd, et je serais un foutu héros à ses yeux. Et je serais en sécurité.

– Dites-moi la vérité.

– J'ai appris qu'Allison était morte mercredi. Dodd m'a appelé. J'étais effondré. J'ai à peine quitté mon lit depuis, à peine touché au serveur. Je suis incapable de travailler. Je ne savais pas que ces fichiers étaient dessus. S'il vous plaît, ne me tuez pas.

– Vous n'avez pas récupéré les fichiers, alors vous brouillez les pistes en effaçant le serveur ?

– Je ne serais tout de même pas de mèche avec l'homme qui a tué ma femme, dit Wallace. Bon sang. J'ai donné le mot de passe du serveur à Dodd dès qu'il l'a demandé. Il n'a rien trouvé. Il vient pour s'assurer que je ne lui mens pas, pour vérifier. Je vous en prie. »

Le téléphone sonna.

Miles enfonça le pistolet de Wallace à l'arrière de son pantalon, décrocha le téléphone.

« Résidence Wallace.

– Qui est à l'appareil, demanda une voix calme.

– Miles Kendrick.

– Ah.

– Monsieur Dodd ?

– Oui. J'ai vos amis avec moi. Chambres vingt-quatre et vingt-cinq du Yosemite Gateway. »

Miles sentit un frisson lui parcourir la peau.

« Ne leur faites pas de mal.

– À vrai dire, je les ai sauvés. Dennis Groote était en train de noyer votre amie Mme Brent dans les toilettes. Dites-lui que vous allez bien, madame Brent. »

Miles entendit la voix de Celeste qui se tenait à quelques pas du combiné.

« Ça va. Mais il a un pistolet braqué sur moi. »

Elle semblait calme.

« Je ne veux pas que vous leur fassiez du mal, dit Miles.

– Moi non plus, répondit Dodd. Nous devons trouver un terrain d'entente. Bon, Miles, je me demande ce que vous faites chez le docteur Wallace.

– Je cherche le dossier Frost. Comme vous. Wallace dit qu'il ne l'a pas.

– Faut-il le croire ? demanda Dodd d'un ton presque embarrassé.

– Je ne pense pas. Mais je vous l'échange contre mes amis et ce sera à vous de voir s'il dit la vérité. Vous le connaissez mieux que moi. »

Wallace écarquilla les yeux mais Miles prononça en silence, *c'est bon, tout va bien,* et il leva la main pour le calmer.

« Edward est très fort en tant que scientifique, dit Dodd, mais pas vraiment en tant qu'homme. J'ai toujours pensé que Renée l'avait épousé parce qu'il ne lui causait pas de problèmes. Je ne souhaite aucun mal à vos amis. Nathan...

– Il travaille pour vous. Vous l'avez placé à l'hôpital quand vous avez eu vent des tests sur Frost. Et vous l'avez laissé crever là quand tout est allé de travers.

– Je ne savais pas qu'il était en danger.

– Foutaises. J'ai entendu votre nom. Quand Sorenson s'apprêtait à tuer Allison. J'étais dans son cabinet. Caché. Je l'ai entendu dire au téléphone : "Dodd n'est pas au courant."

– Ce qui signifie bien que je ne savais pas ce que préparait Sorenson, répliqua Dodd. Je me demande à qui il parlait, pas vous ?

– Aucune idée.

– À son homme de main, je suppose. Je suis venu pour tirer Nathan de ce pétrin, et pour vous aider, vous et Mme Brent.

– Vous êtes venu pour Frost et rien d'autre.

– Parlez-moi. En face à face. Je peux venir. »

Non. La maison de Wallace était trop isolée, trop calme. Dodd voulait le silence autour du projet Frost, autour de son développement et de ses tests.

« Non. Je veux un endroit public, très public, pour vous rencontrer. »

Il réfléchit rapidement. Public, avec des voies d'accès limitées pour que les éventuels renforts de Dodd ne puissent approcher en douce. Loin, pour contrecarrer tout plan que Dodd risquerait de mettre en place à la dernière minute. Wallace sembla lire dans ses pensées.

« Dans le parc. Les chutes de Bridalveil.

– Les chutes de Bridalveil, dit Miles. Dès que possible. Si vous faites quoi que ce soit à Nathan ou à Celeste, je vous garantis que vous n'aurez jamais ce dossier et toute la presse sera au courant à propos de Shaman. Nous nous comprenons bien ?

– Certainement. »

Dodd raccrocha.

« Dépêchez-vous, dit Miles en hissant Wallace sur ses pieds. Nous partons maintenant. Dodd pourrait nous barrer la voie, y être en quelques minutes.

– Mais, nom de Dieu, vous aviez dit que vous m'aideriez..., fulmina Wallace. Je vous ai laissé prendre mon pistolet, je vous ai dit ce qu'il voulait me faire...

– Je suis en train de vous aider, dit Miles. Est-ce que vous voulez rester ici à attendre Dodd ? Ça n'a aucun sens. S'il vous fait si peur, vous auriez dû vous enfuir. Mais vous n'en avez rien fait.

– Je ne peux pas lui échapper, du moins pas longtemps.

– Vous espériez conclure un marché avec lui, et vous ne voulez pas en conclure un avec moi. Allison vous a envoyé les fichiers Frost par mesure de protection. Ou alors elle voulait une analyse scientifique des travaux, sans que Dodd le sache. Maintenant qu'elle est morte, vous cherchez à marchander par tous les moyens pour rester en vie.

– Je n'ai pas ce dossier, je le jure !

– Je suis votre meilleur espoir de vous sortir vivant de ce bourbier, docteur Wallace. Je peux vous protéger. Si Dodd est du Pentagone, peut-être qu'il aimerait parler à mes amis haut placés au FBI ou à quelques procureurs en colère que je connais au département de la Justice, je suis l'un de leurs témoins préférés. » Il espérait que c'était toujours vrai – il pouvait toujours raconter aux inspecteurs chargés de la protection des témoins et aux avocats fédéraux qu'il avait perdu la tête en quittant Santa Fe et s'en remettre à leur clémence. Ils avaient toujours besoin de lui pour inculper les derniers Barrada. Mais même s'il ne représentait plus rien pour le gouvernement, et s'il n'avait plus d'alliés officiels prêts à le protéger contre Dodd, il devait bluffer Wallace. « Alors je vais jouer au bon citoyen et conclure un marché avec Dodd...

– Vous êtes cinglé !

– Tout le problème est là », répondit Miles.

Dissimulé dans l'épaisse pinède qui dévalait la colline depuis la maison de Wallace, l'homme regarda Wallace et Kendrick se hâter vers la voiture de Kendrick puis s'engager sur la route. Il baissa le volume de ses écouteurs. La conversation qu'il venait d'entendre avait bien eu pour sujet ce qu'il pensait. Il ouvrit un téléphone portable, enfonça une touche correspondant à un numéro préenregistré.

« Allô ?

– Kendrick emmène Wallace dans Yosemite Park pour y rencontrer Dodd. Aux chutes de Bridalveil.

– Merde. Wallace risque de craquer. Tu peux t'en charger ? demanda Sorenson.

– Bien sûr. Ça devient juste deux fois plus compliqué. Je double mon prix.

– Non.

– Libre à toi. J'aime autant être chez moi. »

L'homme attendit tandis que Sorenson considérait la proposition.

« D'accord, finit-il par dire d'un ton las. Commence d'abord par foutre le feu à la maison. »

L'homme raccrocha. Il brisa la vitre de la porte de la cuisine, aspergea le sol et les rideaux d'essence, craqua une allumette et la jeta dans la flaque de liquide. Il regagna la pinède en courant et enfourcha sa moto. Il ne lui avait pas fallu trois minutes.

Il démarra et suivit la direction prise par Kendrick. Inutile de se presser pour les rattraper, il savait où ils allaient. De plus, c'était une journée magnifique pour une virée en montagne.

46

DODD CONDUISAIT UNE LINCOLN NAVIGATOR NOIRE, spacieuse. La répartition des places fut compliquée, aucune des personnes que Groote avait essayé de tuer ne voulant s'asseoir à côté de lui. Mais Groote finit par s'asseoir à l'arrière, avec Celeste, tandis que Nathan s'installait à l'avant. Dodd avait arraché un lambeau de taie d'oreiller dans la chambre du motel pour que Groote puisse étancher le sang qui coulait des coupures que lui avait faites Celeste.

Enfoncée sur la banquette, Celeste supposait que Miles avait dû conclure un marché avec Dodd. Avait-il trouvé le dossier Frost ? S'il comptait l'échanger contre elle et Nathan, elle lui dirait de continuer à fuir, car elle était persuadée que Dodd chercherait à les réduire au silence pour de bon une fois l'échange accompli.

Comme ils empruntaient l'étroite route tortueuse qui menait aux chutes de Bridalveil, le paysage spectaculaire la rendait malade. Une vallée rocheuse tombait à pic sur leur gauche. À droite, s'élevait une montagne constellée d'arbres à feuilles persistantes. L'immensité du ciel bleu, la sensation de cet espace infini l'écrasaient presque.

Dieu pouvait la voir. Brian pouvait la voir. Elle ferma les yeux, tenta de se calmer. Elle était déjà allée beaucoup plus loin qu'elle ne l'aurait cru possible. Elle pouvait tenir le coup. Elle le devait.

« Celeste, dit Nathan, je parie qu'il y a une semaine, si on vous avait dit que vous viendriez en Californie, vous l'auriez pas cru. »

Il était désormais excité, confiant, mais pas serein. Survolté.

« Non, Nathan, c'est sûr.

– Les montagnes, les vallées. Taillées dans la roche brisée sous la pression d'une force inimaginable pendant des millions d'années. La beauté naît de la pression. Exactement comme nous.

– Pas comme nous, objecta Celeste.

– Si vous voulez une preuve que ce remède fonctionne, regardez Celeste, dit Nathan. Le Yosemite devrait être un cauchemar pour une agoraphobe, mais elle tient le coup.

– Vous n'êtes pas le type que je croyais, Nathan, dit Celeste.

– Vous vous trompez sur le compte de Nathan, intervint Dodd. C'est un héros.

– C'est ce qu'il veut croire, et vous avez profité de lui, dit-elle.

– Bouclez-la, dit Nathan. Frost va aider tous les soldats qui reviendront de la guerre, pendant des années. Fini les suicides. Fini les mariages brisés, fini l'incapacité à réintégrer une vie normale. Rien de tout ce que j'ai enduré. Le pays entier sera reconnaissant.

– Je sais, Nathan, dit Celeste d'une voix ferme. Mais enlever la fille de Groote et menacer de la tuer, est-ce que c'est héroïque ? »

Il ravala nerveusement sa salive.

« Il vous a sauvé la vie, Celeste, alors bouclez-la maintenant.

– Je n'ai jamais utilisé le mot *tuer*, madame Brent, dit Dodd. Je ne suis pas un monstre et je n'apprécie pas vos sous-entendus. Je n'ai aucun désir de vous faire du mal, pas plus qu'à Amanda Groote.

– Si vous obtenez Frost, qu'est-ce qui nous arrivera ?

– Vous pourrez intégrer un programme de tests. Un programme légal que nous pourrons rendre public quand le médicament fonctionnera. Et je peux m'arranger pour que vous retrouviez une vie publique, malgré votre disparition de

Santa Fe. Nous dirons simplement que vous avez été hospitalisée après la mort d'Allison. Ce ne sera pas difficile. Si vous pouvez garder le silence.

– Et si je ne me tais pas, vous me tuez.

– Vous étiez beaucoup plus diplomate à la télé, observa Dodd d'un ton amusé. Allez-vous dire comment Frost est né et empêcher des millions d'autres personnes d'en bénéficier ? »

Celeste l'ignora.

« Groote, dit-elle en lui tapant sur la jambe jusqu'à ce qu'il se tourne vers elle. Pourquoi votre fille a-t-elle besoin de ce médicament ?

– Comme si ça pouvait vous intéresser.

– Peut-être que si, rétorqua Celeste. Il s'agit d'elle, pas de vous. »

Groote posa de nouveau les yeux sur la pente de la montagne, regarda les derniers doigts de neige protégés par l'ombre. Celeste ne pouvait pas éprouver de pitié pour lui, pas exactement, mais avec son nez cassé, son visage balafré et contusionné et son regard fatigué, Groote ressemblait à un homme qui aurait livré cent batailles pour son enfant et les aurait toutes perdues. Un tel homme ne baissait jamais les bras. Il n'abandonnait pas. Elle craignait que Groote n'ait encore la force de se battre. Ou peut-être avait-il lui-même besoin de Frost, pensa-t-elle soudain. Dodd l'avait peut-être poussé aux confins de la raison, là même où elle avait erré après la mort de Brian, perdue, seule, sans carte pour retrouver son chemin.

Groote ignora la question de Celeste Brent – il ne discuterait jamais de sa fille adorée avec ces barjos – et pensa, *Dodd ne sait pas. Il ne sait pas qu'Allison avait à la fois les recherches et la liste des acheteurs. Il pense qu'elle a juste volé les recherches. Il n'est pas au courant de la deuxième mise aux enchères dont a parlé Sorenson. Il n'a pas encore compris tout ce que ce salopard de Sorenson manigance.* Les deux cinglés ne semblaient pas savoir non plus, ni s'en soucier.

Il avait un atout, une monnaie d'échange pour récupérer Amanda, et il savait qu'il devait attendre le bon moment pour le jouer. Un marché se tramait entre Miles et Dodd, et c'était exactement l'information qui pouvait faire tourner ce marché en sa faveur, en faveur d'Amanda. Dodd n'était qu'un bureaucrate suffisant qui pensait tirer les ficelles mais qui finirait par se planter. Groote en était persuadé. À condition qu'il parvienne à garder son sang-froid.

Il se promit d'amener un jour Amanda dans ces montagnes paradisiaques, lorsqu'elle serait en bonne santé. L'air frais lui ferait un sacré bien si elle surmontait sa peur des routes sinueuses.

Miles conduisait au milieu du paysage époustouflant de Yosemite Park sans se soucier de sa beauté. Les montagnes qui s'élevaient en pointes, le ciel clair, les pins immenses... Spectaculaire, mais il n'était pas d'humeur à apprécier. Wallace était assis à ses côtés.

« Parlez-moi d'elle, dit Miles.

– Elle était... dure.

– Je ne m'attendais pas à ce que vous disiez ça.

– C'est ce qui me vient à l'esprit », dit Wallace.

Miles se rangea sur la droite tandis qu'une moto s'approchait d'eux. Un jeune homme avec un lourd sac accroché derrière lui leur jeta un coup d'œil en les dépassant à toute allure.

« Elle a grandi pauvre, reprit Wallace. Elle est allée au lycée grâce à une bourse, puis les universités et les écoles de médecine se la sont arrachée. Incroyablement intelligente. Très douée pour lire à travers les gens, leur dire ce qu'ils voulaient entendre...

– Vous ne dites rien du fait qu'elle aidait les autres.

– Elle vous a aidé ?

– Oui. J'ai un temps cru qu'elle était la seule à pouvoir le faire.

– Elle avait un don pour faire croire aux gens qu'elle était leur remède, certes, dit Wallace en regardant par la vitre.

– Et elle ne l'était pas ?

– Aucun médecin n'est le Saint-Graal, répondit Wallace. Mais c'est ainsi que les patients veulent les voir, et les médecins entretiennent l'illusion. Elle aimait qu'on ait besoin d'elle. »

Un panneau annonça Bridalveil sur la gauche. Miles gara la voiture sur un emplacement de parking.

« Vous restez près de moi, dit-il.

– Je croyais que vous ne me faisiez pas confiance.

– En effet. Mais le but est d'arriver à un accord, puis chacun s'en va sans créer de problème. Vous inclus. »

Ils descendirent de voiture et se mirent à marcher en direction des chutes. Le sentier les mena à une série de marches en terrasses. L'eau blanche cascadait furieusement, couverte d'écume. Le rugissement des chutes augmentait à mesure qu'ils approchaient. La fonte des neiges formait des torrents sous le soleil de début mai. Miles distinguait maintenant le sommet des chutes, l'eau qui se jetait dans le vide, la brume qui s'élevait sous l'impact, la cascade qui dansait presque sous l'effet des rafales de vent qui balayaient la vallée.

Ils se dirigèrent vers la droite, vers les chutes elles-mêmes, longeant un torrent déchaîné. Il n'y avait pas foule en ce début de saison. Miles vit un trio de touristes japonais, deux personnes âgées qui marchaient d'un pas souple et décidé, penchées l'une contre l'autre, en souriant. Un jeune couple levait des yeux extasiés vers les chutes.

Il vit Nathan, tout sourire, nerveux, excité. Puis Celeste, les lèvres et le nez contusionnés, le visage blême.

Sa poitrine se serra.

Groote, le visage salement amoché, se tenait à son côté. Les touristes qui passaient le dévisageaient, puis détournaient les yeux vers la chute ou le sentier quand Groote leur retournait leur regard. Un homme plus âgé était debout à côté de lui. Il était grand et sec, avait un début de calvitie et un visage fin et intelligent. Il portait un jean, un manteau noir, des bottes.

Ils attendaient à un endroit où le sentier s'élargissait, un croisement où les visiteurs pouvaient à la fois observer la cascade et les petits ruisseaux gonflés qui naissaient à la base des chutes. Le rugissement de l'eau était de plus en plus fort, et Miles sentait maintenant le baiser de Bridalveil sur son visage, ses mains. Dix minutes de plus dans cette brume et il serait trempé.

« Bonjour, Miles. Ravi de vous rencontrer, dit l'homme. Salut, Edward.

– Dodd, dit Edward. Je n'ai pas Frost. Je t'ai dit la vérité.

– Il y a une clairière moins humide. J'aimerais fumer une cigarette. Des rochers pour s'asseoir, une vraie salle de réunion naturelle. »

Dodd se mit à marcher comme s'il était sûr que tous le suivraient, ce qu'ils firent.

« Est-ce que ça va ? » murmura Miles à l'intention de Celeste.

Elle acquiesça, exerça une pression sur son bras. Il jeta un coup d'œil en direction de Nathan qui fixait avec adoration l'arrière du crâne de Dodd. Ils s'éloignèrent des chutes en empruntant un sentier pierreux et humide, Nathan fermant la marche. Miles se tourna vers Groote qui croisa son regard, sans la moindre expression, sans réaction, comme si Miles était invisible.

Dodd les fit franchir un pont qui enjambait un ruisseau gonflé par la neige. Sur leur droite se trouvait une zone plate recouverte de rochers, et Dodd en trouva un à peu près haut comme une chaise. Il s'assit, fit signe à Miles et Celeste de s'asseoir près de lui. Nathan, Groote et Wallace restèrent debout. Aucun visiteur n'était à portée de voix et le rugissement des chutes noierait leur conversation au cas où quelqu'un viendrait à passer.

« Bel endroit pour se rencontrer, Miles », commença Dodd. Il alluma une cigarette. « La nature est si apaisante. »

Il parlait, pensa Miles, comme si c'était lui qui avait toutes les cartes en main.

« Pourquoi Groote est-il ici ?

– Il travaille maintenant pour moi. Pas pour Quantrill.

– Il a enlevé la fille de Groote, expliqua Celeste. Il lui a fait du chantage pour qu'il change de camp.

– Celeste dramatise à outrance, corrigea Dodd. J'ai fait une proposition d'emploi, il a accepté.

– Il est donc clair que vous avez un plan, dit Miles.

– Groote retourne chez Quantrill et vole Frost. Je trouve un endroit où vous et vos amis ainsi que le docteur Wallace pourrez vous cacher. Et quand vous vous sentirez mieux, Miles, je pourrai peut-être vous proposer une vie plus gratifiante que ce que le FBI aura jamais à offrir. Vous êtes plein de ressources dans des circonstances difficiles. Vous pourriez travailler pour moi.

– Et Celeste ? Son visage et son nom sont connus. Elle fait la une des journaux aujourd'hui.

– Je l'aiderai à refaire surface. J'inventerai une histoire. L'intérêt qu'on lui porte retombera en une semaine. Sans vouloir vous vexer, Celeste, ajouta Dodd en lui faisant un clin d'œil.

– Nous avons laissé un cadavre chez elle.

– Hurley est enterré, intervint soudain Groote. Je l'ai trouvé, je m'en suis occupé. »

Il jeta un coup d'œil à Miles – un coup d'œil étrange, se dit Miles, plein d'animosité.

« Hé, Groote ! », lança Miles. Groote le regarda dans les yeux. « Dodd croit que vous avez tué son agent. Sorenson. »

Groote secoua la tête.

« Je me fous de Sorenson, dit Dodd.

– Vous avez tort. Si Wallace n'a pas Frost, je suis certain que c'est Sorenson qui l'a. » Miles croisa les bras. « Qu'est-ce qu'il va en faire s'il ne vous le donne pas ?

– Puisque ça vous soucie tant, Sorenson se porte comme un charme et il nous veut du mal, dit Dodd. Traquez-le. Du moment que je récupère le dossier, ça m'est égal.

– Je me demande de quel pouvoir de persuasion vous avez fait preuve pour convaincre Nathan de nous trahir.

– Je vous ai pas trahis, objecta Nathan d'une voix tremblante.

– Ferme-la, Nathan. Tu aurais pu nous dire la vérité à n'importe quel moment. Mais tu ne l'as pas fait. Tu nous as livrés à ce type.

– C'était notre seule chance d'obtenir ce médicament, répliqua Nathan, d'effectuer des tests légaux et de passer à autre chose. »

Miles regarda Nathan en secouant la tête.

« Es-tu vraiment traumatisé ou est-ce que tu fais semblant ?

– Tout ce qu'a enduré Nathan en Irak, et après, est vrai, dit Dodd. Il s'est porté volontaire. Il voulait une chance d'aider ses compagnons soldats.

– Ne m'jugez pas, dit Nathan. Je suis pas un criminel.

– Je suis d'accord, dit Dodd en se levant. Celeste, vous avez tué un homme, en légitime défense, certes, mais vous avez fui le lieu du crime. Miles, je ne veux même pas penser au nombre de lois que vous avez violées pour mettre la main sur Frost. Aidez-moi et je ferai en sorte qu'aucun de vos crimes ne vous poursuive. »

Il écrasa son mégot sous son talon.

« Ou vous nous tuerez. » Miles se leva à son tour, s'approcha suffisamment de Dodd pour sentir son haleine chargée de l'odeur de cigarette. « Quantrill n'est pas idiot, il cachera le dossier dans un endroit où nous ne le trouverons jamais. » « La question que vous esquivez est : que va faire Sorenson de Frost s'il l'a ? Le garder pour lui, le revendre, à vous ou à Quantrill ou...

– Il a raison, interrompit Groote. C'est ça la question.

– Répondez, dit Miles.

– Miles. Reculez, intervint Nathan.

– Quoi, tu es garde du corps maintenant ? Tu avais tellement peur que tu ne savais plus quoi faire chez Allison, tu pleurnichais comme un gamin enchaîné sur ce lit d'hôpital, tu avais trop la trouille pour être honnête avec Celeste et moi. Alors, ferme ta gueule ! » Miles décida de tester Dodd. « Sorenson souhaitait la mort de Nathan parce qu'il avait peur qu'il soit au courant de ses activités. Je suis curieux de savoir si c'est vous qui avez ordonné à Sorenson de s'en prendre à Nathan ? De faire le ménage indispensable une fois que l'opération serait tombée à l'eau ? »

Il reçut pour toute réponse le rugissement régulier des chutes et le cri de ravissement d'un randonneur qui avançait sur le sentier.

« Bien sûr que non, finit par répondre Dodd en secouant la tête. Je suis venu pour aider Nathan. Et pour vous proposer un arrangement. Pour que vous puissiez m'aider tous les deux. Ou alors je n'ai qu'un coup de fil à passer pour vous envoyer, vous et Celeste, passer un bout de temps en prison.

– Pas si nous disons tout ce que nous savons.

– Je parle d'une prison dans un pays étranger. Vous connaissez l'existence de fichiers gouvernementaux top secret. Si vous étiez en possession du dossier, ça s'appellerait de la trahison, fiston. Je peux vous envoyer direct au Maroc ou au Pakistan sans plus d'explications. Je ne pense pas que ce soit le genre de murs que vous voulez avoir autour de vous, Celeste. » Il haussa les épaules et afficha un sourire de négociateur. « Écoutez, je ne veux pas sortir l'artillerie lourde, mais soit vous coopérez, soit vous ne coopérez pas. À vous de choisir. »

Miles leva les yeux vers le rocher face à lui. Andy et Allison étaient tous les deux assis dessus, comme deux randonneurs qui auraient besoin de se reposer.

« C'est intéressant de pouvoir choisir. Ça permet de mettre une théorie en pièces, dit Miles. Je me demande pourquoi Wallace a choisi de rester et de vous attendre. Imaginons qu'il ait récupéré le dossier quand Allison l'a caché puis ait effacé les traces, et qu'il mente quand il affirme que les fichiers ont été détruits. Il n'aurait aucune raison de rester et de vous avoir sur le dos. Il pourrait s'enfuir et disparaître. Il posséderait quelque chose qui vaut des millions.

– Les innocents ne s'enfuient pas, dit Wallace.

– Je lui ai donné l'ordre de rester, ajouta Dodd.

– Oui, et de m'abattre. Il a une trouille bleue de vous. Mais je pense que quelqu'un d'autre lui a donné l'ordre de rester et de vous attirer ici. »

Dodd se tourna vers Wallace, et Miles vit d'abord le sang rouge chaud gicler soudain de la poitrine de Dodd, puis de la gorge de Wallace qui se tenait face à Groote et Celeste tandis que les détonations perçaient le grondement des chutes. Une nouvelle détonation, et une troisième balle s'enfonça dans la poitrine de Wallace dans une projection de chair rouge.

Miles poussa violemment Celeste derrière le rocher tandis que deux nouvelles balles fusaient à quelques centimètres au-dessus de sa tête. Nathan, hébété, se figea, et Miles se rua sur lui pour le mettre à l'abri derrière un rocher.

Huit coups de feu supplémentaires. Groote était plaqué au sol, coincé entre deux rochers. Il tenta de lever la tête et une balle ricocha contre la pierre. Les touristes et les randonneurs paniqués prirent leurs jambes à leur cou sans trop savoir d'où provenaient les coups de feu. Une femme hurlait, un homme attrapa sa jeune fille et s'abrita derrière un affleurement de roches de l'autre côté de la passerelle.

Puis plus rien. Miles compta jusqu'à cinquante, écoutant le bruit des gens affolés qui détalaient, celui de son propre cœur qui semblait battre assez fort pour lui briser les os. Il tira le corps de Wallace derrière le rocher, lui souleva la tête. Il la laissa retomber.

Dodd était affalé par terre, les yeux ouverts, deux trous dans la poitrine.

Miles attrapa Celeste.

« Venez.

– Faut qu'on s'en aille, dit Nathan.

– Reste avec ton patron, cracha Miles.

– Non, Miles, s'il vous plaît... Me laissez pas. » Nathan pointa le doigt en direction de Groote tandis que celui-ci se précipitait vers Dodd. « Il va me tuer...

– Venez, Nathan, c'est bon », dit Celeste.

Mais Miles regardait Groote qui fouillait le cadavre de Dodd...

Un pistolet. Dodd devait avoir un pistolet.

Groote tira alors de la poche de Dodd un téléphone portable.

« Groote..., commença Celeste.

– Il sait où est ma fille, il a appelé quelqu'un pour qu'on la déplace, je dois consulter la liste d'appels, je dois la retrouver ! » hurla Groote, mais il plongea à nouveau la main dans la poche de Dodd.

Pistolet, pensa Miles. Il terrassa Groote d'un violent coup de poing dans le nez – son point faible – et Groote beugla de douleur. Miles lui arracha l'arme des mains et se mit à courir avec Celeste et Nathan, certain qu'on allait leur tirer dessus. Mais les coups de feu avaient cessé. Le tireur était parti. Ou peut-être les attendait-il simplement sur le parking.

« Ma fille ! Où est ma fille ? Nathan ! Où est ma fille ? » gronda Groote derrière eux.

Ils foncèrent sur le sentier désormais désert en direction du parking, passèrent devant des promeneurs tapis au bord du chemin, l'un d'eux hurlant vainement dans un téléphone portable qui ne lui était d'aucune utilité au fond de la vallée. Les averses récentes avaient inondé le parking et ils coururent jusqu'à la voiture de Blaine avec de l'eau jusqu'aux chevilles.

Miles démarra, quitta le parking sur les chapeaux de roues et s'engagea à toute allure sur la route.

« Baissez-vous, tous les deux », dit-il à Celeste et Nathan qui étaient à l'arrière.

Une intersection. Il prit la route par laquelle ils étaient arrivés, en direction du sud.

Il essaya de réfléchir. Les coups de feu provenaient de l'autre côté de la route, près de la rivière, là où un belvédère permettait d'admirer la splendeur de l'à-pic rocheux d'El Capitan.

Sorenson. Il avait convaincu Wallace d'attirer Dodd à Fish Camp, probablement dans le but de les éliminer tous les deux. Et Miles, Groote et compagnie étaient aussi tombés dans le panneau.

Une moto approcha derrière eux et la lunette arrière explosa.

47

Sur la gauche de Miles s'élevaient des montagnes, sur sa droite, le sol tombait vers la vallée, soit en précipices rocheux, soit en prairies qui ondulaient vers la rivière Merced. La route était une deux voies, et des voitures qui venaient en sens inverse durent se déporter vers le bas-côté tandis que Miles faisait des écarts pour déstabiliser le motard. Plus de voitures devant lui. Miles enfonça l'accélérateur. Le tireur à moto ne les lâchait pas.

Miles distingua le visage de l'homme dans le rétroviseur, il ne s'agissait pas de Sorenson ni de quelqu'un qu'il connaissait. L'homme leva à nouveau son lourd pistolet.

« Baissez-vous ! » hurla-t-il à Celeste et Nathan.

Il n'avait nulle part où aller. La montagne d'un côté, le vide de l'autre. Pas moyen de faire tomber le type.

Il vit alors une Lincoln Navigator noire arriver à toute allure derrière le motard. Groote au volant.

Le motard fit à nouveau feu et Miles entendit le *twock* de la balle qui s'enfonçait dans la banquette arrière. Puis, dans le rétroviseur, il vit Groote pousser violemment le motard. L'homme parvint à maintenir l'équilibre, pivota pour mettre Groote en joue et tira sur la Navigator. Raté. Groote ne ralentit pas.

Comme Miles négociait un nouveau virage, la Navigator percuta violemment la moto et l'homme s'envola pour venir atterrir sur le coffre de la voiture de Blaine. Il parvint à s'agripper d'une main, à se glisser vers le montant de la lunette arrière.

La moto fonça dans la glissière de sécurité, effectua un tonneau et plongea dans le vide. La Navigator de Groote embrassa à son tour la glissière et des étincelles jaillirent tandis qu'il tentait d'en reprendre le contrôle.

Miles braqua sèchement sur la gauche pour se débarrasser du motard, s'engageant sur la voie inverse dans un crissement de pneus puis regagnant sa voie juste à temps pour éviter un pick-up dans un concert de klaxons. Il jeta un coup d'œil dans le rétro. Le motard était parvenu à agripper de sa main gantée le bord brisé de la lunette arrière. Nathan lui cognait du poing sur la main et Miles vit le motard braquer à nouveau son pistolet.

Pas sur Nathan ni Celeste. Sur lui. Il n'avait qu'à le tuer, et la poursuite était finie.

Groote approcha en trombe derrière eux.

Le motard fit feu, la vitre du côté de Miles vola en éclats, et il vit dans le rétro Nathan luttant avec l'homme, cherchant à prendre le contrôle de l'arme. Celeste enroula sa couverture autour de la tête du tireur, essaya de lui faire perdre l'équilibre.

Puis deux détonations retentirent, coup sur coup. Le motard poussa un hurlement. Un pneu explosa et Miles s'accrocha au volant pour empêcher la voiture de s'engager sur la voie opposée ou de percuter la glissière de sécurité pour finir dans le vide.

Soudain, Miles vit une pancarte : aire de services sur la gauche. Il braqua brutalement, coupant la voie aux voitures qui venaient en sens inverse, et pénétra dans un parking plat ; la Navigator de Groote le suivit.

Nathan tira le motard à l'intérieur de la voiture, se mit à le bourrer de coups de poing.

Celeste se laissa tomber hors de la voiture, tomba sur le dos sur la chaussée. La voiture de Groote s'arrêta près d'elle dans un crissement de pneus. Miles attrapa son pistolet, le pointa sur Groote.

« Ne tirez pas ! hurla Groote. Je vous ai sauvé la vie, mon vieux ! Ne me tirez pas dessus ! »

Et il laissa tomber son pistolet par terre.

Nathan tira le motard hors de la voiture, s'assit sur lui, et Miles vit les endroits où Groote l'avait atteint – deux perforations nettes à la hanche et la jambe droites.

« Je vous ai sauvés, répéta Groote.

– Après avoir essayé de nous tuer.

– Je croyais que vous aviez le dossier Frost. Mon boulot est de le récupérer. Mais je n'ai pas tué Allison, vous savez que c'est Sorenson qui l'a fait, et Dodd... il détient ma fille. Je ne sais pas comment la retrouver sans lui... sans des gens qui le connaissent et qui sont au courant de ses manigances. Je vous en supplie, Miles, je dois retrouver Sorenson. S'il vous plaît, dites-moi ce que vous savez. S'il vous plaît. Ma fille. Je n'ai plus rien sans elle... » Il s'interrompit. Derrière les balafres, le nez cassé, le visage contusionné, Miles vit une douleur réelle dans ses yeux. « J'ai les informations dont vous avez besoin pour stopper Sorenson. Je les partagerai si Nathan ou ce salaud peuvent me dire où est ma fille », dit-il en désignant le motard.

Miles s'approcha du motard tout en maintenant Groote en joue.

« Laissez-le nous parler, Nathan ! dit Celeste en l'attirant vers la voiture.

– Nathan, dit Miles. Honnêtement. Est-ce que tu sais où Dodd a placé la fille de Groote ?

– Non. J'en sais rien, répondit-il en secouant la tête.

– Vous ne pouvez pas faire confiance à Groote », ajouta Celeste.

Miles s'agenouilla près du motard, lui ôta son casque.

« Vous. Où est Sorenson ? »

Le motard ferma les yeux.

« Où est Sorenson ? Où sont les gens qui travaillent pour Dodd ?

– Dodd n'a... plus... personne. Pas sur... le terrain. » Le motard cracha du sang. « C'est pour ça qu'il n'avait pas de... protection.

– Vous ne pouvez plus aider Sorenson. Où est-il ? » demanda Groote. Il ramassa son pistolet et le colla contre le front de l'homme. Il entama un compte à rebours. « Cinq. Quatre.

– Austin. Il est à Austin, Texas.

– Où à Austin ?

– Je ne sais pas... Je sais juste qu'il est à Austin.

– Est-ce que la mise aux enchères aura lieu là-bas ? demanda Groote.

– Mise aux enchères ? demanda Miles. Quelle mise aux enchères ? »

Le motard ignora Miles et acquiesça.

« Savez-vous où est ma fille ? demanda Groote.

– Non.

– Trois, dit Groote, reprenant son compte à rebours.

– Je ne sais pas... Vraiment. Mais Sorenson, lui, saurait... Il travaillait pour Dodd.

– Ça, on le savait.

– Est-ce que ma fille est avec lui ? » L'homme cligna des yeux. « Deux, reprit Groote.

– Je ne sais pas... Sorenson ne m'en a pas parlé, dit l'homme précipitamment. Je vais appeler Sorenson, lui dire que je vous ai tous abattus, il restera tranquille pendant quelques jours si vous vous cachez...

– Conneries, dit Nathan.

– Miles, faut qu'on y aille, dit Celeste.

– Vous avez raison, dit Groote. Un. »

Et il tira une balle entre les yeux de l'homme.

« Bordel ! hurla Miles. Il aurait pu nous en dire beaucoup plus. »

Il poussa Celeste et Nathan vers la voiture. Groote s'agenouilla, tira un téléphone portable et un portefeuille du blouson en cuir du motard.

« Il ne pouvait pas nous en dire plus car nous ne pouvons pas rester. Le Service des forêts va investir cette partie du parc d'ici quelques minutes. Nous devons partir.

– Comment ça, *nous* ?

– On a fait une trêve, répondit Groote. Nous avons tous les deux besoin de Sorenson. J'étais uniquement après vous parce que Quantrill pensait que vous aviez le dossier. Mais ce n'est pas vous qui l'avez. C'est Sorenson. Sorenson a volé Frost pour le vendre, au cours d'une nouvelle mise aux enchères. Soit il sait où se trouve ma fille, soit je menace sa mise aux enchères pour le forcer à me donner les informations qui me permettront de la retrouver. Je vais à Austin. Je ne veux pas que vous vous fassiez arrêter, que vous parliez de moi à la police. Soit je vous descends tous les trois, soit nous nous entraidons, et je n'aime pas tuer par caprice ou pour m'amuser.

– Nous ne pouvons pas vous faire confiance, dit Miles.

– Je suis juste un homme de main. Vous savez comment c'est, n'est-ce pas, Miles ? »

Miles acquiesça.

« Nous avons un ennemi commun. Sorenson. Je viens de vous sauver, Miles, et vous m'avez sauvé la vie à l'hôpital quand vous avez mis une raclée à Sorenson. Il m'aurait tué après avoir tué Nathan. Vous ne m'avez pas laissé brûler dans cette maison en feu. Votre voiture est hors service. Nous pouvons prendre la Navigator. Mais vous devez choisir, tout de suite.

– Miles, pas question », dit Nathan.

Celeste saisit le bras de Miles, serra fort.

« Miles, reprit Groote, nous récupérons Frost, puis nous partons chacun de notre côté, pas en tant qu'amis, j'en suis certain, mais nous avons ce que nous voulons et nous faisons tomber Sorenson. Il vient juste d'essayer de nous tuer tous, il va recommencer. Je ne pouvais pas simplement laisser ce connard l'appeler et lui dire que nous étions vivants. »

Miles prit sa décision.

« Montez dans la voiture de Groote.

– Pas question ! hurla Nathan. Pas question, mec, il m'a fait mal, super mal...

– Nathan, dit Groote, je n'ai jamais essayé de te tuer. Mais Sorenson, si.

– Vous êtes un malade. Je monterai pas avec lui, Miles. »

Miles prit la main de Celeste. Le désarroi et la confusion se lisaient sur son visage.

« Si nous restons, nous allons être interrogés et finirons sans doute en prison. Vous venez de sortir d'une prison, Celeste, je ne veux pas que vous entriez dans une autre.

– Il a essayé de me tuer...

– Vous m'avez lacéré le visage, répliqua Groote d'un ton neutre. Mais nous connaissons tous la vérité maintenant, et soit nous continuons à palabrer jusqu'à l'arrivée de la police, soit nous nous entraidons. Je vous assure que ce qui compte, c'est ma fille, je n'ai pas envie de vous faire du mal.

– Montez dans la voiture », répéta Miles.

Celeste inspira profondément et obéit. Nathan s'écarta brutalement de Miles.

« Nathan, je ne le laisserai pas te faire de mal.

– Gamin, dit Groote, j'aurais pu te tuer. J'aurais pu te faire bien pire. Je suis désolé. Rien de personnel.

– Je ne le laisserai pas te faire de mal », répéta Miles.

Nathan, le menton tremblant de rage, monta à l'arrière à côté de Celeste.

« Si vous leur faites du mal, prévint Miles, je vous tue.

– Je sais », répondit Groote.

Ils montèrent dans la Navigator. Groote s'installa derrière le volant et ils reprirent la route. Il n'y avait pratiquement pas de voitures en provenance de Bridalveil. Miles se demanda si la route avait été bloquée dans le chaos qui avait suivi la fusillade. Groote fonça vers le sud, vers la sortie du parc.

Ils roulèrent en silence.

« Tout ce qui s'est passé, dit Groote, tout ce que j'ai fait, ça n'avait rien de personnel. Je voulais juste ce médicament. Pour ma fille. Elle en a vraiment besoin. »

Il leur raconta une version abrégée de l'attaque qu'avait subie sa famille, la survie d'Amanda, sa lutte contre le PTSD. Il passa sous silence le fait qu'il avait assassiné la plupart des Duarte.

Ils demeurèrent un moment silencieux.

« Mes coupures, commença Celeste. Ce médicament... a presque fait disparaître mes envies de me couper. Alors ça l'aidera peut-être à ne plus se faire mal.

– C'est pour ça que vous aviez le rasoir, observa Groote en touchant le sang séché sur son visage.

– Oui.

– Ça vous a vraiment aidée ? S'il vous plaît, ne me mentez pas. S'il vous plaît.

– Oui, répondit Celeste. Mais je n'ai rien à foutre que vous alliez mieux. Nous avons conclu une trêve. Nous ne sommes pas amis. Personne n'oublie ce que vous avez fait ni ce que vous êtes.

– Je suis beaucoup de choses à la fois, tout comme vous, dit Groote, mais je suis avant tout un père. »

Celeste ne répondit rien.

« Trouvez les papiers de la voiture, dit Groote à Miles. Nous allons peut-être devoir parlementer si les flics ont placé des barrages. »

Il avait raison. Un barrage avait été installé à proximité de l'hôtel Wawona, près de la sortie sud du parc. La police arrêtait les voitures qui quittaient le parc, vérifiait les pièces d'identité, parlait aux personnes dans les voitures.

« Oh, mon Dieu, dit Nathan. Qu'est-ce qu'on fait ?

– Reste calme », dit Miles.

Les véhicules franchissaient lentement le barrage et, au bout de dix minutes, Groote arriva au niveau de l'agent.

« Bonjour, dit Groote.

– Monsieur, votre permis de conduire et les papiers du véhicule, s'il vous plaît.

– Bien entendu. »

Groote lui tendit la carte grise – sur laquelle ne figurait pas le nom de Dodd, mais celui d'une société appelée Horizon Investments, basée en Californie – et son permis de conduire. Miles estima qu'Horizon devait être une couverture pour les opérations de Dodd. L'agent prit les documents sans faire de commentaire, nota le numéro d'immatriculation et vérifia minutieusement la carte grise. *Savent-ils déjà que nous sommes dans cette voiture, ont-ils reçu notre description ?* se demanda Miles

« Que vous est-il arrivé, monsieur ? demanda l'agent en désignant le visage de Groote.

– Je suis tombé en faisant de l'escalade hier. Je ne me suis pas loupé, pas vrai ? Est-ce qu'il y a eu un problème à Bridalveil ? Nous remontions depuis Yosemite Village et nous avons vu plein de gens s'enfuir comme des dingues, ils étaient sacrément pressés de partir, et l'une des voitures m'est rentrée dedans en beauté avant de prendre la fuite.

– Une fusillade, répondit l'agent.

– Oh, merde ! s'exclama Groote. Dans le parc ?

– Oui, monsieur. Avez-vous vu quelque chose ?

– Non, répondit Miles. Mais c'est pour ça qu'il nous faut des lois sur le contrôle des armes incroyablement strictes, à mon avis, parce que la violence commence à s'insinuer dans tous les aspects de notre vie, vous ne croyez pas, monsieur l'agent, et si on n'est même plus en sécurité dans nos parcs nationaux, alors on ne risque pas de l'être dans nos villes et...

– Merci à vous », coupa l'agent en leur faisant signe de passer.

Groote démarra en lui adressant un signe de la main amical.

« Qu'est-ce qu'on fait maintenant ? demanda Nathan.

– Je dois quitter la vallée, trouver une zone où le portable passera », répondit Groote. Il testa le téléphone d'une main. « Pas de signal. Je dois appeler ma fille à l'hôpital, voir si elle est vraiment partie. »

Une nuance de panique teintait sa voix.

« Si Dodd a dit qu'il l'avait enlevée, déclara calmement Nathan depuis la banquette arrière, alors il l'a fait. »

Groote sortit du parc, accéléra sur le ruban sinueux de la route nationale 41.

« Prenez la direction de Fish Camp, dit Miles.

– Nous ferions mieux de ne pas retourner à votre motel...

– Ce n'est pas là que nous allons. Nous allons voir s'il y a une copie du dossier Frost cachée chez Wallace, même si je pense que nous ne trouverons rien. Il l'aura détruite pour que Dodd ne mette pas la main dessus car il était aux ordres de Sorenson, poursuivit Miles. Mais je ne veux pas laisser passer une chance de fouiller la maison.

– Mais Sorenson a tué Allison... Pourquoi Wallace l'aurait-il aidé ? » demanda Celeste.

Miles réfléchit un moment. Les pièces du puzzle commençaient à s'assembler lentement, grossièrement.

« Je crois que Sorenson et Allison ont convaincu Wallace d'analyser les recherches pour eux, dit Miles. Comme ils ne veulent pas que Dodd sache ce qu'ils font, elle n'utilise pas l'ordinateur de son cabinet pour envoyer les fichiers, car elle sait que Dodd surveille son système et sa ligne téléphonique. Mais une fois les fichiers envoyés, une fois que Wallace a donné son analyse et confirmé que Frost est bien un médicament valable, Allison n'est plus d'aucune utilité à Sorenson.

– Il l'a tuée, dit Celeste. Il avait tout prévu. Il a utilisé une bombe, ce n'est pas le genre de chose qu'on fait sur un coup de tête.

– Sans aucun doute, confirma Miles. Et comme il devait vouloir garder Wallace dans sa poche, il lui dit que c'est Quantrill ou Dodd qui l'a tuée. Wallace ne s'attendait certainement pas à ça. Sorenson disparaît du radar de Dodd. Wallace a peur, Dodd ne doit pas savoir qu'il a aidé Sorenson. S'il s'enfuit, Dodd saura qu'il est coupable. Wallace ne peut laisser aucune trace sur son serveur indiquant que les fameux fichiers se sont trouvés dessus. Alors il m'a menti en affirmant que c'est Sorenson qui a nettoyé le serveur : Wallace a effacé les fichiers pour se couvrir. Mais il ne sait pas que nous avons découvert le transfert de fichiers. Quand Nathan a appelé Dodd et que Dodd a à son tour appelé Wallace, Wallace a dû flipper. Il a appelé Sorenson et Sorenson lui a dit de ne pas bouger. Parce que maintenant, Wallace est un appât. Toutes les personnes qui cherchent le dossier Frost foncent vers Fish Camp. C'est l'occasion rêvée pour Sorenson d'éliminer tous ceux qui le menacent, d'un seul coup. »

Nathan blêmit et secoua la tête.

« Je savais pas que c'était un piège. Je vous ai pas balancés.

– Je te crois, dit Groote. Tu ne lâches pas les informations facilement. Je suis bien placé pour le savoir.

– Fermez votre gueule ! lança Nathan.

– Je suis toujours furieux après toi, Nathan, dit Miles. Tu n'as pas été honnête avec nous, tu as failli nous faire tuer.

– Dodd disait qu'il nous protégerait, se défendit Nathan.

– Miles. » Celeste posa la main sur son bras. Il l'ignora. « Nathan croyait agir comme il fallait. Dodd m'a sauvé la vie à l'hôtel. Passez l'éponge.

– Dodd est venu me voir, expliqua Nathan, il m'a offert une chance de me racheter après ce qui s'est passé en Irak. Je ne pouvais pas dire non.

– Si le bombardement était un accident, pourquoi avais-tu besoin de te racheter, Nathan ? demanda Miles. Qu'est-ce que tu pouvais bien avoir à réparer ? »

Nathan regarda fixement par la vitre.

« Nathan, tu aurais pu nous dire dès le début que c'était Dodd qui t'avait placé à la clinique », poursuivit Miles.

Il demanda à Groote de tourner – ils avaient atteint la route qui menait à la maison de Wallace. Pour un coin d'ordinaire paisible, la circulation sur la route était dense. De la fumée badigeonnait le ciel.

« Mauvais signe, remarqua Groote.

– J'avais promis... de rien dire, expliqua Nathan en se prenant la tête à deux mains.

– Comment étais-tu censé faire ton rapport à Dodd ? Par l'entremise d'Allison ?

– J'avais aucune idée qu'Allison et Sorenson travaillaient pour Dodd, aucune. J'étais censé subir les tests puis faire mon compte rendu sur les tests à Dodd. C'est tout. Quand vous m'avez fait sortir de l'hôpital... J'ai décidé de rien dire. Vous vouliez pas avoir affaire aux autorités et je savais que Dodd nous aiderait, mais il fallait que je vous mène à lui. Je pensais vous protéger tous les deux. »

Ils atteignirent un virage. Au loin, ils virent des camions de pompiers garés le long de la route. Des flammes s'échappaient de la ruine ratatinée qu'était désormais la maison de Wallace.

« Oh, bon Dieu, fit Miles.

– Sorenson n'a pas voulu risquer de laisser de traces le reliant aux événements d'aujourd'hui, dit Groote. Bordel. »

Il reprit la direction de la nationale sur les chapeaux de roues.

« On a plus nulle part où aller, dit Nathan.

– Si, répondit Celeste. Prenez la direction du comté d'Orange.

– Quoi ? » demanda Groote, surpris. Le comté d'Orange, c'était là qu'Amanda avait été hospitalisée. Comment pouvait-elle le savoir ?

« Je connais un endroit où nous pouvons aller. Continuez juste de rouler. »

48

GROOTE COMMENÇA À TÉLÉPHONER dès que son portable capta un signal.

Il appela d'abord l'hôpital d'Amanda à Orange après avoir préparé avec soin ce qu'il dirait si Amanda était vraiment partie. Il était en sueur, se disait : *Je vous en prie, faites qu'elle soit là, mon Dieu, ne la punissez pas pour tous mes péchés, faites qu'elle soit là.*

La conversation dura cinq minutes. Le docteur Warner n'était pas disponible, mais une femme de l'administration lui expliqua d'une voix douce que le transfert s'était effectué sans accrocs et qu'elle espérait qu'Amanda appréciait son nouvel hôpital à Phoenix.

« Flûte, j'ai laissé le numéro de l'hôpital à mon hôtel. Est-ce que vous l'avez ? » demanda Groote.

Bien entendu, elle l'avait.

« Phoenix, dit Nathan lorsque Groote leur expliqua ce qu'avait dit la femme. Dodd m'a trouvé dans un hôpital à Phoenix. »

Groote reprit espoir et il essaya de composer le numéro d'une main tremblante. Miles lui prit le téléphone des mains, composa le numéro, lui tendit le téléphone.

Mon vieux, pensa Groote, *ne sois pas sympa avec moi, ça compliquera les choses si je dois te descendre.* Il s'était cru malin en les emmenant avec lui, mais maintenant que le choc de la bataille s'estompait, il savait qu'ils étaient plus nombreux que lui, et l'idée qu'il pouvait perdre le contrôle du groupe ne lui plaisait pas.

L'hôpital de Phoenix n'avait pas d'Amanda Groote dans ses registres, ni aucune patiente adolescente qui leur aurait été transférée au cours des deux dernières semaines.

« S'il vous plaît, vérifiez encore. Je vous en prie. »

Groote attendit et la femme vérifia à nouveau.

« Je suis désolée, monsieur. »

Il raccrocha.

« Elle n'est pas là-bas. Dodd a menti à l'hôpital, il a falsifié les registres.

– Vous pourriez appeler tous les hôpitaux psychiatriques du pays, suggéra Celeste. Nous pouvons télécharger une liste et téléphoner.

– Vous m'aideriez, madame Brent ? demanda Groote.

– Pas vous. J'aiderais votre fille.

– Si Dodd se tapit d'ordinaire dans un recoin obscur du Pentagone, dit Miles, il n'a pas besoin de faire appel à un hôpital public. Il pourrait disposer d'une clinique secrète ou d'un repaire où cacher Amanda. Elle n'est même pas forcément à l'hôpital.

– Elle y est pas, dit Nathan. Dodd pouvait pas prendre le risque de la placer dans un hôpital où elle aurait pu donner des détails compromettants à un autre patient.

– Passez-moi le téléphone de Dodd, dit Miles. Laissez-moi consulter la liste d'appels. Ça nous aidera peut-être à contacter quelqu'un qui travaille pour lui. »

Groote lui tendit le téléphone.

Miles cliqua, vérifia la liste, jura tout bas.

« Pas d'appels. Le téléphone a été programmé pour ne pas enregistrer les numéros. »

Groote donna un coup de poing sur le volant.

« Calmez-vous, dit Miles. Vous ne serez d'aucune utilité à Amanda si vous perdez votre sang-froid.

– Je vais tous vous emmener dans le comté d'Orange, comme le voulait Mme Brent, dit Groote. Puis je prendrai l'avion pour Austin. Nous sommes quittes. Je récupère le dossier et je vous appellerai quand je l'aurai. Mais je n'ai pas besoin de votre aide pour le retrouver.

– En fait, vous risquez d'en avoir besoin, dit Celeste. Je connais quelqu'un qui peut nous aider à trouver Sorenson et Amanda. Un de mes amis. » Elle lâcha un petit éclat de rire sec, nerveux. « Je lui ai dit que j'étais trop effrayée pour l'accompagner à l'émission d'Oprah... Je me demande quelle tête il va faire quand il apprendra ce que j'ai fait depuis deux jours ! »

49

« Tragique mais amusant, lança Andy depuis la banquette arrière. Tu ne m'as pas fait suffisamment confiance pour me dire que tu m'avais donné au FBI, mais tu fais confiance à un type qui t'a tiré dessus, t'a poursuivi jusqu'à ce que tu tombes d'une falaise, qui a torturé Nathan et tenté de noyer Celeste. »

Miles ne répondit rien, mais s'il avait pu parler, il aurait dit, *Non, je ne lui fais pas confiance, pas une seconde, alors ferme-la.*

Miles laissa passer un temps, attendit que Groote soit plus calme avant de l'interroger. Le stress des épreuves traversées avait épuisé Nathan, il s'était endormi, appuyé contre l'épaule de Celeste. Celle-ci fixait du regard le plafond de la voiture, perdue dans ses pensées. Groote trifouilla la radio satellite, trouva une station d'informations, et ils attendirent que la fusillade de Yosemite Park soit annoncée. La principale information concernait un violent incendie dans un immeuble d'habitation de New York qui avait fait une douzaine de victimes.

« Un homme est venu demander après moi à Sangriaville, dit Miles. Je vous ai entendu le dire quand vous parliez à Hurley.

– Attention à ce que tu dis, dit Andy. C'est comme ça que j'ai été tué. »

Il observa la réaction de Groote – une pression plus forte

sur le volant, une infime moue au niveau des lèvres – mais son visage ne trahissait aucun secret.

« Je parie qu'il s'appelait DeShawn Pitts.

– Oui, c'était lui, répondit Groote.

– Que vous a-t-il dit sur moi ?

– Il ne desserrait pas les lèvres. Il m'a dit que vous passeriez peut-être pour poser des questions. Ou pour consulter. Il m'a demandé de vous retenir et de l'appeler si vous veniez.

– C'est tout ?

– Il ne m'a pas dit que vous étiez un témoin fédéral. Je l'ai découvert tout seul.

– Le FBI a été discret. Ni mon nom ni mon visage ne sont apparus aux journaux télévisés. Ça ne va pas durer. Ils le feront... »

Il s'interrompit.

« Ils feront quoi ?

– Ils le feront... répéta Miles.

– Ça va ? demanda Groote.

– Ils le feront... dès que... nous arrêterons la cassette, dit-il, puis il se couvrit le visage des mains.

– Quelle cassette ? Miles ? »

Miles devint silencieux, inspira longuement en frissonnant.

« Rien. Ça va. Désolé.

– Qu'est-ce qui cloche chez vous ? demanda Groote. Vous avez besoin de médicaments ?

– Je vais bien. Je viens juste de me souvenir de quelque chose », répondit-il, et il se tourna vers la fenêtre sans rien ajouter.

Les informations passèrent alors à la fusillade du Yosemite, deux morts, un autre cadavre retrouvé à une certaine distance des chutes, tué à bout portant, mais pas de suspect, pas de mobile, aucune explication pour le moment.

Groote laissa les informations se poursuivre et pensa, *Si le FBI te veut, Miles, mon vieux, ils t'auront. Tu seras mon outil de négociation une fois que j'aurai récupéré Amanda et qu'elle et moi aurons besoin de nous envoler dans la nature.*

Je te donnerai au FBI, je les informerai des opérations de Dodd, et tous mes péchés me seront pardonnés. Mais il dit :

« Le Bureau ne veut pas révéler qui vous êtes, ce qui signifie qu'ils n'ont pas abandonné l'idée de vous utiliser comme témoin. »

Miles prit un long moment avant de répondre. Groote s'aperçut que ce dont il venait de se souvenir lorsqu'ils parlaient du FBI l'avait salement ébranlé.

« Nous les mettons à l'abri, dit Miles à voix basse, puis vous et moi continuons sans eux. Je ne veux plus qu'ils courent le moindre danger.

– Ils ne diront rien sur moi... sur ce que j'ai fait ?

– Non. Je vous le garantis. »

Groote acquiesça. Il savait que ça lui rendrait la vie beaucoup plus facile. Un seul ennemi était plus simple à gérer que trois. Il espérait simplement qu'il ne serait pas question à la radio d'un inspecteur du FBI porté disparu, les choses étaient assez compliquées comme ça pour le moment.

50

Ils atteignirent Tustin, dans le comté d'Orange, tard le samedi soir.

Celeste voyait que Miles était secoué. Elle pensait que c'était la crainte que Victor Gamby ne les dénonce aux autorités qui le rendait nerveux.

« C'est une mauvaise idée, dit Miles à Celeste. Vous n'avez jamais rencontré ce type.

– Je le connais, répondit-elle. J'ai confiance en Victor.

– Vous le connaissez par e-mail, nom de Dieu.

– Victor a plus fait pour aider les patients souffrant de PTSD à travers son blog que n'importe qui d'autre.

– S'il était raisonnable, il appellerait la police.

– Aucun de nous n'est raisonnable, répliqua Celeste. Attendez. »

Elle marcha vers une maison modeste dans un quartier paisible de Tustin. Les jacarandas étaient en pleine floraison et des fleurs poussées par le vent se posèrent sur sa tête tandis qu'elle approchait de la porte.

« J'ai encore un travail à accomplir, dit Nathan. Retrouver le dossier Frost pour les soldats. »

Miles lui posa une main sur l'épaule.

« Tu fais ça à ma façon, Nathan. Dodd t'a collé dans un programme de tests illégaux, il a profité de ta maladie et de ton sentiment de culpabilité, mais maintenant il est mort et tu ne lui dois rien.

– Je vais retrouver ce dossier, répéta Nathan d'une voix mal assurée.

– Nathan, nous en discuterons plus tard. »

Miles vit un homme d'une quarantaine d'années en chaise roulante ouvrir la porte. Celeste lui dit quelque chose, il ouvrit les bras – l'un d'eux était une prothèse – et Celeste se pencha vers lui et l'étreignit.

Ils discutèrent dix minutes, Celeste agenouillée près de la chaise roulante. L'homme l'écouta attentivement, sans jamais l'interrompre. Puis il fit un signe en direction de la voiture, un geste de bienvenue.

Miles et Nathan approchèrent. Groote resta en retrait près de la Navigator.

« Miles, Nathan, je vous présente Victor Gamby, dit Celeste. Victor, Nathan Ruiz, Miles Kendrick. Là-bas, c'est Dennis Groote. Il est... heu... timide. »

Gamby leur serra la main.

« Entrez, les gars, nous allons discuter. »

Il fit pivoter sa chaise roulante motorisée – Miles s'aperçut qu'il n'avait pas non plus de jambes, son pantalon était soigneusement replié sous des moignons – et ils le suivirent à l'intérieur. Groote fermait la marche, regardant autour de lui comme si la maison était un piège.

« Merci pour votre hospitalité, monsieur Gamby, dit Miles.

– Vous êtes les bienvenus. Nathan, pardonnez-moi, mais Celeste dit que vous n'aimez pas les miroirs.

– C'est vrai, monsieur, répondit Nathan tout en restant en retrait, près de Celeste.

– Freddy ! Nous avons de la visite ! » lança Victor.

Un jeune homme âgé d'une vingtaine d'années approcha depuis l'arrière de la maison. Il portait des lunettes de soleil enveloppantes et marchait avec une canne. Aveugle. Des tissus cicatrisés apparaissaient à la bordure de ses lunettes.

« Vous vous êtes battu en Irak, Nathan, n'est-ce pas ? demanda Victor.

– Oui.

– Freddy aussi. Rendu aveugle par une bombe artisanale à proximité de Tikrit. »

Freddy les salua et leur serra la main à tous.

« Freddy, Nathan n'aime pas les miroirs, ce qui n'a aucun sens car il est environ dix fois plus beau que moi. Est-ce que tu veux bien faire le tour de la maison et poser des draps au-dessus des miroirs que Nathan risquerait de voir ?

– C'est bon, dit Nathan. Je peux me contrôler.

– Aucune raison d'être gêné.

– Si j'avais su ça, murmura Groote à Nathan, bon Dieu, je n'aurais pas utilisé le tournevis.

– Fermez-la, et ne vous approchez pas de moi. »

Miles s'interposa entre eux.

« Et quand tu en auras fini avec les miroirs, Freddy, tu veux bien préparer des sandwiches pour nos invités ? demanda Victor.

– Bien sûr, mais nous n'avons que du pain de seigle », répondit Freddy, l'air décontracté.

– Je suis certain que ça ira. Merci beaucoup. » Victor attendit que Freddy ait quitté la pièce, puis il posa un regard nullement effrayé sur Miles. « Celeste m'a raconté dans les grandes lignes les problèmes que vous avez tous.

– J'apprécie que vous soyez disposé à nous aider, dit Miles. Je sais que vous avez un site Internet très prisé des gens souffrant de désordre de stress post-traumatique...

– Et vous voulez savoir si vos secrets sont en sécurité avec moi.

– Eh bien...

– Pas de problème, Miles. Ça fait maintenant deux ans que j'ai mon site. Un million de visiteurs par mois. Je travaille comme consultant en base de données auprès du gouvernement, en indépendant. Ne vous en faites pas, je ne suis pas du FBI. Je ne vous dénoncerai pas aux flics, car Celeste dit que vous voulez récupérer un médicament qui pourrait aider tous les patients traumatisés du monde. Freddy et moi inclus.

– Est-ce que c'est... heu... votre petit ami ? » demanda Nathan.

Victor secoua la tête.

« Non. Je trouve des agneaux égarés, et je les héberge jusqu'à ce qu'ils tiennent à nouveau sur leurs pattes. Toujours quelqu'un souffrant de PTSD. Comme vous, comme moi. J'ai perdu mes jambes et mon bras le 11 septembre.

– Victor était au Pentagone, expliqua doucement Celeste.

– Avant Freddy, j'ai hébergé une jeune femme qui avait vu son frère et son fiancé se faire abattre au cours d'une guerre des gangs à Compton. Avant ça, un autre soldat rentré d'Irak. Encore avant, un jeune père qui avait perdu ses parents et ses enfants, noyés sous ses yeux, durant l'ouragan Katrina. Ce n'est pas la douleur qui manque dans ce monde. Je les aide, autant que possible, à se remettre sur pied, puis je les envoie aider d'autres personnes.

– Si vous devez nous aider, intervint Miles, autant que vous sachiez tout. Celeste a tué un homme en légitime défense. Je fuis le programme de protection des témoins du FBI. Groote nous a aidés à quitter la scène d'un triple meurtre dans Yosemite Park. »

Victor jaugea brièvement Groote, et Miles se demanda ce que Celeste lui avait exactement dit sur lui. « Des gens veulent notre mort. Et le gouvernement, du moins une partie du gouvernement dont personne ne veut admettre l'existence, a étouffé d'importantes recherches médicales.

– Continuez, je vous écoute », déclara Victor Gamby.

Miles lui raconta toute l'histoire, depuis sa rencontre un matin avec Allison et Sorenson, jusqu'au moment où ils étaient venus frapper à sa porte. Victor ne l'interrompit pas. Freddy traversa la pièce d'un pas hésitant et se mit à préparer bruyamment des sandwiches et des salades dans la cuisine. Celeste se leva pour aller aider le soldat aveugle, mais Victor l'attrapa par le bras.

« Freddy doit se débrouiller seul. Laissez-le faire. C'est le plus grand service que vous puissiez lui rendre. »

Celeste se rassit et Miles acheva son récit.

« Tout d'abord, dit Victor en fronçant les sourcils. Ce médicament, Frost... Vous comprenez bien que des recherches sont en cours dans ce domaine... afin de minimiser l'impact du PTSD.

– Je ne sais pas grand-chose sur le sujet.

– Je me tiens au courant de toutes les recherches en cours. La plupart des psys n'ont pas les ressources pour s'occuper des souvenirs traumatiques. Ils nous gavent d'antidépresseurs et prient pour notre salut. Car le PTSD est une saloperie à traiter, avec tout un tas de symptômes différents, et des manifestations qui varient énormément après le traumatisme initial. La rumeur prétend que le gouvernement chinois a utilisé des bêtabloquants diminuant le souvenir, sur des prisonniers politiques, au début des années quatre-vingt-dix, sans arriver à rien. Il y a des équipes tout à fait respectables qui conduisent des recherches légales dans les universités de Harvard et UC-Irvine. Mais si ce nouveau médicament peut diminuer le souvenir traumatique longtemps après l'événement qui le provoque, alors il a une sacrée longueur d'avance.

– Le premier sur le marché, dit Miles.

– Ce qui signifiait des millions pour Quantrill, ajouta Groote, si l'on parle froidement d'espèces sonnantes et trébuchantes. »

Victor acquiesça.

« Des milliards de profit, si les recherches sont déjà achevées.

– Les acheteurs présents à cette mise aux enchères organisée par Sorenson seront donc des gens très sérieux, dit Celeste.

– Les gens sont prêts à risquer gros pour de tels profits. Jolie façon de vouloir nous aider, non ? dit Victor en riant doucement.

– Si Sorenson est un ancien du Pentagone, dit Miles, vos contacts peuvent-ils nous fournir des infos sur lui, ou sur le lieu où Dodd a pu cacher la fille de Groote ?

– Selon le journal télévisé, la fusillade de Bridalveil était l'œuvre d'un ex-soldat, un détraqué. Il aurait perdu la tête. Personne au gouvernement n'avouera l'existence de votre ami mort. »

Victor s'éclaircit la gorge.

« Quelqu'un s'est donc déjà chargé de couvrir Dodd et le Pentagone, dit Celeste. »

Victor haussa les épaules.

« Je vais voir ce que je peux trouver, mais je ne promets rien. Je ne suis pas un hacker. Je ne ferai rien d'illégal pour vous aider. Je peux faire appel à des contacts, demander un service – c'est monnaie courante à Washington – mais il est possible qu'on me claque la porte au nez. Je ne suis pas un employé du gouvernement – mon pouvoir se limite aux relations que j'entretiens avec mon donneur d'ordres et au fait que je suis connu en tant que défenseur des patients atteints de PTSD. Je risque donc de n'arriver à rien.

– Ma fille...

– Je ferai tout mon possible, reprit Victor. Mais je dois vous dire, Dennis, qu'à la place de Dodd, j'aurais utilisé un avion du gouvernement pour envoyer Amanda hors du pays. Dans une planque au Mexique, ou dans les Caraïbes. Mais hors du territoire américain. La retrouver ne va pas être facile.

– Compris, dit Miles. Merci, Victor.

– Nous n'avons pas de cloche pour annoncer le dîner, mais le silence m'informe que Freddy a fini de préparer les sandwiches. Allons manger. Puis je me mettrai au travail, en espérant que la chance me sourira. »

51

« NOUS DEVRIONS NOUS REPOSER, SUGGÉRA CELESTE.

– Vous avez raison. »

L'épuisement avait gagné tout le corps de Miles. Victor était dans son bureau et leur avait interdit de l'interrompre. Assis au calme sur le perron à l'arrière de la maison, Groote regardait la lumière de la lune filtrer à travers les nuages. Miles l'observa une minute – c'était la première fois qu'il laissait Groote seul – puis il suivit Celeste jusqu'à la chambre d'amis qu'elle avait demandée, et vit des lits jumeaux.

« Nathan partage avec Freddy. Ils pourront discuter de la guerre. Groote peut dormir à l'étage, en supposant qu'il est humain et qu'il lui arrive de dormir. Ça ne vous dérange pas, n'est-ce pas ? demanda-t-elle.

– Bien sûr que non. »

Elle s'étendit sur un lit, et lui, sur l'autre. Ils se firent face à travers l'espace qui les séparait.

« Gros risque de faire confiance à Groote, dit-elle.

– *Confiance* est un mot trop fort. Il se sert de nous, mais nous nous servons aussi de lui, donc ça va.

– Je n'aime pas la manière dont il vous regarde.

– Il me fait de l'œil.

– Ne plaisantez pas. Il se comporte comme s'il avait une revanche à prendre.

– C'est un tueur à gages, dit Miles, mais il a abandonné sa mission. C'est devenu une affaire personnelle, comme ils disent dans les bandes-annonces au cinéma. Tant qu'il croira que nous pouvons l'aider à récupérer sa fille, il collaborera avec nous. Je sais comment le tenir en laisse.

– Si Victor parvient à localiser Amanda, je verrais bien Groote nous descendre tous puis poursuivre son petit bonhomme de chemin.

– Je l'en empêcherai. »

Miles s'agita sur le lit, cherchant une position confortable.

« Vous vous êtes souvenu de quelque chose.

– Non.

– Miles. Je ne vous connais pas si bien que ça, je suppose, mais je le vois. Qu'est-ce qui s'est passé ? »

Il resserra sa veste autour de lui, comme s'il avait froid.

« Il fait chaud ici. Vous pourriez enlever votre veste.

– Je suis frileux.

– Ne mentez pas.

– Je garde dans ma poche quelque chose que je voulais donner à Allison.

– Quoi ? »

Il s'aperçut qu'il n'avait rien à perdre. Celeste et lui se sépareraient bientôt, sans doute pour ne plus jamais se revoir. La vérité était un beau cadeau d'adieu.

« Ma confession. Concernant le fait que j'ai tué mon meilleur ami. »

Celeste conserva un visage impassible.

« Votre meilleur ami...

– Oui. Je le connaissais depuis l'âge de trois ans.

– Légitime défense. Vous n'avez rien à confesser. » Il ferma les yeux. « Ce n'est pas votre faute, Miles.

– Si, c'est ma faute.

– En êtes-vous vraiment certain, dans vos tripes, dans votre cœur ? En êtes-vous sûr ? » demanda-t-elle.

Andy se tenait près du mur opposé, bras croisés, du sang sur l'épaule, sur la gorge. Trois blessures par balles scintillaient à la lueur de la lampe.

« Ce n'est pas votre faute, répéta-t-elle. Ce n'est pas votre faute.

– Il m'a dit que je l'avais tué avec un mot. Et je me suis souvenu. Durant le trajet, quand Groote et moi parlions du FBI, je me suis souvenu comment je l'ai tué.

– Andy est-il ici en ce moment ? demanda-t-elle.

– Oui.

– Demandez-lui ce qu'il veut. Pourquoi reste-t-il ?

– Ce n'est pas un fantôme qui cherche à se venger, dit Miles. Il est juste dans ma tête.

– Alors, votre tête cherche à vous communiquer des informations que vous devez savoir.

– Qu'est-ce que tu veux, Andy ? demanda Miles. »

Il ne se sentait ni embarrassé ni stupide de parler à Andy en présence de Celeste.

Andy posa les mains sur deux de ses blessures.

« Je veux que tu saches ce que tu as fait, Miles. Je veux que tu saches ce que tu n'as pas fait. »

Miles répéta les paroles d'Andy à Celeste. Elle fronça les sourcils.

« Montrez-moi la confession.

– Non.

– Pourquoi ?

– C'est à moi de porter ce fardeau.

– Je ne vous propose pas d'assumer Andy à votre place. Laissez-moi juste voir ce dont vous vous souvenez.

– Et si vous lisez ma confession... cela voudra-t-il dire que vous me respecterez ? » Trente secondes de silence s'écoulèrent. « J'ai tué mon meilleur ami. Quel genre de personne suis-je ?

– Je n'ai pas sauvé mon mari. Je suis restée enfermée chez moi pendant un an. Quel genre de personne suis-je, Miles ? » Elle se redressa sur le lit, tendit la main. « Donnez-moi la confession. Je suis assez forte pour la lire. »

Il se redressa à son tour, tira la feuille de sa poche, la lui tendit. Elle la déplia et se mit à lire :

Allison,

J'ai tué mon meilleur ami. Je travaillais avec mon père à Miami – il dirigeait une entreprise d'enquêtes privées. Mon père est mort (cancer) et mon ami Andy était comptable pour ce que je croyais être une compagnie d'assurances, mais il s'agissait en fait d'une société écran appartenant au gang de la famille Barrada. Mon père avait perdu trois cent mille dollars au jeu, et il devait de l'argent à un bookmaker des Barrada. À sa mort, la dette m'est échue. Les Barrada ont menacé de prendre l'entreprise de mon père, qui était tout ce qu'il m'avait laissé, mais Andy est parvenu à me négocier un marché. Il m'a expliqué que je pouvais rembourser la dette en travaillant clandestinement pour les Barrada. Il voulait des informations sur les finances et la logistique des autres gangs : tableaux financiers, paiements, réseaux de revendeurs, introduction des marchandises dans le pays.

Je ne serais ni un tueur à gages ni un homme de main. Je serais leur espion personnel et Andy m'a gentiment prévenu que si je refusais, les Barrada me tueraient et qu'il ne pourrait rien faire pour les en empêcher. Quand il m'a dit ça, il avait les larmes aux yeux, et je l'ai cru. Il me donnait un moyen de m'en sortir. Les Barrada m'ont confié onze missions destinées à affaiblir leurs concurrents, et je les ai toutes menées avec succès. Je croyais la dette remboursée. Mais ils m'ont bien fait comprendre que je ne pouvais pas partir.

J'ai contacté le FBI à Miami. Je leur ai dit que je témoignerais contre les Barrada pourvu qu'ils m'accordent l'immunité ainsi qu'à Andy. Il m'avait tiré d'un mauvais pas, je lui rendais la monnaie de sa pièce. Mais ils m'ont expliqué qu'Andy ne pouvait pas être mis au courant, que sa loyauté à l'égard des Barrada était trop grande. Il était fiancé à une cousine des Barrada, et c'était elle qui était propriétaire de la société d'assurances écran. Il fallait que j'obtienne des informations sur Andy, un moyen de pression, pour qu'il ne puisse pas retourner auprès des Barrada, qu'il n'ait d'autre choix que de coopérer. Sa loyauté ne devait plus compter.

J'ai organisé un rendez-vous avec Andy dans un entrepôt appartenant aux Barrada. Le FBI m'a donné des informations falsifiées que je pouvais prétendre avoir volées au gang des Duarte, un groupe de Los Angeles qui cherchait à s'étendre et à conclure des alliances dans le sud de la Floride. Je leur avais déjà piqué quelques renseignements mineurs, mais ces fausses informations du FBI avaient pour but de faire baver Andy : des noms de dealers sous leur contrôle, des numéros de comptes bancaires, des listes de gens à leur botte. Je devais emmener deux agents du FBI avec moi. Ils se feraient passer pour des types que j'avais engagés pour m'assister, et prévoyaient d'enregistrer ce qu'Andy dirait des opérations d'espionnage. Puis ils lui proposeraient immédiatement l'immunité. Parce que je ne pouvais pas le faire seul, et il était possible qu'il faille le maîtriser physiquement. J'avais bien expliqué au FBI que je ne déballerais rien si Andy ne disposait pas de cette immunité. Il n'aurait peut-être pas voulu le croire, mais les Barrada l'auraient rendu responsable de ma trahison puisqu'il m'avait impliqué dans leurs affaires et que maintenant je les balançais aux fédéraux. J'étais certain qu'ils le tueraient.

C'était la seule manière de sauver Andy.

Nous sommes dans l'entrepôt, et voici ce dont je me souviens : je présente Andy aux deux types, nous discutons, nous lui montrons les informations, j'explique que je peux en apprendre plus sur les Duarte, mais que ça va nécessiter une opération de taille. C'est comme ça que je le piège : je ne peux pas mener l'opération seul, j'ai besoin de ces deux types. Je demande à Andy, très précisément, quel genre d'informations il veut que je vole aux Duarte, et il vide son sac, tout ce qu'il dit est enregistré sur les bandes du FBI, pour lui mettre une vraie pression, puis il me demande quand je peux commencer, et là...

Trou noir.

Je le vois ensuite tirer un pistolet de sous son T-shirt. Il le pointe en direction de la tête de l'un des fédéraux. J'ai un pistolet dont je ne me sers jamais vraiment, mais je fais feu parce que je ne peux pas le laisser tirer une balle dans la tête d'un homme.

Ma balle l'atteint à l'épaule et il riposte, m'atteint à la poitrine, nous hurlons tous les deux et je le mets à nouveau en joue.

Puis j'ai un nouveau trou de mémoire.

Je ne me souviens plus de rien jusqu'au moment où je suis dans une cache du FBI à Jacksonville. Les agents me proposent de m'intégrer au programme de protection des témoins. Et mon meilleur ami, mon frère pour ainsi dire, est mort. Je ne sais pas quelle erreur j'ai commise, ni pourquoi je l'ai tué.

Celeste replia la feuille de papier.

« Vous vous êtes rappelé autre chose, dit-elle doucement.

– Oui. Le premier trou de mémoire. Quand Andy m'a demandé quand je pouvais commencer. » Il s'interrompit. « Groote et moi parlions du FBI et du moment où ils commenceraient à citer mon nom aux informations – ça a fait remonter le souvenir, aussi clair que de l'eau de roche. Mais...

– Ne vous défilez pas, dit-elle.

– Il m'a demandé quand les types et moi pourrions nous mettre à travailler sur le projet et j'ai répondu, *Ils le feront dès que nous arrêterons la cassette.*

– Vous lui avez fait comprendre qu'il était enregistré.

– J'ai dit... oui, pour cette raison, mais aussi en guise de plaisanterie, pour faire passer la pilule. Nous avons tous ri. Même Andy. Mais alors il a vu mes yeux, il a paniqué, il a compris que c'était un guet-apens, a dégainé son arme et l'a pointé sur la tête de l'un des agents... Si je l'avais bouclée, si je lui avais annoncé différemment... »

Celeste prit les mains de Miles dans les siennes.

« Il n'y avait pas de bonne façon de le lui annoncer, si ? » Miles secoua la tête. Elle lui serra fort les mains. « Mais c'est Andy qui a dégainé en premier. C'est lui qui a choisi de se battre. Vous avez sauvé une vie, deux, peut-être même la vôtre. Nous avons tous les deux sauvé des vies. Hé, on fait partie d'un club spécial. » Sa voix se brisa et les larmes lui montèrent aux yeux. « Si Dieu tient des comptes, pensez-vous que nous ayons rétabli la balance ?

– J'ai... tiré pour le blesser, pas pour le tuer. Je ne me rappelle toujours pas les détails.

– Il vous a tiré en pleine poitrine. A-t-il montré la même considération ? »

Miles ouvrit la bouche pour parler, mais la referma.

« J'ai mal géré la situation. Il a paniqué.

– S'attendait-il à ce que vous travailliez éternellement pour la mafia alors que vous aviez été contraint de coopérer. Ça m'est égal que vous l'ayez connu depuis l'âge des couches-culottes, c'était un ami horrible. »

Miles dégagea ses mains.

« Alors que veut me dire Andy ? Qu'il est désolé ? Il ne prononce jamais une excuse. Ce que j'ai fait, ce que je n'ai pas fait, qu'est-ce que ça peut bien vouloir dire ?

– La cassette que le FBI a enregistrée pendant le rendez-vous... l'avez-vous jamais écoutée ?

– Ils m'ont dit que la cassette avait déconné. Andy est mort pour rien. Bon Dieu, vous devez me trouver abominable. »

Elle replia les jambes sous elle.

« Je vous ai dit que mon mari était parti faire quelques courses. Et que j'ai laissé entrer chez moi un homme que je prenais pour un ami proche, mais qui en fait me harcelait. Il m'a ligotée et a attendu le retour de Brian. Il me tenait un couteau sous la gorge. Il ne m'a pas bâillonnée. Il m'a dit qu'il allait me faire du mal parce que je ne l'avais pas aimé, parce que je ne l'appréciais pas – toutes les conneries habituelles du déséquilibré – mais qu'il ne ferait pas de mal à Brian. Je l'ai cru. J'étais pétrifiée, je n'arrivais pas à réfléchir au-delà de deux secondes. » Elle se tapa du doigt contre la tempe. « Le cerveau qui avait été plus futé que neuf personnes très malignes et qui avait remporté cinq millions de dollars – pris dans la glace. J'ai entendu Brian m'appeler quand il a ouvert la porte d'entrée. Si je lui avais crié de partir, il aurait eu une chance. Il aurait pu s'enfuir, sauver sa vie. Mais au lieu de ça, j'avais un couteau sous la gorge et je n'ai pas crié, et mon mari est entré et le Détraqué l'a torturé jusqu'à ce que mort s'ensuive. Sous mes yeux. Pour que je puisse entendre chaque cri de douleur, voir chaque grimace, ressentir la moindre de ses souffrances. Un voisin a entendu les hurlements de mon Brian, il a appelé les flics, ils ont fait irruption et abattu le Détraqué environ trois minutes après la mort de Brian. Il fumait une cigarette avant de s'attaquer à moi, et j'étais étendue là, à regarder dans les yeux morts de mon mari, à attendre de mourir en me demandant, *Pourquoi ne l'ai-je pas alerté en criant ? Pourquoi ?*

– Parce que vous aviez peur. Parce que vous vouliez le croire quand il disait qu'il ne ferait pas de mal à Brian.

– Eh bien, n'ai-je pas été idiote ?

– Je voulais croire qu'Andy serait heureux que je nous sorte de la mafia. Vous vouliez croire que Brian serait en sécurité si vous obéissiez aux ordres. Croyez-vous que Brian vous en a voulu, ne serait-ce qu'une seconde ? » Elle ne répondit rien. « Si vous aviez crié, pensez-vous que Brian se serait enfui ? Bon Dieu, non. Il se serait précipité à votre secours. Il se serait battu pour vous sauver. »

La vérité de ce qu'il venait de dire sembla écraser Celeste.

« Tout ça parce que j'ai voulu participer à une stupide émission de télé. » Elle s'enfonça le visage entre les mains. « Alors, pourquoi ne parvenons-nous pas à passer outre tout ce chagrin ?

– Parce que nous aimions ces gens. On ne les oublie pas comme ça.

– Est-ce que vous croyez que si j'avais continué à prendre ce médicament... j'aurais oublié ce qui est arrivé à Brian ? » Sa voix se brisa à nouveau. « Ne suis-je pas une personne méprisable si j'oublie la terreur que nous avons éprouvée ?

– Brian ne voudrait pas que vous portiez ce chagrin éternellement. Je peux vous assurer qu'il ne voudrait pas que vous vous coupiez. »

Elle s'essuya les yeux.

« Merci de m'avoir montré la confession.

– Merci à vous de m'avoir raconté ce qui vous est arrivé. »

Le silence entre eux devint embarrassant, presque comme s'ils avaient été physiquement intimes et ne savaient pas quoi dire, comment se séparer, comment faire un pas en avant.

Elle alla sur le lit de Miles et se pelotonna entre ses bras. Ils restèrent étendus, crispés, s'effleurant à peine, puis elle referma la main autour de la sienne et il commença à se détendre. Ils s'étreignirent. Elle portait les habits trop grands que Victor lui avait prêtés et ses cheveux sentaient la mandarine – elle avait pris une douche après le repas. Il s'aperçut qu'il avait oublié la sensation que procurait le fait de tenir une femme entre ses bras, l'abandon de la peau, le souffle de sa respiration.

S'il continuait de rechercher Frost, il pouvait être mort demain. Ou en prison. C'était peut-être l'ultime instant de bonheur de sa vie, sa dernière part du gâteau.

Il ferma les yeux et s'endormit.

Une main toucha son épaule. Miles ouvrit les yeux. Victor était assis près du lit dans son fauteuil roulant.

Mauvaise nouvelle, prononça-t-il tout bas. *Il faut que nous parlions.*

52

Le bureau de Victor abritait divers ordinateurs : deux gros systèmes sous Linux, un Macintosh étincelant, quatre PC aux boîtiers beiges.

Sur l'un des écrans était affichée une photo de Quantrill. Sur celui d'à côté, celle de Sorenson, puis sur le suivant, celle d'Allison.

Debout près de l'un des écrans, Groote regardait fixement la photo de Sorenson.

« Je n'ai pas retrouvé votre fille, Dennis, et je me heurte à un mur pour ce qui est des caches utilisées par le gouvernement. Leur emplacement est un secret bien gardé. Je vais devoir utiliser une approche indirecte, ce qui prendra du temps.

– S'ils l'ont tuée parce que Dodd est mort...

– J'en doute. La mort de Dodd va les paralyser, ils vont devoir se regrouper. Vous devez garder espoir », dit Victor.

Groote s'assit, prit son visage meurtri à deux mains, puis se releva.

« Alors, qu'est-ce que ça me laisse ? Un jour, deux ? Même si on trouve ces fichiers, je ne sais toujours pas comment contacter la personne pour laquelle Dodd travaillait.

– J'ai quelques munitions pour vous, messieurs. Ou peut-être ces informations vous inciteront-elles à vous arrêter là, ou à vous planquer, ou à aller tout de suite à la police.

– Nous sommes tout ouïe », dit Miles.

Victor désigna le visage de Sorenson à l'écran.

« James Sorenson. Avant d'être au Pentagone, il avait été affecté à Pékin par les services diplomatiques. Avant ça, l'armée. Maintenant il ne fait plus partie des services du gouvernement – du moins d'aucun service dont on admettra l'existence. Je ne trouve rien d'autre sur lui : famille, études, néant. Ces fichiers sont inaccessibles. C'est le nomade bureaucrate par excellence. D'ordinaire, les types qui bossent toute leur vie pour le gouvernement se dégottent une bonne place et s'y accrochent fermement.

– Ou alors il est la patate chaude qu'on se repasse parce qu'il est source de problèmes, suggéra Miles.

– J'ai des contacts aux archives de l'armée et au ministère de la Défense qui essaient d'en savoir plus, mais rien pour l'instant, si ce n'est qu'un ami du Pentagone m'a affirmé que Sorenson était, je le cite, "un franc-tireur, cinglé, difficile à gérer". Désolé, je n'ai pas de relations dans les services diplomatiques, je me heurte à un mur.

– OK. Et Quantrill ?

– Je peux vous le dire, intervint Groote, c'est un espion industriel.

– Plus que ça, dit Victor. Un millionnaire des nouvelles technologies. Il a déplacé son argent avant que la bulle de l'Internet n'explose. Il possède une société de consulting qui a été soupçonnée d'espionnage industriel, mais les chefs d'accusation ont été abandonnés. Ça sent le pot-de-vin. Il est aussi relié à un certain nombre de sociétés qui possèdent d'autres sociétés qui possèdent des hôpitaux spécialisés, aussi bien ici qu'à l'étranger, ou qui ont des contacts avec le ministère des Anciens Combattants.

– S'il teste illégalement des médicaments dans un hôpital, est-il possible qu'il le fasse dans un autre ? demanda Groote. Dodd et lui s'étaient peut-être mis d'accord pour reprendre le dossier à Sorenson – et Amanda serait dans l'un de ses hôpitaux...

– Je peux vérifier, mais je ne pense pas que Dodd et Quantrill aient conclu le moindre accord avant la mort de Dodd, répondit Victor. Pour ce qui est des tests, je suis presque certain que s'il a essayé Frost dans un hôpital, il a pu le faire dans d'autres. Le seul scandale auquel il ait été mêlé dans le domaine médical concernait des tests de médicaments non approuvés contre le cancer. Les patients d'un hôpital pour anciens combattants à Minneapolis avaient servi de cobayes. Deux médecins et un administrateur ont été poursuivis. Un autre médecin, relaxé faute de preuves, a démissionné et accepté un poste dans un hôpital que la holding de Quantrill possède en Floride. Sinon, Quantrill reste dans l'ombre.

– Comme Sorenson.

– Comprenez-vous pourquoi Sorenson vous poursuit avec un tel acharnement ? Il doit maintenant savoir que l'exécution de Yosemite Park a échoué – et, mieux pour lui, il sait que le gouvernement est disposé à mentir aux médias pour couvrir l'implication de Dodd. Si la police vous arrête, vous ferez les gros titres. Vous pouvez l'anéantir en déballant tout.

– À moins qu'il ne trouve Amanda et la tue si nous parlons, dit Groote.

– Même s'il ne la trouve pas, si nous déballons tout au grand jour, le gouvernement nous fera taire ou nous discréditera, ou alors en parlant nous enverrons ce nouveau remède au purgatoire des médicaments, dit Miles. Ça tuerait la possibilité de voir le public accepter les recherches, le projet serait retardé de plusieurs années. Non. Je dois mettre la main sur la formule et la confier à une société qui la développera de manière responsable. »

Miles regarda la photo de Sorenson sur l'écran de l'ordinateur. Quelque chose l'asticotait. Les faits ne collaient pas. C'était parfois le cas, mais il n'arrivait pas à mettre le doigt sur ce qui le tracassait.

« Vous nous avez beaucoup aidés, mon vieux, merci », dit Groote.

Victor avança sa chaise roulante jusqu'à Groote.

« Voulez-vous bien nous excuser, Dennis ? Je dois parler à Miles en privé. Merci. »

Groote se leva et sortit sans un mot.

Victor attendit jusqu'à ce que Groote eût regagné le patio à l'arrière de la maison et refermé la porte coulissante derrière lui.

« Vous ne pouvez pas lui faire confiance.

– Je sais. Mais j'ai besoin de lui. Je ne peux pas combattre Sorenson seul.

– Groote est un ancien du FBI. Il possède une société de sécurité privée. Vous savez déjà qu'obéir à la loi ne l'intéresse pas particulièrement.

– Malgré sa brutalité, il a toujours un côté agent fédéral. C'est la seule chose qui me donne l'espoir qu'il se comportera bien au bout du compte.

– Il a peut-être plus besoin de Frost que vous ou moi, dit Victor. Maintenant... je sais que vous en voulez à Nathan de ne pas vous avoir dit la vérité sur Dodd. Mais il faut que vous connaissiez son histoire. Quelques flatteries prudentes et la promesse de dix heures de travail gratuites sur des bases de données d'ordinaire hors de prix m'ont permis de récupérer son dossier par l'intermédiaire du département de la Défense. »

Miles leva une main, se leva.

« Ne me dites rien. Ça m'est égal. »

Victor se pencha en avant, donna de petites tapes sur le genou de Miles avec sa prothèse.

« Vous m'avez demandé de vous aider, de vous ouvrir les yeux. Je vous demande d'écouter, d'ouvrir grand vos oreilles.

– Dites-moi.

– Cléopâtre, dit Victor en direction de l'un des ordinateurs, passe le fichier sur Ruiz. »

Déclenché par un logiciel de reconnaissance vocale, l'ordinateur se mit à diffuser un film. Nerveux, propre, les cheveux humides mais le nez cassé, les yeux au beurre noir, le visage moucheté de blessures et recouvert de pansements, Nathan regardait fixement la caméra.

L'enquêteur commença par s'identifier, donner la date et leur localisation : une base militaire américaine en Irak.

« Sergent Ruiz, je veux vous parler des événements du 2 avril.

– Oui, monsieur. » Nathan se passa un doigt sur la lèvre inférieure, se reprit, se redressa. « Oui, monsieur. »

L'enquêteur résuma l'approche effectuée par l'unité d'artillerie de Nathan tandis que les forces américaines roulaient vers Bagdad. Nathan était d'accord sur chaque point.

« Puis, après avoir lancé vos missiles, vous vous êtes arrêtés dans l'attente de nouvelles instructions.

– Oui, monsieur.

– Et vous avez effectué une vérification de routine pour voir si tous les systèmes fonctionnaient correctement. »

Nathan acquiesça.

« Oui, monsieur, comme toujours.

– Résultat ?

– Tout était en ordre, répondit Nathan, et il ravala sa salive.

– La balise optique permettant aux forces américaines de vous identifier fonctionnait ? » demanda l'enquêteur.

Nathan acquiesça à nouveau.

« Il me faut une réponse verbale, monsieur.

– Oui, monsieur. Les lucioles – les balises optiques – fonctionnaient, répondit Nathan d'une voix qui se brisa à la fin de la phrase.

– Et alors, vous vous êtes éloigné de votre poste.

– Oui, monsieur, mais juste de quelques mètres...

– Et durant votre absence, la balise est tombée en panne.

– Oui, monsieur, répondit Nathan d'une voix ferme. Je suppose. Le système de secours est lui aussi tombé en panne.

– Et combien de temps êtes-vous resté éloigné de votre matériel ?

– Seulement quelques minutes, monsieur, puis j'y suis retourné.

– Vous n'avez pas remarqué que les lucioles ne fonctionnaient plus ? »

Silence.

« Avez-vous entendu la question, sergent ?

– Oui, monsieur, je vous ai entendu. Je n'ai pas remarqué que les balises étaient tombées en panne.

– Faites-vous attention au matériel uniquement durant les vérifications de routine, sergent Ruiz ?

– Non, monsieur.

– Mais vous n'avez pas remarqué que la balise était en panne, et que l'alarme qui aurait dû se déclencher l'était également. »

Quatre secondes de silence, et l'impassibilité toute militaire de Nathan s'évapora pour laisser place à une expression de pure douleur. Il lutta pour afficher à nouveau un air calme.

« Non, monsieur, mais...

– Mais ?

– Sur le terrain, monsieur, des imprévus se produisent. Je ne sais pas pourquoi le système est tombé en panne. Ça s'est juste... produit.

– Votre devoir était cependant de le réparer.

– C'est exact... monsieur. »

Nathan ravala sa salive. Des gouttes de sueur se formèrent sur son front meurtri et contusionné.

« Et combien de minutes avant que le feu allié ne vous atteigne ?

– Neuf minutes après le lancement de notre dernier missile, monsieur.

– Neuf minutes et vous ne vous apercevez pas que la balise n'émet plus.

– Non, monsieur.

– Neuf minutes au cours desquelles vous auriez pu sauver votre bataillon. » Un silence lourd, affreux, s'installa et Nathan cligna vivement des yeux en direction de la caméra. L'enquêteur invisible reprit : « D'après le capitaine Cariotis, durant ces neuf minutes, vous plaisantiez avec vos amis et célébriez la réussite de votre mission. Tous vos missiles avaient été lancés avec succès, et vous pensiez avoir fini votre journée.

– Oui, monsieur. » Nathan ferma les yeux et inspira profondément. « Oui, monsieur. » Des larmes se formèrent au coin de ses yeux. « Mais l'officier de tir aurait pu confirmer au pilote que nous faisions partie des forces américaines, monsieur... Je ne comprends pas comment moi seul...

– Vous étiez là, sur place, avec la balise défaillante. Vous auriez pu remarquer la panne. Vous auriez pu la réparer. Vous auriez pu alerter l'officier de tir qu'il y avait un problème.

– Bon sang, dit Miles, ils lui ont collé tout l'accident sur le dos. »

Sa bouche s'assécha, il repensa au cauchemar de Nathan à Santa Fe, lorsque celui-ci hurlait, *Je l'ai réparée ! Je l'ai réparée ! Je l'ai réparée !*

« Cléopâtre, pause vidéo, ordonna Victor à l'ordinateur, et le visage de Nathan se figea sur l'écran. Sans la balise à infrarouges, un pilote américain a pu croire que le bataillon de Nathan faisait partie de la garde républicaine irakienne. Il reçoit une confirmation erronée de l'officier de tir après avoir vu un missile s'élever dans la nuit, il fait feu, et vous vous retrouvez avec des cadavres de soldats américains éparpillés dans le désert.

– Oh, bon Dieu ! fit Miles. Pauvres gamins.

– Oui, dit Nathan qui se tenait derrière lui dans l'entrebâillement de la porte ouverte. Ces pauvres gamins qui sont morts par ma faute. »

Miles se leva.

« Nathan. Je t'incluais dans ces gamins. Je suis tellement, tellement désolé.

– Me jugez pas, dit Nathan. Je suis allé servir. Je suis allé aider. Je suis pas un tortionnaire comme Groote. Je suis pas un cinglé comme vous, Miles.

– C'était juste un accident, dit Victor. Ça arrive fréquemment en temps de guerre.

– Je croyais que vous étiez mes amis. C'était idiot de ma part », dit Nathan. Il s'essuya le nez du revers de la main. « Je me tire d'ici.

– Nathan, tu n'as aucune raison d'avoir honte... Nous comprenons ce que tu as dû endurer et pourquoi tu as aidé Dodd. Reste avec nous.

– Éteignez cette vidéo ! » Nathan donna un coup de pied dans l'écran. « Vous êtes assurément un espion, Miles, un bien meilleur espion que moi. Aucun secret n'est en sécurité avec vous. »

Il sortit précipitamment, traversa la maison, franchit la porte d'entrée. Miles s'élança à sa poursuite, l'attrapa par le bras comme il quittait la pelouse à l'avant de la maison et s'engageait dans la rue.

« Tu peux nous aider à retrouver Sorenson... »

Nathan colla un pistolet contre la tête de Miles. Le pistolet de Miles.

« Lâchez-moi, Miles. Lâchez-moi.

– Non. Tu vas devoir me tuer.

– Miles, s'il vous plaît ! S'il vous plaît !

– Pas question que tu te tires. Laisse-nous t'aider.

– Vous êtes vraiment un baratineur. Vous m'avez fait la leçon comme quoi on devait se serrer les coudes. Vous nous collez Celeste et moi avec Groote, ce sale chien qui... m'a torturé.

– Nathan...

– Fermez-la ! Fermez votre putain de gueule hypocrite, Miles ! Il m'a fait mal, bon sang, mais j'ai pas balancé votre foutu nom pendant des heures parce que je croyais que c'était la bonne chose à faire. Je voulais faire ce qui était bien. Être à nouveau fort. »

Il se mit à sangloter.

« Nathan, bon Dieu, je suis désolé.

– J'ai perdu tous les amis que j'avais à l'armée. Tous. Je pensais que vous comprendriez vu que vous aviez perdu tous vos amis en Floride. Je pensais... Laissez tomber ce que je pensais. » Il repoussa Miles, pointa le pistolet sur lui. « Vous voulez juste que je reste parce que vous avez peur que j'appelle les flics, que je leur dise où vous êtes. Vous en faites pas. Je vous traiterai mieux que vous m'avez traité. »

Il s'engagea à reculons dans la rue paisible.

« C'est absurde, tu n'as pas d'argent, pas de voiture.

– Je vous balancerai pas. À moins que vous me suiviez. Dans ce cas-là, je déballerai tout jusqu'à plus soif, pigé ? »

Il baissa son arme et s'éloigna. Miles s'engagea à son tour dans la rue pour le suivre. Nathan le mit à nouveau en joue. Miles le regarda s'enfoncer dans l'obscurité, puis il retourna dans la maison.

« Je suis désolé, Miles, dit Victor.

– Il reviendra peut-être dans dix minutes, ou dans dix heures, quand il sera calmé, répondit Miles. Il croit que je le déteste. C'est faux. Mais il ne comprend pas ce qu'est la confiance.

– D'après vous, que sait-il de vos plans ?

– Suffisamment pour savoir que je comptais les laisser, lui et Celeste, chez vous. Il a pu l'entendre dans la voiture, nous pensions qu'il dormait.

– Va-t-il aller à la police ?

– Je n'en sais rien.

– Eh bien, mon seul délit est d'avoir abrité des fugitifs, et si je n'ai pas regardé la télé, je ne peux pas savoir que vous êtes des fugitifs.

– Je suis désolé.

– Il serait peut-être temps que Groote et vous partiez. Juste par mesure de sécurité.

– Celeste peut-elle rester ? Je ne peux plus mettre sa vie en danger. Elle en a déjà assez enduré comme ça.

– Vous feriez bien d'y aller tant qu'elle dort. Sinon, elle se battra bec et ongles. »

Les écrans d'ordinateur affichaient les visages figés des protagonistes liés au programme Frost. Sauf celui au bout à gauche : on y voyait le site Internet de Victor consacré aux patients souffrant de traumatismes. Un sondage y était effectué, une question purement hypothétique, celle-là même posée par Sorenson il y avait une éternité de cela : *Si vous pouviez oublier le pire moment de votre vie, le feriez-vous ?*

Quatre-vingt-dix-neuf pour cent des participants répondaient oui. C'était ça, le pouvoir, la promesse de Frost.

Donc, si tu trouves ce médicament, est-ce que tu pourras retrouver Nathan ? Pour l'aider ?

Miles regarda Celeste dormir, perdue dans la lourdeur de ses propres rêves. Il tira la confession de sa poche, la posa contre la lampe de chevet. Il se pencha et l'embrassa sur le haut du front.

« Allons-y », dit Miles. Groote se leva de sa chaise dans le patio. Miles jugea inutile de mentionner le départ de Nathan, Groote voudrait le suivre. « Nous pourrions peut-être attraper un vol du soir pour Austin.

– En fait, répondit Groote, j'ai une idée. Allison a volé la liste d'acheteurs à Quantrill. Cette liste nous serait utile. »

Miles vit où il voulait en venir.

« En obtenant des détails sur la mise aux enchères auprès d'un des acheteurs, nous serons peut-être en mesure de nous approcher de Sorenson sans qu'il en sache rien.

– Et nous pouvons obtenir cette liste dès ce soir, poursuivit Groote. Vous n'avez pas peur des systèmes d'alarme ni des hommes armés, n'est-ce pas, monsieur l'Espion ? »

53

Nathan avait un dollar en pièces de vingt-cinq *cents* qu'il avait volées dans la chambre du soldat aveugle, et il les inséra dans la cabine téléphonique d'une station-service. Voler un type aveugle, bon Dieu, la classe. Il essuya de la manche les larmes et la morve sur son visage. Il avait aussi un portefeuille contenant cinq cents dollars et une pièce d'identité que Dodd lui avait discrètement fournie à Yosemite, son ticket pour réintégrer la société après sa mission à Sangre de Cristo. Mais il n'avait pas de monnaie pour téléphoner, et cinq cents dollars ne suffiraient peut-être pas pour faire ce qu'il avait à faire. Ses jambes le faisaient souffrir, il avait encore mal au dos après la raclée que lui avait fichue Groote à Santa Fe, et il ne voulait pas être seul. Mais il le serait tant qu'il n'aurait pas accompli son devoir.

Sa mère répondit à la troisième sonnerie.

« Maman ? Je suis sorti de l'hôpital. Tout est arrangé.

– Chéri ? Oh, Dieu merci. »

Puis un torrent en espagnol. Il attendit que le flot de paroles se tarisse et tenta de rire pour lui faire croire qu'il était heureux.

« J'ai besoin d'un service, maman. Je ne suis pas à Santa Fe. Ils m'ont transféré dans un autre hôpital près de Los Angeles pour finir les traitements.

– Je ne comprends pas... »

Elle commença à poser des questions, les unes à la suite des autres. Il ferma les yeux.

« Maman, l'interrompit-il, il faut que je me procure un peu d'argent. Pour manger, pour rentrer à la maison. »

Mais il ne rentrerait pas à la maison. Non. Il devait d'abord achever d'être un héros.

54

MILES CROCHETA LA PORTE DE LA CUISINE avec un accessoire spécial du tournevis de Groote, tentant de ne pas penser au fait que c'était l'arme qui avait servi à torturer Nathan. Les goupilles cliquetèrent et Miles poussa tout doucement la porte. Groote se tenait derrière lui, son arme à la main, et ils tendirent l'oreille, craignant qu'une alarme ne se mette à sonner. Rien.

Quantrill n'avait pas activé son système, il n'était pas encore couché. Il se trouvait sans doute à l'étage, dans son bureau, cherchant à persuader les acheteurs de ne pas assister à la mise aux enchères de Sorenson, les assurant que tout allait bien, que lui seul possédait la bonne version du projet Frost.

Miles enfonça le tournevis dans sa poche revolver et suivit Groote dans la maison. Par la porte entrouverte du salon, ils entendirent le rugissement lointain d'une fusillade, une puissante explosion d'artillerie, le hurlement d'un *jet*, puis la pulsation croissante d'un orchestre et la musique tonitruante accompagnant la bataille.

Gardes, prononça tout bas Groote. Il désigna l'étage, murmura, *Bureau,* fit signe à Miles de monter.

Miles gravit les marches. Groote attendit, prêt à faire feu. Si les gardes restaient tranquillement devant leur film à grand spectacle, pas de souci, inutile de les tuer.

Quantrill était assis sur une chaise, face à son bureau vide, la tête rejetée en arrière, une tache rouge et noir sur le front, les yeux mi-clos.

Miles toucha la gorge du mort. Encore chaude.

Son ordinateur avait disparu de son bureau. Miles se rendit à la salle de bains qui jouxtait le bureau, attrapa une serviette, s'en servit pour ouvrir les tiroirs, fouilla dans le placard qui faisait aussi office de réserve de fournitures. Pas d'ordinateur portable sur lequel aurait pu se trouver une sauvegarde du dossier ou de la liste d'acheteurs, pas de CD ni de DVD. Tout avait disparu.

Sorenson faisait le ménage, il éliminait toutes les interférences possibles, et ils venaient de le manquer, lui ou ses tueurs.

Il fit glisser le cadavre de la chaise et fouilla ses poches. Un portefeuille, plein d'espèces, intact. Il trouva un téléphone portable, l'enfouit dans sa poche.

Miles redescendit l'escalier. Groote était toujours en position, le film continuait de passer. Miles le devança et pénétra dans la salle de télévision. Les deux gardes du corps étaient vautrés sur le canapé, un bol de pop-corn au beurre posé entre eux, chacun avait le visage percé de trois blessures par balles.

« Bon, fit Groote, je suppose que Quantrill ne va pas me payer mon salaire.

– Nous l'avons manqué de très peu. Ça s'est passé il y a environ un quart d'heure. Sorenson vient d'ôter aux acheteurs la possibilité de traiter avec Quantrill. Maintenant, il est seul en lice. »

Groote se pencha et ramassa une poignée de pop-corn. Miles tenta de ne pas vomir en le voyant mâcher.

« Je suppose qu'il a cherché à contacter les acheteurs, pour les convaincre de ne pas participer à la mise aux enchères, les supplier de ne pas acheter à un voleur, voire les menacer de tout dévoiler s'ils ne boycottaient pas la vente. »

Miles leva le téléphone portable.

« Nous pourrons peut-être trouver un acheteur qu'il a appelé. Avec un numéro de portable, je peux retrouver n'importe qui.

– Un seul fera l'affaire », confirma Groote, la bouche pleine de pop-corn.

Ils trouvèrent un café ouvert toute la nuit près de la jetée de Santa Monica qui proposait un accès à Internet, et Miles se mit au travail. Après avoir découvert que Quantrill avait passé ses dernières heures sur terre à appeler un restaurant chinois, son équipe de paysagistes et deux numéros dont Groote supposa qu'ils étaient ceux des défunts mangeurs de pop-corn, Miles flaira un filon avec le cinquième numéro. C'était celui d'un certain Greg Bradley. Après avoir effectué une recherche sur ce nom dans Google, ils découvrirent que Bradley possédait une société basée à Boston qui conseillait Aldis-Tate, l'un des plus gros laboratoires pharmaceutiques américains.

« C'est notre homme, dit Groote. Sorenson prétendait travailler pour Aldis-Tate quand il est venu à l'hôpital. »

La liste d'appels indiquait que la conversation entre Quantrill et Bradley avait été longue – bien au-delà de trente minutes.

« Ils ont discuté un bon bout de temps, dit Miles. Quantrill a peut-être essayé de le convaincre de laisser tomber la deuxième mise aux enchères. »

Groote fronça les sourcils.

« Vous pensez que Bradley s'est dégonflé ?

– On va voir ça. Donnez-moi une seconde. »

Il composa le numéro du téléphone portable de Bradley, attendit.

« Ne foirez pas votre coup, dit Groote d'une voix basse.

– Allô ?

– Monsieur Bradley ?

– Oui ?

– Bonjour, monsieur, je suis Corey de la société d'assurance de cartes de crédit Ironlock. J'effectue une vérification sur une annulation de paiement qui est ressortie en anomalie dans notre système. Avez-vous annulé un voyage en avion récemment, monsieur ?

– Heu, oui, hier.

– Un vol pour Austin, monsieur ?

– Eh bien, oui... » Puis un long silence embarrassé. « Vous pouvez me rappeler qui vous êtes ?

– Monsieur, nous vérifions toutes les annulations qui ressortent en anomalie car nous assurons les sociétés de cartes de crédit et leur remboursons les frais d'annulation, débita Miles à toute allure, d'un ton compétent. Nous nous penchons sur le cas de deux compagnies aériennes qui facturent de faux voyages, puis les annulent immédiatement pour que nous les payions. Mais si votre annulation est bien réelle, il n'y a pas de problème, et je vous remercie pour votre temps. » Il raccrocha. « Je crois qu'il a annulé. Il s'est bloqué quand j'ai mentionné Austin.

– Vous êtes un bon menteur. Est-ce que ce genre d'assurance existe ?

– Aucune idée. »

Miles consulta les numéros suivants dans la liste d'appels. La chance lui sourit au troisième essai. Quantrill avait composé le même numéro trois fois de suite, la première conversation durant quarante secondes, les deux autres, à peine dix.

« Si ce n'est pas une petite amie, dit Groote, c'est quelqu'un qui ne veut pas parler à Quantrill. » Il fronça les sourcils. « Vous êtes fort à ce petit jeu. »

L'homme s'appelait David Singhal, c'était l'ancien directeur adjoint du département recherches d'un laboratoire suisse, il dirigeait désormais une société de consulting en recherches basée à Los Angeles. Miles saisit son nom dans Google en activant l'option images et trouva une photo de lui tirée d'une interview qu'il avait accordée à un journal économique européen. La cinquantaine, l'air cultivé, des yeux intelligents, un bouc grisonnant. Miles composa son numéro.

« Allô, monsieur Singhal ?

– Oui ? »

Il avait un accent britannique sec.

« Bonjour, je suis James de la société Excelsior Credit Card Security, commença Miles avec un débit en rafale, nous travaillons avec Visa et AmEX, et nous avons une question concernant votre compte, avez-vous récemment annulé une réservation de vol vers Austin ? »

Singhal était plus méfiant que Bradley.

« Je suis désolé, pour qui travaillez-vous ? »

Miles répéta, ajoutant :

« Nous aidons les sociétés de cartes de crédit à résoudre les anomalies de leur base de données. Le problème est que l'une des versions de la base de données indique que vous avez payé un vol Los Angeles-Austin, alors que dans la version reconstruite de la base de données, ce débit a été annulé.

– Je crois que je ferais bien d'appeler la compagnie aérienne, dit Singhal. Je ne vais pas vous donner mon numéro de carte de crédit au téléphone.

– Heu, oui, monsieur, c'est très sage, il ne faut jamais faire ça. » Il tenta le tout pour le tout. « Je peux réparer la base de données pour qu'il n'y ait aucune confusion quant au statut de votre billet. S'agissait-il d'un billet de la compagnie Southwest ? »

Singhal raccrocha.

« Génial, dit Miles. Il va directement appeler sa compagnie aérienne et ils lui diront que tout va bien.

– Passez-moi le téléphone. »

Groote prit le téléphone, composa un numéro, parla à voix basse, composa un autre numéro, donna un code d'autorisation. Il raccrocha, alla remplir à nouveau leurs tasses de café, s'assit. Son téléphone sonna et il écouta, raccrocha.

« David Singhal est sur le vol Globe West de demain à destination d'Austin. On me rappellera s'il modifie sa réservation.

– Comment avez-vous découvert ça ?

– Un contact au FBI.

– Le gouvernement surveille les listes de passagers des compagnies aériennes.

– Rien d'étonnant, non ?

– Non, fit Miles. Et maintenant ?

– On dort », répondit Groote.

Ils s'arrêtèrent dans un grand supermarché ouvert vingt-quatre heures sur vingt-quatre et s'achetèrent des vêtements et quelques articles de première nécessité. Groote retira des espèces à un distributeur automatique. Ils prirent une chambre avec des lits jumeaux dans un hôtel proche de l'aéroport de Los Angeles.

Groote souhaita une bonne nuit à Miles et éteignit la lumière. Miles n'arrivait pas à dormir. Il craignait qu'Andy ne revienne s'il fermait les yeux et se laissait aller au repos.

« Groote ?

– Oui ?

– Quand nous roulions aujourd'hui... vous ne m'avez jamais dit précisément qui a attaqué votre femme et votre fille. »

Long silence.

« Des voyous qui se sentaient menacés parce que le FBI s'intéressait à leur gang, ils pensaient que je les trahissais et que j'aidais les flics à saper leurs opérations. Vengeance déplacée. »

Miles voulait demander, *Quel gang ?* S'agissait-il de quelqu'un qu'il avait contribué à faire tomber pour les Barrada ? Mais le seul gang de Californie du Sud auquel il avait jamais eu affaire était celui des Duarte... et ils étaient tous morts maintenant.

« Qui étaient ces voyous ? Des dealers ?

– Aucune importance.

– Alors, pourquoi avez-vous quitté le FBI ?

– Je ne pouvais plus atteindre mes objectifs de carrière.

– Quels objectifs ?

– Vengeance bien placée, répondit Groote. Je n'ai plus envie de parler, Miles. Bonne nuit. »

55

Le lendemain matin, comme le deuxième vol en partance de Los Angeles à destination d'Austin s'élevait dans le ciel bleu vif, Miles vit, de l'autre côté de l'allée, un homme âgé qui lisait un journal du dimanche. Le gros titre annonçait : DISPARITION D'UN AGENT FÉDÉRAL. Au-dessous, une photo de DeShawn Pitts.

Il ne pouvait lire l'article depuis son siège, et l'homme prenait son temps, s'attardant sur chaque mot, lisant chaque article d'un bout à l'autre. Groote somnolait dans le siège à côté du sien. Cinq rangées devant lui, David Singhal, en costume, lisait le *Wall Street Journal.*

Enfin, l'homme replia son journal, l'enfonça dans la poche du siège devant lui.

« Monsieur ? demanda Miles à voix basse en se penchant vers lui. Excusez-moi. Est-ce que je pourrais vous emprunter votre journal si vous l'avez terminé ?

– Bien sûr. »

L'homme le lui tendit. Miles lut l'article en sentant des frissons lui parcourir la peau. DeShawn Pitts, un officier du FBI – l'article ne précisait pas qu'il travaillait pour le service de protection des témoins – avait disparu deux jours plus tôt alors qu'il effectuait une mission non spécifiée. Le FBI demandait à quiconque posséderait des informations de les appeler.

Hurley était mort jeudi. DeShawn était à l'hôpital ce jour-là – Miles l'avait appris lorsque Groote avait appelé Hurley –

et il avait disparu vendredi. Le lendemain du jour où Groote lui avait parlé.

Ou peut-être DeShawn n'avait-il pas lâché le morceau, peut-être avait-il continué à poser des questions, à chercher Miles – c'est ce qu'il aurait fait, si on lui en avait donné l'ordre, si le FBI avait été d'accord avec lui pour considérer que Miles était incapable de prendre une décision pertinente à cause de sa maladie – et il avait pu à nouveau tomber sur Groote. Groote traquait Miles. DeShawn aussi. Et s'ils s'étaient croisés au mauvais moment ?

J'espère que tu te portes bien, DeShawn.

Miles parcourut le reste de l'article. Aucune mention de lui – le FBI refusait toujours de révéler son nom. Mais il était question, à la fin de l'article, d'une semaine difficile pour la police de Santa Fe : une femme avait été tuée dans l'explosion de son cabinet (Allison Vance) ; une célébrité avait disparu de chez elle (Celeste) ; quatre lycéens avaient été grièvement blessés dans un accident de voiture à proximité de la ville ; un médecin et une touriste avaient également disparu. L'hôpital avait également signalé la disparition de Hurley. Était-ce en raison de cette nouvelle ou bien parce qu'il était tout simplement obstiné que DeShawn avait choisi de resserrer son étau et retourner à Sangriaville ? Retourner à Groote ?

Miles éprouva soudain une terrible envie de descendre de l'avion.

Il plia le journal, le rendit à son propriétaire en le remerciant, se leva pour aller aux toilettes. Il s'aspergea le visage d'eau, essaya de se mettre de l'ordre dans les idées, soupesa les implications de ce qu'il venait de lire. Puis il regagna son siège. Groote était réveillé.

« Mal de l'air ? demanda Groote à voix basse. Vous êtes pâle.

– Non, répondit Miles. Je vais bien.

– Pas le moment de perdre les pédales, dit Groote.

– J'ai dit que j'allais bien.

– Tant mieux. Parce que nous sommes presque arrivés au bout de nos peines. »

Si tu as tué DeShawn, je te tuerai, pensa Miles.

« Oui. Je l'espère. »

56

Miles était assis dans le bar de l'hôtel Four Seasons d'Austin. Allison, Andy, et maintenant DeShawn, étaient assis face à lui, escorte accusatrice, trois personnes mortes à cause de ses erreurs.

Il ne pouvait pas perdre le contrôle maintenant. La présence discontinue d'Andy – présent, absent, présent, absent – avait convaincu Miles que ses troubles mentaux étaient fluctuants et loin d'être définitivement enracinés. Mais maintenant qu'Allison et DeShawn le hantaient aussi, il savait que son esprit était au bord de la rupture et qu'il aurait du mal à recoller les morceaux. Pourtant, il ne pouvait pas le montrer. Groote le tuerait si Miles craquait et devenait un fardeau superflu.

Il fixa son regard sur la fenêtre, observa le calme de la rivière qui s'étirait au-delà du centre-ville. Pense à ce que tu aimes, pense à cette succession de plaisanteries dans cette vieille chanson de Julie Andrews. Miles se rappela ses bons moments à Austin, une ville pleine d'énergie, animée et créative. Il y avait séjourné une fois, à l'occasion du festival de musique Austin City Limits, avec Andy qui vénérait Oasis, alors que lui était un fan des Black Crowes. Ils avaient bu de la bière et dansé au son des groupes. Andy s'était procuré des passes leur permettant d'accéder aux coulisses, et Miles le revit draguant inlassablement une fille magnifique qui n'était autre que la petite amie du batteur d'un des groupes vedettes. Ils s'étaient fait éjecter de la tente réservée aux VIP et n'avaient cessé d'en rigoler en rentrant au Four Seasons.

« C'était le bon temps, dit Andy.

– Oui, répondit Miles tout bas. Maintenant, tais-toi. »

La sueur se mit à perler le long de son dos.

« Qu'est-ce que tu vas faire si c'est lui qui m'a tué, Miles ? demanda DeShawn. J'ai le droit de savoir si je peux compter sur toi.

– Ne lui parlez pas en public, dit Allison depuis une autre chaise. Ils vont le traîner par la peau du cul à l'hôpital, le gaver d'antipsychotiques, et peut-être qu'il ne nous écoutera plus.

– Tu ne crois pas que c'est une pilule qui va me faire partir, si ? dit Andy. Autant essayer de me faire disparaître d'un coup de baguette magique, Miles. Tu sais que toi et moi faisons équipe pour toujours. Un drôle de couple inséparable. Je suis la fracture originelle dans ta tête, ces nouveaux ne sont que des parasites.

– Je vais te tuer une deuxième fois, murmura Miles, et cette fois, ce sera de la légitime défense.

– Ce n'était pas la première fois, rétorqua Andy. Pas vraiment. La vérité est au fond de ton cerveau.

– Et elle meurt d'envie de sortir, dit Allison.

– Taisez-vous, taisez-vous », marmonna doucement Miles.

Il rajusta son T-shirt. Vous pouviez avoir l'air débraillé au Four Seasons et ne pas trop attirer l'attention : Austin était une ville de cinéma et de musique, et l'habit ne faisait pas nécessairement le moine. Il portait une tenue passe-partout : jean propre et T-shirt au logo d'un groupe si obscur qu'il pouvait faire branché local.

Quelques minutes plus tard, il regarda un homme traverser le hall, un attaché-case à la main, et se diriger vers les ascenseurs. David Singhal. Il avait pris un taxi peu après son arrivée à l'hôtel et était maintenant de retour. Groote l'avait suivi, également en taxi, puis avait appelé Miles pour l'informer que le type était simplement allé déjeuner au restaurant.

Groote n'étant pas encore revenu, Miles suivit Singhal à travers le hall. Il monta avec lui dans l'ascenseur, croisa les mains derrière son dos. Singhal avait déjà appuyé sur le bouton.

« Si vous assistez à la mise aux enchères de Frost aujourd'hui, dit Miles d'un ton badin, vous allez vous faire tuer.

– Aujourd'hui », répéta Singhal en écarquillant les yeux de stupeur. Les portes de l'ascenseur s'ouvrirent à son étage. « Je ne sais absolument pas de quoi vous parlez...

– Je n'ai pas de micro sur moi. Et ne faites pas comme si vous ne saviez pas de quoi je parle. Vous êtes dans de sales draps, monsieur Singhal, et je suis le seul à pouvoir vous tirer de là.

– Vous faites... erreur. » Singhal passa devant lui. « Fichez-moi la paix ou j'appelle la sécurité de l'hôtel.

– Allez-y. Après, j'appellerai la FDA. » Miles le suivit jusqu'à une suite au bout du couloir. « Vous deviez acheter Frost à Oliver Quantrill. Maintenant vous l'achetez à une autre personne disposée à vendre au rabais. C'est une erreur. »

Singhal conserva un visage de marbre.

« Je vous le répète, vous vous trompez. »

Mile tira le pistolet qu'il dissimulait à l'arrière de son pantalon, sous sa chemise, le pointa sur le ventre de Singhal.

« Alors, discutons en privé et vous pourrez clarifier les choses. Entrez. »

D'une main tremblante, Singhal ouvrit la porte de la suite et Miles le suivit à l'intérieur. Il ordonna à Singhal de s'asseoir sur le lit, téléphona à Groote, lui indiqua de monter à la suite 409.

« Nous avons deux minutes. Vous allez me dire où a lieu la mise aux enchères. Si vous m'obéissez, je ferai en sorte que le laboratoire qui est votre client ait la possibilité de le développer gratuitement. Je vous donnerai le dossier de recherches – la seule chose qui m'intéresse est que les malades aient le médicament. Mais je dois savoir où est Sorenson. »

Singhal se mordit la lèvre.

« Je vous demande d'accepter mon offre. Si vous me trouvez effrayant, attendez de rencontrer mon… ami. Sa fille a été kidnappée par les gens qui organisent la vente. » Cette affirmation n'était pas tout à fait exacte, mais elle produisit l'effet désiré : Singhal ravala sa salive. « Je dois savoir où a lieu la vente, insista Miles.

– Dans un vieil asile privé, à l'est de la ville. Abandonné, mais racheté par les partenaires de Sorenson il y a environ un mois.

– Quand ?

– Six heures ce soir. »

Dans six heures.

« Avez-vous un passe, des directives particulières pour accéder aux lieux ?

– Non.

– Je suis le gentil. Le type sans foi ni loi qui est en train de monter est le méchant. S'il vous plaît, revoyez votre réponse. »

On frappa un coup à la porte. Miles fit entrer Groote.

« Qui êtes-vous ? demanda Singhal. Si je sais à qui j'ai affaire… nous pouvons parvenir à un accord.

– Votre accord, le voici. »

Groote attrapa l'homme par la gorge, le souleva lentement le long du mur. Puis il se mit à lui asséner des petits coups précis avec ses doigts tendus, aussi réguliers qu'un métronome, dans les reins, entre les côtes, au-dessus du cœur. Miles pensa, *Ça ne devrait pas faire mal,* mais le visage de Singhal s'empourpra soudain.

« Mon portefeuille, dit-il. Mon Dieu, arrêtez. Je vous en supplie. »

Miles tira le portefeuille de la veste de Singhal et trouva un morceau de papier à l'intérieur : une adresse à l'est d'Austin et un code d'accès : 12XCD.

« Une clôture encercle la propriété. C'est le code qui permet d'ouvrir les verrous électroniques.

– Quel genre d'assurance Sorenson vous a-t-il promis ? demanda Miles.

– Il… il a dit que nous serions en sécurité.

– Combien d'acheteurs présents ?

– Je n'en ai aucune idée… Je vous en prie. J'ai une famille.

– Moi aussi, connard ! lança Groote.

– Groote. Ne le tuez pas.

– Parlez-moi de la sécurité, dit Groote en levant le poing.

– On m'a juste assuré… que je serais en sécurité… Je ne sais pas, honnêtement. »

Groote se tourna vers Miles en secouant la tête.

« On ne peut pas le laisser appeler Sorenson pour le prévenir.

– Ne le tuez pas, répéta Miles.

– Si.

– Non.

– Bon Dieu de merde, vous voulez vous jeter dans la gueule du loup ? Mieux vaut lui que nous », cracha-t-il.

Miles donna un coup de poing à Singhal. Fort. Les yeux de l'homme se révulsèrent, il s'écroula.

« Bonne idée, dit Groote. Il aurait pu se mettre à brailler pendant qu'on discutait de son absence d'avenir. »

Le coup lui avait fait mal à la main et Miles l'agita pour soulager la douleur.

« Si vous le tuez et que nous nous faisons attraper, vous ne reverrez jamais Amanda. En tuant le type du Yosemite, vous nous avez sauvé la vie, et nous pourrions tous le jurer à la barre. Mais ça, ce serait un meurtre de sang-froid, et je suis certain que ce n'est pas votre tasse de thé. Ça ne paye jamais. »

Groote secoua la tête.

« Il ne doit pas prévenir Sorenson.

– Alors, aidez-moi. »

Miles ligota Singhal avec le cordon des rideaux, le bâillonna avec un lambeau de taie d'oreiller, et le balança dans le placard. Il appela la réception en se faisant passer pour Singhal, il avait une sale grippe intestinale, merci de faire en sorte qu'on ne le dérange pas aujourd'hui. Pas de ménage, d'accord ? et pas de coups de téléphone.

« Je n'aime pas ça, déclara Groote.

– Nous avons six heures avant l'arrivée des acheteurs, dit Miles. Venez. »

Ils louèrent une voiture et se dirigèrent vers l'autoroute I-35.

Ils ne virent pas la voiture démarrer derrière eux, puis les suivre à bonne distance sans jamais les perdre de vue.

57

GROOTE PRIT LA SORTIE, TROIS VIRAGES SUR LA GAUCHE, puis longea une rue bordée de maisons modestes, la plupart immaculées, quelques-unes à moitié écroulées, à l'abandon. À l'extrémité de la rue, dominant le quartier de sa hauteur, se dressait un bâtiment gothique de granit gris, menaçant. Sur une plaque de pierre érodée par le temps et ornée de graffitis étaient inscrits les mots : HÔPITAL YARBROUGH FONDÉ EN 1893. Au-dessus de la plaque, fixée à des poteaux de bois, se trouvait une pancarte usée signalant une soirée de collecte de fonds organisée pour Halloween sur le thème de la maison hantée et nommée « L'hôpital du cauchemar ». Elle était elle-même recouverte par une autre pancarte plus petite qui disait PROPRIÉTÉ HORIZON — DÉFENSE D'ENTRER.

« Horizon, lut Groote. Le même nom que cette société bidon sur la carte grise de la voiture de Dodd.

– Sorenson a tué Dodd, et maintenant, il utilise ses ressources, dit Miles.

– Joliment efficace. Vous avez les idées claires, Miles ?

– Oui.

– Prenez ça. » Groote lui tendit un petit pistolet et un holster de cheville. Il avait passé un coup de téléphone et acquis un modeste arsenal après leur arrivée à Austin. « Toujours bon à avoir si ça tourne au vinaigre et que vous êtes à terre avec un chargeur vide.

– Merci. » Miles, surpris par le cadeau, attacha le holster et laissa le revers de son pantalon recouvrir l'arme. « Groote ?

– Oui ? »

Groote coupa le contact de la voiture.

« Quand nous en aurons fini... nous partons chacun de notre côté. Aucune raison de nous faire du mal, pas vrai ?

– Je n'en vois aucune, en effet, Miles.

– Qu'est-ce que vous allez faire ?

– Emmener ma fille quelque part où elle sera à l'abri.

– Alors, vous feriez sans doute bien d'abandonner votre vendetta contre les Duarte. »

Groote le regarda.

« Les gens qui ont blessé votre fille et tué votre femme. C'étaient les Duarte, n'est-ce pas ? Vous savez que c'étaient eux, même si le FBI n'en est pas sûr.

– Qu'est-ce qui vous fait croire ça ?

– Nous n'avons pas le temps de faire dans la finesse, Dennis. Je n'ai aucune envie que vous me colliez une balle dans le dos dès que nous aurons le dossier.

– Pourquoi ferais-je une chose si grossière, Miles ?

– Quand nous étions à Los Angeles, je vous ai posé une question sur le gang que vous accusiez d'avoir détruit votre famille. Vous vous êtes dérobé, et ça me turlupine. Parce que vous n'aviez aucune raison de ne pas me le dire. À moins qu'il ne s'agisse des Duarte. Et il y a un lien entre eux et moi. Vous savez que je travaillais pour les Barrada, que j'espionnais les gangs rivaux, y compris les Duarte. Vous étiez au FBI. Bien sûr que vous le savez. »

Groote lui jeta un regard oblique. Miles continua de fixer Groote.

« Je suis sincèrement désolé pour la tragédie qui vous a touché, mais je n'ai jamais fait de mal à votre famille. J'ai volé quelques informations financières aux Duarte, et le FBI m'a donné de faux dossiers sur eux que je devais utiliser lors d'une opération menée contre les Barrada. Je n'ai pas eu l'occasion de causer assez de tort aux Duarte pour qu'ils commencent à s'inquiéter sérieusement. Je ne sais pas ce qui les a fait s'en prendre à votre famille, mais ce n'était pas moi. Ils étaient de toute évidence dans le collimateur du FBI. Vous n'avez aucune raison de m'en vouloir. Alors, si vous songez à vous venger, laissez tomber. »

La bouche de Groote se tordit en un sourire convulsif qui s'effaça au bout d'un moment.

« Je réintègre le programme de protection des témoins, s'ils veulent bien de moi, poursuivit Miles. Je dois toujours témoigner contre les Barrada, du moins ce qu'il en reste. Et après, ils veulent que je témoigne contre d'autres gangs. Un bon paquet d'ordures va débarrasser le plancher. Et c'est plus rapide et plus simple que de les buter les uns après les autres.

Groote regardait droit devant lui.

« Je dois appeler un ami du FBI. Vous avez dit l'avoir rencontré... DeShawn Pitts.

– Oui », répondit Groote d'une voix neutre.

Miles l'observa, cherchant une réaction.

« Je dirai à DeShawn – car c'est un type bien – où se trouve Amanda, si Sorenson le sait. Comme ça, nous pourrons la placer directement sous protection, la mettre aussitôt en sécurité.

– C'est gentil de votre part, Miles, dit Groote.

– Vous avez fait du mal à mes amis. Vous avez fait du mal à Nathan, vous avez agressé Celeste. Je ne l'oublierai pas. Mais je sais que vous cherchiez à sauver votre fille. »

Groote toussa dans son poing.

« J'aide votre fille, Dennis, et ça annule toutes les rancunes que vous pourriez garder contre moi. C'est clair ?

– Comme de l'eau de roche, répondit Groote.

– Est-ce que vous avez quelque chose à me dire ? Une raison que j'aurais d'être en colère après vous ? demanda Miles en pensant, *As-tu tué DeShawn ?*

– Je n'en vois absolument aucune. »

Le silence s'abattit entre eux tel un rideau. Puis Groote finit par parler :

« Nous nous en tenons à un plan simple. Si Sorenson est là, on l'emmène. Sinon, on récupère le dossier si on le trouve, ou on se cache dans l'hôpital jusqu'à ce que Sorenson arrive, puis on prend le contrôle.

– Simple.

– La plupart des choses le sont.

– Allons-y, dit Miles. Finissons-en. »

58

MILES SAISIT LE CODE TROUVÉ dans le portefeuille de Singhal sur le pavé numérique. Le verrou qui maintenait fermé le vieux portail d'acier s'actionna avec un bip, Miles poussa les barreaux de métal et laissa le portail déverrouillé derrière lui.

Ils traversèrent la pelouse en courant et atteignirent la porte d'entrée de l'hôpital.

« Vous d'abord, dit Groote, puisque c'est votre idée. »

La porte était fermée. Miles s'agenouilla, crocheta la serrure avec le tournevis de Groote. Ils pénétrèrent dans le silence de l'hôpital abandonné.

Groote referma la porte derrière eux. Les deux hommes tenaient leur arme devant eux, la pointant dans la semi-obscurité. Le hall était poussiéreux, jonché de détritus – vieux masques de monstres en papier mâché, prospectus d'un orange vif désormais délavé annonçant la soirée maison hantée et d'autres concerts ; des boîtes de bière et des gobelets en carton abandonnés ; une bannière en lambeaux, déchirée en deux, qui disait :

VERS LA CHAMBRE DES HO

Ils restèrent là à écouter le silence pendant une longue minute. Miles en avait mal aux oreilles.

« *Ho* ? Prononça tout bas Groote en désignant la bannière déchirée.

– *Horreurs*, précisa Miles. *La chambre des horreurs.* »

Groote se tapota l'oreille du bout du doigt. *Écoutez.* Et il entendit le bourdonnement discret d'un ordinateur en provenance du couloir.

Miles vit Andy qui lui faisait signe de s'engager dans le couloir. La sueur se mit à perler le long de ses côtes, au creux de sa gorge, dans ses cheveux, et il s'aperçut qu'il n'avait jamais eu si peur de sa vie. Peur de ce qui allait arriver, peur du psychopathe qui se tenait à ses côtés, peur de ce qu'il était en train de devenir.

Groote agita son arme en direction du couloir. Ils passèrent devant plusieurs bureaux déserts. Des rideaux en loques, restes de la soirée maison hantée, pendouillaient aux fenêtres, les pièces étaient toutes vides. Dans la dernière, un ordinateur portable était posé sur une table pliante. Miles s'approcha pour lire sur l'écran.

Une présentation PowerPoint intitulée « Options de recherches sur la mémoire et les traumatismes. Approche par bêtabloquants » y était affichée.

Tout le sang versé, toutes les souffrances, tous les millions en jeu se résumaient à une présentation PowerPoint.

Miles approcha les lèvres de l'oreille de Groote pour chuchoter :

« Nous ne sommes pas seuls. Sorenson ne laisserait pas ça sans surveillance. »

Il veut nous piéger dans le couloir, murmura Groote. Il lui fit signe d'avancer. Miles acquiesça et le suivit.

Au bout du couloir, une brique maintenait une porte ouverte, derrière laquelle apparaissait une vaste pièce qui avait pu être autrefois une cafétéria ou une salle commune. Elle abritait aujourd'hui de fausses cloisons qui dessinaient un dédale tortueux, une série de peintures cauchemardesques sur fond noir et de miroirs disposés de manière à désorienter et à effrayer. Tout un bric-à-brac, abandonné lors de la collecte de fonds d'Halloween, probablement avec l'intention de le réutiliser l'année suivante, avant que Dodd rachète la propriété en ruine.

Miles sentit l'arôme poussiéreux caractéristique des grandes pièces trop longtemps négligées, celui-là même qui flottait dans l'air tel un parfum ce jour fatal à Miami. La panique l'envahit. Il ne pouvait pas avoir un flash-back maintenant. Non, bon Dieu ! ne perds pas le contrôle, se dit-il, ne laisse pas ton cerveau te trahir.

Groote lui fit un geste de la tête et Miles franchit la porte en premier, son pistolet devant lui, bras tendu, craignant de respirer, de réfléchir, de voir. *Non Andy, non Allison, non DeShawn, s'il vous plaît,* pensa-t-il. Groote lui emboîta le pas. Le décor de maison hantée se dressait toujours dans la vaste pièce, des monstres suspendus au contreplaqué peint en noir leur lançaient des regards mauvais : fantômes hurlant, zombies traînant des pieds, vampires aux longues dents, tous les accessoires de la fausse peur, de la peur sortie d'usine.

Miles tapa doucement Groote sur l'épaule. Ils n'avaient pas prévu de stratégie au cas où ils devraient fouiller les lieux. De la tête, Groote fit signe qu'il allait vers la droite, puis, désignant Miles du menton, il lui fit comprendre qu'il devait aller vers la gauche. Miles acquiesça. Ils se séparèrent.

Miles longea un passage tortueux. Du tissu noir, accroché pour dissimuler les mécanismes de la maison hantée, pendait en lambeaux. À nouveau le silence.

Andy, qui se tenait au bout du passage, effraya Miles plus que tous les monstres de pacotille.

« Tu ne peux pas faire ça. Sorenson va te tuer. Enfin quoi, tu crois que tu vas vraiment abattre une autre personne ? »

Miles jeta un coup d'œil derrière lui. Allison l'observait comme pour voir ce qu'il ferait ensuite. Il pivota de nouveau vers Andy. Il avait disparu. Il se retourna à nouveau, Allison s'était volatilisée. Mais le rideau bougeait malgré l'absence de courant d'air...

Il perçut un mouvement derrière lui et se retourna vivement tandis que Sorenson jaillissait à travers les lambeaux de tissu noir à l'endroit même où s'était tenu Andy, une arme braquée sur lui.

Les balles transpercèrent la chair et les muscles de son bras et de sa jambe. Miles hurla de douleur et se laissa tomber à travers le rideau noir qui délimitait le passage dans l'espoir de placer un écran entre Sorenson et lui. Deux nouvelles balles sifflèrent au-dessus de sa tête, perforant le tissu noir. Il se baissa et entendit deux déflagrations assourdissantes tandis qu'il se précipitait tête la première vers l'endroit où une cloison de contreplaqué recouvrait un pilier de soutien en bois.

Pris au piège. Impossible d'avancer ni d'aller sur les côtés.

Miles regagna le passage en se laissant rouler sur lui-même, des balles fusèrent au-dessus de lui tandis qu'il tentait de se remettre sur pied, et il vit Groote se faire toucher à deux reprises, à la poitrine et à l'épaule. Groote recula en chancelant, tomba lourdement, les yeux grands ouverts, ses dents s'enfonçant dans ses propres lèvres sous l'effet de la douleur et du choc.

Miles se retourna.

Sorenson s'approchait de lui, son pistolet pointé sur sa tête.

59

Miles retomba contre le tissu. Un Dracula de contreplaqué s'effondra sur lui tandis que Groote toussait et jurait derrière lui, lui hurlait de se servir de son pistolet et de *descendre cet enfoiré*.

Miles se dégagea de sous le monstre de pacotille tandis que Sorenson le chargeait. Il tenta de viser, mais manqua sa cible à cause de son bras blessé. Sorenson lui assena un coup de pied au poignet qui projeta son arme de l'autre côté des tentures, puis il le frappa au visage avec son propre pistolet.

« Je vous avais dit dans le cabinet d'Allison que je ferais cesser vos douleurs, dit Sorenson. Je tiens mes promesses. »

Sorenson passa devant Miles, braqua son arme sur Groote qui tenta de ramper. Sorenson lui tira dans la jambe puis il leva un peu son arme et lui tira dans la main.

Groote hurla.

« Miles, dit Sorenson, qui d'autre est au courant pour aujourd'hui ?

– Personne. Laissez-le tranquille.

– Où est le reste de votre équipe de cinglés ?

– Après la fusillade du Yosemite, ils se sont tous cachés. Je suis resté seul avec Groote.

– Vous voulez dire que ce connard que j'ai envoyé après vous a réussi à vous faire peur ? Ouah. Je vais devoir aller fleurir sa tombe.

– Vous saviez que j'étais un témoin, cria Miles. Vous vouliez que ma mort serve de camouflage à l'assassinat d'Allison. J'étais censé mourir avec elle. J'aurais été le principal suspect, surtout lorsque la police aurait trouvé mon dossier sur l'ordinateur d'Allison. Vous nous avez roulés, aussi bien moi qu'Allison...

– Il faut savoir saisir l'occasion quand elle se présente, Miles. »

Groote leva les yeux vers Sorenson, luttant pour rester conscient. Du sang coulait de sa bouche, de son nez, de sa main.

« Amanda. Amanda. Mon Dieu, je vous en prie, aidez ma fille. Où est-elle ? Elle ne vous a rien fait. Je vous en supplie. »

Sorenson marcha vers Groote.

Miles se vit étendu par terre, une odeur de sang et de poussière de béton aussi lourde que de la fumée lui emplissait les narines. Andy était lui aussi étendu au sol, en sang.

Un bruit de pas à proximité de Miles, en direction d'Andy.

Andy appelant Miles, appelant sa mère... mais Miles l'avait touché à la gorge.

Non. *C'était impossible. Pas de la manière dont ça s'était produit.*

Miles cligna des yeux.

Sorenson se pencha au-dessus de Groote. Groote émit un gémissement, l'implora.

Mais Miles n'entendait pas Groote, il n'entendait que l'appel d'Andy, *Miles, ne les laisse pas me faire du mal, je t'en prie. Je suis désolé.* Andy se tenant l'épaule à l'endroit où Miles l'avait touché.

Sorenson sourit à Miles. Braqua son arme sur Groote.

L'agent fédéral jeta un coup d'œil en direction de Miles. Braqua son arme sur Andy.

Ça ne peut pas recommencer.

« Amanda... »

L'appel de Groote à sa fille absente se perdit dans le vide.

« Miles, aide-moi, hurla Andy, s'il te plaît ! »

Miles se hissa sur ses pieds, tituba en direction des deux hommes en ignorant la douleur et le sang qui coulait à flots de sa jambe.

Ça ne pouvait pas se reproduire. Non !

Sorenson tira deux coups de feu. Les impacts firent se dresser en épis les cheveux sur la tête de Groote, qui battit une fois du pied, puis s'immobilisa.

L'agent fédéral tira deux balles dans la gorge d'Andy.

Miles poussa un cri.

Le fédéral se tourna vers lui. Tenta de sourire. Abaissa son arme.

« Il a essayé de nous tuer. À cause de vous, Miles. Vous avez dit ce qu'il ne fallait pas dire et il a pété les plombs. Putain, c'est votre faute. Vous auriez mieux fait de la fermer. »

Miles se laissa tomber par terre.

Sorenson le mit en joue.

« Miles, vous allez parler... » Il parlait d'une voix calme, comme s'ils étaient à nouveau assis dans les somptueux fauteuils en cuir du bureau d'Allison. « Je ne suis pas forcé de vous tuer. Mais je dois savoir ce que vous savez. Je ferai en sorte que vous soyez soigné avec ce médicament. Vous recevrez le traitement si vous me dites tout ce que j'ai besoin de savoir sur les gens qui nous en veulent. Je peux vous arranger ça, pas de problème. Je ne pouvais pas laisser une saloperie comme Groote en vie. Mais vous et moi, nous pouvons conclure un marché.

– S'il vous plaît... Je vais tout vous dire. » Il ramena son genou sous son menton, chercha à tâtons le petit pistolet au-dessus de sa cheville en simulant une souffrance insupportable. Dans le feu de l'action, il avait oublié qu'il l'avait. « Je vais tout vous dire... »

Il rapprocha sa jambe de son corps, passa la main sous le revers de son pantalon en grimaçant de douleur. Sa main se referma autour du petit pistolet.

Sorenson se pencha en avant et Miles leva soudain l'arme, fit feu, dessinant un trou bien net dans l'œil de Sorenson.

Sorenson tomba mort.

Miles lâcha un grognement dégoûté. Il se mit à ramper sur le béton en direction de Groote, lentement, douloureusement, conscient du sang qui s'écoulait de sa jambe et de son bras.

Il palpa la gorge de Groote. Pas de pouls. Il plongea la main dans ses poches, cherchant un téléphone portable pour appeler à l'aide.

Il ouvrit le téléphone, tenta d'appuyer sur les touches avec son pouce.

Il entendit des bruits de pas qui approchaient. Sorenson n'était pas seul, il avait des complices. Miles allait mourir, il n'y avait plus rien à faire. C'était la mort... ce serait la paix. Il se remit à ramper, attendant la balle inévitable qui lui briserait la colonne vertébrale, lui transpercerait la cervelle.

Un objet lourd s'abattit violemment sur sa tête, une fois, puis une autre, et il perdit connaissance.

60

La pierre était froide et humide contre sa peau. Il ouvrit lentement les yeux et s'assit. Du sang séché lui recouvrait le visage. Il était en T-shirt et sous-vêtements. Des bandages grossiers, confectionnés à partir de lambeaux de son T-shirt, couvraient ses blessures au bras et à la jambe. La douleur sous les pansements était lancinante, comme si des doigts avaient farfouillé dans ses plaies avant de les bander à la va-vite. Il se trouvait dans une pièce étroite, l'air était dense, avait goût de cuivre, les recoins obscurs paraissaient dissimuler une peur qui aurait imprégné la pierre au fil des années.

L'asile abandonné. Il était toujours à l'intérieur.

Il essaya de parler. « Il y a quelqu'un ? » Sa voix semblait brisée. Il s'éclaircit la gorge. « Il y a quelqu'un ? »

Plusieurs secondes s'écoulèrent. Il entendit le cliquetis de plusieurs verrous et la porte s'ouvrit. Une ombre passa de la lumière vive du couloir à la lueur faible de la pièce. Miles cligna des yeux et sa voix mourut dans sa gorge.

« Bonjour, Miles. »

Allison Vance portait un tailleur. Ses cheveux étaient plus clairs qu'avant et bien coiffés, comme sur les photos qu'il avait vues chez Edward Wallace. Elle s'arrêta à dix pas de lui.

J'ai encore craqué, mon esprit me joue des tours, pensa-t-il d'abord. Mais il n'y avait aucune raison, il savait maintenant qu'il n'avait pas tué Andy. Non.

« Bonjour, Miles », répéta-t-elle, et sa voix calme résonna très légèrement contre la pierre au lieu de résonner dans sa tête.

Puis elle leva un pistolet – celui que Groote avait donné à Miles, celui avec lequel il avait tué Sorenson – et le pointa dans sa direction.

« Allison ? parvint-il à prononcer.

– Mon nom est Renée Wallace, répliqua-t-elle.

– Votre... nom est Allison Vance. Vous êtes... morte.

– Non. C'est vous qui êtes mort. À moins que vous ne fassiez exactement ce que je dis.

– Vous... vous m'avez demandé de vous aider, vous m'avez piégé.

– Miles. » Elle inclina la tête, lui fit le sourire doux qu'elle affichait chaque fois qu'elle l'accueillait dans son cabinet, chaque fois qu'ils se préparaient à s'asseoir, à discuter pour qu'elle tente de percer les secrets de son passé. Mais il n'y avait ni compréhension ni gentillesse sur son visage. Sa compassion n'était qu'une fausse expression peinte sur un masque. « Ce n'est pas moi, le problème. C'est vous.

– Sorenson a dit à Santa Fe... qu'il ne vous avait pas tuée. Je croyais qu'il mentait. » Il toussa. « La mise aux enchères...

– Miles. Il n'y a pas de mise aux enchères. Pas maintenant. J'ai déjà un acheteur. »

Elle l'avait encore piégé.

« Singhal !

– Oui. Je vais vous proposer un marché, Miles. Vous me dites ce que j'ai besoin de savoir et je m'assurerai que vous suivrez un traitement à base de Frost. Je vous guérirai. Vous êtes un assassin, et personne ne vous fera de meilleure proposition.

– Je ne suis pas un assassin. Je me souviens maintenant. Je n'ai pas tué Andy.

– Si. J'ai vu votre dossier, Miles, deux agents fédéraux jurent que vous lui avez tiré dessus...

– Non... C'est le FBI qui l'a abattu... ils m'ont fait croire que la cassette n'avait pas fonctionné... ils m'ont collé le meurtre sur le dos... »

Elle secoua la tête.

« Vous l'avez tué. Vous avez tué Groote, vous avez tué Sorenson. Vous avez tué Hurley. Je parie même que c'est vous qui avez tué DeShawn Pitts.

– C'est un mensonge... Vous... Vous m'avez demandé de vous aider.

– Miles. Je n'ai qu'à dire que je vous avais parlé de Frost, que vous vouliez recevoir le traitement, mais que Hurley a refusé. Après tout, le médicament est destiné aux victimes innocentes de la violence. Des gens comme Celeste. Comme Nathan. Mais pas comme vous... Vous avez tué votre meilleur ami de sang-froid. »

Miles secoua la tête.

« Non.

– Donc vous avez craqué. Vous avez tué tous ceux qui se sont dressés sur votre chemin. C'est ainsi que les autorités verront les choses, Miles. Un homme psychologiquement brisé qu'on aurait refusé d'aider.

– Non.

– Vous vous êtes mis en quête du projet Frost de votre propre chef. Vous avez tout d'abord voulu vous débarrasser de moi. Je parie que les fragments de bombe à mon cabinet seront de composition très similaire aux bombes qu'avait l'habitude d'utiliser la famille Barrada. Vous savez peut-être comment en fabriquer une, Miles. Ce ne sera pas une coïncidence.

– Mais vous ne pourrez pas expliquer... votre disparition... après l'explosion.

– J'étais en voyage d'affaires, Miles. Je n'ai pas entendu parler de l'explosion, et vous savez que j'avais oublié mon téléphone portable à Santa Fe. La femme qui est morte cherchait à louer un bureau, je suppose. Je peux redevenir Allison Vance suffisamment longtemps pour que cette histoire s'achève, après quoi je n'aurai qu'à quitter la ville, et personne n'en aura rien à faire. »

Il se rappela alors la voix de la femme avant qu'il crochète la serrure du cabinet d'Allison : une femme de Denver qui se renseignait sur les bureaux à louer. Les journaux de la veille mentionnaient une touriste disparue à Santa Fe. Bon sang.

« J'ai juste besoin de savoir ce que vous savez. » Elle leva une pilule blanche, aussi parfaite qu'une perle. « La réponse à vos prières. Le remède à votre folie pathétique. Tout ce que vous avez à faire, c'est me dire qui d'autre est au courant pour moi et Frost, et où je peux les trouver. »

Celeste et Nathan. Elle les voulait. Pour que la société de Singhal puisse les réduire au silence. Personne d'autre ne pouvait lui nuire, tous ceux qui auraient pu lui faire obstacle étant morts.

« Je... Je ne peux pas. »

L'affreux sourire factice disparut du visage d'Allison, laissant place à de la colère et à une détermination froide.

« Je ne vous tuerai pas, Miles. Je vous anéantirai. La société de Singhal va racheter Sangriaville – je vous brancherai à l'une des machines de Hurley et vous ferai vivre chaque horrible cauchemar, chaque traumatisme. Je vous briserai psychologiquement, à tel point que vous serez irrécupérable. Vous passerez le restant de votre vie dans un hôpital. Personne ne vous cherchera jamais. Les fédéraux vous considéreront comme mort. Je ferai joujou avec votre tête et avec celle de la môme de Groote pour mes recherches. À moins que vous ne m'aidiez. Aidez-moi et nous serons à nouveau amis, je vous guérirai. »

La fille de Groote devait aussi être ici, enfermée quelque part dans l'asile en ruine.

« Non. Je n'ai pas tué Andy. Je n'ai pas... Je n'ai pas besoin de ce que vous proposez.

– Vous n'êtes pas un héros, Miles, vous êtes un voyou, un cinglé inutile. Vous ne vous en sortirez jamais sans ça... » Elle lui montra à nouveau un cachet de Frost, un ovale d'un blanc aussi pur que la neige. « Celeste. Nathan. Dites-moi où ils sont. Maintenant.

– Vous ne leur ferez pas de mal ? »

Il agrippa le bandage sur sa jambe comme s'il était torturé par le doute et la douleur.

« Eux aussi ont besoin de ce médicament. Ils veulent recouvrer la santé. Je suis certaine de pouvoir conclure avec eux le même marché que celui que je vous propose. »

Elle les ferait tuer, et Victor aussi, il le savait. Et son tour viendrait dès qu'elle aurait reçu confirmation de leur mort. Il ne servait plus à rien, et elle misait sur son désespoir, pensant qu'il était incapable de réfléchir avec cohérence.

« Je vous comprends beaucoup mieux que vous ne le croyez, dit-il.

– Quoi ?

– C'est ce que vous m'avez dit un jour... Je vous croyais morte. C'est vrai. Ça fonctionne dans les deux sens. J'ai besoin d'aide. Je ne veux plus être comme ça.

– Alors, répondez-moi, dit-elle en baissant la voix.

– Celeste... s'est complètement effondrée après la fusillade du Yosemite. Nathan aussi. Son agent de la télé lui a viré de l'argent et ils ont loué une maison à Fish Camp pour une semaine. Ils y sont toujours. Pour autant que je sache. » Il s'appuya contre le mur de pierres. « C'est dur pour nous... d'affronter le monde réel. On n'y arrivait pas. Impossible. »

Autant la laisser croire que lui et les autres n'étaient rien, des personnes inutiles, pour qu'elle baisse la garde.

« L'adresse. »

Il hésita. Elle connaissait les rues de Fish Camp, pas lui. Il ne pouvait pas vraiment inventer une adresse. Malgré la confusion provoquée par la douleur, il savait que son seul espoir était que, Fish Camp étant loin, la personne qu'elle enverrait pour éliminer Celeste et Nathan mettrait des heures à atteindre Yosemite Park. Et il serait alors soit mort, soit libre.

« Je ne sais pas... le nom de la rue. Il y avait un petit groupe de maisons à louer... derrière une épicerie. Ils sont dans l'une d'elles. »

Elle déplia son téléphone, répéta doucement ce que Miles venait de dire, donna à son interlocuteur un numéro à appeler. Elle replia le téléphone.

« Vous n'avez pas intérêt à mentir. J'ai demandé à quelqu'un d'appeler le bureau de location pour vérifier. »

Erreur. La douleur l'avait empêché de réfléchir. Deux coups de fil pouvaient suffire à prouver qu'ils n'étaient pas là-bas. Il ne lui restait peut-être que quelques minutes avant qu'on la rappelle pour l'informer qu'il avait menti. Il n'avait plus droit à l'erreur.

« Je ne mens pas. Ils me ralentissaient. »

Il desserra le bandage autour de sa jambe.

« Ne touchez pas à ça, vous allez saigner. Je veux que vous restiez conscient.

– Ça fait mal. »

Il détacha la totalité du pansement et grimaça en voyant le trou dans sa jambe comme s'il s'était agi d'une image dans un livre, pas d'une blessure dans sa propre chair. Le sang se mit à couler. Il tint la bande de tissu entre ses jambes.

« Je vous ai dit de ne pas y toucher.

– Vous n'auriez pas dû tuer Groote. »

Il devait la tenir en haleine, la faire s'approcher de lui, lui faire croire qu'une autre menace planait sur elle que lui seul pouvait désamorcer. Il s'écroula par terre, comme si toute énergie l'avait quitté.

« J'ai rendu service au monde. Bon. À qui Groote a-t-il parlé du projet ?

– À ses vieux potes du FBI, mentit Miles. Ils nous ont aidés à retrouver votre copain Singhal. On l'a suivi jusqu'ici. »

La peur voila brièvement son visage.

« Il me faut des noms. »

Il laissa ses yeux se fermer à demi, marmonna quelque chose. *Approche-toi,* pensa-t-il. *Plus près. Je n'aurai pas d'autre occasion.*

Elle fit deux pas. Et s'arrêta. Elle ne le croyait peut-être pas. Mais il avait insinué le doute dans son esprit.

« Miles ? Les noms. »

Encore trois pas. Il banda ses muscles, prêt à bondir.

Puis il entendit un bruit assourdissant, un grondement, comme si un char d'assaut avait défoncé la façade du bâtiment. L'asile trembla.

Elle se retourna et il bondit, attrapant son pistolet. Le coup partit, la balle manqua sa tête et ricocha contre le mur de pierres. Elle lui donna un violent coup de pied sur sa blessure, pivota sur elle-même et s'enfuit de la pièce. Miles la poursuivit en titubant, la douleur hurlant dans sa jambe. Elle s'arrêta devant l'escalier. Miles vit qu'ils étaient au dernier étage, aucune volée de marches ne montait au-delà de ce niveau.

Elle se mit à descendre en courant.

« Allison ! Allison ! » hurla-t-il.

Puis une voix recouvrit le bruit des pas d'Allison.

« Miles ? »

Nathan.

« Nathan, tire-toi, appelle la police, Allison est armée... »

Puis le claquement effroyable et définitif de deux coups de feu. Miles clopina jusqu'à l'escalier, la douleur dans sa jambe était terrible, mais il s'en faisait pour Nathan.

Dans le vestibule, l'avant défoncé d'une berline gisait au milieu des restes de la porte d'entrée, des débris et de la poussière recouvraient le capot et le pare-brise étoilé. La portière côté conducteur était ouverte. Personne dans la voiture.

Nathan était parti.

Miles entendit des bruits de pas et se retourna vivement. Allison revenait en courant dans le vestibule, serrant entre ses bras l'ordinateur portable que Groote et lui avaient vu, pointant son arme sur lui.

« Allison. »

Elle s'arrêta, le mit en joue, fit un pas en arrière.

« Vous ne pouvez pas vous enfuir... Vous ne pouvez pas continuer... à fuir. Ça ne marchera pas.

– Taisez-vous.

– Fuir ne sert à rien. » Il sentait le goût de son propre sang dans sa bouche. « Vous ne vous en sortirez jamais. Vous n'en réchapperez jamais. Jamais. Si ce n'est pas moi, alors c'est

Nathan qui vous retrouvera. Ou Celeste. Ou l'un de vos amis. Ou l'un des partenaires de Dodd. Ça ne se terminera jamais. Jamais. Vous avez foutu votre vie en l'air. C'est vous qui êtes folle. »

La rage et la peur déformaient le visage d'Allison. Elle fit feu et il plongea dans la voiture accidentée par la portière ouverte.

Elle vida son petit pistolet tout en se ruant sur la voiture. Il compta chaque coup de feu. Elle se précipita sur la portière, visa, et il donna un coup de pied par la vitre ouverte de sa jambe valide, l'atteignant à la poitrine alors même que son doigt pressait la détente et que le pistolet vide émettait un simple clic. Elle recula en chancelant, perdit l'équilibre et se cogna violemment la tête sur les débris qui jonchaient le sol. Son corps se figea.

Il entendit quelqu'un hurler son nom : « Miles ! Miles ! »

Nathan.

« Par ici ! »

Miles tituba jusqu'à Allison, dégagea le pistolet de ses doigts inertes.

Le visage de Nathan apparut dans le trou qui avait remplacé la porte d'entrée.

« Nathan, doux Jésus...

– Je ne suis pas cinglé », dit Nathan. Il aida Miles à s'appuyer contre la voiture. « Je... Je vous ai suivis ici, vous et Groote, depuis l'hôtel... Je ne savais pas quoi faire... alors j'ai attendu... jusqu'à avoir assez de courage. En ne vous voyant pas sortir... je me suis dit que je ne pouvais pas partir comme ça. Alors j'ai défoncé la porte avec la voiture de location, puis je suis parti en courant chercher de l'aide. » De la main, il désigna le capharnaüm environnant. « Qu'est-ce qui a bien pu me passer par la tête...

– Non, tu as fait exactement ce qu'il fallait, Nathan. »

Il attrapa Nathan par l'épaule, le serra contre lui en lui donnant une bourrade dans le dos.

« Je l'ai pas fait pour vous, Miles, dit Nathan d'un ton froid. Je suis toujours en pétard contre vous. Je l'ai fait pour mes amis.

– Je sais. Je suis heureux que tu aies fait ce que tu as fait Merci. » Il ne savait pas quoi dire, et les mots lui vinrent lorsqu'il se souvint du cauchemar de Nathan. « Tu as réparé les dégâts, mon vieux.

– Oui. » Nathan esquissa un sourire. Le rétroviseur pendouillait au bout de ses câbles contre la portière et il tourna soigneusement le miroir face à la voiture. « Est-ce que le dossier est ici ?

– S'il n'est pas ici, répondit Miles, elle nous dira où il est. Nous avons gagné, Nathan.

– J'ai couru quand elle m'a tiré dessus... jusqu'à une maison plus loin dans la rue... le type appelle la police. C'est un ancien combattant. Comme moi.

– Nous devons appeler Victor et Celeste dès que possible. Reste ici. Ne laisse pas Allison s'échapper. »

Nathan s'assit sur le dos d'Allison, qui ne montra aucune réaction.

Miles gravit l'escalier en criant le nom d'Amanda. Il entendit une réponse faible au premier étage.

La porte était fermée au verrou. Il l'ouvrit, vit une jeune fille recroquevillée dans un coin, vêtue d'une blouse d'hôpital, pâle.

« Amanda ?

– Qui êtes-vous ? »

Elle trembla en voyant son visage ensanglanté, sa jambe blessée.

« Un ami de ton père.

– Je veux rentrer à la maison. Les bruits. Les voix. Cet endroit est plein de fantômes.

– Non, dit Miles. Ils sont partis. Tout va bien maintenant. Tu n'as plus aucune raison d'avoir peur. »

61

« Est-ce que ça fonctionne ? demanda Miles.

– Oui », répondit Amanda. Elle était assise sur le perron de l'hôpital, le vent lui embrassait le visage. « Ça fonctionne. Les super-bêtabloquants font des miracles. Ils démolissent les mauvais souvenirs. Et il y a la thérapie.

– Tu crois que je devrais en prendre ?

– Oui. Mais je n'aime pas la thérapie, dit-elle. On parle tellement. Je préfère le silence. Dans le silence, j'entends les voix de ma mère et de mon père.

– Ils t'aimaient beaucoup, dit Miles.

– Je le sais. » Elle gratta la cicatrice en forme d'étoile au coin de sa bouche, et il se demanda comment elle se l'était faite. « Allez-vous prendre le médicament, Miles ?

– Je ne sais pas. Parfois la douleur nous rend plus fort. Parfois, elle nous affaiblit. J'ignore ce qu'il en est dans mon cas.

– Vous devriez le prendre, dit-elle. Ça craint quand la souffrance nous gâche sa vie. » Elle se leva. « J'aide Nathan.

– À quoi ? »

Elle annonça son projet avec une ironie toute adolescente : « C'est vraiment nul. Je suis en train de lui peindre un miroir.

– Tu ferais peut-être bien de laisser tomber.

– Non. Je le lui donnerai quand il sera prêt à regarder dedans. Je peins tous les logos des équipes de la Fédération américaine de football sur les bords. Il sait que s'il le casse, je le tuerai. Je crois qu'il sera bientôt prêt, alors je ferais bien de le finir. »

Elle partit travailler à son projet.

Miles regarda un nouveau patient arriver. Un jeune homme à l'allure de soldat mais aux yeux hantés descendait d'une camionnette, accompagné de l'un des nouveaux conseillers employés par Victor. Sangre de Cristo avait été réquisitionné par le gouvernement au cours de l'enquête sur Quantrill et Dodd. Après de nombreux bras de fer et une petite dose de persuasion, Victor et son armée d'avocats avaient négocié un contrat pour créer un programme lui permettant de tester Frost avec un laboratoire respectable. Victor et Celeste avaient commencé à contacter discrètement des membres inscrits à son blog. D'anciens soldats venus des quatre coins du monde, des personnes qui avaient survécu à des mauvais traitements, des viols, des attentats, des catastrophes naturelles, mais qui ne pouvaient se débarrasser du traumatisme lié à leur effroyable souvenir. Et deux ou trois fois par jour, de nouveaux patients arrivaient et levaient la tête en plissant les yeux vers la clinique Sangre de Cristo comme si ses murs renfermaient leur dernier espoir. Victor les emmenait discuter autour d'un café, il leur expliquait la théorie et les risques potentiels du médicament, et ils acceptaient presque systématiquement de prendre part aux tests. Le gouvernement, pressé d'enterrer les travaux de Dodd et Quantrill et de promouvoir un médicament légal, projetait de le faire approuver dès que possible. Allison était dans une prison fédérale, en attente de jugement.

Miles trouva Celeste qui se promenait au bord d'un étang artificiel à l'arrière de la propriété. Elle jetait des cailloux dans l'eau, ne cherchait plus à se cloîtrer entre quatre murs. Elle levait le visage au vent, vers le soleil.

« À quoi réfléchissez-vous ? demanda-t-il.

– Je me souviens. Je ne réfléchis pas. Juste… des souvenirs. J'ai deux cadeaux pour vous.

– Ce n'est pas mon anniversaire.

– Surprise, si, c'est votre anniversaire. Un nouveau départ. Une nouvelle vie. »

Elle tira de sa poche la confession qu'il lui avait laissée. Ça faisait trois semaines qu'ils étaient de retour à Santa Fe. Celeste n'en avait jamais parlé jusqu'alors et Miles n'avait pas non plus demandé qu'elle la lui rende. « C'est à vous.

– Je suppose que c'était un cadeau pourri, dit-il en regardant ses chaussures.

– Elle ne contient pas la vérité. Vous savez que vous ne l'avez pas tué.

– J'ai quand même merdé. Si je ne l'avais pas fait paniquer...

– Vous ne l'avez pas tué, Miles, et le FBI va s'occuper des vrais coupables. » Elle lui plaça la feuille de papier entre les mains. « Ce n'est plus une confession, c'est le dernier chapitre de votre ancienne vie. Je préférerais me consacrer à la nouvelle. »

Il déchira lentement, délibérément, la confession, jeta les morceaux de papier qui voletèrent jusqu'aux eaux calmes.

« Vous avez parlé de deux cadeaux, lui rappela-t-il lorsqu'il eut fini.

– Je commence à prendre le nouveau Frost aujourd'hui, répondit-elle. »

Il ne dit rien.

« Je ne supporte plus le souvenir de la mort de Brian. J'ai besoin de Frost. J'ai besoin de passer à autre chose... »

Elle posa la main contre la joue de Miles, comme pour l'inclure en silence dans ce qu'elle venait de dire. *Nous avons besoin de passer à autre chose.*

Oublieriez-vous le pire moment de votre vie ? Il savait qu'il n'avait pas tué Andy. Il n'était pas un assassin, il s'était tout simplement trouvé sans défense et n'avait pu le sauver. Il ne voulait plus jamais être sans défense. Jamais aussi seul non plus. Il ne pouvait pas retrouver son ancienne vie – mais il ferait tout ce qu'il faudrait pour en avoir une nouvelle.

Il jeta un coup d'œil vers l'autre rive. Andy s'y tenait toujours, secouant la tête, fronçant les sourcils, disant : « Non, ne fais pas ça, Miles, ne me force pas à partir. Je veux rester. Pour toujours.

– Est-ce qu'il est là ? demanda-t-elle.

– Oui, et il est furieux après moi. »

Celeste ouvrit la main et laissa voir une pilule blanche, aussi blanche que les bouts de papier flottant tels des confettis sur l'eau.

Miles prit la pilule. Il la glissa dans sa bouche, la plaça sur sa langue. Celeste lui saisit la main.

Il avala et ouvrit les yeux.

« Allons dîner », proposa-t-elle.

Il acquiesça et s'éloigna de l'étang avec elle, sans regarder en arrière car il espérait qu'il n'y avait rien à voir.

Remerciements

Ma dette pour l'écriture de *Trauma* est énorme. Un grand merci et toute mon estime à Mitch Hoffman, Brian Tart, Lisa Johnson, Kara Welsh, Kristen Weber, Erika Kahn, et tout le monde chez mes éditeurs Dutton et la New American Library ; David Shelley, Jenny Fry, Sheena-Margot Lavelle, Nathalie Morse, et tout le monde chez mon éditeur britannique, Little, Brown UK ; ainsi qu'à Peter Ginsberg, Shirley Stewart, Holly Frederick, et Dave Barbor pour leurs conseils toujours judicieux.

Je dois un remerciement à Gerald Shur, le fondateur de WITSEC (le service de protection des témoins). M. Shur a répondu à toutes mes questions avec pertinence. Son livre *WITSEC : Inside the Federal Witness Protection Program* (coécrit avec Pete Earley et publié chez Bantam) décrit de façon admirable le fonctionnement et l'évolution du programme de protection des témoins fédéraux.

Merci également au docteur James L. McGaugh, directeur du Centre de neurobiologie de l'apprentissage et de la mémoire et professeur de neurobiologie comportementale à l'université de Californie-Irvine, ainsi qu'à Roger K. Pitman, médecin au Massachusetts General Hospital et professeur de psychiatrie à la Harvard Medical School. Les docteurs McGaugh et Pitman sont à la pointe des recherches sur la mémoire et les émotions, et ils m'ont généreusement fait partager leur opinion sur les moyens de traiter ou minimiser le PTSD. Bien qu'aucun médicament tel que Frost n'existe, des recherches prometteuses sur l'utilisation des bêtabloquants laissent espérer que l'on sera peut-être un jour en mesure d'atténuer les effets des souvenirs les plus épouvantables et de soulager la détresse paralysante que constitue le PTSD. Pour les personnes intéressées, *Memory and Emotion : The Making of Lasting Memories* du docteur McGaugh aborde de manière fascinante et accessible ce sujet complexe.

Mes remerciements vont aussi à toutes les personnes merveilleuses qui ont partagé leur temps et leur savoir : le docteur Lawrence Hauser m'a gracieusement fait part de ses idées sur le PTSD, glanées au fil d'années de pratique de la psychiatrie. William E. Thompson a partagé son expérience de soldat réserviste et de photographe en Irak. Heidi Mack, grâce à qui le site *www.jeffabbott.com* est une machine bien huilée, et Jerry Saperstein, expert en criminalistique informatique *(www.civildiscovery.com)* et grand amateur de thrillers, qui a répondu à toutes mes questions. Betty Osbourne, Ellen Ray, Pam Kohler et Mark Kohler m'ont fourni des informations et ouvert des portes durant mon séjour à Santa Fe. La ravissante et généreuse Marsha Jackson, qui m'a servi de guide à Santa Fe et a répondu à mes innombrables questions. Chris McLarry de McLarry Fine Arts, Victoria Price de la galerie Price-Dewey, et David Loren Bass de la galerie Bass-Thompson ont tous partagé avec moi leurs connaissances sur le fonctionnement des galeries à Santa Fe. David Bailey, chef du service d'enquêtes sur les incendies de la brigade des pompiers d'Austin, et mon ami pompier L. J. Saul m'ont donné leur point de vue sur des scénarios d'explosions et d'incendies. Paige Johnson du Seton Shoal Creek Hospital a répondu à mes questions sur les admissions et la sécurité en milieu psychiatrique. Toute ma reconnaissance à Maria Lima, Sandi Wilson, Joy Cocke et au docteur Jill Grimes pour leur obligeance et leur soutien. Toutes les erreurs et exagérations au nom de l'intrigue sont de mon fait, non du leur.

Un grand merci à mon vieil ami David Schmid qui a accepté d'explorer Yosemite Park avec moi sans me prendre pour un fou lorsque j'ai imaginé une fusillade et une poursuite en voiture dans le plus bel endroit sur terre, ainsi qu'à sa femme, Jennifer, et à leurs fils, Daniel, William et Andrew, pour leur hospitalité lors de mon séjour en Californie. Enfin, un remerciement du fond du cœur à ma femme, Leslie, à mes fils, Charles et William, à ma mère, Elizabeth, et à mon beau-père, Dub, pour leurs encouragements et leur incroyable soutien.

Dans la même collection

Richard Montanari
Déviances

« Préparez-vous à rester éveillé toute la nuit ! »
JAMES ELLROY

Retrouver le tueur au rosaire avant que la ville ne bascule dans la folie…

Kevin Byrne est un vétéran de la police criminelle de Philadelphie. Flic usé, détruit par ses années de service, il doit faire équipe avec Jessica Balzano, nouvelle venue dans le service, lorsqu'une adolescente fréquentant une école catholique de la ville est retrouvée violée et atrocement mutilée, les mains jointes dans un geste de prière.

C'est le début d'un terrible voyage au cœur des ténèbres pour les deux flics qui, lancés sur la piste d'un tueur aussi terrifiant que machiavélique, devront affronter leurs propres démons, alors que la ville est prête à basculer dans la folie.

Dans la lignée du *Silence des agneaux* et du *Dahlia noir*, *Déviances*, best-seller dans plus de dix pays, a imposé d'emblée Richard Montanari comme l'une des voix les plus puissantes et les plus sombres du thriller contemporain.

Richard Montanari est né à Cleveland, dans l'Ohio. Il signe avec *Déviances* son premier ouvrage traduit en français, un thriller gothique des plus sombres. Un chef-d'œuvre du genre.

« Un grand thriller captivant et ambitieux, l'un des meilleurs qu'il nous ait été donné de lire ces dernières années. »
ARNAUD BORDAS, *Le Figaro Magazine*

« Un suspense impeccable. »
ANNE BERTHOD, *L'Express*

Jeff Abbott
Panique

« *L'un des meilleurs livres de l'année.* »
HARLAN COBEN

Et si toute votre vie n'était qu'un mensonge minutieusement élaboré ?

Tout va pour le mieux pour Evan Casher : sa carrière de documentariste est en train de décoller et il file le parfait amour avec Carrie. Jusqu'au jour où sa mère lui demande de venir la retrouver toutes affaires cessantes. Lorsqu'il arrive chez ses parents, sa vie bascule : il trouve sa mère sauvagement assassinée et échappe de peu à une tentative de meurtre.

Poursuivi par les mystérieux assassins de sa mère et ne pouvant faire confiance à personne, Evan découvre peu à peu que beaucoup de choses dans sa vie ne sont que mensonges.

Coups de théâtre et rebondissements s'enchaînent à un rythme étourdissant dans ce roman qui tient le lecteur en haleine jusqu'à la dernière page, et qui impose d'emblée Jeff Abbott comme le nouveau maître du suspens.

Jeff Abbott est né à Dallas. *Panique* est son premier roman publié en France.

« *Impossible à lâcher.* »

MICHAEL CONNELLY

« *Panique est l'un de ces thrillers qui vous font rater la station, la gare ou le premier sommeil, selon le lieu et le moment où vous vous y plongez. Niveau efficacité, Jeff Abbott se révèle un digne cousin d'Harlan Coben. Haletant.* »

PHILIPPE LEMAIRE, *Le Parisien*

« *Un futur classique. Épatant.* »

ISABELLE BOURGEOIS, *Marie-France*

Marcus Sakey
Désaxé

« Superbe ! »
KEN BRUEN

Ce dont beaucoup rêvent dans la vie, Danny l'a eu : une deuxième chance. Mais peut-on à jamais tirer un trait sur le passé ?

Après une jeunesse délinquante dans le quartier pauvre de Chicago où il a grandi, Danny Carter mène aujourd'hui une vie sans histoires avec la femme qu'il aime.

Son passé resurgit de la façon la plus effrayante qui soit lorsque Evan, son ami d'enfance, fait irruption dans sa vie.

La dernière fois qu'ils se sont vus, Evan a sauvé la vie de Danny en abattant un homme au beau milieu d'un casse, avant de se faire arrêter. Danny a redouté pendant de longs mois le jour où la police viendrait frapper à sa porte, mais Evan n'a jamais dénoncé son complice, son ami.

Lorsque Evan sort de prison, après avoir purgé une longue peine, c'est avec un plan bien précis en tête, un plan qui concerne Danny et qui risque de faire voler en éclats son existence bien tranquille.

Danny doit maintenant prendre une décision : être fidèle à son ami d'enfance, payer sa dette, quitte à sacrifier tout ce qu'il a construit, ou bien tirer un trait définitif sur son passé et affronter Evan. Les événements se précipitant à un rythme diabolique, il devra faire le bon choix : de celui-ci dépendent en effet sa vie et celle de ceux qu'il aime.

Avec ce premier roman au suspens magistral, Marcus Sakey s'impose d'emblée comme l'un des nouveaux maîtres du genre. L'un des premiers romans les plus impressionnants que l'on ait lus depuis ceux de Douglas Kennedy ou d'Harlan Coben.

Marcus Sakey est né à Chicago. *Désaxé* est son premier roman.

« Un roman qui fait date. »

George Pelecanos

« Un incroyable premier roman. »

T. Jefferson Parker

Richard Montanari
Psycho

« Un maître du genre. »
JAMES ELLROY

Byrne et Balzano dans l'univers des snuff movies. Le nouveau chef-d'œuvre de l'auteur de Déviances.

Philadelphie vit des heures sombres. Un tueur sanguinaire s'inspire des scènes de meurtres les plus célèbres de l'histoire du cinéma, de *Psychose* à *Scarface*, pour commettre des crimes atroces.

Lorsque Byrne, plus noir et tourmenté que jamais, et sa coéquipière Balzano prennent l'affaire en main, c'est une véritable descente aux enfers qui les attend. Salles obscures, clubs sado-maso, milieu du porno, univers glauque des snuff movies : ils devront s'immerger dans les ténèbres de l'âme humaine pour atteindre le tueur cinéphile.

Quand Byrne réalise que cette enquête le touche de près, c'est au-devant de ses pires cauchemars qu'il doit aller s'il veut épargner de nouvelles vies.

Angoissante et crépusculaire, cette descente vers le mal ravira aussi bien les amateurs de cinéma policier que les lecteurs de thrillers. Comme dans *Déviances* l'identité du tueur sadique reste une énigme jusqu'à la surprise finale – et quelle surprise !

« Enfin un roman à suspense qui rivalise avec Le Silence des agneaux ! »

CELEBRITY CAFÉ

UN EXTRAIT DE

PANIQUE

Un roman de Jeff Abbott
paru dans Le Livre de Poche

1

Lorsque le téléphone le réveilla, Evan Casher sut que quelque chose ne tournait pas rond. Personne ne l'appelait jamais si tôt. Il ouvrit les yeux, tendit le bras vers Carrie, mais elle était partie et sa place était froide. Un mot plié sur l'oreiller. Il voulut l'attraper mais le téléphone continuait de sonner avec insistance. Il décrocha.

« Allô ?

– Evan, chuchota sa mère. J'ai besoin que tu viennes. Tout de suite. »

Il chercha à tâtons la lampe de chevet.

« Qu'est-ce qui se passe ?

– Pas au téléphone. Je t'expliquerai quand tu seras ici.

– Maman, sois sérieuse, c'est à deux heures et demie de voiture. Dis-moi juste ce qui se passe.

– Evan. Je t'en prie. Viens.

– Il y a un problème avec papa ? »

Son père, consultant en informatique, avait quitté Austin trois jours plus tôt pour un travail en Australie. Il jonglait avec des bases de données au profit de grosses sociétés et de gouvernements. L'Australie. Vols long courrier. Il eut soudain la vision de débris d'avion éparpillés à travers l'*Outback* ou dans le port de Sydney, du métal déchiré, une colonne de fumée.

« Qu'est-ce qui est arrivé ?

– J'ai juste besoin que tu viennes, d'accord ? répondit-elle d'un ton calme mais insistant.

– Maman, s'il te plaît. Pas avant que tu m'aies dit ce qui se passe.

– J'ai dit pas au téléphone. »

Ils se turent tous deux et une tension désagréable, une froideur inhabituelle, s'installa pendant dix longues secondes. Puis elle brisa le silence.

« Est-ce que tu as beaucoup de choses à faire aujourd'hui, mon chéri ?

– Faut juste que je travaille sur le montage de *Bluff*.

– Alors apporte ton ordinateur, tu peux faire ça ici. Mais j'ai besoin de toi. Maintenant.

– C'est quoi, tous ces mystères ?

– Evan... » Il l'entendit inspirer profondément. « Je t'en prie. »

Face à cette détresse absolue, presque effrayante – une nuance qu'il n'avait jamais entendue dans la voix de sa mère – Evan avait l'impression de parler à une inconnue.

« Bon, OK, maman, je peux partir d'ici une heure.

– Avant. Le plus tôt possible.

– D'accord, dans un petit quart d'heure.

– Dépêche-toi, Evan. Fais ton sac et viens au plus vite.

– OK. »

Il réprima un début de panique.

« Merci de ne pas poser de questions dans l'immédiat, ajouta-t-elle. Je t'aime et, dès que tu seras ici, je t'expliquerai tout.

– Je t'aime aussi. »

Il reposa le combiné, quelque peu déconcerté par ce début de journée singulier. Ce n'était pas le moment de dire à sa mère qu'il était amoureux. Sérieusement, comme un dingue, façon Roméo et Juliette.

Il déplia le mot, qui disait simplement : *Merci pour la formidable soirée. Je t'appelle plus tard. Ai des choses à faire de bonne heure. C.*

Il passa sous la douche et se demanda s'il avait tout foutu en l'air la nuit précédente. *Je t'aime,* avait-il dit à Carrie comme ils étaient étendus, épuisés, sous les draps. Il avait prononcé ces mots sans réfléchir, sans se forcer, car s'il avait soupesé les conséquences, il l'aurait bouclée. Il ne se déclarait jamais le premier, n'avait dit qu'à une seule femme qu'il l'aimait (à sa dernière petite amie, parce qu'elle avait besoin d'être rassurée) et l'avait fait en se disant que c'était peut-être vrai. Mais la nuit précédente, c'était différent. Pas de « probablement » ni de « peut-être » ; il était absolument certain. Carrie couchée près de lui, son souffle lui chatouillant la gorge, ses ongles traçant une ligne le long de ses sourcils, si belle que ces trois mots lui avaient semblé les plus sincères qu'il eût jamais prononcés.

Mais en voyant une tristesse soudaine voiler les yeux de Carrie, il s'était dit *J'aurais mieux fait d'attendre. Elle ne me croit pas parce qu'on est au lit.* Mais elle l'avait embrassé et avait répondu :

« Ne m'aime pas.

– Pourquoi pas ?

– Je ne t'apporterai que des ennuis. Rien que des ennuis. »

Puis elle l'avait serré fort, comme si elle avait eu peur qu'il se volatilise.

« J'adore les ennuis. »

Il l'embrassa de nouveau.

« Pourquoi ? Pourquoi est-ce que tu m'aimerais ?

– Comment faire autrement ? » Il l'embrassa sur le front. « Tu as une tête bien faite. » Il l'embrassa entre les yeux. « Tu vois la beauté en toute chose. » Il l'embrassa sur la bouche et se fendit d'un grand sourire. « Et tu trouves toujours les mots justes... pas comme moi. »

Elle lui rendit son baiser et ils firent de nouveau l'amour.

« Trois mois, dit-elle lorsqu'ils eurent fini. Tu ne me connaît pas encore vraiment.

– Je ne te connaîtrai jamais. On ne connaît jamais les autres autant qu'on le pense. »

Elle sourit, se blottit tout contre lui, appuya son visage sur son torse, posa ses lèvres tout contre son cœur battant.

« Je t'aime aussi.

– Répète-le en me regardant.

– Je le dis ici, à ton cœur. »

Une larme ruissela depuis ses yeux jusqu'au torse d'Evan.

« Qu'est-ce qu'il y a ?

– Rien. Rien. Je suis heureuse, répondit Carrie, puis elle l'embrassa. Dors, chéri. »

Et c'est ce qu'il avait fait. Et maintenant, tandis que commençait un nouveau jour, elle était partie, emportant avec elle ses murmures et ses promesses. Laissant juste ce mot distant. Mais c'était peut-être mieux ainsi. Elle était nerveuse. Et la dernière chose dont il avait besoin, c'était d'expliquer un mystérieux désastre familial.

Il appela Carrie sur son téléphone portable. Lui laissa un message : « Chérie, je dois aller à Austin pour une urgence. Appelle-moi quand tu recevras ce message. » *Je ferais mieux de ne pas le répéter*, pensa-t-il, *ça l'a déjà fait fuir une fois*, mais il le fit tout de même : « Je t'aime, à bientôt. »

Il essaya ensuite le portable de son père. Pas de réponse. La messagerie ne se déclencha même pas. Mais peut-être le téléphone de son père ne captait-il pas en Australie. Il écarta de sa pensée le scénario de l'accident d'avion et suivit sa routine matinale réglée comme du papier à musique : il alluma son ordinateur, consulta sa liste de choses à faire, vérifia les nouvelles (aucune catastrophe en Australie). Peut-être s'agissait-il d'un désastre à plus petite échelle. Cancer. Divorce. À cette idée, sa gorge s'assécha.

Il cliqua sur son logiciel de messagerie, écrivit à la hâte un message pour son père qui disait *Appelle-moi dès que possible*, puis téléchargea ses e-mails. Sa boîte de réception contenait une invitation à intervenir lors d'une conférence cinématographique à Atlanta, des messages de deux amis documentaristes, ainsi que deux photos numériques récentes et plusieurs fichiers de musique envoyés par sa mère tard la nuit précédente. Il enregistra la musique sur son lecteur numérique ; il écouterait les chansons en voiture. Sa mère était dingue de groupes et de morceaux obscurs et elle lui avait trouvé trois chansons géniales pour ses films précédents. Il s'assura qu'il avait toutes les séquences dont il avait encore besoin pour monter le documentaire sur le circuit des joueurs de poker professionnels qu'il était sur le point d'achever, vérifia qu'il avait le brouillon du laïus qu'il était censé prononcer à l'université de Houston la semaine suivante, puis il glissa son ordinateur portable, son lecteur de musique et son Caméscope dans son sac à dos. Il prépara son sac pour le week-end, empaquetant des fringues que sa mère détestait : vieilles chemisettes, pantalon de toile usé, une paire de baskets qui avaient largement fait leur temps.

Sa montre indiquait sept heures et quart. Il fallait compter un peu moins de trois heures pour faire le trajet de Houston à Austin.

Evan verrouilla la porte derrière lui, se dirigea vers sa voiture. Ce n'était pas la journée qu'il avait prévue. Il se fraya un chemin à travers les embouteillages matinaux de Houston et écouta la musique que sa mère lui avait envoyée. Il recherchait de la funk électronique aux parfums hispaniques pour les scènes d'ouverture de son documentaire sur les joueurs de poker, et aucun des morceaux ne faisait l'affaire, même s'ils étaient parfaits, pleins de drame et d'énergie.

Il battait du doigt la mesure tout en conduisant, attendant sans cesse que son téléphone sonne – son père ou Carrie qui appelleraient, ou bien sa mère pour annoncer soudain que tout était réglé. Mais le téléphone resta silencieux durant tout le trajet jusqu'à Austin.

2

La porte à l'avant de la maison était verrouillée. Comme sa mère avait aménagé le garage en studio photographique, il estima qu'elle avait dû s'y isoler au milieu de ses pellicules et de ses produits. Il ouvrit la porte avec sa clé et entra.

« Maman ? » appela-t-il.

Pas de réponse.

Il se dirigea vers l'arrière de la maison. Il lui avait apporté ses pâtisseries préférées, des *kolaches* à la pêche achetées en route dans une boulangerie de Lagrange, et voulait les déposer dans la cuisine avant de se rendre au studio.

Evan pénétra dans la cuisine et vit sa mère gisant morte sur le sol.

Il se figea, ouvrit la bouche mais ne cria pas. Le battement de son sang dans sa gorge, dans ses tempes, semblait recouvrir tout le reste. Il lâcha le sachet de *kolaches*, qui alla s'écraser par terre, puis son sac en toile.

Il fit deux pas vers elle en titubant. Elle avait la gorge boursouflée et mutilée, la langue distendue. Dans la pièce flottait la puanteur caractéristique de la mort. Il aperçut le reflet argenté d'un fil de fer enroulé autour de son cou.

Près d'elle se trouvait une chaise vide sur laquelle elle était peut-être assise avant de mourir.

Evan émit un gémissement sourd et guttural, puis il s'agenouilla et écarta une touffe de cheveux grisonnants du visage de sa mère. Ses yeux étaient grands ouverts et enflés, aveugles.

« Oh, mon Dieu, maman. »

Il lui posa les doigts sur les lèvres : pas un souffle. Sa peau était encore chaude.

« Maman, maman ! » cria-t-il, fou de douleur et horrifié.

Evan se releva. Il fut pris de vertige et vacilla sur ses jambes. La police. Il devait appeler la police. Il contourna le corps d'un pas chancelant et s'approcha du comptoir sur lequel se trouvait encore un petit déjeuner : une tasse de café au bord taché de rouge à lèvres, une assiette mouchetée de gouttes de gelée de prunes et de miettes de muffin. Il tendit une main tremblante vers le téléphone.

Un objet métallique s'abattit sur l'arrière de son crâne. Il tomba à genoux, ses dents s'enfoncèrent dans sa langue et le goût âcre du sang lui emplit la bouche. Le monde plongea dans l'obscurité.

Il sentit un pistolet contre l'arrière de sa tête ; le cercle parfait du canon froid dans ses cheveux. Une corde de Nylon passée autour de sa tête puis serrée d'un coup autour de sa gorge. Il essaya de se dégager mais le pistolet s'abattit avec force sur sa tempe.

« Bouge pas, prononça une voix. Ou tu es mort. »

C'était une voix d'homme jeune, amusée, cruelle, vaguement chantante. *Ou-tu-es-mort.*

Des mains s'emparèrent de son sac à l'autre bout de la cuisine, le tirèrent hors de son champ de vision. Un cambriolage.

« Prenez-le, murmura Evan. Prenez-le et allez-vous-en. »

Il entendit le bruissement du sac tandis qu'on fouillait dedans : son ordinateur et sa caméra qu'on sortait. Le carillon signalant l'allumage de son portable retentit, plus fort que sa propre respiration hachée. Puis de longues secondes de silence, des doigts pianotant sur le clavier.

« Qu'est-ce que vous voulez ? » s'entendit-il demander.

Pas de réponse.

« Ma mère, vous avez tué ma mère...

– Silence. »

Il était penché en avant sous la menace du pistolet, son visage touchant presque la mâchoire figée de sa mère. Evan aurait voulu se retourner, voir le visage de l'homme, mais c'était impossible. La corde se resserra, s'enfonçant sauvagement dans sa gorge.

« Je l'ai », lança une autre voix. Masculine, plus âgée que la première. Un baryton froid et arrogant. Puis le murmure de doigts sur un clavier. « Tout a disparu. »

Evan entendit une bulle de chewing-gum éclater près de son oreille.

« Je peux maintenant ?

– Oui, répondit l'autre. C'est vraiment dommage. »

L'acier percuta le crâne d'Evan. Des cercles noirs explosèrent devant ses yeux, voilant le regard fixe et vide de sa mère morte.

Evan reprit conscience. À l'agonie.

La corde lui brûlait la gorge, l'empêchant de respirer, ses pieds dansaient dans le vide. À travers le sac-poubelle en plastique qui lui recouvrait la tête, le monde était d'un gris laiteux, indistinct. Il tenta de glisser les doigts sous la corde, lâcha un cri étouffé.

« Tu croyais que respirer était inné, pas vrai, rayon de soleil ? »

La voix du plus jeune des deux, froide et moqueuse.

Evan donna des coups de pied dans le vide. Le comptoir ou la chaise étaient forcément là pour accueillir son poids, pour le sauver. Il écarta les jambes de toute la force qui lui restait à défaut de pouvoir faire autre chose.

« Donne deux coups de pied si ça fait vraiment mal, reprit la voix la plus jeune. Je suis curieux. »

Une détonation retentit alors. Bris de verre. Coups de feu. Une seconde de silence. Puis l'homme le plus jeune hurla : « Bordel ! »

La corde se mit à balancer. Evan tenta de glisser les doigts sous le nœud qui l'étranglait, le tuait. Puis une nouvelle rafale assourdissante retentit, il tomba, heurta le sol, et une pluie de plâtre et d'éclats de bois s'abattit sur lui. La corde sectionnée par le coup de feu lui retomba en travers du visage.

Il essaya de respirer. Rien. Rien. Il avait oublié comment faire, ne se souvenait plus du truc. Puis sa poitrine s'emplit d'air frais. Il s'abreuva d'oxygène, de vie. Sa gorge le faisait souffrir, comme si elle avait été écorchée à l'intérieur.

Evan entendit une nouvelle rafale de coups de feu, le bruit d'une masse s'écrasant dans les arbustes devant la fenêtre.

Puis un silence affreux.

Il arracha le sac en plastique qui lui recouvrait le visage. Il cligna des yeux, cracha du sang et de la bile. Une main lui toucha l'épaule, des doigts le poussèrent doucement.

« Evan ? »

Il leva les yeux. Un homme le regardait. Pâle, chauve, grand. À peu près l'âge de son père, un peu plus de cinquante ans.

« Ils sont partis, Evan, poursuivit le chauve. Décampons.

– Ap-Appelez... » Chaque syllabe le brûlait comme du feu. « Appelez... la police. Ma... mère. Il...

– Faut que tu viennes avec moi, dit le chauve. Pas question de rester ici. C'est après toi qu'ils en ont, maintenant. »

Evan secoua la tête.

Le chauve se baissa et ôta la section de corde qui était restée autour du cou d'Evan, puis il l'aida à se relever et l'écarta du corps de sa mère.

« Je suis un ami de ta mère, expliqua le chauve, qui avait à la main une carabine automatique effrayante. Je vais te tirer de là. »

Evan ne l'avait jamais vu.

« Ma mère. La police. Appelez la police. Il y avait un homme… ou deux…

– Ils sont partis. On va appeler la police, dit le chauve. Mais pas d'ici. »

Il poussa sèchement Evan dans le dos pour le faire avancer vers la porte.

« Qui êtes-vous ? » demanda Evan, tentant de ne pas céder à la panique.

Un homme qu'il ne connaissait pas, armé d'un fusil balèze, qui ne voulait pas appeler la police. Pas question de le suivre.

« On parlera plus tard. Pas le temps de traîner. J'ai besoin de ta… »

Mais il n'eut pas le temps de finir car Evan, fou d'angoisse et de douleur, lui décocha sans réfléchir et avec une technique approximative un crochet du gauche en pleine mâchoire. Le chauve trébucha en arrière et Evan s'enfuit par la porte de devant qu'il avait laissée déverrouillée.

« Evan, Bordel ! Amène-toi ! » hurla le chauve.

Evan s'engouffra dans la moiteur printanière. Seul le battement de ses baskets sur l'asphalte troublait la quiétude du quartier paisible aux rues bordées de chênes. Il jeta un coup d'œil derrière lui, vit le chauve sortir de la maison en trombe, son fusil d'assaut dans une main, le sac jaune d'Evan dans l'autre, puis sauter dans une vieille Ford bleue garée dans la rue.

Evan coupa à travers les jardins coquets, s'attendant à ce qu'une balle lui pulvérise la colonne vertébrale ou le dos. Il aperçut une porte de garage ouverte et se dirigea vers la maison attenante. *Mon Dieu, je vous en prie, faites qu'il y ait quelqu'un.* Il sauta sur le perron, appuya de toutes ses forces sur la sonnette, cogna à la porte en implorant les occupants d'appeler la police.

La Ford bleue passa à toute vitesse devant lui.

Un vieil homme coiffé en brosse ouvrit la porte, son téléphone sans fil déjà en main.

Tout en hurlant au voisin d'appeler la police, Evan traversa de nouveau la pelouse pour noter l'immatriculation de la Ford.

Mais la voiture avait disparu.

DANS LA COLLECTION AILLEURS
AU CHERCHE MIDI

DANS LE DOMAINE ANGLO-SAXON

STEVE BERRY
Le Troisième Secret
traduit de l'anglais (États-Unis)
par Jean-Luc Piningre
L'Héritage des Templiers
traduit de l'anglais (États-Unis)
par François Smith

ANTHONY BURGESS
Le Docteur est malade
traduit de l'anglais
par Jean-Luc Piningre
Mister Raj
traduit de l'anglais
par Jean-Luc Piningre

JIM FERGUS
Mille femmes blanches
traduit de l'anglais (États-Unis)
par Jean-Luc Piningre
Prix du Premier Roman étranger
La Fille sauvage
traduit de l'anglais (États-Unis)
par Jean-Luc Piningre

TIBOR FISCHER
Ne lisez pas ce livre
si vous êtes stupide
traduit de l'anglais
par Marc Amfreville
Voyage au bout de ma chambre
traduit de l'anglais
par Marc Amfreville

DONALD HARSTAD
Onze jours
traduit de l'anglais (États-Unis)
par Serge Halff
Code 10
traduit de l'anglais (États-Unis)
par Gilles Morris-Dumoulin
–30°
traduit de l'anglais (États-Unis)
par Gilles-Morris-Dumoulin

DAVID HEWSON
Une saison pour les morts
traduit de l'anglais par Diniz Galhos

GUY DE LA VALDÈNE
Le Beau Revoir
traduit de l'anglais (États-Unis)
par Marie-Christine Loiseau

THOMAS MCGUANE
Intempéries
nouvelles traduites de l'anglais
(États-Unis) par Nicolas Richard

RICHARD MONTANARI
Déviances
traduit de l'anglais (États-Unis)
par Fabrice Pointeau
Psycho
traduit de l'anglais (États-Unis)
par Fabrice Pointeau

HAROLD NEBENZAL
Berlin Café
traduit de l'anglais (États-Unis)
par Gilles Morris-Dumoulin

KATHERINE NEVILLE
Le Huit
traduit de l'anglais (États-Unis)
par Évelyne Jouve
Le Cercle magique
traduit de l'anglais (États-Unis)
par Gilles Morris-Dumoulin
Un risque calculé
traduit de l'anglais (États-Unis)
par Gilles Morris-Dumoulin

ARTHUR PHILLIPS
L'Égyptologue
traduit de l'anglais (États-Unis)
par Édith Ochs

Tom Robbins
Féroces infirmes
retour des pays chauds
traduit de l'anglais (États-Unis)
par Jean-Luc Piningre
Villa Incognito
traduit de l'anglais (États-Unis)
par Jean-Luc Piningre

Theodore Roszak
La Conspiration des ténèbres
traduit de l'anglais (États-Unis)
par Édith Ochs

Marcus Sakey
Désaxé
traduit de l'anglais (États-Unis)
par Fabrice Pointeau

Tomi Ungerer
Acadie
traduit de l'anglais par Édith Ochs

Robert James Waller
Une saison au Texas
traduit de l'anglais (États-Unis)
par Gilles Morris-Dumoulin

Peter Watson
Un paysage de mensonges
traduit de l'anglais
par Gilles Morris-Dumoulin

Richard Zimler
Le Dernier Kabbaliste de Lisbonne
traduit de l'anglais (États-Unis)
par Erika Abrams
Les Sortilèges de Minuit
traduit de l'anglais (États-Unis)
par Gilles Morris-Dumoulin

Dans le domaine russe

Nikolaï Chadrine
Le Temps des troubles
traduit du russe par Bernard Kreise

Nikolaï Gogol
Les Âmes mortes
illustré par Marc Chagall,
traduit du russe
par Anne Coldefy-Faucard

Nikolaï Kononov
Funérailles d'une sauterelle
traduit du russe par Hélène Henry

Dans le domaine indien

Inderjit Badhwar
La Chambre des parfums
traduit de l'anglais (Inde)
par Gilles Morris-Dumoulin
Prix du Premier Roman étranger

Indrajit Hazra
Max le maudit
traduit de l'anglais (Inde)
par Marc Amfreville
Le Jardin des délices terrestres
traduit de l'anglais (Inde)
par Marc Amfreville

Sanjay Nigam
L'Homme greffé
traduit de l'anglais (Inde)
par Alain Porte

Ray Rao
Boyfriend
traduit de l'anglais (Inde)
par Gilles Morris-Dumoulin

Anoushka Shankar
Ravi Shankar
L'Amour de ma vie
traduit de l'anglais (Inde)
par Carole Reyes

Dans le domaine espagnol

Antonio Benítez-Rojo
Femme en costume de bataille
traduit de l'espagnol (Cuba)
par Anne Proenza

Mise en pages par DV Arts Graphiques à Chartres
Imprimé en France par Normandie Roto Impression s.a.s., 61250 Lonrai
Dépôt légal : mai 2007
N° d'édition : 901 – N° d'impression : 07-0792
ISBN 978-2-74910-0901-5